Hermann Ilg

Das Leben der Santiner

Hermann Ilg

Das Leben der Santiner

BERGKRISTALL

Bergkristall Verlag GmbH, 32108 Bad Salzuflen
Tel.: 05222 – 923 451
Fax: 05222 – 923 452
info@bergkristall-verlag.de
www.bergkristall-verlag.de
1. Auflage 2005
Umschlag und Satz: Bergkristall Verlag GmbH
Druck und Bindung: Media Print GmbH, Paderborn
Printed in Germany

Foto des "The Horsehead Nebula" (Ausschnitt):
European Southern Observatory® (ESO)

ISBN 3-935422-43-1

Alpha und Omega

Ich Bin der Anfang.
Unfassbare Allmacht,
nie versiegende Schöpferkraft.
Der Geist entfacht,
die Liebe erschafft
das ewige Alpha.

Ich Bin die Vollendung.
Unbegrenzte Fülle,
allbelebende Schöpferfreude.
Im Innern erfühle,
im Dienen bereite
das heilige Omega.

Ich Bin Anfang und Vollendung.
Über den Sternenbahnen
endlos schwingendes Sein
Dein tiefstes Ahnen
ist göttlicher Keim:
Alpha bist du und Omega.

Hermann Ilg

Inhaltsverzeichnis

Vorwort *9*
Wer sind die Santiner? *10*
Wer war Hermann Ilg? *11*

Leben in universeller Schau *13*
Leben ohne Grenzen *14*
Das Leben der Santiner *41*
Fragen und Antworten *94*

Kümmert sich eine außerirdische Menschheit um uns? *111*
Weg und Ziel der Ufo-Forschung am Beginn des Wassermann-Zeitalters *112*
Die Santiner als Boten Gottes und ihre Wunder in der Bibel *140*

Aus dem Wissen eines neuen Zeitalters *159*
Das Leben auf der Sonne und unserer Nachbarplaneten *160*
Über Zeit und Raum *203*
Fragen und Antworten *220*
Die Johannes-Offenbarung *233*

Bewusstsein und Weltbild *257*
An der Schwelle zur ‚Raumphase' der Menschheit *258*

Botschaften der Santiner bis zum Jahre 2005 *276*

Vorwort

Es ist geschafft. Nach „Die Bauten der Außerirdischen in Ägypten", „Strömende Stille" und „Die Mission der Santiner" sind mit diesem Werk sämtliche bisher erschienen Bücher von Hermann Ilg komplett im neuen Gewand erhältlich.

Dieses Buch umfasst vier Schriften, die vorher einzeln erhältlich waren. Zur Komplettierung des Werkes von Hermann Ilg haben wir „Bewusstsein und Weltbild" angehängt, obwohl es nicht zur Thematik des Buches passt. Jedoch wollten wir diese grandiose Rede von Hermann Ilg Ihnen nicht vorenthalten.

Im letzten Teil haben wir aktuelle Botschaften der Santiner angehängt, die das Buch vervollständigen sollen. Die Botschaften wurden im „Spirituellen Forschungskreis e.V. Bad Salzuflen (SFK)" übermittelt. Dies wäre mit Sicherheit im Sinne Hermann Ilgs gewesen, da der Autor zu Lebzeiten regelmäßig mit dem Forschungskreis in Verbindung stand.

Möge diese Schrift Ihnen das Leben der Santiner und die grandiose Schöpfung Gottes näher bringen

Martin Fieber

Lange Passagen dieses Buches sind Botschaften von den Santinern und aus dem positiven geistigen Reich, die vom Verfasser auf dem Wege der Mentaltelepathie empfangen wurden. Diese Botschaften und die zitierten medialen Durchgaben aus dem Medialen Friedenskreis Berlin und des SFK sind zur Verdeutlichung *kursiv* gedruckt.

Wer sind die Santiner?

Zu dem Namen Santiner, die auch ‚kleine Engel' genannt werden, hat das geistige Reich folgende Erläuterung gegeben:
Die Bezeichnung ‚Santiner' stammt von Ashtar Sheran. Es ist eine Bezeichnung, die eurer Sprache angepasst ist, um die heilige Mission der Sternenbrüder in ein Wort zu fassen. Übersetzen könnte man Santiner mit ‚kleine Engel' oder ‚kleine Heilige'. Von den Erdenmenschen, welche die ersten Aufzeichnungen über die Sternenbrüder machten, stammt die Bezeichnung Cherub oder Cherubim. Die Israeliten glaubten in den Sternenbrüdern Gott und seine Engel zu sehen. Daher wurde das Raumschiff über dem Berge Sinai für Gottes schwebenden Thron gehalten. Spätere Begegnungen mit den Sternenbrüdern setzten die Menschen ebenfalls in heiliges Erstaunen. Aus diesem Grunde hielt man die Sternenbrüder für Engel, die das Wort Gottes verkündeten. Die Bezeichnung Cherubim heißt eigentlich Engel der Nächstenliebe. Ihrer Mission entsprechend stehen sie auch tatsächlich im Dienste Gottes und der Nächstenliebe.

Wer war Hermann Ilg?

Anfang Mai 1999 verstarb im Alter von fast 80 Jahren der bekannte Ufo-Forscher Hermann Ilg aus Reutlingen. Von seinem Beruf als Bauingenieur her war er an logisches Denken gewöhnt und als Wahrheit akzeptierte er ausschließlich beweisbare Angaben. Dem ehemaligen Oberbaurat war Unseriosität ein Gräuel. Dank seiner außergewöhnlichen telepathischen Fähigkeiten hegte er an der Existenz der Santiner keinen Zweifel. Er hat auch selbst Ufos gesehen. Über 20 Jahre lang publizierte er diese Kontakte durch den Versand einzelner DIN A4-Blätter zum Selbstkostenpreis. In einem halbseitigen Artikel betitelte die ‚Badische Zeitung' Herman Ilg als „Des Südens bedeutendster Ufo-Forscher". Diesem Artikel sind die folgenden Daten gekürzt entnommen:

Den Ursprung hatte seine Ufologenkarriere im oberschwäbischen Ravensburg, wo ein befreundeter Pater sechs schnell fliegende Scheiben in Richtung Bodensee jagen sah. Der Geistliche stieß damals an Mauern der Ignoranz. Von einem Observatorium wurde die Sichtung als ‚optische Täuschung' abgetan. Dieser Dilettantismus ärgerte Hermann Ilg. Die NASA, die über Radiowellen Kontakt mit außerirdischem Leben knüpfen will, verglich Ilg mit einem Buschmann, der im Urwald sitzt und mit Trommelsignalen nach anderen Stämmen sucht. Bekomme er auf diese Weise keine Antwort, ziehe er den Schluss, er sei alleine auf der Welt.

Die Säle waren voll, wenn Hermann Ilg einen seiner Vorträge hielt. Von der Lebensweise der Santiner, ihren Fluggeräten und ihrer Entwicklungsgeschichte hatte Hermann Ilg detaillierte Kenntnisse. Eine Entfernung von 40 Billionen Kilometern müssen die Ufos aus dem Sternbild Alpha Centauri bis zur Erde überwinden, mehr als 4,3 Lichtjahre. Irdische Technik ist mit Fluggeräten dieser Art nicht zu vergleichen. Der Empfang, den die Menschen den Santinern bereiten, ist leider alles andere als freundlich – ein Thema, das Ilg immer auf die Palme brachte: „Dann gehen Abfangjäger hoch und sie werden als Invasoren bezeichnet!" Astronauten hätten Stippvisiten der Santiner schon längst beobachtet, seien von der NASA aber zur Geheimhaltung verpflichtet worden. Wer dagegen verstößt, opfert seine Pension, denn das Ufo-Phänomen wird als Problem für die nationale Sicherheit betrachtet. „Das ganze soziale Gefüge", malte Ilg die Folgen eines Eingeständnisses der Begegnungen aus, „unser ganzes Weltbild würde zusammenbrechen."

Tiefer Dank gebührt Hermann Ilg für seinen beispielhaften Einsatz. Nun darf er schauen, woran er glaubte.

Kosmisches Erwachen

Alle Wahrheit offenbart
sich in dir allein.
Fühle Gottes Gegenwart
Als dein ew'ges Sein.

Vollkommen ist des Schöpfers Plan
Unbegrenzte Fernen
künden Seines Geistes Bahn
über allen Sternen.

Christus, Kraft und Lebensquelle,
Weg und Ziel zugleich.
Liebe, Heiligtum der Seele,
Tor zu Seinem Reich.

Hermann Ilg

Leben in universeller Schau

Leben ohne Grenzen

Wenn wir uns heute in einer materiell eingestellten Welt mit dem Begriff ‚Leben' befassen, dann denken wohl die meisten Menschen, zunächst an Bio-Chemie und deren Ergebnisse in der Forschung der genetischen Zusammenhänge. Obwohl diese Forschungsergebnisse, die sich vorwiegend in der Molekularbiologie abspielen, unseren Respekt herausfordern, so fühlen wir uns dennoch nicht ganz wohl bei dem Gedanken, dass aus diesen Forschungen einmal durch Gen-Manipulation das Lebensprinzip in sein Gegenteil verkehrt werden könnte. Die sozialen, ethischen und biologischen Folgen eines solchen Eingriffes des Menschen in seine Natur wären gar nicht abzusehen. Und da der Mensch nur als eine Art bewusster Materie und sein Leben nur als Mechanismus des Zufalls begriffen wird, steht so mancher Gen-Forscher auch ohne Ehrfurcht und ohne Verantwortung dem Leben gegenüber. Vor seinen Methoden der Gen-Manipulation und vor seinen Forschungszielen, die bis zur künstlichen Menschenzüchtung reichen, erhebt sich unausweichlich die Frage der ethischen Grenze eines solchen Forschens. Nach der Definition von Albert Schweitzer ist Ethik die ins Grenzenlose erhobene Ehrfurcht vor dem Leben. Denn der Mensch ist nicht in der Lage, auch nur ein einziges Lebensatom zu erschaffen. Um wie viel mehr müsste er zumindest von sich selbst das Empfinden haben, dass er Ausdruck eines göttlichen Schöpferwillens ist, unantastbar in seiner Wesensstruktur, aber entwicklungsfähig in seinem Streben nach geistiger Vervollkommnung. Und nur in dieser Hinsicht ist jede Anstrengung erlaubt. Der genetische Eingriff des Menschen in seine Wesensstruktur würde ihn zu einem Objekt der Manipulation und der Willfährigkeit in den Händen von machtbesessenen Menschen machen. Dies zeichnet sich bereits am gen-biologischen Forschungshorizont ab, denn die Erfahrung zeigt, dass solche Machtmittel auch zu ökonomischen und militärischen Zwecken missbraucht werden. Die

Atomforschung sollte Warnung genug sein! Daraus ergibt sich, dass ein rein mechanistisches Denken bei der Erforschung des Lebensprinzips in Unheil führen muss. Warum ist das so? Die Antwort ist einfach: Allem Leben, nicht nur dem menschlichen, liegt ein geistiges Entwicklungsgesetz zugrunde, das mit mechanistischen Bedingungen nicht verglichen und daher auch nicht auf diesem Wege begreifbar gemacht werden kann. Solange jedoch der Mensch sich selbst nur als Zufallsprodukt der Natur sieht und die ganze Entwicklung des Lebens, soweit wir sie überschauen und geschichtlich nachbilden können, nur als einen Ausleseprozess betrachten, mühen wir uns vergebens, die Wahrheit über den Sinn des Lebens zu erlangen. Diese Frage ist schließlich der tiefere Beweggrund allen Forschens und Suchens. Ich möchte nun aber keineswegs die wissenschaftlichen Erkenntnisse, die bislang zu diesem Thema beigesteuert wurden, in ein falsches Licht stellen. Vielmehr liegt mir daran, in diesem Licht dasjenige zu erkennen, was eben nicht allein durch Messen, Wägen und Sezieren sich unserem Verstand erschließen kann. Und das ist viel mehr, als eine noch so glänzend dargestellte Schlüssigkeit von Laborversuchen und wissenschaftlichen Schlussfolgerungen. Leben ist schlicht gesagt universell. Und solange wir diese Tatsache nicht auch unserem irdischen Forschen zugrunde legen und den universell-geistigen Aspekt als primäre Erscheinung des Lebens erkennen, wird sich uns die unendliche Tiefe des Lebensgeheimnisses niemals erschließen. Denn ein Denken in Grenzen und Trennungen, wie es ein mechanistisches Weltbild zur Grundlage hat, führt uns nur wieder zu Bewusstseinsbeschränkungen und an neue Grenzen, deren Bewältigung uns Probleme bereitet und uns zu prüfenden philosophischen Gedankengebäuden nötigt, deren Fundamente im Laufe der Zeit immer brüchiger werden. Die Wahrheit lässt sich zwar aufhalten, aber niemals auf Dauer unterdrücken. Jedes Denken in Begrenzungen ist dem göttlich unbegrenzten Wesen der Wahrheit entgegengerichtet.

Ich gehöre bestimmt nicht zu derjenigen Kategorie von Menschen, die von einem Extrem ins andere fallen und versuchen, alles, was sich nicht durch Logik und wissenschaftliche Beweisführung als stichhaltig erwiesen hat, in Bausch und Bogen zu verdammen, um nur noch das gelten zu lassen, was uns der Schöpfungsbericht der Bibel von der Entstehung des Menschengeschlechts überliefert. Denn das würde dem inzwischen fortgeschrittenen menschlichen Verständnis von Welt und Schöpfung widersprechen. Aber das eine muss ebenso klar erkannt werden, dass auch die Wissenschaft schließlich aus den gleichen geistigen Quellen schöpft, wie dies zu allen Zeiten Forscher und Wahrheitssucher auf allen Gebieten bewusst oder unbewusst getan haben. Jeder aber, der sich mit den Fragen des Lebens befasst, muss sich darüber im Klaren sein, dass er ein Gebiet betritt, das sich dem menschlichen Verstand nur durch Anwendung angemessener Forschungsmethoden gänzlich öffnet, und diese müssen vom geistigen Gesichtskreis ausgehen. Nun gibt es in dieser Hinsicht verschiedene Möglichkeiten, wie man der Wahrheit näher kommen kann. Die einen sehen im Spiritismus die alleinige Tür, die sich zur Erkenntnis öffnet, die anderen versuchen durch wissenschaftlich gesicherte Methoden der Psychologie und Parapsychologie den Geheimnissen des scheinbar Unergründbaren auf die Spur zu kommen und die dritten schließlich machen sich selbst zum Versuchsobjekt, indem sie durch Drogen und durch fragwürdige Mittel der Bewusstseinserweiterung der Lebenswahrheit auf den Grund gehen wollen. Nach meiner Überzeugung kann keine dieser aus dem menschlichen Vorstellungsbereich entsprungenen Methoden zum Erfolg führen, weil alle diese Versuche sich in Wirklichkeit immer nur am Rand des universellen Lebensprinzips abspielen und den Mittelpunkt außer acht lassen. Was ist damit gemeint?
So wie wir uns selbst als geistig-seelische Wesen begreifen, müssen wir auch bei allem, was Leben in sich trägt einen Schöpfergeist als Wesensmittelpunkt voraussetzen. Dies gilt für

das kleinste Atom ebenso wie für die größten Sternensysteme. Und da wir ein Teil dieses unendlichen Lebens sind, ist jeder Gedanke an ein Getrenntsein von seinem Ursprung ebenso absurd wie die Vorstellung, dass wir allein im Weltraum zu Hause seien. Die geistige Entwicklungsstufe, die die Menschheit jetzt 2.000 Jahre nach der Inkarnation des Gottessohnes erreicht haben sollte, hätte ihr die Zusammenhänge zwischen dem universellen Lebensprinzip und einer freien Lebensentfaltung auf vielen Daseinsebenen begreifbar machen müssen. Stattdessen hat man noch nicht einmal die Erkenntnisstufe erreicht, die uns Gewissheit von einem zeitlich und räumlich unbegrenzten geistigen Leben gibt. Diese Gedanken gewinnen aber im beginnenden Raumzeitalter immer mehr an Bedeutung, können wir doch mit einiger Sicherheit davon ausgehen, dass allein in unserem Milchstraßensystem Milliarden von Planeten existieren, die, ähnlich wie die Erde, Voraussetzungen für ein höher entwickeltes Leben bieten. Wenn wir allein diesen Gedanken weiterverfolgen, sollte es eigentlich nicht mehr schwer fallen, uns selbst als Glieder einer universellen Menschheit aufzufassen und unser Bewusstsein in die Weiten eines unbegrenzten Lebensraumes auszudehnen.

Nun mag vielleicht mancher denken: Das ist ja schön und gut, aber wer beweist uns, dass es wirklich so ist und dass es sich nicht doch nur um Wunschvorstellungen handelt, die der überreichlich angebotenen Science-Fiction-Literatur entspringen. Wenn dies so wäre, dann müsste auch der Umkehrschluss erlaubt sein, dass die Phantasie dieser Schriftsteller keinerlei Nahrung erhalten würde, wenn eben nicht doch Lebenswelten existierten, die sich mit uns auf dem Wege der geistigen Kommunikation und Inspiration austauschen. Dies soll uns als Beispiel dafür dienen, dass unsere Phantasie als Eigenschaft unserer Seele wie ein Empfangsorgan wirkt, das auf die unmessbaren Inspirationen anspricht, die uns tagtäglich sowohl aus den jenseitigen Lebenssphären als auch aus den Sternenwelten erreichen und die wir entsprechend der Eigenschaften unserer Seelennatur in unser gegenwärtiges Leben umsetzen. Dass in den meisten Science-Fiction-Romanen das irdische Panorama des Kampfes um Vorherrschaft und Besitz im Vordergrund steht, braucht uns bei der geistigen Entwicklungsstufe der heutigen Menschheit nicht zu wundern. Neben diesen, die Sensationslust befriedigenden Machwerken, haben es die bewusst empfangenen Botschaften von anderen Welten schwer, sich als glaubwürdig durchzusetzen. Trotzdem bin ich sicher, dass sich dies wegen der Bedeutung dieser Botschaften für die ganze Menschheit bald ändern wird. Es sind Mitteilungen, die uns erkennen lassen, dass die Absender eine hohe ethische Reife erreicht haben und uns als ihre Brüder und Schwestern sehen. Wir Menschen auf der Erde befinden uns ebenfalls auf dem Wege zur Vollkommenheit, wenn auch noch auf einer zurückgebliebenen Entwicklungsstufe. Aber aus ihren Worten spricht eine brüderliche Liebe, wie sie uns bislang fremd ist, da wir gewohnt sind, nur in engen und begrenzten irdischen Bahnen zu denken und noch nicht einmal das christliche Gebot der unmittelbaren Nächstenliebe zu verwirklichen gelernt haben.

Ich möchte hier eine Botschaft eines Santiners einfügen, die auf dem mentaltelepathischen Weg empfangen wurde. Sie lautet:
Gott zum Gruß und Frieden über alle Grenzen! Ich grüße euch, ihr Erdengeschwister, denn wir sind in Liebe mit euch verbunden. Auch wenn die Menschen immer wieder ihre erworbenen wissenschaftlichen Erkenntnisse zu negativen Taten verwenden, so ist dennoch das Band der brüderlichen Liebe zwischen uns und euch geknüpft. Wir suchen aufgeschlossene Menschen, denen es klar ist, dass nicht nur der Planet Erde bewohnt ist, sondern dass es keinen Stern am Himmelszelt gibt, auf dem nicht Leben in unterschiedlicher Form und Entwicklung existiert. Wenn die Menschen doch erst einmal begreifen könnten, dass sie aus dem Weltbild heraustreten müssen, das sie sich selbst aufgebaut haben und das sie in den Mittelpunkt des ganzen

Universums stellt. Man hat zwar erkannt, dass die Sonne im Mittelpunkt des Planetensystems steht und dass dieses Planetensystem ebenfalls wieder um einen Mittelpunkt kreist und so weiter, bis wir zur Zentralsonne kommen, die für die irdischen Menschen unbegreiflich ist. Sie haben wohl nach vielen Schwierigkeiten und nach harten inneren und äußeren Kämpfen den ersten Schritt bewältigt und der Sonne jenen Platz eingeräumt, den sie zuvor der Erde zugedacht hatten. Sie haben aber vergessen, sich selbst als Menschheit aus dem Mittelpunkt herauszunehmen um sich als Teil, als ein Glied in der Evolutionslinie aufwärts strebender geistiger Schöpfungswesen zu erkennen. Daran krankt die Menschheit und deshalb leugnet sie Leben auf anderen Planeten. Deshalb wird auch die Existenz außerirdischer Raumschiffe geleugnet, die für die einen eine Realität sind und von dem anderen Teil, dem größeren Teil der Menschheit, als eine Utopie, als eine Sinnestäuschung dargestellt werden. Dies liegt also nicht in erster Linie daran, dass die Menschen sich durch ihre außerirdischen Geschwister bedroht fühlen, sondern dass sie die Unhaltbarkeit ihres Bewusstseinsbildes nicht erkennen. Dieser Schritt aus dem Mittelpunkt heraus zu der gebührenden Rangordnung ist schwer und führt gleichermaßen zu inneren und äußeren Kämpfen wie die Erkenntnis, dass die Erde nicht den Mittelpunkt des Planetensystems bildet. Ihr könnt das Festhalten an dieser Position als Hochmut betrachten, und ihr liegt mit dieser Annahme nicht falsch, genauso wie heute noch Menschen glauben, die sich auf dem geistigen Wege der bewussten Höherentwicklung befinden, in ihrem Dasein auf der Erde zur Vollkommenheit zu gelangen, was ebenfalls nicht der Wahrheit entspricht. Vollkommenheit in diesem Sinne kann man nur als relativen Entwicklungsgrad bezeichnen, der durch die wiederholten Läuterungsstufen auf dieser Erde erreichbar ist. In der technischen Entwicklung wie auch in der naturwissenschaftlichen Erkenntnis steht die Menschheit erst am Anfang. Es kann ihr jedoch erst dann mehr gegeben werden, wenn sie zeigt, dass

sie fähig ist, wissenschaftliche Erkenntnisse nur zum Guten auszuwerten. Bevor das nicht der Fall ist, wird die Entwicklung der Menschheit eingeengt zum Schutze des Planeten Erde und zum Schutze der Harmonie im interplanetarischen Bereich. Die Menschheit muss erst einmal in der geistigen Entwicklung so weit fortschreiten, dass ein Gleichlauf mit dem wissenschaftlich-technischen Erkenntnisstand erreicht ist. Nur dann kann sich eine harmonische Evolution auf der Erde vollziehen. Wenn die Menschheit entscheidend weiterkommen will, dann muss sie sich bemühen, die Verbindung mit uns aufzunehmen. Denn es kann nur einer vom anderen lernen, und die irdische Menschheit hat noch viel zu lernen. Macht es den Menschen immer wieder klar, dass wir ihnen helfen wollen, denn wir sind in unserer Entwicklung so weit, dass wir es nicht nötig haben, eine andere Menschheit zu beherrschen. Wir kennen die Gesetze und wissen, was aus einem derartigen Handeln entstehen kann. Macht es den Menschen klar, dass sie auf allen Ebenen erst am Anfang ihrer unvorstellbaren Entwicklung stehen! Viele Menschen haben mit uns Kontakt, aber nur wenige haben den Mut, diesen Kontakt auch in der Öffentlichkeit zu bekennen. Wir haben auch Kontakt mit bedeutenden Politikern, aber auch sie haben Angst, dies in der Öffentlichkeit kundzutun. Auch einige Raumschiffe haben wir den Menschen hinterlassen, damit sie einerseits erkennen sollen, dass es Wesen gibt, die auf dem Gebiet der Technik weiter vorangeschritten sind, und andererseits sollen sie daraus erkennen, dass wir den Menschen helfen wollen. Wenn aber die Menschheit nicht aufhört, unser Erscheinen als etwas Negatives und für sie Schädliches zu betrachten, können wir unmöglich den harmonischen Kontakt aufbauen, den wir gerne anstreben, um der Menschheit auf allen Lebensgebieten weiterzuhelfen.
Auch ihr müsst es einmal lernen, über euren Planeten hinaus alle Menschenwesen im Kosmos als Brüder und Schwestern zu erkennen.

Aus diesen Zeilen können wir entnehmen, wie stark die Verbindungskraft der Liebe sein kann, wenn sie sogar Lichtjahrentfernungen überbrückt, um einer Brudermenschheit zu Hilfe zu eilen. Es ist ein Beweis dafür, dass auf fortgeschrittenen Planeten das Bewusstsein des einen Lebens zum selbstverständlichen Bestandteil ihrer Entwicklungsstufe geworden ist. Und wir erkennen darin, dass die Kraft der Liebe das ganze Universum erfüllt, ja dass es überhaupt aus einer alles umfassenden Liebe erschaffen wurde.

Man könnte nun dagegen einwenden: Ja, wenn das so ist, woher soll denn dann das Böse in der Welt kommen? Diese Frage ist natürlich auf dem Hintergrund der desolaten Zustände auf unserem Wohnstern durchaus berechtigt. Und viele Menschen kommen mit diesem Widerspruch nicht zurecht. Sie glauben dann an eine Macht des Guten und an eine Macht des Bösen, und stellen gar beide als notwendige Polarität dar, aus dem dann stets das Neue geboren wird. Diese Auffassung geht an der Tatsache vorbei, dass Gott als Liebe aus sich selber wirkt und keiner Polarität durch eine Gegenkraft bedarf. Ein einfaches Beispiel möge dies erläutern: Wenn ein Mensch eine Tat vollbringt, die zum Wohle aller ist, dann hat er sich zweifellos von einer Kraft leiten lassen, die dem Schöpfungsprinzip der Liebe entspricht und nicht aus einer Wirkung entgegengesetzter Polarität entstanden sein kann. Vielmehr war einfach der Wunsch ausschlaggebend, etwa eine Not zu lindern oder ein Werk der Menschenliebe in Gang zu bringen. Man denke an die großen Männer und Frauen der jüngeren Geschichte wie z. B. Johann Heinrich Pestalozzi, Henri Dunant, Bertha Suttner, Albert Schweitzer, Hermann Gmeiner, Mutter Theresa und viele andere. Wenn nun schon diese Menschen sich ausschließlich von einer Kraft leiten ließen und dadurch Unvergängliches leisteten, um wie viel mehr muss dies auch für den Schöpfer aller Dinge gelten. Also muss das Böse einer eigenen Wesenswelt angehören, die aus sich selbst jedoch keine Macht besitzt, sondern nur aus dem Missbrauch der schöpferischen Kräfte, die in jedem Menschen als göttliche Gabe vorhanden sind, seine zerstörerischen Werke vollbringt. Wir können deshalb sagen, dass das Böse in dem Maße abnehmen wird, als wir ihm seine Existenzgrundlage entziehen, also ihm weder in Gedanken noch in Worten und Taten Macht verleihen. Nur auf diesem Wege ist es möglich, das sogenannte Böse seiner Scheinmacht zu entkleiden und als das zu entlarven, was es in Wirklichkeit ist: ein Parasit an der Schöpferliebe, ein Nichts vor dem Hintergrund der All-Liebe, All-Weisheit und All-Macht Gottes.

Diese klaren Überlegungen zeigen uns, dass es doch nur an uns selbst liegt, wenn wir aus dem immer neu belebten Kreis menschlichen Versagens nicht mehr herausfinden und dass es doch nur einer Neuorientierung unseres Denkens bedürfte, um endlich Anschluss zu finden an die Lebensstufe unserer kosmischen Geschwister, die sehnlichst darauf warten, uns den gemeinsamen Lebensraum zeigen zu können, der für sie zur Selbstverständlichkeit zählt, während er für uns noch nicht einmal in der Vorstellungswelt unserer kühnsten Gedanken existiert.

Ich habe in meiner Schrift „In kosmischen Bahnen denken" (enthalten in „Die Mission der Santiner"; Anm. d. Hrsg.) die Zusammenhänge einer außerirdischen Lebenswirklichkeit mit unserer Zeit bereits dargestellt, so dass ich mich an dieser Stelle auf den Hinweis beschränken möchte, dass uns große Dinge erwarten, die dem Übergang in ein neues Weltzeitalter entsprechen. Lassen wir uns aber nicht von den vielen Voraussagen verwirren, die einen Weltuntergang prophezeien, der angeblich durch einen Kometen oder einen Atomkrieg verursacht werden soll. Die Erde wird weiterbestehen, allerdings wird sie ihre Gestalt ändern. Damit wird eine Verminderung ihrer materiellen Festigkeit verbunden sein, das heißt der Abstand zwischen den Bauelementen der Materie, also den Atomen, vergrößert sich. Dies wiederum hat zur Folge, dass die Materie ihre Grobstofflichkeit verliert und auch die seelische Empfindsamkeit des Menschen einen höheren Grad annimmt. Dann wird es den Menschen der neuen Welt möglich sein, in das geistige Reich Einblick zu nehmen und sich durch eigene Wahrnehmungen davon zu überzeugen, dass es in Wirklichkeit keine Trennung der verschiedenartigen Lebenswelten gibt.

Allein diese Tatsache wird auf viele Menschen wie ein Schock wirken, denn sie waren es bisher gewohnt, von zwei getrennten Welten auszugehen und dass zwischen beiden eine undurchdringliche Mauer des Geheimnisvollen bestehen würde. Nun aber wird der Mensch sozusagen am eigenen Leib erfahren, dass die Forschungsergebnisse der noch im Zwielicht stehenden Parapsychologie und deren verwandten Gebiete Realität sind. Darüber hinaus wird vielen im Nahbereich des Erlebens bestätigt werden, was bisher nur von Eingeweihten und in spirituellen Kreisen bereits als Wahrheit erkannt worden ist. Diese Wahrheit wird von vielen Wissenschaftlern einschlägiger Fakultäten aber als Hirngespinste oder schlicht als Pfuscherei bezeichnet. Dieser Ausblick in die Zukunft darf uns jedoch nicht dazu verführen, unsere Aufgaben in der Gegenwart zu vernachlässigen, denn wir wissen ja, dass wir in uns Kräfte bergen, die unsere Zukunft gestalten. Wenn wir aber die Gegenwart betrachten, die durchsetzt ist mit den widerlichsten Gräueltaten, dann fällt es uns schwer, an eine lichtvolle Zukunft zu glauben, und viele Menschen fragen nach dem Wohin dieser Welt. Können wir überhaupt noch Hoffnung schöpfen für eine bessere Zukunft?

Eine Beurteilung der gegenwärtigen Verhältnisse aus der Sicht einer Brudermenschheit vom benachbarten Sonnensystem Alpha Centauri, die sich schon seit einigen Tausend Jahren mit dem Schicksal unseres Planeten verbunden fühlt, mag in diesem Zusammenhang besonders bedeutungsvoll erscheinen. Es ist keine sanfte Sprache, mit der unsere Sternenbrüder die Situation der Terra charakterisieren. Ich zitiere aus einer im früheren

Medialen Friedenskreis Berlin erarbeiteten Schrift, die durch ein vollautomatisches Schreibmedium empfangen wurde:

Die Erdenmenschheit, insbesondere die Wissenschaft, hat noch nicht begriffen, dass sie geistig gesehen, im Rückstand lebt. Statt zu einer höheren Erkenntnis zu kommen, streitet man sich nach vielen Tausend Jahren der Entwicklungsmöglichkeiten immer noch um die bedeutendste Frage der menschlichen Existenz und um Gott. Ein Teil der Menschheit glaubt an einen individuellen Schöpfer, aber sie hat trotzdem ein falsches Bild von seiner wahrhaften Existenz. Die meisten Erdenmenschen, besonders Politiker und Staatsmänner glauben durch die Behauptungen der Wissenschaft an keinen Gott, sondern an eine Zufallsschöpfung, die aus sich selbst entstanden sei. Aber es gibt nicht einen einzigen Punkt einer wissenschaftlichen Erklärung für diese Theorie. Auch die Theologie befindet sich in einer Unwissenheit hinsichtlich dieser Frage. Sie versucht deshalb alles Ungewöhnliche und Mysteriöse mit einem Wunder Gottes zu erklären. Das Wunder soll die euch unbekannten Naturgesetze erklären und nimmt euch damit jedes Nachdenken ab. Aus diesem Grunde ist die geistige Entwicklung im Zusammenleben und im Verstehen der Menschen und Völker sehr zurückgeblieben und entspricht nicht dem Fortschritt, der auf anderen hauptsächlich materiellen Gebieten erreicht worden ist. Ganz speziell ist deshalb die maschinelle und wissenschaftliche Kriegführung mit ihren entsetzlichen Auswirkungen so weit vorangetrieben worden und die Masse der Zerstörungsmittel so umfangreich, dass andere Menschheiten im Universum mit Schaudern erfüllt sind, weil sie zur Kenntnis nehmen müssen, wie entsetzlich rückständig Harmonie, Toleranz, Nächstenliebe, Humanität und Gottesliebe bei euch sind. Natürlich kann es so nicht weitergehen. Jetzt ist bereits ein Punkt erreicht, wo diese Unwissenheit und Irreführung den ganzen Planeten Erde mit allem Leben in Gefahr bringt. Es muss etwas geschehen. Deshalb sind wir aufgerufen, das geistige Bild der Terra zu ändern. Wir verlangen für diese Mission keinen Dank. Ein Erfolg unserer Bemühungen wäre Dank genug. Für euch zählt zuerst die Materie, ihr gilt eure ganze Entwicklung. Für uns zählt zuerst der Geist, ihm gilt unsere ganze Aufmerksamkeit. Für uns steht die Materie an zweiter Stelle. Nur so konnten wir uns höher entwickeln und ohne Streitigkeiten auskommen.

Eine irdische Auffassung betont, dass die Menschheit eine Revolution braucht, da nur eine Revolution Erfolg und Fortschritt verspreche. Das stimmt jedoch nur insofern, als eine Änderung nur durch die Wahrheit erreicht werden kann und nicht durch Gewalt oder durch das Töten von ganzen Völkern. Aber eine Revolution habt ihr nötig, nämlich eine Revolution des Glaubens! Leider ist eure Wissenschaft nicht von einer übergeordneten Intelligenz überzeugt, denn das würde für sie bedeuten, dass etwas existiert, was nicht existieren darf, weil es dem Prestige der Wissenschaft schadet. Aus diesem Grunde unterstützt die Wissenschaft den Kampf gegen den Glauben und diskriminiert jede höhere Erkenntnis und jede Bemühung einer unsichtbaren Welt. Der Gottesglaube als offenkundiges Wissen ändert das Verantwortungsgefühl des Menschen im positiven Sinne auf allen Gebieten. Mit dem höheren Verantwortungsgefühl werden dann aber auch die Ziele und Maßnahmen der Politik zum Guten verändert. Es ist das Versagen der Wissenschaft, wenn sich die Erdenbewohner in Unkenntnis der Zusammenhänge zwischen Geist und Materie Ideologien geschaffen haben, die das Leben der Rassen und Völker nicht ermöglichen, sondern durch scharfe Abgrenzungen in jeder Hinsicht unmöglich machen. Wie kann man der Menschheit und Wissenschaft dienen, wenn man den Schöpfer dieser Menschheit verleugnet und beleidigt? Wie soll das Leben geachtet werden, wenn der Mensch nur als organisierte Materie angesehen wird, die nicht einem Schöpfer zu verdanken ist, sondern einem Zufall? Solange die Wissenschaft den Zufall als Gott ansieht, gibt es keinen

geistigen Fortschritt und auch kein friedliches Zusammenleben der Völker. Das gesamte Wohl und Übel liegt nicht in den Händen der Politik, sondern in den Händen einer verantwortlichen Wissenschaft. Ihre Irrtümer und Fehler sowie ihr Verhalten gegenüber einer außersinnlichen Wahrheit bringen die ganze Welt in eine verzweifelte Lage. Die Politik und ihre Vertreter schöpfen ihr Wissen hauptsächlich aus den akademischen Kreisen und Lehreinrichtungen. Da aber weder diese Kreise noch ihre Institutionen über die göttlichen Wahrheiten positiv unterrichtet sind, so fehlt es ihnen an übersinnlichem Wissen. Wenn sich die akademischen Lehranstalten endlich darum bemühen, die geistigen Daseinsbereiche zu erforschen, in die empirische Wissenschaft einzuordnen und gleichzeitig die überholten philosophischen Denkfehler auszumerzen, dann werden auch die Politiker und Staatsführer vorsichtiger werden und keinen negativen Patriotismus mehr betreiben.
In vieler Hinsicht zeigen die Erdenmenschen eine gewisse Denkfaulheit. Nur in spirituellen Kreisen ist man willens, etwas tiefer nachzudenken. Die Frage nach dem Sinn des Lebens ist doch sehr leicht zu beantworten. Der Sinn ist ein geistiges Wachstum, das nur in vielen aufeinander folgenden Leben zu erreichen ist. Doch selbst die Logik der Reinkarnation wird in Frage gestellt.
Eine intelligente Schöpfung stammt von einem Schöpfer.
Ein organisches Leben stammt von einem Organismus.
Ein Bewusstsein stammt von einem Überbewusstsein.
Ein irdisches Reich stammt von einem überirdischen Reich.
Ein Licht stammt von einer Sonne.
Eine Erleuchtung stammt vom Logos.
Eine Materie stammt von einem Energiespender.
Das alles ist jedoch im Schöpfer vereint. Gott ist der Erzeuger und alles was nach ihm kommt, ist das Erzeugte. Wenn man sich allerdings bei diesen Überlegungen in die Sackgasse des Materialismus begibt, so kommt man aus den Irrtümern nicht

mehr heraus. Die Seele des Menschen hat nichts mit der Materie zu tun. Sie ist kosmisch aufgebaut und hat auch eine kosmische Funktion. Es ist sinnlos, sie in der Materie zu suchen, weil sie mit der Materie des Körpers nur in Verbindung steht. Die Trägheit des Denkens akzeptiert den größten Irrtum, der euch von atheistischen Besserwissern vorgesetzt wird. Diese Pseudologik gewisser Akademiker ist ein gefährliches Übel, das ausgemerzt werden muss. Die vollkommen zu verurteilende Fehlinformation seitens der Wissenschaft in Bezug auf die Unsterblichkeit der menschlichen Seele hat dazu geführt, das Leben auf dieser an sich sehr schönen Erde völlig falsch einzuschätzen. Die Machthaber dieser Menschheit und ihre führenden Organe sind zum größten Teil der Ansicht, dass das Leben ein Bewegungsprozess sei, der einer besonderen Materie bzw. einer komplizierten Gliederung der Materie anhaftet, solange diese Gliederung nicht erheblich gestört wird. Durch diese Meinung hat das Leben irrtümlich keine andere Bedeutung als der dazugehörige Körper selbst. Hat der Körper für die Erde seine Bedeutung verloren, so hört demnach auch die Bedeutung des dazugehörigen Lebens auf. Übrig bleibt in diesem Falle nur jener Wert, den die betreffende Person an geistiger oder körperlicher Arbeit hinterlassen hat. So gesehen ist das Leben nichts anderes als eine zeitweise Erscheinung, wie das Licht einer Kerze, die man auslöschen kann. Aus diesem Grunde spielen die Machthaber der Erde mit dem Leben der Menschen wie mit der Materie. Es wird ein Stoff benutzt und zerstört, wie es ihnen in ihre Ziele passt. Das Leben wird als Produkt des materiellen Körpers angesehen und ist im Endeffekt nicht wertvoller als verwesendes Fleisch. Das ist ganz im Sinne des Widersachers. Es ist durchaus kein Wunder, wenn unter diesen Begriffen auch der Geist Gottes so abgewertet wird, dass jede Achtung verloren geht.
Ein Mensch, der auf Erden lebt, muss davon überzeugt und darüber belehrt sein, dass sein Denken, Tun und Handeln nicht eine Sekunde unbeobachtet bleibt. Neben Intelligenzen höherer

Daseinsebenen umgeben ihn aber insbesondere die in den niederen Sphären in Erdnähe lebenden negativen Intelligenzen stets in Gruppen und in ganzen Scharen. Sie sind immer Zeugen aller guten und bösen Taten und Gedanken. Diese Massen fanatischer Helden Luzifers inspirieren den labilen, insbesondere aber den unwissenden, ungläubigen, gottlosen, negativen Zweifler und fördern energisch alle Charakterschwächen, Laster aller Art, Fehler, Sünden und schließlich die scheußlichsten Verbrechen bis zum wahnsinnigen Krieg und brutalen Massenmord. Nur der Wissende, der Erleuchtete, kann erfassen und begreifen, was sich in größter Schadenfreude auf geistiger Ebene abspielt, wenn der Mensch alle seine Kräfte und Gedanken zur Gewalt rüstet, sie vorbereitet und zur Anwendung bringt. Die Inspiration zum Negativen ist die Hauptwaffe des existierenden Fürsten der Anarchie, denn bei jeder Gewaltanwendung sind in jedem Falle lebensnotwendige Dinge in Gefahr. Alles, was die Menschen in der Materie schädigt, krank macht, zum Wahnsinn treibt und schließlich zum Ableben und damit zur Entfernung vom Läuterungsplaneten bringen kann, gehört zum Hauptmotiv des Gottesgegners. Er verhindert dadurch jede persönliche Erfahrung, Entwicklung und den Aufstieg der Menschen. Dies ist ja der Sinn des Lebens und Daseins in der göttlichen Schöpfung. Der Unhold und Widersacher Gottes nutzt vor allem die Jugend für seine Zwecke aus. Die Neupsychologen und jungen Wissenschaftler werden vielfach von satanischen Mächten inspiriert und wollen mit diesen gefährlichen, gezielten Neuerungen und Ansichten die Welt umkrempeln. Angeblich tun sie das, um der Welt zu helfen, sie neu zu ordnen. In Wirklichkeit merken sie nicht, dass das Gegenteil erreicht werden soll. Die satanische Intelligenz ist groß genug, Neuerungen so zu formulieren, dass dieser Unsinn für großartig angesehen wird. Der Schaden ist dann kaum mehr gut zu machen.
Gottes Gesetzen folgend ist das Jenseits die superlativ größere Daseinsform. Es bieten sich unfassbare Möglichkeiten an, die

jedoch dem Missbrauch anheim fallen können. Aus diesem Grunde ist das Erdenleben in der Materie eine Schulung mit dem Ziel, als Gottes Helfer die Schöpfung zu verbessern und zu erhalten. Nur auf diese Weise kann der Mensch alle Segnungen empfangen. Das Schlimme ist, dass der Erdenmensch mit seiner Seele, die das Denken und Bewusstsein in Gang hält, von den unseligen Gedankenträgern des geistigen Reiches völlig beherrscht wird. Nur so ist es zu erklären, dass ein so ungeheurer Unfriede und Niveauverlust vorhanden ist. In dieser Auseinandersetzung zwischen diesen geistigen Mächten gibt es keine Begrenzung. Der Widersacher kennt keine Grenze und erlaubt sich jede Grausamkeit und Infamie. In dem Augenblick, da die Menschheit eine Vorstellung von dieser geistigen Gefahr hat, ist dieser Planet gerettet und für einen totalen Umschwung reif! Niemand wird meinen Worten widersprechen können, weil sie die Wahrheit aufzeigen. Aber man wird einen anderen Versuch des Widersprechens machen. Man wird sagen: Diese Worte sind frei erfunden, sie stammen nicht von einem Außerirdischen. Oder: Was nicht von dieser Erde ist, das brauchen wir nicht ernst zu nehmen.

Diese aufschlussreichen Belehrungen von außerirdischer Seite mögen zwar hart klingen, doch ist die nüchterne und zugleich aufrüttelnde Sprache den Zuständen auf diesem Planeten zweifellos angemessen. Verschleiernde und beschwichtigende Töne hören wir tagtäglich von den Verantwortlichen in Politik und Wissenschaft, die ihre eigenen Vorstellungen von Fortschritt dem Volke anpreisen. Es gibt nur einen Erfolg versprechenden Ausweg aus der bereits global erkennbaren Sackgasse, nämlich die Verbindung mit unseren Sternenbrüdern, die über die entsprechenden Korrektur- und Rettungsmittel verfügen. Sie warten schon so lange auf unser Erwachen zu einem höheren Bewusstsein und würden uns mit Freude ihre Hilfe anbieten. Solange jedoch die Existenz einer geistig hoch entwickelten, außerirdischen Menschheit trotz vieler Beweise bewusst verneint wird, ist der Teufelskreis nicht zu durchbrechen. Das heißt jedoch nicht, dass dem Widergeist Gottes alles erlaubt wäre, was seinem Ziel einer totalen Zerstörung des Läuterungsplaneten Erde dienen würde. Denn das universell gültige Gebot der Willensfreiheit ist mit dem Vertrauensverhältnis zwischen Schöpfer und Geschöpf verbunden. Wenn es an dieser Voraussetzung mangelt, dann sind dem freien Willen Grenzen gesetzt, denn ‚Gott lässt seiner nicht spotten', wie uns die Bibel lehrt. Wir dürfen deshalb gewiss sein, dass ein atomarer Vernichtungskrieg nicht stattfinden wird. Jede gegenteilige Prophezeiung ist ein Erzeugnis der Dunkelsphäre. Wir sollten uns deshalb davor hüten, Gedanken der Angst und des Schreckens zu verbreiten, denn wir würden dadurch unseren Sternenbrüdern und ihrer selbstlosen Hilfsbereitschaft einen schlechten Dienst erweisen. Sie sind es nämlich, die dafür sorgen, dass keine Atombombe und keine Atomrakete ihr Ziel erreichen würde. Wir haben es dieser ‚höheren Aufsicht' schon heute zu verdanken, dass die Erde nicht bereits ein atomares Chaos erlebt hat und anstelle von Menschen nur noch verkrüppelte Wesen dahinvegetieren, bis die radioaktive Verseuchung schließlich alles Leben zerstört haben würde. Wir dürfen uns auch in Zukunft auf unsere Sternenbrüder verlassen, denn sie sind Ausführende eines göttlichen Willens auf einem Läuterungsplaneten, der sich in akuter Lebensgefahr befindet und seiner Abwehrkräfte beraubt wurde. Dass diese Situationsbeurteilung nicht übertrieben ist, zeigen uns die fast schon gewohnten Berichte über den Fortgang der Umweltkatastrophen bis zum Absterben ganzer Wälder. Die zunehmende Unruhe auf der Erde, die sich in einer Häufung von Erdbeben und Vulkanausbrüchen zeigt, deutet darauf hin, dass sich ein lebendiger Organismus gegen seine Peiniger zur Wehr setzt. Die globale Ausweitung von Erderschütterungen kann man nicht mehr als eine normale geologische Erscheinung bezeichnen. Bald werden sich größere Katastrophen ereignen, die keinen

Zweifel mehr an der Antwort der Erde aufkommen lassen. Die zu erwartende Hilfe durch unsere Sternenbrüder bildet den Abschluss der Erlösungsmission Jesu Christi, der vor 2000 Jahren mit der Offenbarung der reinen Gottesliebe sein Werk begann. „Folget mir nach" lautete damals seine Aufforderung, doch nur Wenige waren bereit, ihm Folge zu leisten. Und deshalb ergeht der gleiche Aufruf heute noch einmal an die ganze Menschheit, diesmal aber unter anderen Voraussetzungen. Während es zur Erdenzeit Jesu zunächst darauf ankam, die Menschen von ihrem Glauben an einen zürnenden und nach Opfern verlangenden Gott zu befreien, geht es heute darum, die Menschen von der Liebe eines versöhnenden Gottes zu überzeugen, die sich in sehr konkreter Form offenbaren wird. Eine erneute Ablehnung der Nachfolge-Aufforderung würde einen erneuten Läuterungsweg durch viele Inkarnationen bedeuten. Wer ihr jedoch nachkommt, der wird seine geistige Wiedergeburt erleben.

Der Abschluss des Erlösungswerkes Jesu Christi bedeutet für jeden nachfolgewilligen Menschen das endgültige Verlassen eines leidvollen Irrweges der ganzen Menschheit. Vielen wird es jedoch schwer fallen, sich von materiellen Wertmaßstäben zu lösen und die Gedanken auf die unvergänglichen Werte des Lebens ohne Grenzen zu richten. Es gibt in Wirklichkeit kein Leben in Begrenzungen, sondern eine universelle Lebensoffenbarung auf verschiedenen Stufen geistiger Entwicklung. Unzählige Wohnplaneten tragen hoch entwickelte Menschheiten, die das ganze Universum als ihren Lebensraum empfinden und auf unterschiedliche Weise miteinander in Verbindung stehen. Diese Tatsache findet noch keine wissenschaftliche Anerkennung. Den bekannten Einwendungen der Astronomen, dass die Entfernungen zwischen den Planeten und Sonnensystemen doch viel zu groß seien, um sich als Mitglieder einer solchen Lebensgemeinschaft zu empfinden, kann mit dem Argument begegnet werden, dass noch vor einigen Hundert Jahren unsere Weltkarte weiße Flecken als Kennzeichen für noch unentdecktes Land zeigte, und heute ärgert man sich höchstens noch darüber, dass das Fernsehbild von der anderen Seite unseres Planeten nicht in gewohnter Qualität auf dem heimischen Bildschirm erscheint. Warum also sollte es einmal einer fortgeschritteneren Technik nicht gelingen, Lichtjahrentfernungen zu überbrücken? Mit den Mitteln und Erkenntnissen der heutigen Physik ist dies allerdings unmöglich. Erst das metaphysikalische Prinzip der Energiegewinnung wird uns das Tor zum Universum öffnen und wir werden uns unserer kosmischen Heimat bewusst. Eine neue Wirklichkeit des Lebens tut sich vor uns auf, und eine neue Dimension technischer Möglichkeiten lässt Raum und Zeit zur Bedeutungslosigkeit zusammenschrumpfen. Dass diese Zukunftsvision nicht einer irdisch-menschlichen Phantasie entsprungen ist, beweisen die Besuche unserer Sternenbrüder, die sie schon seit Jahrtausenden durchführen und viele Kulturen zum Erblühen brachten, wovon die Sagen und Mythen alter Völker berichten. Der tiefere Sinn dieser Besuche war in allen Fällen der gleiche, nämlich ein grundlegendes Wissen von Gott und seiner Schöpfung zu übermitteln und zugleich die Abwehrkraft gegen das Eindringen luziferischen Geistes zu stärken. Es besteht kein Zweifel, dass dieses Ziel auch heute noch von aktueller Bedeutung ist. Die Zeit der Belehrungen ist jedoch abgelaufen und die Zeit der Bewährung hat begonnen. Für jeden Menschen kommt es jetzt darauf an, den letzten Versuchen Luzifers, seine Erdenherrschaft doch noch mit einem hohen Gewinn abzuschließen, widerstehen zu können. Diese Entscheidung muss jeder ohne fremde Willensbeeinflussung selbst treffen. Denn nur so kann sich der Mensch für die nächste Stufe seiner Höherentwicklung vorbereiten und sein Vertrauen in die Allmacht der Liebe festigen.

Das ist zugleich die Antwort auf die häufig gestellte Frage, warum sich unsere Sternenbrüder zurückgezogen haben. Davon kann jedoch keine Rede sein, wie aus nachstehender Mentalbotschaft hervorgeht:

Wenn sich eure Sternenbrüder anscheinend zurückgezogen haben, so bedeutet dies nicht, dass sie eine Menschheit im Stich lassen wollen, die nicht mehr hören und sehen will. Es ist vielmehr das Gegenteil der Fall. Mit der größten Konzentration bereiten sie sich auf die letzte große Hilfeleistung vor, die sie einer bald in höchste Gefahr geratenen Brudermenschheit zukommen lassen werden. Über Art und Vorgang dieser Hilfeleistung seid ihr bereits unterrichtet. Es sei nur noch wiederholt, dass kein Ort dieser Erde von diesem Hilfsangebot ausgeschlossen sein wird und kein Mensch bestimmte Voraussetzungen erfüllen muss, um davon Gebrauch machen zu dürfen. Trotzdem wird es dem größeren Teil der Menschheit nicht möglich sein, den nötigen Mut und Willen aufzubringen, sich dieser ‚himmlischen' Rettungsaktion anzuvertrauen. Die dazu erforderlichen gigantischen Rettungsschiffe stehen zu Hunderttausenden bereit. Sie werden dann in den irdischen Sichtbarkeitsbereich eintreten und ihre vollautomatisch gesteuerten, kugelförmigen Kleinstraumschiffe zur Erde schicken, um eine ganze Planetenmenschheit vor einem Strahlentod zu bewahren. Dann wird sich das Wort eures Erlösers in seiner Welt umfassenden Bedeutung erfüllen: „Rufet mich an in der Not, so will ich euch erretten."

Was wir in der Gegenwart erleben, ist ein letztes Aufbäumen der Dunkelmacht gegen die Kräfte des Lichtes, dessen Strahlen bereits die Dämmerung des heraufziehenden neuen Äons erhellen. Es bestätigt sich auch hier die Erfahrungstatsache, dass jeder Umstellungsprozess die bisher bestimmenden Kräfte zum entschiedenen Widerstand anregt. Wir können daher die Steigerung von Gewalt und lebensfeindlichen Aktionen als Zeichen dafür werten, dass die Umwandlung dieses Planeten von einem Ort der leidvollen Erfahrungen in eine Welt des lichtvollen Lebens bevorsteht. Dies bedeutet jedoch nicht, dass wir plötzlich in einen vergeistigten Zustand verwandelt werden, wie es gelegentlich zu hören ist, sondern dass unsere Körperlast spürbar leichter wird, da die Materie in einen feinstofflicheren Zustand übergeht und alles Leben der Grobstofflichkeit entwachsen sein wird. Wir werden in eine neue Dimension des Lebens gelangen und eine höhere Bewusstseinsebene betreten, für die es keine Grenzen mehr gibt. Dann werden wir erkennen, dass das All nicht aus toter Materie besteht, sondern dass es eine lebendige Gegenwart ist, ja, dass das ganze Universum von Leben erfüllt ist, das sich nur in seinen Ausdrucksformen und nach dem Grade seiner Bewusstseinsreife unterscheidet, und dass auch wir Angehörige dieses unendlichen Lebens sind. Diese Erkenntnis wird durch den Einblick in die Lebenswelt der Santiner, einer Menschheit von einem anderen Sonnensystem, bestätigt. Die mental-telepathisch empfangene Botschaft aus der geistigen Welt sei nachstehend auszugsweise wiedergegeben, um zu erklären, wer sie sind:

Ihre Lebenswelt ist der Planet Metharia im benachbarten Sonnensystem Alpha Centauri. Er hat etwa die Größe unserer Erde und eine Bevölkerungszahl von rund 3,5 Milliarden Menschen. Davon sind 5 Millionen echte Raummenschen, das heißt solche, die die meiste Zeit ihres Lebens außerhalb ihres Heimatplaneten verbringen und vorwiegend mit der Erforschung der Sterne und mit Hilfeleistungen für andere Planetenmenschheiten beschäftigt sind. Für die Hilfe, die der irdischen Menschheit zuteil wird, wurde eine ausgewählte Gruppe von Raumfahrern gebildet, deren Haupt Ashtar Sheran ist. Er steht Jesus Christus treu zur Seite als sein Helfer und Vollstrecker seines Willens auf den physischen Lebensebenen. Dies mag für die religiöse Einstellung vieler Christen eine Entheiligung des Erlösers bedeuten, und doch ist es so. Denn, entspricht es nicht christlichem Glauben, dass Christus mit göttlicher Vollmacht ausgestattet ist und sein Erlösungswerk sich nicht nur auf die Erde beschränkt, sondern die ganze gefallene Schöpfung umfasst? Demnach ist es leicht verständlich, dass seine Diener und Helfer sowohl in den himmlischen Sphären als auch auf den Läuterungsplaneten tätig sind. Nur die Erde als tief gefallener Planet macht insofern eine Ausnahme, als hier der Anhang des Lichtlosen überwiegt und deshalb bis heute eine betreuende Hilfe oder Vormundschaft durch eine außerirdische Menschheit notwendig ist. Diese Menschheit verfügt über die erforderlichen raumflugtechnischen Mittel. Wenn es heißt ‚bis heute', so deutet dies auf eine Vergangenheit hin, die weit zurückreicht in die Geschichte dieser Erde. Es soll hier jedoch nur auf die Notwendigkeit aufmerksam gemacht werden, dass auch Jesus von Nazareth eines äußeren Schutzes bedurfte, um sein Erlösungswerk in einer Welt voller Feindschaft nicht zu gefährden. Diesen Schutz haben damals schon die Santiner übernommen. Dies geht auch aus bestimmten Bibelstellen hervor, in denen von Männern in weißen und glänzenden Kleider und von Engeln des Herrn berichtet wird. (Vgl. Lukas, Kap. 24, Vers 4; Johannes, Kap. 20, Vers 12 und Apostelgeschichte Lukas, Kap. 1, Verse 9 bis 11.) Es waren damals schon die Santiner, die den geistigen Boden für das Werk der Erlösung vorbereiteten. Es klingt zwar wenig glaubhaft und doch entspricht es der Wahrheit, dass bereits zu dieser Zeit die gleichen Helfer des Erlösers tätig waren, wie sie es heute noch sind. Und dies ist so zu erklären: Menschen dieser Entwicklungsstufe sind nicht mehr an die Gesetze des ‚Stirb und Werde' gebunden. Sie bestimmen vielmehr selbst, kraft ihres überragenden Geistes, wann sie ihr Körperkleid ablegen wollen. Aus dem gleichen Grunde kennen sie auch keinen Alterungsprozess, denn alle Zellen ihres Körpers gehorchen ihrem Willen, und erst wenn sie der Wille aus ihren Diensten entlässt, beginnen sie zu zerfallen nach den Gesetzen der Materie. Deshalb ist der Tod eines Santiners nicht zu vergleichen mit dem passiven Körperaustritt eines irdischen Menschen. Wenn ein Santiner wünscht, sein Körperkleid, das ja ohnehin feinstofflicher ist als das irdische, abzulegen, dann löst er seinen Seelenleib durch einen Willensimpuls von der Körperhülle und überlässt sie den für die

Auflösung der organischen Materie bestehenden Gesetzen, wobei ich hinzufügen muss, dass eine solche Verwesung viel schneller vor sich geht, als auf der Erde und nicht mit unangenehmen Gerüchen verbunden ist. Dieser Vorgang hat mit einer Dematerialisierung nichts zu tun, denn das wäre gleichbedeutend mit einer Schwingungserhöhung bis zum Energiezustand, während der Verwesungsprozess eine Auflösung des atomaren Verbundes der Körpermaterie darstellt, wobei sich wieder neue Verbindungen bilden. Der Abschied eines Santiners von der Körperwelt ist deshalb auch kein tragisches Ereignis, wie es die Menschen der Erde empfinden, vielmehr ist es ja nur ein Wechsel der Tätigkeitsebene, und jedem Santiner ist es möglich, mit seinem abgeschiedenen Familienmitglied jederzeit in Verbindung zu treten. Von einer Trennung im irdischen Sinne kann deshalb keine Rede sein. In entsprechender Weise vollzieht sich auch der umgekehrte Vorgang. Wenn ein Santiner wünscht, wieder ein Körperkleid anzunehmen, dann wird ihm hierzu die Möglichkeit geboten in derjenigen Familie, mit der er sich geistig verwandt fühlt. Dann erfolgt die Kontaktaufnahme auf geistiger Ebene. Nach der Geburt, die nach den gleichen anatomischen Gesetzen wie auf der Erde vor sich geht, wird das Kind, mit dem schon seit langem Bande der Liebe bestehen auf das Herzlichste begrüßt und als Familienmitglied willkommen geheißen. Die geistige Bildung des Kindes sowie die Förderung seiner Begabungen und Talente vollziehen sich ausschließlich im Familienkreise. Erst wenn der junge Mensch zu selbständiger Entscheidungsfähigkeit herangereift ist, werden ihm Weiterbildungsmöglichkeiten geboten, die seinen Begabungen und Talenten entsprechen. Eine falsche berufliche Entscheidung gibt es nicht. Bereits mit fünf Jahren erreicht ein Santiner vergleichsweise die irdische Bildungsstufe der Hochschulreife. Er bildet sich mit Studien fort, denen er zugeneigt ist. Im Laufe der Studienzeit erwacht dann das Rückerinnerungsvermögen, so dass es ihm immer leichter fällt, aus seinem früheren Wissen zu schöpfen und verhältnismä-

ßig rasch den Anschluss an den neuesten Erkenntnisstand zu finden. Hierbei ist jeder Lehrer bemüht, ihm den Weg in diejenige Forschungsrichtung zu ebnen, die seiner Veranlagung gemäß den größten Gewinn für den Fortschritt der ganzen Gemeinschaft verheißt. Jedes egoistische Denken ist dem Santiner fremd.

Welche wunderbare Welt öffnet sich durch diesen Bericht unseren Sinnen und welche Traurigkeit erfüllt zugleich unser Herz, wenn wir erkennen, dass allein unser selbstverschuldetes Unvermögen es ist, das uns den Weg verbaut zu den Höhen eines universellen Bewusstseins. Einen solchen Horizont zu schauen ist nur einem Menschen vergönnt, der seinen Egoismus oder Ich-Gebundenheit überwunden hat und sein göttliches sonnenhaftes Wesen erkennt, das ihn über Raum und Zeit hinaushebt, scheinbar ewig gültige Naturgesetze überwinden und Weiten überbrücken lässt, die bisher als unerreichbar galten. Die Naturgesetze haben nur insoweit ihre Gültigkeit, als sie dem Menschen zu seiner Entwicklungslenkung dienen. Wenn aber der Bewusstseinsgrad erreicht ist, der die Beschränkung überflüssig macht, dann ist er diesen Gesetzen entwachsen und er wird in selbst errungener Souveränität über sie verfügen können. Mit den höheren Graden freiheitlicher Lebensentfaltung erwacht zugleich in Seele und Geist ein intensiveres Verlangen nach selbstlosem Dienen. Die so gereifte Seele reiht sich ein in die große Schar derjenigen, die Jesus Christus in seinem Erlösungswerk dienen, getreu nach seinem Gleichnis: „Ich bin der Weinstock, ihr seid die Reben. Ich gebe euch meine Kraft, damit ihr Früchte tragen könnt, die Früchte der Nächstenliebe, der Geduld, des Verzeihens, der Barmherzigkeit, der Demut und des Gottvertrauens."
Nur diese Kräfte sind es, die aufgrund ihrer Unüberwindbarkeit letztendlich den Sieg über die luziferische Scheinherrschaft erringen können. Es ist den tief gefallenen Seelen im Herrschaftsbereich des Widergeistes nicht möglich, sich aus eigener Kraft ihre Ketten abzustreifen. Deshalb bedurfte es der Inkarna-

tion eines Gottessohnes, um in diese Abhängigkeit eine Bresche zu schlagen durch das Selbstopfer der Liebe. Dieses Geschehen von Golgatha war der Wendepunkt im Sog der Gottesferne. Und er konnte nur auf dieser Erde stattfinden, auf einem Planeten im äußeren Arm der Milchstraße, weil hier auf diesem unscheinbaren Stäubchen im All der Widersacher Gottes seine letzte Zuflucht gefunden hat. Aus dieser Sicht kommt der Erde eine besondere Bedeutung zu, denn sie ist, kosmisch gesehen, zur wichtigsten Stufe der ‚Religio', der Rückverbindung, geworden oder, um mit einem Bilde der Bibel zu sprechen, zur ersten Sprosse der Jakobsleiter. Denn die Erde ist ein Läuterungsplanet. Nun mag sich vielleicht mancher überlegen, dass bei der unbegrenzten Fülle des universellen Lebens ein Planetendasein keine Rolle spielt, da doch laufend, wie unsere Astronomen nachweisen können, Sterne gigantischer Größenordnung vergehen und wieder neue erstehen. Das ist zwar richtig und niemand wird wohl diese astronomischen Tatsachen bestreiten wollen. Trotzdem dürfen wir nicht übersehen, dass das Universum ein lebendiges, zusammenhängendes Schöpfungswesen darstellt, dessen verschiedenenartigste Struktur ebenso vielen Variationen der Lebensäußerung, der Entwicklungsstufen und der Läuterungsstätten entspricht. Die Veränderung von Sternen, die der Astronom mit Hilfe seiner Teleskope beobachtet, sollten deshalb als Lebensäußerungen eines Organismus gesehen und beurteilt werden. Erst dann lassen sich gesamtgültige Rückschlüsse auf die Schöpfungswunder des Alls ziehen. Schon zu allen Zeiten richtete der Mensch seinen Blick in den Sternenhimmel und war immer aufs Neue fasziniert von seiner Schönheit und Erhabenheit. Ebenso lange ist er bemüht, die Rätselhaftigkeit dieser Sternenreiche zu ergründen. Im Grunde genommen hat sich daran bis heute nichts geändert, nur die Grenzen des Beobachtbaren haben sich erweitert. Zu den beeindruckendsten Erscheinungen am Sternenhimmel zählt eine Nova. Diese Bezeichnung wird für einen Stern verwendet, dessen Licht plötzlich so hell wie eine nahe Sonne aufleuchtet und der nach kurzer Zeit seinen normalen Helligkeitsgrad wieder annimmt. Die letzte Novaerscheinung wurde vor kurzem in einer Entfernung von 12 Milliarden Lichtjahren beobachtet. Das bedeutet, dass sie zu einer Zeit auftrat, als unsere Erde noch gar nicht existierte. Das plötzliche Aufleuchten eines Sternes wird von gewaltigen Gasausbrüchen begleitet. Die Ursache dieses Phänomens ist astronomisch nicht zu erklären. Esoterisch gesehen liegt es darin begründet, dass das Universum in ständiger Wandlung begriffen ist und immer wieder neue Sternsysteme geboren werden, die als Läuterungs- und Schulungsstätten für gefallene Geistwesen dienen. Aus den abgestoßenen Gasmassen bilden sich durch Abkühlung und Kontraktion allmählich die Planeten. Neuerdings beschäftigen sich die Astronomen mit einem weiteren Phänomen. Es handelt sich um die von ihnen so bezeichneten ‚Schwarzen Löcher', die noch der wissenschaftlichen Erklärung bedürfen. Man vermutet hinter dieser geheimnisvollen Erscheinung eine so starke Massenkonzentration, dass sogar die Lichtpartikel nicht mehr entweichen könnten. Eine anspruchsvolle Spekulation deutet ein ‚Schwarzes Loch' sogar als magisches Tor in eine andere Zeitdimension.

Das Rätsel ist jedoch leicht zu lösen, wenn man die rein physikalische Erklärungsweise durch die esoterische Erkenntnis ergänzt, dass die gesamte materielle Schöpfung einmal wieder in ihren ursprünglichen Zustand des rein Geistigen zurückkehren wird. Daraus lässt sich die Deutung ableiten, dass diese astronomische Entdeckung ein Zwischenstadium zeigt, in dem sich die Materie eines Sternensystems bereits unserer sinnlichen Wahrnehmung entzogen hat, aber in einem höheren Frequenzbereich weiterexistiert. Beide Erscheinungen, sowohl die Nova als auch die sogenannten ‚Schwarzen Löcher', geben demnach keine Veranlassung, in den Weiten des Universums chaotische Verhältnisse anzunehmen, vielmehr geschieht alles in der Ordnung von Liebe getragenen Schöpfungsgesetzen, von deren Größe und Weisheit wir uns keine Vorstellung machen können.

Auch die Quasistellaren und die Radiosterne, abgekürzt Quasare und Pulsare, geben den Astronomen Rätsel auf. Zu beiden ist zu sagen, dass auch diese Phänomene keine Abnormitäten darstellen, sondern dass ihre Eigenart ebenfalls mit ihrer Leben tragenden Aufgabe zusammenhängt. Ein Quasar ist ein Stern, der sich in einem Übergangszustand befindet. Er hat keine Planeten mehr zu versorgen, aber er darf auch noch nicht in den immateriellen Zustand überwechseln, weil er noch Nachzüglern seiner Entwicklungswelten Asyl gewähren muss. Und schließlich bilden die so genannten Pulsare mit ihren rhythmischen Emissionen eine Ergänzung zu den Quasaren, da ihre Strahlung sich aus sichtbarem Licht und aus unsichtbarer Energie zusammensetzt, jeweils im Wechsel, und der Anpassung neuer physischer Lebensformen dient. Wir haben es also hier mit einer neu entstehenden Läuterungsstufe zu tun für solche Seelen, deren Widerstandskraft gegen den Sog ins Reich der Sinnenwelt noch nicht ausreichte, um in freier Willensentscheidung den Weg zu geistiger Vervollkommnung zu gehen.

Diese Beispiele mögen zeigen, wie unendlich vielfältig die ‚Wohnungen im Hause des Vaters' ausgestattet sind und welche unendliche Liebe hinter der unfassbaren kosmischen Evolution des Lebens sichtbar wird.

Erheben wir also unsere Gedanken in dieses wunderbare Erlebnis des universellen Seins über alle Grenzen und wir werden in Geist und Seele Schwingungen erwecken, die ihre Resonanz im ganzen All finden werden, denn nichts ist vom anderen getrennt, alles ist eins im einen. So fällt auch uns die Aufgabe zu, unser Wissen in Liebe zu unseren suchenden Geschwistern weiterzugeben, ihnen zu helfen auf dem Weg der Religio, so wie uns Hilfe zuteil wird von unseren voraus geschrittenen Brüdern und Schwestern aus fernen Welten.

Das Leben der Santiner

Der Planet Metharia gehört dem Sonnensystem Alpha Centauri an, das von der Erde 4,3 Lichtjahre (das sind rund 9,5 Billionen Kilometer) entfernt ist und zu unseren kosmischen Nachbarn zählt. Astronomisch handelt es sich um einen so genannten Doppelstern, der aus einer Hauptsonne und einer Nebensonne besteht. Beide kreisen um einen gemeinsamen Schwerpunkt, der jedoch näher bei der Hauptsonne liegt, so dass sich diese auf einer sehr engen und die Nebensonne auf einer wesentlich größeren Kreisbahn bewegen. Mit dieser Doppelsonne ist die Besonderheit verbunden, dass es auf den Planeten, die das Sonnenlicht noch in ausreichender Stärke empfangen (dazu zählt auch Metharia als dritter Planet), nie vollständig Nacht wird, sondern nur eine Dämmerung eintritt. Wir können daraus ersehen, dass der Schöpfer viele Formen der Versorgung von ‚Wohnungen in seinem Hause' erdacht hat bis zu Riesensonnen, die unser ganzes Planetensystem der Ausdehnung nach in sich aufnehmen könnten. Aber auch diese erhalten ihre Energie von noch größeren Systemen bis zum Mittelpunkt des Universums, der aus einer unvorstellbaren Lichtfülle besteht. Auch unsere Sternenbrüder sind immer wieder überwältigt, wenn sie auf ihren Reisen in die Tiefen des Alls neuen Schöpfungswundern begegnen.

Alpha Centauri hat acht Planeten, von denen sieben bewohnt sind; der achte entspricht nach Größe und Zustand etwa unserem äußersten Planeten Pluto. Die Santiner zählen zu derjenigen Menschheitsgruppe in diesem Planetensystem, die geistig am weitesten fortgeschritten ist. Aber auch die Völker der anderen Planeten stehen auf einer Entwicklungsstufe, die hoch über der irdischen liegt. Es bestehen gute Kontakte zwischen allen Planetenmenschheiten, obwohl sie sich aufgrund der verschiedenen äußeren Lebensbedingungen körperlich unterscheiden.

Gegenseitige Besuche sind deshalb nur mit entsprechenden Anpassungsmaßnahmen möglich.

Alpha Centauri gehört dem gleichen übergeordneten Sternenverbund an, zu dem auch unser eigenes Sonnensystem zählt. Diese Gruppierung besteht aus sechs Sonnen mit ihrem Planetengefolge, die sich um einen Fixstern von gewaltiger Größe und Strahlkraft auf einer lang gestreckten elliptischen Bahn bewegen. Wir nennen diesen Fixstern Sirius; er ist der hellste Stern am südlichen Himmel. Gleich einem Begleitstern (Sirius B) umkreisen ihn neun Planeten, von denen drei von hohen Wesenheiten bewohnt sind.

Ein Besuch dieser Planeten ist jedoch für verkörperte Wesen nicht möglich, da das dortige Leben einer immateriellen Daseinsebene angehört und die Planeten ebenfalls immaterieller Natur sind. Es ist jedoch möglich, diese Welten im feinstofflichen Körper zu besuchen und mit der hohen Bewusstseinsstufe dieser Wesen in Berührung zu kommen.

Die atmosphärischen Verhältnisse auf Metharia unterscheiden sich nur wenig von denjenigen der Erde. Das wesentliche Merkmal ist eine höhere Konzentration von Edelgasen, von denen einige Arten uns noch unbekannt sind. Die Hauptbestandteile sind jedoch ebenfalls Stickstoff und Sauerstoff, die etwa im Verhältnis 3,8 zu 1 gemischt sind. Wir könnten demnach in dieser Atmosphäre ohne weiteres leben, wenn man von einer vorübergehenden Anpassungsschwierigkeit wegen des geringeren Luftdrucks absieht. Wir hätten nämlich dasselbe Empfinden, wie wenn wir in ein Hochgebirgsklima versetzt worden wären. Doch dies wäre ein Umstand, der nur zu unserem Wohlbefinden beitragen würde.

Die Bevölkerungszahl von Metharia beträgt rund 3,5 Milliarden, aber nur 5 Millionen widmen sich ausschließlich der Raumfahrt. Die Raumfahrer unterteilen sich in eine Forschungsgruppe, die die meiste Zeit auf galaktischen Kursen ist, und in eine andere Gruppe, die sich mit Entwicklungs- und Betreuungshilfe für zurückgebliebene Brudermenschheiten auf anderen Planeten befassen. Zu dieser Gruppe zählen auch die Santiner, deren Leiter Ashtar Sheran ist und die sich ausschließlich der Erdenmenschheit angenommen haben. Ihre Mission ist weitaus die schwierigste und deshalb stehen sie auch in hohem Ansehen auf ihrem Heimatstern. Der nachstehende Auszug aus einer Medialbotschaft möge ihre Wertschätzung unterstreichen:

Die Mission der Santiner geht dem Ende zu, und so könnt ihr euch vorstellen, welche Freude bereits jetzt unter ihnen herrscht. Es ist die gleiche Freude, die ihr empfindet, wenn euch ein Werk gelungen ist, das eure ganze Willenskraft und euer ganzes Durchhaltevermögen in Anspruch genommen hat und das ihr nun in die Hände eures Auftraggebers legen dürft. Und der Auftraggeber für die Santiner heißt Jesus Christus.

Ihr Wesen

Die Bewohner von Metharia sind von etwas kleinerer Statur als ein Erdenmensch, wenn man zum Vergleich die Durchschnittsgröße eines Mitteleuropäers zugrunde legt, von dem sie sich bezüglich der Körperform nur unwesentlich unterscheiden. Ihre Hautfarbe ist hell bis bräunlich und ihre Gesamterscheinung ist vollkommen harmonisch. Auf Metharia gibt es keine Unterschiede in den Lebensbedingungen. Der Lebensstandard ist auf dem ganzen Planeten der gleiche. Die Unterscheidung von arm und reich, gebildet oder ungebildet kennt man nicht, ebenso wenig verschiedene Auffassungen in religiösen Fragen. Alle Menschen haben die gleichen Voraussetzungen, um ein Leben in Harmonie und ohne jeden Zwang zu führen. Alles ist für alle da und keinem würde es einfallen, irgendetwas seinem Mitbruder oder seiner Mitschwester vorzuenthalten oder gar bewusst wegzunehmen. Niemand nimmt für sich ein Eigentum in Anspruch, es sei denn, dass jemand etwas Selbstgeschaffenes zu

seinem Eigentum erklärt. Dies kommt aber so gut wie nie vor, denn jedermann weiß, dass alles nur einen einzigen Eigentümer hat, Gott, der alles geschaffen hat und dessen Schöpfung in ihrer unendlichen Fülle dem Menschen nur als Leihgabe zur Verfügung steht, damit er an ihr und in ihr lernt, sich geistig höher zu entwickeln. Ein Schüler in unseren Schulen würde ja auch nicht auf den Gedanken kommen, die Schulbank als sein Eigentum zu betrachten, wenn sie ihm ein Jahr lang zur Erlangung von Wissen gedient hat bis zum Übertritt in die nächste Klasse. Die Kinder werden zunächst in der Familie erzogen, bis sie eine Reife erreicht haben, die vergleichsweise unserem Abitur entspricht. Danach geht die Ausbildung auf Institute über, die sich der Schüler je nach Begabung und Berufsziel auswählen kann. Es gibt darunter auch Ausbildungsstätten, die nur von solchen Schülern besucht werden können, deren außergewöhnliche Begabung offensichtlich ist und die den Wunsch haben, später selbst einmal ein Lehramt zu übernehmen. Es sind meist solche Menschen, die schon in einer vorhergehenden Inkarnation sich dem gleichen Interessengebiet gewidmet haben und nun ihre Arbeit fortsetzen wollen, wobei sie sich in der Regel mit einem geistigen Wesen vor ihrer Wiedereinkörperung abgesprochen haben. Ihr Ziel ist es, den Brüdern und Schwestern ihres Heimatplaneten durch Vermittlung neuer Erkenntnisse zu helfen, auf dem Wege der geistigen Vervollkommnung rascher fortzuschreiten. Es ist also der Wille zum Dienen, der sie dazu anregt.
Vom gleichen dienenden Prinzip lassen sich auch die Raumfahrer dieses Volkes leiten. Denn auch sie sind ausschließlich von dem Willen beseelt, ihren Brüdern und Schwestern einer entwicklungsmäßig zurückgebliebenen Planetenmenschheit zu helfen ohne Rücksichtnahme auf die eigenen Strapazen, die sie sich durch ihren kosmischen Dienst am Nächsten auferlegen. Denn bei aller technischen Perfektion ist ein menschliches Versagen bei der Erfüllung dieser schwierigen Aufgabe nicht ganz auszuschließen. Und mancher Santiner hat dabei schon sein

physisches Leben geopfert. Zwar fand er durch Reinkarnation relativ schnell wieder zu seiner freiwilligen Aufgabe zurück, doch bedeutet es auch für ihn eine Unterbrechung der Kontinuität seiner Lebensentwicklung. Dass die Santiner in ganz hohem Ansehen stehen, versteht sich von selbst. Es ist jedes Mal ein festlicher Anlass, wenn ein Raumschiff vom Einsatz im Terrabereich zurückkehrt und die Besatzung ihre persönlichen Eindrücke von ihrer Mission schildert. Wie schön wäre es, wenn sie endlich berichten könnten, dass die Erdenmenschheit nunmehr begriffen hat, um was es geht und dass die Santiner nicht mehr als feindliche Eindringlinge angesehen werden. Eine schwere psychische Last wäre von ihnen genommen.

Familiengröße

Eine metharianische Familie setzt sich im Allgemeinen aus einem Großelternpaar, dem Elternpaar und zwei Kindern zusammen. Ein Generationsproblem, wie bei uns üblich, gibt es nicht, denn jedermann weiß, dass Tod und Geburt nichts mit dem Alter der Seele zu tun haben, vielmehr als ein Wechsel der Lebensformen anzusehen sind. Daraus folgt, dass niemand der Familienmitglieder sagen kann, wer in Wahrheit älter oder jünger ist. Wir sehen, wie relativ in Wirklichkeit Begriffe sind, je nachdem, von welcher Erkenntnisstufe aus man sie betrachtet.
Es werden auch Haustiere gehalten. Das häufigste ist, wie bei uns, der Hund. Diese Tiere befinden sich durch eine einfühlsame Unterrichtung und Erziehung bereits auf einer Entwicklungsstufe, die an das Erwachen eines Selbstbewusstseins heranreicht. Dementsprechend sehen die Santiner in ihren Haustieren Freunde, denen sie den Sprung zu ihrer nächst höheren Entwicklungsstufe beschleunigen helfen. Auf dieses Ziel ist die Erziehung ausgerichtet. Dies gilt für jedes Tier, das in sich den Drang verspürt, sich den Menschen anzuschließen. Vögel jeder Art

werden nicht in Wohnungen gehalten, da es ihrer Lebensart widerspricht, in Käfigen eingesperrt zu sein. Überhaupt wird keinem Tier irgendein Zwang auferlegt, der es in seiner Lebensfreiheit einschränken würde. Die Vermehrung der wild lebenden Tiere wird dadurch geregelt, dass ihr Gattungs-Ich, also ihre geistige Leit-Individualität durch den Instinkt das entsprechende Verhalten steuert. Diese geistige Steuerung ist auf der Erde innerhalb der ‚zivilisierten' Zonen nicht mehr möglich, da der Mensch durch sein rigoroses Eingreifen in diese Naturvorgänge die Brücke zwischen dem Tier und seinem individuellen Gattungs-Ich längst zerstört hat. So muss die Hege des Jägers als ein unvollkommener Ersatz an die Stelle der natürlichen Gesetze treten.

Geographische Gestalt des Planeten, Kontinente, Gebirge, Ozeane, Natur und Landschaft

Der Planet Metharia hat etwa die Größe der Erde. Seine Dichte ist aber geringer, da die Materie in diesem Planetensystem der Feinstofflichkeit näher steht. Dies hat auch eine geringere Anziehungskraft zur Folge. Diese geologischen Verhältnisse haben liebliche, harmonische Landschaften entstehen lassen. Doch gibt es auch Gebirgszüge mit sehr hohen Erhebungen, die aber nicht von riesigen Felsformationen durchbrochen werden. Die Täler bilden eine organische Einheit mit den sie umschließenden Bergen. Die Vegetation ist von einer Üppigkeit, wie sie auf Erden unbekannt ist. So ist die Ernte nicht nur auf eine bestimmte Jahreszeit beschränkt, sondern verteilt sich über das ganze Jahr, weil das Klima keinen extremen Wechseln unterliegt, wie auf der Erde. Vorherrschend ist ein sommerliches Klima, das allem Leben zugute kommt. Auch die Naturgeistwesen sind in diese Lebensharmonie einbezogen, so dass es kaum zu Unwettern kommt, wie sie auf Erden bekannt sind. Die Tierwelt hat einen ganz anderen Charakter, es gibt keine Raubtiere und auch keine Tiere, die vor dem Menschen fliehen, vielmehr besteht auch in dieser Hinsicht vollkommene Harmonie. Die wild lebenden Tiere nähern sich dem Menschen ohne Scheu, es kommt sogar vor, dass sie in eine menschliche Gemeinschaft aufgenommen werden wollen. In diesen Fällen bekommen die Tiere regelrecht Unterricht, der auf ihre spätere höhere Entwicklungsstufe hinzielt. Dafür gibt es besonders ausgebildete Tierpsychologen.

Grundsätzlich sei noch erwähnt, dass die Tierwelt auf Metharia im Vergleich zur irdischen ohnehin bereits einen hohen Grad an Intelligenz erreicht hat. Dies macht es möglich, das Instinktverhalten des Tieres allmählich auf ein Individualverhalten umzustellen. So ist es nicht außergewöhnlich, dass ein Haustier, zum Beispiel ein Hund, den es auch auf Metharia gibt, auf eine Frage artikuliert antwortet. Eine Dressur, wie sie auf Erden üblich ist, kennt man nicht. Auch in dieser Hinsicht wird dem Tier die größtmögliche Freiheit belassen. Zwang ist überhaupt ein unbekannter Begriff auf diesem Planeten, sowohl im Menschen-, im Tier- und Pflanzenreich. Dass im letzteren trotzdem alles in geordneten Bahnen abläuft, dafür sorgen die Naturgeistwesen. In ihr Reich greift der Mensch nicht ein, es sei denn, dass er im einen oder anderen Fall um Hilfe gebeten wird. Ein schönes Beispiel einer solchen Zusammenarbeit gibt es übrigens auch auf der Erde. Es ist das Findhorn-Experiment in Nordschottland. Auch das ist bereits ein Lichtstrahl des Wassermann-Zeitalters.

Die Ozeane und Binnengewässer besitzen ein überaus reichhaltiges Leben, an dem die Seenforscher ihre Freude haben würden, denn der Artenreichtum der Fische ist ohne Vergleich mit dem Vorkommen in den irdischen Gewässern, das dazu noch durch rücksichtslose Raubfischerei laufend verkleinert wird. Die größere Fläche des Planeten ist wie auf der Erde von Wasser bedeckt. Es gibt nur einen einzigen großen Kontinent und sehr viele kleinere und größere Inseln, die aber, bis auf wenige, unbewohnt sind. Es wird auch Schifffahrt betrieben. Dazu werden aber Schwebeboote benützt, die nach dem gleichen Prinzip der Luftfahrzeuge konstruiert sind mit der technischen Ergänzung, dass man mit ihnen auch unter Wasser fahren kann. Diese Art der Schifffahrt über oder unter Wasser dient aber lediglich der Freude und Erholung sowie ab und zu auch zu Forschungszwecken. Die Pflanzenwelt ist ebenso artenreich und übertrifft in Farbe und Ausdrucksform jede menschliche Vorstellung.

Wie bereits erwähnt, besitzt Metharia nur eine einzige große Landmasse und viele kleinere und größere Inseln. Schon daraus kann geschlossen werden, dass die Wasserfläche wesentlich größer ist als die Landfläche. Das Verhältnis ist ungefähr viereinhalb zu eins, das heißt etwa 77 % Wasser zu 23 % Land. Auf unserer Erde beträgt das anteilige Verhältnis von Wasser und Land 70,8 % zu 29,2 %. Wald ist reichlich vorhanden. Er zieht sich wie ein breiter grüner Gürtel von einem Ende des Kontinents zum anderen. Die Pflege und biologische Betreuung wird vollständig den Naturgeistwesen überlassen, die durch Einflussnahme auf das pflanzliche Leben den unentbehrlichen Sauerstoffspender im harmonischen Gleichgewicht mit der übrigen Natur des Planeten halten. Es gilt auch hier das Gesetz, dass kein Lebensträger einen anderen in seiner Entwicklung stören darf. Das heißt aber nicht, dass alles einem Wildwuchs überlassen wird, vielmehr wird die Ordnung dadurch aufrecht erhalten, dass jeder Pflanze und jedem Baum der ihnen angemessene Lebensraum freigehalten wird. Jede Regulierung durch den Menschen, wie es bei den Kulturvölkern der Erde üblich ist, wäre schädlich und würde nur zu einem gestörten Verhältnis zur Welt der Naturgeistwesen führen. Die Waldfläche beträgt etwa ein Fünftel (ca. 22 %) der gesamten Land- und Inselflächen (Erde ca. 27 %). Die Wälder gleichen größtenteils unseren Urwaldgebieten. Dazwischen gibt es aber auch Waldbereiche, die eher einem Park gleichen. Es ist verständlich, dass diese

Wälder besonders gerne von den Menschen aufgesucht werden, um nicht nur die würzige und mit allen möglichen Duftstoffen angereicherte Luft einzuatmen, sondern auch mit den Naturgeistwesen Zwiesprache zu halten und ihnen für ihren Pflegedienst zu danken. Solche Besuche in den Parkwäldern können sich über mehrere Tage erstrecken und enden dann mit einem gemeinsam gesprochenen Dankgebet an dem sich alle Naturgeistwesen der betreffenden Region beteiligen. Denn auch für sie bedeuten solche Kontakte mit den Menschen jedes Mal eine Freude und eine Hilfe auf ihrem Entwicklungsweg.

Regionen des ewigen Schnees gibt es auch, allerdings nur auf bestimmten Inseln, die in der Nähe der Pole liegen und hohe Berge tragen. Die Bildung von Eismeeren lassen die klimatischen Verhältnisse nicht zu, da das Temperaturgefälle zu den Polen nicht so stark ist, wie auf der Erde. Doch für ein Wintersportvergnügen reicht es immer noch. Wie auf der Erde, so hat auch auf Metharia das Skifahren viele Freunde. Ihr Interesse richtet sich jedoch nicht auf Schnelligkeit oder gar auf Rekorde im Abfahrtslauf, sondern auf das besondere Erlebnis des Naturgenusses. Denn der Schnee auf Metharia besitzt eine eigene Leuchtkraft, die davon herrührt, dass über den Polregionen des Planeten besonders starke Magnetfelder existieren, die die entstehenden Schnee- und Eiskristalle aufladen, ähnlich der Ionisierung der Luftpartikel durch das Magnetfeld eines Ufos. Der Skifahrer wirbelt dann buchstäblich eine Lichtwolke auf, wenn er über die Schneefelder dieser Berge fährt und fühlt sich in eine phantastische Welt versetzt. Ich möchte noch hinzufügen, dass es keiner Lifte bedarf, um wieder die gewünschte Ausgangshöhe zu erreichen, da die Santiner mittels eines Antigravitationsgürtels ihre eigene Schwerkraft bis zum Schwebezustand verändern und durch eine Regelung der Antigravitationswirkung in jede gewünschte Richtung schweben können. Dass diese Art des Skifahrens von der Jugend mit Begeisterung betrieben wird, muss nicht besonders betont werden, da sich darin die Jungendlichen beider Planeten nicht sehr wesentlich unterscheiden.

Zeiteinteilung, Klima und Jahreszeiten

Der Planet Metharia dreht sich, wie alle Planeten um seine eigene Achse, um die notwendige Stabilität zu gewährleisten auf seinem Wege um die Doppelsonne, die dem System Alpha Centauri eigen ist. Damit sind bereits die Voraussetzungen aufgezeigt, die einem noch an einen Körper gebundenen Wesen das Gefühl der Zeit vermitteln. Doch herrscht auf Metharia keine genaue, durch Sonnenauf- und Sonnenuntergang bestimmte Tag- und Nachtgrenze, weil sich zwischen zwei Tagen immer nur eine Dämmerung einstellt. Der Zeiteinteilung liegt ebenfalls eine volle Umdrehung des Planeten zugrunde, die aber nicht, wie bei uns, in 24 Stunden, sondern in 20 gleiche Abschnitte unterteilt wird, und diese setzen sich wieder aus kleineren Zeiteinheiten zusammen, die man mit unseren Minuten und Sekunden vergleichen kann. Insofern ist das metharianische Zeitsystem nicht sehr verschieden vom irdischen. Einen bedeutenderen Unterschied gibt es allerdings bei den größeren Zeitabschnitten. Zwar bildet auch hier der Planetenlauf um die Doppelsonne den natürlichen Zeitrhythmus und man könnte deshalb unseren Begriff des Jahres ohne weiteres verwenden, wenn man davon absieht, dass ein metharianisches Jahr rund 1,6 irdischen Jahren, das heißt ein Jahr, sieben Monate und einer Woche entspricht. Diese Zeitspanne wird unterteilt in 20 Monate, um den passenden irdischen Begriff zu verwenden, obwohl der Planet Metharia keinen Mond besitzt. Daher gibt es auch keine Gezeiten und sonstige störende Einflüsse, die der irdische Trabant auf sein Muttergestirn ausübt. Jahreszeiten im irdischen Sinne sind ebenfalls unbekannt. Zwar gibt es kältere und wärmere Zonen, aber im Großen und Ganzen herrscht immer ein gleichmäßiges Klima, das auch die Pflanzenwelt zu kontinuierlichem Wachstum anregt. Geerntet wird das ganze Jahr hindurch entsprechend der Fruchtfolge der verschiedenen Pflanzenarten.

Städte

Zusammenballungen von menschlichen Wohnstätten, wie sie bei uns im allgemeinen üblich sind, gibt es nicht, vielmehr beschränken sich die Siedlungen auf die von ihrer geographischen Lage her am besten geeigneten Landstriche. So entstanden entlang von Höhenrücken weit ausgedehnte Siedlungen, die sich über eine Länge von vielen Kilometern erstrecken können. Diese Wohnsiedlungen sind jedoch in die Landschaft so eingefügt, dass ihr Charakter in keiner Weise gestört erscheint. Im Gegenteil, die architektonischen Künste der Santiner vermögen es, bestimmte Partien des Höhenzuges in ihrer natürlichen Wirkung noch zu unterstreichen. Diese Siedlungsart ist vorherrschend. Daneben gibt es aber auch flächenartige Anordnungen von Siedlungen, je nachdem, ob sich diese oder jene Form besser den gegebenen Landschaftsverhältnissen anpassen lässt. Es wird jedoch in allen Fällen streng darauf geachtet, dass keinerlei Störung des Naturhaushalts eintritt, sei es das Wasservorkommen (Bäche, Flüsse, Seen usw.) oder das Wachstum der Pflanzen und Bäume. So kann man sagen, dass sich der Mensch mit seinen vielseitigen Bedürfnissen in die große Lebensgemeinschaft von Natur und Schöpfung harmonisch einfügt.

Regierung und Verwaltung

Beide Begriffe sind auf Metharia unbekannt. Es gibt im irdischen Sinne weder eine Regierung noch eine staatliche Verwaltung. Es gibt lediglich einen Ältestenrat, der aber nur für eine Koordinierung der eigenen Entwicklungsbestrebungen in Angleichung an die Entwicklungsziele der höheren planetaren Gemeinschaft, zu der Metharia zählt, sorgt. Insofern ist er auch ‚Ansprechpartner' in Fragen von überplanetarer Bedeutung. Es ist selbstverständlich und bedarf eigentlich keiner besonderen Erwähnung mehr, dass jeder Bewohner von Metharia stets das gemeinsame Wohl vor Augen hat und dass jedes ich-bezogene Streben einen unbekannten Faktor in ihrem Leben darstellt. Aus diesem Grunde ist es auch nicht denkbar, dass irgendwelche Eigennützigkeiten den Frieden und die wunderbare Harmonie dieses Wohnplaneten stören könnten. Alles wird von der großen Lebensregel bestimmt: Liebe deinen Nächsten wie dich selbst und Gott über alles.

Religion

Die Religion der Santiner besteht darin, dass sie das leben, was jeder Mensch bewusst oder unbewusst in seinem Herzen trägt, nämlich seine Gottverbundenheit. Wenn die irdische Menschheit nur einen Teil von dem verwirklicht hätte, was das größte Liebesopfer auf diese Erde gebracht hat, dann wäre jede Frage nach dem Sinn des Lebens und nach seiner Vervollkommnung längst beantwortet. So aber hat sich der Mensch in unbegreiflicher Selbstverblendung einer äußeren Wirklichkeit verschrieben, die keinen Bestand hat. Daraus leitet er noch seine eigene Existenz her. Es schmerzt die Santiner, ihre Brüder und Schwestern der Terra in dieser Falle sitzen zu sehen, die ihnen der Ungeist gestellt hat. Sie mahnen uns liebevoll:
Lasst euch nicht länger betäuben von hohlen Phrasen, die euch ein irdisches Paradies vorgaukeln, das kranken Gehirnen entstammt, sondern nehmt euch doch endlich wahr als das, was ihr in Wirklichkeit seid: Kinder des einen Vaters, dessen Liebe alles umfasst, was Leben in sich trägt, und es gibt im ganzen

Universum nur Leben. Das Wort ‚Tod' könnt ihr aus eurem Wortschatz entfernen.

Die Leitlinie ihrer Religion heißt Liebe und deshalb verwundert es nicht, dass sie mit dem Träger dieser Eigenschaft, mit Jesus Christus, eng verbunden sind. Die eigentliche Größe der Inkarnation eines Gottessohnes kann kein irdischer Mensch ermessen. Seine freiwillig übernommene Mission umfasst die Rückführung aller gefallenen Geistwesen in ihre wahre Heimat, die sie in Eigenwilligkeit einst verlassen haben. Die Bibel stellt dieses Geschehen mit dem Bild der Vertreibung aus dem Paradies dar. Die irdische Menschheit wird erst dann die Kraft seiner erlösenden Liebe begreifen, wenn sie die nächste Stufe auf ihrem Entwicklungsweg betreten hat. Das Wassermannzeitalter, in dessen Morgendämmerung wir bereits stehen, wird diese Stufe sein.

Die Gottesdienste auf Metharia, die zur Verehrung des Schöpfers abgehalten werden, gleichen einer Feierstunde, in der die Chöre des Himmels die Umrahmung bilden. Denn es ist immer ein gemeinsames Dankgebet, das von der Lebensebene des Planeten mit der Gedankenkraft dieser Menschen abgesandt wird und sich vereint mit der Freude der Geistgeschwister, die sich mit diesem Planeten verbunden fühlen. Eine beliebte Kompositionsvorlage bilden die Sphärenklänge des Alls, die „Melodien der Sterne", die durch ihre Bewegungen im Wellenäther entstehen und nur mit eigens dafür entwickelten Empfangsgeräten hörbar gemacht werden können. Die Kompositionen werden auf großen Musikveranstaltungen und zur feierlichen Umrahmung von Gottesdiensten vorgetragen. Die Musikinstrumente, die dafür verwendet werden, gleichen zylinderförmigen Röhren, die mit einem Resonanzboden verbunden sind. Sie werden dadurch zum Klingen gebracht, dass man mit einem Bogen, ähnlich einem Violinbogen, über sie hinweg streicht. Das Einzigartige dabei ist, dass nie ein Misston entstehen kann, da alle Resonanzböden auf eine bestimmte ‚Klangfarbe' abgestimmt sind, die der Komponist ausgewählt hat. Alle Tonschwingungen, die diesem Klangmuster nicht entsprechen, nimmt der Resonanzboden nicht auf. Dadurch ergeben sich eigenartige Klangbilder, weil jeder Ton, der durch das Bestreichen der Röhren erzeugt wird, aus vielen Haupt- und Nebenfrequenzen besteht, die dann durch Resonanzunterbindung oder -verstärkung entsprechend abnehmend oder anschwellend vom menschlichen Ohr aufgenommen werden. Natürlich gibt es außer diesen Großinstrumenten auch noch eine Reihe anderer Instrumente, die vorwiegend der individuellen Ausübung der Musik dienen. Es handelt sich um Saiteninstrumente, die eine Ähnlichkeit mit unserer Violine und mit unserem Cembalo haben. Allerdings besteht in der Klangfülle ein beträchtlicher Unterschied.

Sprache und Schrift

Hauptsächlich verständigen sich die Santiner mittels der Telepathie. Die Telepathie gehört zum normalen Unterrichtsstoff während der Kindererziehung und beruht einfach auf der Tatsache, dass jeder Mensch die Sende- und Empfangsorgane für die Gedankenübertragung natürlicherweise besitzt, so dass es nur der Anregung und Schulung bedarf, um diese feine Energie als Mittel der Verständigung zu benützen. Da die Santiner der Grobstofflichkeit längst entwachsen sind bildet dieses Unterrichtsfach keine Schwierigkeiten, im Gegenteil, den Kindern machen die erforderlichen Übungen eine besondere Freude.
Die normale Sprache ist besonders wohlklingend. Sie besteht aus vielen Vokalen und wird fast gesungen, ohne dass jemals dabei ein Misston entsteht. Der Klang der Sprache erinnert ein wenig an das Chinesische, bei dem bekanntlich durch Veränderung der Tonhöhe ein Wort eine andere Bedeutung erhält. Diese Merkwürdigkeit deutet übrigens darauf hin, dass das chinesische Volk

nicht zu den Urbewohnern dieser Erde zählt, sondern ebenso wie viele andere kleinere Völker und Rassen von anderen Sternen auf diesen Läuterungsplaneten einst ausgesiedelt wurden (vergleiche „Die Bauten der Außerirdischen in Ägypten"; Anm. d. Autors).
In der Geschichte des chinesischen Volkes findet man Hinweise auf eine Abstammung von den ‚Göttern' und es wäre wohl besser, darin nicht einen bedeutungslosen Mythos zu sehen, sondern einen Schlüssel zur Erklärung der andersartigen Kulturmerkmale dieser Rasse.
Die Schrift der Santiner besteht nicht aus einzelnen Buchstaben, sondern aus Worten und Silben, vergleichbar mit unserer Stenographie. Die Regeln für Rechtschreibung, Satzbau und Grammatik sind einfach und klar. Ausnahmeregeln kennt man nicht. Das persönliche Fürwort, also zum Beispiel ich, wir usw., ist nur an der Endung des betreffenden Tätigkeitswortes erkennbar. Wir sehen, dass sogar in einer Grammatikregel auf die Zurückstellung alles Persönlichen geachtet wird.
Schrift und Sprache sind einheitlich auf dem ganzen Planeten. Deshalb gibt es auch keine Verständigungsschwierigkeiten, wie sie unter den vielen Völkern der Erde üblich sind. Man schreibt ebenfalls auf eine Art Papier, das aber nicht etwa aus Holz, sondern, wie alle Gebrauchsgegenstände, aus dem unbegrenzten Reservoir freier Atome des Alls hergestellt wird und das sich durch Umkehr des Herstellungsprozesses wieder in seine Urbestandteile zurückverwandeln lässt.

Literatur

Um die Literatur verstehen zu können, ist es notwendig, sich in die Lebenswelt von Metharia hineinzudenken. Es genügt nicht, einfach die irdischen Maßstäbe auf ein höheres Niveau anzuheben ohne gleichzeitig auch die fortgeschrittenere Zivilisationsstufe zu berücksichtigen. Zunächst ist zu erwähnen, dass in der gesamten Literatur kein Gedanke enthalten ist, der Geist und Seele des Menschen in negativer Weise beeinflussen würde. Jedermann weiß, dass ein solcher Gedanke als karmische Last auf den Erzeuger zurückkommen würde. Es besteht aber noch ein anderer wesentlicher Unterschied zur irdischen Literaturform, nämlich die Tatsache, dass das gesamte Wissensgut nicht in Büchern aufbewahrt wird, sondern auf einer Art Magnetbänder gespeichert ist, die in großen Bibliotheken für jedermann zugänglich sind und für Studienzwecke oder für die private Weiterbildung zur Verfügung stehen. Diese ‚Magnetbänder' haben nicht nur die Eigenschaft, Text, Zeichnungen und mündliche Erläuterungen durch ein Bildschirmgerät wiederzugeben, was etwa unserer Video-Technik entsprechen würde, sondern sie verstärken gleichzeitig das geistige Aufnahmepotential des Benutzers derartig, dass es ihm möglich ist, den kompletten Inhalt des Bandes jederzeit ins Gedächtnis zurückzurufen. Dieser Wunschtraum eines jeden Erdenmenschen könnte verwirklicht werden, wenn die geistige Energie zumindest mit dem gleichen Interesse erforscht werden würde, wie dies bei den auf Zerstörung beruhenden Energiearten geschieht. Jeder Bibliothek ist ein Archiv angeschlossen, das alles enthält, was wir mit Erd- und Entwicklungsgeschichte bezeichnen würden. Diese Aufzeichnungen werden ebenfalls auf Magnetbändern gespeichert und aufbewahrt, so dass ein lückenloses Nachschlagewerk über die Vergangenheit des Planeten Metharia, seines Sonnensystems sowie über die von den Santinern erforschten Bereiche der Galaxis zur Verfügung steht. Das unerfreulichste Kapitel darin bildet der Bericht über die Erde.

Bei aller Lehr- und Wissenschaftsliteratur kommt aber auch die Unterhaltung nicht zu kurz. Es handelt sich meist um Erzählungen, die sich auf beiden Daseinsebenen, sowohl der körperlichen als auch der geistigen, sozusagen grenzüberschreitend abspielen und den Verlauf von Inkarnationen auf verschiedenen Planeten zum Inhalt haben. Diese Erzählungen werden von allen gerne gelesen, weil sie wirkliche Erlebnisse wiedergeben, die vom Erlebnisträger selbst inspiriert wurden. Daneben gibt es noch eine weitere Gattung der literarischen Kunst, die sich einerseits der Pflege von Sprache und Schrift, andererseits der Dichtung verschrieben hat. Dies ist eine Kunstform, die der irdischen ähnelt, wenn man von einer gewissen Art moderner Kunst absieht.

Die Dichtkunst nimmt einen hohen literarischen Rang ein. Ihre künstlerische Wertschätzung erfährt sie bei Feierlichkeiten aller Art, besonders bei religiösen Feiern. Hierbei trägt ein Sprecher das dazu ausgewählte Werk vor, das sich immer durch hohe Schwingungen in Gedanken und Gefühlen auszeichnet. Anschließend übernimmt ein Chor die Worte und erhöht ihre harmonische Wirkung durch vielstimmigen Gesang. Noch während des Gesangs setzt Musik ein und verstärkt dadurch die Gedanken- und Gefühlsschwingungen, bis in einem Zusammenklang von Chor und Orchester die Feier in der Verherrlichung des Schöpfers ihren Höhepunkt und Ausklang erreicht.

Musik und Gesang

Zur Offenbarung der Lebensfreude gehört auch die Gesangskunst. Sie wird sowohl im Familienkreis als auch in Chorgemeinschaften gepflegt. Für eine künstlerische Ausbildung stehen entsprechende Institute zur Verfügung, ähnlich unseren Musikakademien. Im Mittelpunkt steht die Harmonielehre. Sie vermittelt in ihrer höheren Form ein erweitertes Bewusstsein bis zur Wahrnehmung geistiger Lebensbereiche. Darin inbegriffen sind auch die harmonischen Gesetze des Universums, der ‚Gesang der Welten', der zwar mit physischen Ohren nicht aufgenommen, wohl aber mit der Seele empfunden werden kann. Alles betont Rhythmische in Musik und Gesang ist den Santinern fremd, denn es ist Ausdruck des Körperhaftem, dem sie längst entwachsen sind. In ihrer feinstofflicheren Körperstruktur fühlen sie sich eins mit dem ewigen Schwingen des Lebens im Mikrokosmos und Makrokosmos. Ein weiterer Schwerpunkt der Gesangsausbildung ist die Atemlehre. Dieses Lehrgebiet umfasst nicht nur den Zusammenhang von Atemrhythmus und Gesang, sondern die Wirkung des bewussten Atmens auf die Körperorgane, wie zum Beispiel Herz, Lungen, Magen, Ausscheidungsorgane usw. Das Erkennen dieser Zusammenhänge ist deshalb wichtig, weil jedes Organ einen bestimmten Einfluss auf den Empfindungsleib des Menschen, also seine Seele, ausübt und nur ein vollkommen ausgeglichener Mensch überhaupt in der Lage ist, in die vorher erwähnte Harmonie des Alls einzuschwingen und dann sich selbst als einen Teil dieses unendlichen Schwingens und Singens zu erleben. In diesem Zustand des höheren Empfindens gelingt es, zu einem eigenen Gesangsbild zu gelangen, das in mehreren Variationen zum Vortrag kommt. Ein Erlebnis dieser Art würde uns zeigen, zu welchen Steigerungen der Mensch in seinen künstlerischen Ausdrucksmitteln fähig ist.

Der übrige Teil der Gesangsausbildung unterscheidet sich nicht sehr wesentlich von der irdischen, mit Ausnahme des einen Punktes, der sich mit dem Zusammenspiel der Tonhöhe, also der Tonschwingung, und der Anregung der Chakras befasst. Auf diesem Gebiet wäre beim irdischen Gesangsunterricht eine Lücke zu schließen. Bei den meisten Sängern und Sängerinnen geschieht die Anregung der Chakras unbewusst während des Vortrags, doch sollte zur Stärkung der Ausdruckskraft die Mitarbeit der Energiezentren des Menschen in die Gesangsstudien bewusst einbezogen werden.

Die Freude an der Schauspielkunst scheint genau so groß zu sein, wie bei uns auf der Erde. Es gibt nämlich auch Theater, die aber mit den irdischen nicht verglichen werden können, denn auf Metharia bilden auch die Zuschauer die Akteure, indem sie sich mit in das Geschehen auf der Bühne einschalten. Man sollte daher eher von einem Spontantheater sprechen, dem zwar ein

Hauptthema zugrunde liegt, dessen Spielverlauf aber immer offen ist. So kommt es, dass nie ein vorgegebener Spielverlauf zu einem interessierenden Thema geboten wird, sondern ein vielseitiges, auf Selbsterfahrung gegründetes Programm entsteht, das allen zugute kommt und schließlich ein Lehrstück bildet. Dass nur Themen mit einer positiven Tendenz behandelt werden, versteht sich von selbst, es sei denn, dass einmal Szenen dargestellt werden, denen die Berichte der Santiner von ihrem Einsatz auf der Erde zugrunde liegen. Solche Vorstellungen sind aber äußerst selten, denn sie zeigen ja nur, dass ein falsches Verhalten gegenüber den universellen Lebensgesetzen schwer korrigierbare Folgen hat. Theaterstücke, die der reinen Unterhaltung dienen, sind unbekannt, obwohl der Humor keineswegs zu kurz kommt. Die größere Zahl der Theateraufführungen ist von erhebender Art. Die Darsteller sind nicht Berufsschauspieler, die es gar nicht gibt, sondern Laien, wenn man so sagen will, deren Hobby eben die Schauspielerei ist. Die Stücke bekommen dadurch ihren besonderen Reiz, dass die Schauspieler sozusagen aus dem Stegreif ihr Stück nach dem geäußerten Wunsch eines oder mehrerer Zuschauer verändern müssen, und es ist nicht selten, dass der Vorschlagende selbst auf die Bühne eilt und den Übergang auf seine Version mitspielt. Die Themen behandeln meist Zukunftsfragen, aber auch Ereignisse von historischer Bedeutung, soweit sie zum geistigen Fortschritt der eigenen und anderer planetarer Menschheiten beigetragen haben.

Gesellschaftliches Leben

Natürlich gibt es auch bei den Santinern das, was wir mit ‚gesellschaftlichem Leben' bezeichnen, nur mit dem entscheidenden Unterschied, dass solche Zusammenkünfte niemals nur der Belustigung und des so genannten Zeitvertreibs dienen, vielmehr trifft man sich meistens aus bestimmten Anlässen, wie zum Beispiel die Wiedergeburt eines Familienmitgliedes oder die Rückkehr von einer Raumreise, um die dabei gewonnenen Eindrücke sowie Forschungsergebnisse vorzutragen. Diese Zusammenkünfte finden in dafür vorgesehenen Gebäuden statt, die so ausgestattet sind, dass nie das Gefühl einer Massenveranstaltung entstehen könnte. Jeder Besucher kann sich einen individuellen Sitzplatz aussuchen, der mit einem Bildschirm versehen ist und es erlaubt, den Vortragenden so zu erleben, als wenn er unmittelbar zum Betrachter sprechen würde. Selbstverständlich ist auch die Tonwiedergabe so perfekt, dass der Eindruck des Originalerlebnisses noch unterstrichen wird. An dieser Stelle möchte ich die Äußerung eines Santiners einflechten, die auf diese Einrichtung Bezug nimmt:

Auf dem Gebiet der audio-visuellen Wiedergabetechnik macht ihr eben die ersten Schritte. Eure Erfinder und Techniker werden in dieser Hinsicht inspiriert, denn alles, was euch der künftigen Lebensdimension näher bringt, unterstützt euch in der Anpassungsphase, die ihr schon jetzt erlebt. Und da ihr besonders für technische Dinge aufgeschlossen seid, liegt es nahe, euch auf diesem Wege entgegenzugehen, wenn ihr auch die Absender der Inspirationen noch ignoriert.

Natürlich gibt es auch Veranstaltungen von einzelnen Interessengruppen, die sich demselben Wissensgebiet als Liebhaberei verschrieben haben. Der Beschäftigungsgegenstand hat allerdings in den meisten Fällen mit unseren geläufigen Hobbies nichts gemein, denn auch hier steht das Bestreben im Vordergrund, durch Aneignung von Spezialkenntnissen allen Menschen zu dienen, zum Beispiel auf den Gebieten der Züchtung von neuen Pflanzen, der Astronomie, der Kosmologie, der Mineralogie und noch vieler anderer Wissensgebiete, die dem irdischen Verstand noch nicht zugänglich wären. Selbstverständlich sind die Ergebnisse dieser Privatforschung nicht nur für die Beteiligten selbst, sondern auch für die einschlägigen Institute von

Nutzen. Da diesen Vereinigungen das von den betreffenden Instituten erarbeitete Forschungs- und Erkenntnismaterial zur Verfügung steht, ist gewährleistet, dass das Selbststudium stets dem neuesten Stand der Wissenschaft entspricht und somit eigene Fehlinterpretationen vermieden werden. Dieses System hat zudem den großen Vorzug, dass die ganze Familie am Fortschritt der Wissenschaften teilhaben kann, denn, wie bereits ausgeführt, findet die Unterrichtung der Kinder in der Familie statt, bis zum Übergang in weiterführende Schulen. Meistens wird es dann so gehandhabt, dass die einzelnen Familienmitglieder jeweils verschiedene Interesseneinrichtungen wählen, in denen sie ihr Wissen vertiefen wollen. Nun ist es natürlich nicht so, dass jeder Tag nur mit ernsthafter Weiterbildung ausgefüllt ist, vielmehr gibt es genauso viele Stunden der Entspannung und der heiteren Muße.
Dazu zählen auch Tanzvergnügungen, die aber dem harmonischen Charakter dieser Menschheit angepasst sind, das heißt, dass auch bei solchen Veranstaltungen, die oftmals im Freien stattfinden, ein starker Strom fluidaler Kraft die Seele stärkt und zwar durch Austausch der männlichen und weiblichen Odkräfte während des Tanzens. Die rhythmischen Bewegungen, die begleitet werden von einer wunderbaren Musik, erzeugen bei den Tanzpartnern eine Lockerung des Astralleibes, so dass dadurch die Aura besonders stark in Erscheinung tritt und den Partner durchdringt.

Ein Vergleich mit irdischen Tanzvergnügungen ist unmöglich, da der geistige Reifegrad beider Entwicklungsebenen viel zu verschieden ist. Wenn eine solche Veranstaltung im Freien abgehalten wird, dann überträgt sich die Freude auch auf die Naturgeistwesen, so dass es nicht selten ist, dass auch sie sich unter die Tanzenden mischen. Humor und Lebensfreude finden also auf verschiedenartige Weise ihren Ausdruck, allerdings in der verfeinerten Form, der dem geistigen Entwicklungsstand dieser Menschen entspricht. Grob-derbe Späße kennt man nicht, und es würde auch niemand daran denken, etwa einen Mitbruder oder eine Mitschwester in Verlegenheit zu bringen oder gar zum Gegenstand eines Spaßes zu machen, wie dies auf Erden häufig der Fall ist. Der Humor findet seine Grenze dann, wenn die Freude der Seele verstummt. Die seelische Freude aber ist das Wesen des Humors der Santiner und aller höher entwickelten Menschen. Dabei spielen Unmittelbarkeit und plötzlicher Einfall eine ausschlaggebende Rolle. Und dass die Natur selbst von Heiterkeit und Frohsinn, herrlichen Düften und Farben erfüllt ist, sowie mit immer neuen Überraschungen aufwartet, mag doch als Zeichen dafür gelten, dass der Schöpfer selbst diese Tugenden besonders liebt.

Sport

Ja, auch Sport wird betrieben, wenn man in diesem Fall überhaupt diesen irdischen Begriff anwenden soll. Von Wettkampfspielen kann keine Rede sein, vielmehr handelt es sich um Bewegungsspiele, die ausschließlich dazu dienen, den Körper unter den Willen des Geistes zu stellen, um das harmonische Zusammenspiel aller drei Wesensschichten des Menschen zu fördern. Es geht also nicht darum, den Körper mit allen Mitteln zu ertüchtigen und zu kräftigen, sondern um die Angleichung der Körperschwingungen an Seele und Geist. Insofern gleicht diese Methode der körperlichen Betätigung, etwa dem Yoga, wie es heute auf der Erde ausgeübt wird, mit der Ergänzung allerdings, dass sowohl der Geist als auch die Seele mit dem ihnen eigenen Gleichmaß auf den Körper einwirken. Dies genau abzuschätzen, ist dem heutigen Menschen dieser Erde noch nicht möglich, wohl aber kommt er durch Yoga diesem Prinzip am nächsten. Aber auch reine, zweckfreie Bewegungsspiele gibt es, die nur zur bloßen Entspannung und Freude ausgeübt werden, jedoch, wie bereits bei der Schilderung des Lebens in der Raumstation erwähnt, ohne jeden Eifer oder gar um eines Übervorteilens des Spielpartners willen, vielmehr ist jeder darauf bedacht, die Freude des anderen zu mehren.

Mathematik

Die Mathematik ist auch auf Metharia als Kurzschreibung von logischen Zusammenhängen unentbehrlich. Das System ist jedoch mit den irdischen Rechenverfahren nicht vergleichbar, denn seine Grundlage ist kosmischen Ursprungs. Deshalb würde einem menschlich erdachten Dezimalsystem keine Bedeutung zufallen. Kosmisch gesehen beinhaltet jeder Zahlenbegriff zugleich einen geistigen Wert, der von gleicher Bedeutung ist wie der reine Zahlenwert. Dementsprechend kann eine Zahl auch als ein geistiges Wirkpotential für eine, mit den Schöpfungsgesetzen in Einklang stehende Technik genützt werden, und zwar vom kleinsten Gerät bis zum Bau von Raumschiffen. Dieses Prinzip wird vor allem zur Herstellung von automatisch arbeitenden Maschinen angewandt, wobei der steuernde Automat bis zur Vollkommenheitsstufe einer ‚intelligenten Materie' entwickelt wurde. Darunter ist zu verstehen, dass sich der Automat selbständig ein Steuerungsprogramm zusammensetzt zur Fertigung eines bestimmten Produktes, das ihm als eine gedankliche Matrix (ein geordnetes Schema von Werten, für das bestimmte Rechenregeln gelten; Anm. d. Autors) eingegeben wurde. Dies hört sich zwar wie ein Märchen an, ist aber nichts anderes als die Übernahme eines solchen Verfahrens von der Natur, die sich selbst immer die bestmöglichsten Voraussetzungen schafft, um das ihr vorbestimmte Entwicklungsziel zu erreichen. Solange jedoch der Mensch nicht gewillt ist, die Schöpfungsgesetze zu beachten, ist es ihm auch nicht möglich, von ihnen zu lernen. Unsere materialistisch eingestellte Wissenschaft versucht, durch immer komplizierter werdende mathematische Formeln dem Schöpfungsgedanken auf die Spur zu kommen und übersieht dabei den einzig maßgebenden Nenner, auf den es allein ankommt: Die Liebe zu Gott und seiner Schöpfung.

Verkehrswesen

Es gibt verschiedene Verkehrssysteme auf Metharia. Das individuellste und für Kurzstrecken am häufigsten angewandte besteht darin, dass sich der Mensch selbst mit Hilfe eines Antigravitationsgürtels in die Lüfte erhebt und im Schwebeflug sein Ziel erreicht. Diese Fortbewegungsmethode erfreut sich vor allem bei der Jugend allgemeiner Beliebtheit. Für größere Entfernungen benützt man entweder Schwebetaxis, die überall zur freien Benutzung zur Verfügung stehen, oder ein familiengerechtes Kleinstraumschiff, das meist für größere oder längere Besuchsreisen verwendet wird. Solche Kleinstraumschiffe besitzen alle Familien. Mit ihnen lassen sich auch Raumflüge in Planetennähe durchführen, was von der unternehmungslustigen jüngeren Generation besonders geschätzt wird. Für interplanetarische Raumreisen sind sie jedoch nicht geeignet, da ihnen die erforderlichen Schutzeinrichtungen fehlen. Als weiteres Verkehrsmittel ist noch eine Schwebebahn zu erwähnen, die durch die schönsten Landschaften des Kontinents verläuft. Ihr Antriebssystem beruht ebenfalls auf Antigravitation, deren Wirkungsgrad sich automatisch der jeweiligen Belastung angleicht; dadurch wird immer der gleiche Schwebeabstand vom Boden eingehalten. Dieser Abstand beträgt rund 10 cm. Die Bahntrasse besteht aus einem ebenen Streifen natürlichen Bodens von etwas mehr als einem Meter Breite. Die Seitenführung wird durch zwei stationäre Magnetfelder erreicht, die beidseits der Trasse in Leitschienen erzeugt werden. Diese fixieren zugleich den

genauen seitlichen und höhenmäßigen Verlauf der gesamten Bahntrasse. Dadurch ist ein seitliches Abgleiten von der Trasse ausgeschlossen und eine sichere Spurhaltung auch bei hoher Geschwindigkeit, die bis zu 400 km/h betragen kann, gewährleistet. Ein unangenehmer Beschleunigungs- oder Verzögerungseffekt tritt nicht ein, da das eigene Schwerkraftfeld in gleicher Weise auch auf die Fahrgäste einwirkt. Diese Schwebebahn dient aber nicht nur der einheimischen Bevölkerung zu Vergnügungszwecken, sondern in besonderem Maße den Besuchern von anderen Wohnplaneten, damit sie durch eine solche Fahrt die Schönheiten und Sehenswürdigkeiten des Gastplaneten möglichst naturnah erleben können. Solche Besuche von anderen Planeten finden öfters statt. Die Santiner besuchen umgekehrt die Wohnplaneten in ihrer Nachbarschaft. Zur Betreuung der Gäste gibt es eine besondere Organisation. Ihr obliegt es, den Besuchern ein Gesamtbild von Kultur und Zivilisation ihres Gastplaneten zu vermitteln. Dazu dienen neben Besichtigungen aller Art auch Veranstaltungen, auf denen gemeinsam interessierende Fragen besprochen und Erfahrungen ausgetauscht werden, vor allem wenn auch kompetente Vertreter bestimmter Forschungsrichtungen anwesend sind. Natürlich kommen auch kulturelle Darbietungen der unterhaltenden Art nicht zu kurz. Den Abschluss solcher Veranstaltungen bilden ein gemeinsames Dankgebet und Worte des Segens für alle Sternengeschwister, die noch mit einer lichtlosen Kraft zu kämpfen haben. Wann werden wir wohl einmal als Gäste willkommen geheißen?
Straßen und Wege im irdischen Sinne sind auf Metharia unbekannt. Jede künstliche Verfestigung von Teilen der Landschaft würde als eine Zwangsmaßnahme gegen die Natur empfunden werden. Abgesehen davon besteht ja ohnehin kein Bedarf für solche Verkehrseinrichtungen, denn für alle Transporte und familiären Verkehrsbedürfnisse stehen Raumfahrzeuge und Schwebetaxis in genügender Anzahl zur Verfügung. Selbstverständlich bleibt es jedem Santiner unbenommen, Wegstrecken

auch zu Fuß zurückzulegen. Und da das Wandern ebenso beliebt ist wie bei uns, besteht auch ein umfangreiches Netz von Wanderwegen. Um aber keine Schäden an der Natur entstehen zu lassen, sind diese Wege mit einem künstlich erzeugten Rasen belegt, der alle Eigenschaften des natürlichen Vorbildes besitzt, aber keiner Abnutzung unterliegt. Das ist die einzige Ausnahme, die als eine menschliche Korrektur der natürlichen Umwelt angesehen werden kann, ohne dass damit eine Beeinträchtigung der Pflanzen- und Tierwelt verbunden wäre.

Auf Metharia gibt es Flugplätze für die größeren Schiffe, die innerhalb des heimatlichen Planetensystems Besuchsreisen unternehmen, sowie für den Pendelverkehr zwischen dem Planeten und den großen Mutterschiffen, deren Standort außerhalb des planetaren Schwerkraftfeldes eingerichtet wurde. Ihre Gravitationsenergie ist so stark, dass die Gefahr einer Störung der Planetenbahn bestehen würde. Aus diesem Grunde kann ein solches Schiff auch nicht auf der Erde landen. Große, interstellare und galaktische Raumreisen werden ausschließlich mit diesen Schiffen unternommen, deren Aktionsradius praktisch unbegrenzt ist. Es versteht sich von selbst, dass diese Landeplätze nur eine geringe Flächenausdehnung haben und keiner besonderen Befestigung bedürfen.

Architektur und Wohnkultur

Die Architektur unterscheidet sich grundsätzlich von der irdischen, denn sie ist nicht an feste Baustoffe gebunden, sondern bezieht ihre Gestaltungsmöglichkeiten aus kosmischer Quelle. Aus diesem Grund entfällt auch eine Herstellung und Lagerung von Baustoffen. Da die Materie gebundene Energie ist, liegt es nahe, dass sich auch der Architekt des Verfahrens der Konzentration und Verdichtung der freien kosmischen Energie bedient. Es genügt zunächst der geistige Entwurf des Hauses, der in ein

Gedankenbild von natürlicher Größe umgewandelt wird. Das Gedankenbild wird dann auf ein Gerät übertragen, das man mit einem Projektor vergleichen könnte und die Eigenschaft hat, das dreidimensionale Bild am Entstehungsort des Hauses zu fixieren. Gleichzeitig dient es dazu, aus dem Kosmos Energie aufzunehmen und auf das Projektionsbild zu konzentrieren, so dass sich bald darauf der Übergang zu materieller Verdichtung einstellt. In diesem Zustand ist es noch möglich, falls notwendig, durch eine Veränderung des Projektionsbildes die Abmessungen des Hauses zu korrigieren. Der weitere Verdichtungsprozess bis zur materiellen Konsistenz geschieht durch ein zweites Gerät, das die Fertigungsprogramme für die einzelnen Teile des Hauses enthält, so dass sie genau den Wünschen der künftigen Bewohner nach Qualität und Form entsprechen. Dies trifft hauptsächlich auf die Inneneinrichtung zu, die in jedem Bauprojekt, das auf diese Weise entsteht, inbegriffen ist. Es handelt sich also um eine Fertigbauweise im vollendeten Sinne des Wortes. Wenn diese Art von Architektur auch jeder irdischen Vorstellung widersprechen mag, so ist sie doch eine Realität in einer Welt, in der es nie zu einem Abstieg auf eine grobmaterielle Daseinsstufe kam. Ein weiterer architektonischer Aspekt verdient noch besondere Beachtung: Alle Bauformen passen sich der umgebenden Landschaft harmonisch an. Einschneidende Kanten und hervorstehende Ecken würde man vergeblich suchen. Der Architekt ist sogar darauf bedacht, die natürliche Harmonie der Landschaft durch eine entsprechende Gestaltung des Bauwerks noch zu unterstreichen. Diese Art der Baukunst erfordert ein besonderes Einfühlungsvermögen in die Schöpfungsideen des ewig vorbildlichen ‚Architekten des Universums'. Eine Besonderheit der Wohnkultur soll ebenfalls nicht unerwähnt bleiben: Während des Verdichtungsvorganges ist es möglich, den ‚Baustoffen' charakteristische Eigenschaften aufzuprägen, entsprechend den Wünschen der künftigen Hausbewohner. Zum Beispiel eine besondere Holzart für die Wandverkleidung, die einer eigenen

Idee entstammt, sowie bestimmte Farben, die das Wohlbefinden positiv beeinflussen, und dergleichen mehr. Diese individuelle Eigenart, die diese Wohnungen ausstrahlen, wird verständlicherweise von den Besuchern besonders geschätzt. Sollte einmal ein Umstand eintreten, der den Abbruch eines Gebäudes erforderlich macht, dann ist auch dies kein großer Aufwand, sondern eine Umkehrung des Herstellungsverfahrens, das heißt die atomare Struktur der Materie wird durch eine Bestrahlung mit kosmischer Energie wieder gelockert. Dadurch werden die Atome in einen höheren Schwingungszustand versetzt, und durch weitere Bestrahlung wechseln die Urbausteine der Atome, die Elementarteilchen, wieder in den reinen Energiezustand über, in dem sie ihren Ursprung hatten.

Der Begriff ‚Wohnung', wie er uns geläufig ist, kann in diesem Falle nicht verwendet werden, da es keine einzelnen Zimmer oder Gemächer gibt, die ständig voneinander getrennt wären, vielmehr gibt es nur einen einzigen großen Raum, der der ganzen Familie dient. Nun ist der Erdenmensch zunächst der Meinung, dass diese Art einer gemeinsamen Wohnung eher einer primitiven Rasse entspricht, als einer hoch entwickelten Zivilisation. Wenn uns aber gesagt wird, dass dieser eine Raum die größte Variationsmöglichkeit für jedes einzelne Familienmitglied bietet, dann hört sich die Sache schon anders an.

Die Besonderheit der Wohnung besteht nämlich darin, dass die einzelnen ‚Zimmer' durch Strahlenwände gebildet werden, die das Licht vollständig absorbieren, so dass ein Einblick von außen nicht möglich ist. Außerdem kann, wenn gewünscht, die Strahlung auf eine bestimmte Frequenz geschaltet werden, die es jeder Körpermaterie verwehrt, sie zu durchdringen. Diese unsichtbaren Wände können an jeder beliebigen Stelle des Raumes errichtet werden und wenn es nur die kleinste Ecke ist, in die sich jemand zurückziehen möchte, um ungestört einer Tätigkeit nachgehen zu können. Selbstverständlich ist die Strahlenwand auch absolut schalldicht.

Welche Wohltat wäre eine solche Erfindung in unserer lärmgeplagten Welt! Doch müssen wir auch darin ein Zeichen der Endzeit sehen, denn alles was lärmt, ist Ausdruck eines Behauptungswillens des Widergeistes, der auf andere Weise sich kein Gehör mehr verschaffen kann und weiß, dass die Zeit seiner Herrschaft zu Ende geht.

Wie bei uns, so ist es auch auf Metharia üblich, dass Eltern und Kinder sich getrennt zur Ruhe begeben. Die ‚Ruheräume' befinden sich immer an der gleichen Stelle und sind auch während des Tages meistens abgeschirmt. Die Ruhebetten sind einfache, dem Körper angepasste Liegen, die aber so geformt sind, dass sich in jeder Lage des Körpers alle Organe, einschließlich der Muskeln, vollständig entspannen. Die Unterlage, auf welcher der Körper ruht, besteht aus einem künstlich geschaffenen Geflecht, das mehrschichtig übereinander liegt und etwa der Dicke unserer Matratzen entspricht. Auch die Schlafdecke besteht aus dem gleichen Material, nur nicht als Geflecht verarbeitet, sondern als ein flauschiger Stoff, der je nach Wunsch, einfach oder in mehreren Lagen verwendet werden kann. Unnötig zu erwähnen, dass dieses Material den uns bekannten Naturstoffen in ihrer Körperfreundlichkeit nicht nachsteht. Die übrige Ausstattung des Raumes weicht total von unseren Vorstellungen einer Wohnungseinrichtung ab, denn die gewohnten Möbel würden wir als erstes vermissen, könnten wir ein metharianisches Haus betreten. Stattdessen würden wir uns wundern über die technische Ausstattung dieses Raumes, angefangen bei der Küche bis zu den Bildschirmen, die anscheinend wahllos verteilt sind. Jeder Schirm stellt jedoch eine Verbindung her zu den einzelnen Instituten, mit denen die betreffende Familie in Kontakt steht. Und jedes Familienmitglied hat so die Möglichkeit, sich auf dem gewählten Interessengebiet weiterzubilden. Dass dies ohne Störung der anderen vor sich gehen kann, gewährleisten wiederum die Strahlenwände. Nun, wenn gesagt wurde, dass sich keine Möbel im Raum befinden, so

waren damit in erster Linie Schränke, Vitrinen und sonstige Aufbewahrungseinrichtungen gemeint, nicht jedoch Sitzmöbel und Tische. In dieser Hinsicht ist man auf größtmögliche Bequemlichkeit bedacht. Insoweit besteht mit den irdischen Gepflogenheiten Übereinstimmung. Während jedoch die Sitzmöbel in einer irdischen Wohnung nur in Ausnahmefällen den anatomischen Verhältnissen des menschlichen Körpers angepasst sind, entspricht die Sesselform im Wohnraum auf Metharia genau den Maßen, die ein sitzender Mensch als bequem empfindet und dies nicht nur für kurze Zeit. Das Material, aus dem die Sitzmöbel bestehen, ist das gleiche, das auch für die Liegen verwendet wird, nur in kompakterer Form und farblich gestaltet. Die Tische sind alle rund und leicht oval. Ihren verschiedenen Zwecken entsprechend, besitzen sie zum Teil Vertiefungen zur Aufnahme der Teller und Schüsseln bei den Mahlzeiten oder sonstiger Gegenstände, die man gerne festhalten möchte. Die Tische wie auch das Traggerüst der Sessel werden ebenfalls nach dem bekannten Verfahren in jeder gewünschten Holzart hergestellt. Und zwar so, dass das künstliche Produkt sich in keiner Weise vom Naturprodukt unterscheidet, weder nach seinem Aussehen, noch nach seinen natürlichen Eigenschaften. Da die Geschmacksrichtung bei jeder Familie ein wenig anders ist und mit dem künstlichen Verfahren auch neue Holzarten erzeugt werden können, ist es für den Besucher immer eine angenehme Überraschung, den Wohngeschmack der einladenden Familie kennen zu lernen. Wenn davon gesprochen wurde, dass es keine Aufbewahrungsmöbel gibt, so sei noch erläutert, dass alle Gegenstände, auch Kleider, in den Wänden untergebracht werden, die diesem Zweck entsprechend konstruiert sind. Es genügt ein Knopfdruck und die gewünschten Gegenstände liegen griffbereit da, denn die Deckwand hat sich geräuschlos zur Seite geschoben.
Wie wir bereits erfahren haben, wird ein metharianisches Haus durch eine gedankliche Projektion entworfen und durch Konzent-

ration universeller Energie in die materielle Form überführt. Was nun die Frage der Stabilität betrifft, so bedarf es weder einer Berechnung von Konstruktionsteilen noch einer Prüfung ihrer Festigkeit. Während die irdische Baukunst die verschiedenen Krafteinwirkungen durch eine statische Berechnung erfassen muss, ist bei der metharianischen Baumethode die Kraftübertragung gewissermaßen ein integraler Bestandteil des Bauwerkes, das heißt die Dimensionierung erfolgt bereits während der Projektionsphase und zwar so, dass schon im Energiezustand alle möglichen statischen Einflüsse berücksichtigt werden. Es ist nur schwer vorstellbar, dass die gedankliche Verwirklichung es erlaubt, bereits die zu erwartende statische Beanspruchung des künftigen Bauwerks zu berücksichtigen. Ergänzend sei noch vermerkt, dass die natürlichen Kräfte, die auf ein Bauwerk einwirken, auf Metharia etwa um das Sechsfache geringer sind als auf der Erde. Insofern können auch die Konstruktionen entsprechend leichter gehalten werden.

Bei der Betrachtung eines metharianischen Hauses würden einem Erdenbürger zuerst die scheinbar tür- und fensterlosen Außenwände auffallen. Er könnte nur ein schwaches Leuchten der möglichen Tür- und Fensterflächen feststellen. Diese Leuchterscheinung rührt daher, dass das ‚Material', aus dem diese Hausteile hergestellt sind, dem unverdichteten Energiezustand näher ist, als dem verfestigten der Hauswände. Die Fenster und Türen besitzen im übrigen die gleichen Eigenschaften wie die Zimmerwände, sie sind licht- und schallabsorbierend und stoßen Materie jeder Art ab. Doch besteht ein entscheidender Unterschied darin, dass die Lichtabsorption regulierbar ist bis zur völligen Lichtdurchlässigkeit. Auf diese Weise kann die Stärke des Sonnenlichts dem in der Wohnung gewünschten Helligkeitsgrad angepasst werden. Fensterläden und Jalousien sind deshalb unbekannte Begriffe. Die Türen sind ebenfalls mit diesen Eigenschaften ausgestattet mit Ausnahme der abstoßenden Wirkung auf die Materie. Ein metharianisches Haus kann deshalb von jedermann ungehindert betreten werden, was natürlich nie ohne vorherige Anmeldung oder Einladung geschieht. Da sich diese Art von Fenster offenbar nicht zum Lüften der Wohnung eignet, stellt sich die Frage der Frischluftversorgung. Während bei uns im Falle von geschlossenen Räumlichkeiten eine Klimatechnik sich dieser Frage annimmt, wird diese auf Metharia, wie man sagen könnte, baubiologisch gelöst. Die Wände des Hauses „atmen" nämlich auf die Weise, dass die verbrauchte Luft angesaugt und nach außen abgegeben wird, während Frischluft umgekehrt nach innen ‚geatmet' wird. Dieses System näher zu beschreiben ist nicht möglich, weil hierfür die Grundkenntnisse der schöpferischen Tätigkeit nach der Methode der Energiekonzentration fehlen. Es sei nur noch einmal betont, dass jede gewünschte Eigenschaft, die das fertige Produkt haben soll, bereits dem Fertigungsgang als geistige Matrix zugrunde liegen muss.

Wasserversorgung

Was die Wasserversorgung betrifft, so darf auf das bereits früher in anderem Zusammenhang beschriebene Verfahren zur Erzeugung von Versorgungsgütern aller Art aus den ungebundenen Atomen des freien Raumes hingewiesen werden. Zu jedem Haus gehört eine solche Einrichtung, mit der aus dem unerschöpflichen Reservoir des Universums durch die Verbindung zwischen zwei Teilen Wasserstoff und einem Teil Sauerstoff reines Wasser gewonnen werden kann. Da aber chemisch reines Wasser völlig geschmacklos und als Trinkwasser ungeeignet ist, wird es auf die gleiche Weise mit allen gewünschten Qualitätseigenschaften angereichert. So lassen sich zum Beispiel verschiedene Härtegrade einstellen und mineralische Substanzen zusetzen, die den natürlichen Merkmalen einer Heilquelle entsprechen. Durch das Mischen eines Mineralwassers mit den Säften der Früchte werden vitaminreiche und schmackhafte Getränke hergestellt, wie sie auch bei uns immer beliebter werden.

Energieversorgung

Wie wir bereits erfahren haben, wird der Energiebedarf unmittelbar aus dem unerschöpflichen Reservoir des Universums gedeckt. Es ist kosmische Energie einer bestimmten Frequenz. Sie ist durch ihren Doppelcharakter als Welle und als Teilchenstrahlung eher dem Licht verwandt als der Elektrizität. Ihre Eigenschaft kann mit einem Meer verglichen werden, das durch eine Schleuse zum Fließen gebracht werden kann. Zur Gewinnung dieser Energie dient ein Gerät, das diese ‚Schleuseneigenschaft' besitzt. Es kann nach Größe, Leistung und Speicherkapazität jedem Verwendungszweck angepasst werden. So ist es selbstverständlich, dass jeder Familienhaushalt mit einem solchen Gerät ausgestattet ist. Es ist ein Bestandteil des Hausdaches, so dass es nach außen nicht in Erscheinung tritt.

Es gibt aber auch tragbare Geräte, die für die verschiedensten Bedarfszwecke außerhalb des Hauses Verwendung finden, zum Beispiel zur Erzeugung von Antigravitation für den Schwebetransport von Gütern aller Art. Auf ähnliche Weise wurden übrigens auch die tonnenschweren Steinblöcke zum Bau der großen Pyramiden in Ägypten früher schon transportiert. (vergleiche „Die Bauten der Außerirdischen in Ägypten"; Anm. d. Autors). Diese universelle Energie ist nicht nur umweltfreundlich, sie ist sogar gesundheitsfördernd. Zu jeder Einrichtung eines Hauses gehört deshalb ein Bestrahlungsapparat, der zum Beispiel bei einer körperlichen Disharmonie, was sehr selten vorkommt, gute Dienste leistet. Wenn gelegentlich im Haus kein Energiebedarf besteht, dann schaltet sich das Gerät nach einer kurzen Speicherzeit selbsttätig ab. Eine geringe Speicherkapazität ist notwendig, damit bei wieder einsetzendem Energiebedarf sofort die volle Leistung zur Verfügung steht, weil erst nach einigen Sekunden der normale Energiefluss wieder in Gang kommt. Dieses Prinzip einer so genannten dezentralen Energieversorgung ist nicht nur auf Metharia allgemein üblich, sondern bei allen fortgeschrittenen Menschheiten. Warum weigert sich die irdische Wissenschaft, einen Schöpfer des Universums anzuerkennen, der uns in jeder Hinsicht so reichlich versorgt auf dem Wege zu unserer geistigen Vollendung?

Herstellung von Gebrauchsgütern

Alle Arbeiten, welche die geistige Entwicklungsfreiheit des Menschen einschränken würden, werden von automatisch arbeitenden Maschinen ausgeführt. Es gibt also keine Fabriken im irdischen Sinne, obwohl auch bei uns bereits weitgehend die körperliche Arbeit durch Automaten ersetzt wurde. Dies allein reicht jedoch für einen Schritt auf die höhere planetare Zivilisationsstufe unserer Sternengeschwister nicht aus. Dass bei dem hohen Stand ihrer geistigen Entwicklung Geld als neutrales Tauschmittel nicht mehr benötigt wird, ist selbstverständlich, denn wozu sollte für etwas bezahlt werden, das jedem nach eigenem Wunsch zur Verfügung steht und das aus dem Prinzip des Dienens erwachsen ist. Aus diesem Grunde sind auch die bei uns üblichen Kaufhäuser unbekannt. Stattdessen gibt es Vorratshäuser, wie man sie bezeichnen könnte, in denen die gewünschten Produkte abholbereit vorliegen. Sobald der Lagerbestand eines Produktes eine Mindestmenge erreicht hat, setzt seine Herstellung automatisch wieder ein. Auf diese Weise entsteht nie ein Mangel. Der gesamte Produktionsablauf vollzieht sich völlig geräuschlos, denn die einzige Rohstoffquelle ist das Universum mit seinem unvorstellbaren Reichtum an Energie. Es kommt nur darauf an, diese Energie aufzufangen und so zu konzentrieren, bis sich die Grundbaustoffe der Atome bilden; dann kann jede Art und Form von materiellen Produkten hergestellt werden. Für die am häufigsten benötigten Dinge wurden Programme entwickelt, die eine laufende Fertigung gewährleisten. Zur Herstellung eines Produktes außerhalb des Programms, wird das im folgenden Abschnitt beschriebene Verfahren angewandt. Eine solche ‚Technik im Alltag' gibt uns einen Einblick in die schöpferischen Möglichkeiten des menschlichen Geistes, wenn er sich seiner göttlichen Abstammung bewusst ist und die Schöpfungsgesetze zu seiner Lebensgrundlage macht.

Herstellung von Maschinen

Dazu dienen Apparate, die kosmische Energie aufnehmen und durch Frequenzverminderung verdichten, bis sich daraus die Elementarteilchen der Atome bilden. In anschließenden vollautomatisch ablaufenden Arbeitsgängen entstehen die gewünschten Rohprodukte und in weiteren Bearbeitungen die fertigen Erzeugnisse. Nun muss man eines dabei bedenken: Die Materie dieses Planeten hat einen geringeren Konsistenzgrad, als die Materie der Erde, und das bedeutet eine wesentlich leichtere Verarbeitung. Aus diesem Grunde ist es auch möglich, das Verfahren der Energieverdichtung anzuwenden. Inzwischen wurden Geräte entwickelt, die mit den gewünschten Eigenschaften eines Rohstoffes programmiert werden können und die die entsprechende Molekularbildung selbständig nachvollziehen. Es handelt sich hierbei um die Übertragung einer Fähigkeit des menschlichen Gehirns, nämlich der Gedankenprojektion, auf einen Apparat, der auf Gehirnströme reagiert und auch solche erzeugen kann. Es kommt also ‚nur noch' darauf an, die Gedankenmuster, also das geistige Bild des gewünschten Erzeugnisses in Form einer konservierbaren Matrix in ein Magnetfeld einzuspeisen, das dann dem Verdichtungsprozess als Leitschema dient. Auf diese

Weise ist es möglich, Rohstoffe herzustellen, die nicht nur dem so genannten natürlichen Vorkommen entsprechen, sondern auch neue Eigenschaften aufweisen, die für bestimmte Zwecke erwünscht sind. Eine Rohstoffgewinnung aus dem Planetenkörper kennt man nicht; das einzige, was aus ihm entnommen wird, ist die Wuchskraft der Pflanzen.

Diesen Abschnitt soll eine mentaltelepathisch empfangende Botschaft beschließen, welche die Gesamtsituation des heutigen Menschen aus höherer Warte beleuchtet:

Dass dies alles das irdisch-menschliche Begriffsvermögen weit übersteigt, macht mir eine einigermaßen plausible Erläuterung besonders schwer, vor allem auch deshalb, weil eure technischen Wissenschaftler in ihrer materialistischen Verblendung den Informator des geistigen Fortschritts und damit die Welt der Ursachen ignorieren. Alles wartet auf das Erwachen des irdischen Menschen aus einem Traum der materiellen Beherrschbarkeit aller Dinge, ehe es zu spät ist. Wann will es der Mensch denn endlich begreifen, dass er einem Phantom nachjagt, wenn er meint, dass die Materie und dazu noch ihre grobstoffliche Version, schlichtweg das ‚Sein' darstelle. Das kommt einer äußersten Gottferne gleich, also der Verhärtung des Herzens, der Vergröberung der Seele, der Kälte eines Intellekts, der nur Zerstörung hervorbringt und schließlich die Vereinsamung des Menschen zur Folge hat, der doch aus der Schöpferliebe entstanden ist. Der Mensch steht nun vor dem Trümmerhaufen seines Eigenwillens und versucht immer noch, mit den untauglichen Mitteln der Gewalt die Probleme dieses Planeten zu lösen, statt zu erkennen, dass er doch ein Glied ist eines universellen Lebens, das weder Anfang noch Ende kennt, sondern aus der unendlichen Fülle des ewigen Jetzt schöpft.

Kleidung

Die Kleidung der Santiner ist mit einem Satz beantwortet. Sie ist so zweckmäßig wie möglich, den biologischen Gesetzen des Körpers vollkommen angepasst und zeigt keine Verschleißerscheinungen. Damit ist gleichzeitig auch die Frage nach der Mode beantwortet. Dies ist auf Metharia ein unbekannter Begriff. Selbstverständlich wird die Kleidung der Tätigkeit angeglichen. Der Raumanzug eines Santiners sieht natürlich anders aus, als etwa der Raumanzug eines Ingenieurs in einem Forschungsinstitut oder eines Vergnügungsreisenden auf einem Schwebeboot. Auch die Festkleidung unterscheidet sich grundsätzlich von der Alltagskleidung, da sie mit geschmackvollen Ornamenten verziert ist, die einen Bezug auf die Art des Festes haben. Aber auch hier gibt es keine Einheitlichkeit, vielmehr ist jeder bestrebt, den Sinn des Festes auf seine Art durch entsprechende Gestaltung der Schmuckornamente seines Gewandes zum Ausdruck zu bringen.

Die Kleidungsstücke sind nach dem Prinzip des Atmens ‚konstruiert'. Sie absorbieren die Luft und führen die Hautausdünstungen nach außen ab, die aber bei der rein vegetabilen Lebensweise der Santiner ohnehin nicht mit unangenehmen Gerüchen behaftet sind. Diese Art der Bekleidungshygiene ist jeder irdischen Reinigungsmethode überlegen und hat noch den Vorteil, dass sie keinen Verschleiß verursacht. Weiter wäre noch zu erwähnen, dass der Kleiderstoff auch Temperaturunterschiede ausgleicht, indem sich die Gewebeporen selbsttätig erweitern oder schließen, je nach der Temperatur der umgebenden Luft bzw. den Wärme- oder Kühlungsbedürfnis des Körpers. Reinigung von Kleidung fällt im metharianischen Haushalt gar nicht an, weil Schmutz, Staub und Regen von der Außenseite der Kleidungsstücke abgestoßen und der Körperschweiß ohne Rückstand durch die Kleidung nach außen abgegeben wird.

Ernährung

Die Ernährungsweise unterscheidet sich von der irdischen grundsätzlich darin, dass niemals tote Nahrung gegessen wird; denn die Unterbrechung eines Lebensprozesses durch bewusstes Töten wird als ein schweres Vergehen angesehen. Es ist deshalb verständlich, wenn das Pflanzenreich als einzige natürliche Nahrungsquelle hoch geschätzt wird. Es wird deshalb streng darauf geachtet, dass das Leben der Pflanze bei der Ernte keinen Schaden erleidet. Aus diesem Grunde werden von jeder Pflanze nur diejenigen Teile geerntet, die für sie nicht lebenswichtig sind, hauptsächlich also ihre Früchte, und diese erst dann, wenn sie ihre volle Reife erreicht haben und mit hoher Lebensenergie gesättigt sind. Als Ergänzung der natürlichen Nahrungsmittel wird, wie bereits an anderer Stelle erwähnt, aus künstlich erzeugter Photosynthese und Assimilation ein Nahrungsmittel nach Wunsch geschaffen, das aber den natürlichen in Wohlgeschmack und Bekömmlichkeit nicht nachsteht, manchmal sogar dem natürlichen Angebot überlegen ist. Für die Versorgung der Bevölkerung mit frischem Obst und Gemüse gibt es große Anlagen sowie Anbauflächen für Körnerfrüchte als Brotgetreide, das in Form und Wohlgeschmack uns unbekannt ist. Und nun zeigt sich wieder ein großer Unterschied zu irdischen Einrichtungen: Während sich bei uns ein ganzer Berufszweig mit der Landwirtschaft befasst, obliegt die Betreuung des Pflanzenreiches auf Metharia vollständig den Naturgeistwesen, mit denen eine liebevolle Gemeinschaft besteht. Sie werden als jüngere Geschwister in den Lebensbereich der Santiner einbezogen, weil sie wissen, dass die Naturgeistwesen eine wichtige Aufgabe zwischen der feinstofflichen und der materiellen Lebensebene erfüllen. Das Verhältnis kann sogar so eng sein, dass sie in die Familiengemeinschaft aufgenommen werden, wenn sie es wünschen. Und da die Santiner die Welt des Feinstofflichen wahrnehmen können, gibt es keine Kontaktschwierigkeiten. Nun werden sich manche Leser an die Märchen aus ihrer Kindheit erinnert fühlen, in denen die Naturgeistwesen in verschiedener Gestalt oft eine hilfreiche Rolle gespielt haben. Meist werden sie auch heute noch als Märchenfiguren angesehen. Ihre Existenz ist jedoch genau so wirklich, wie die menschliche, nur eben auf einer anderen Seinsebene, die für unsere Sinne nicht wahrnehmbar ist.

Nachstehend möchte ich die Worte eines Naturgeistwesens wiedergeben, die ich vor einiger Zeit während eines Spazierganges im Wald telepathisch empfangen habe und in denen ein hohes Bewusstsein zum Ausdruck kommt:

Es gibt nur wenige Menschen, die sich unserer Existenz überhaupt bewusst sind. Wir sind keine Märchenfiguren, sondern göttliche Wesen, so wie ihr auch. Wir dienen dem göttlichen Willen, so wie auch ihr euch dem gleichen Dienste, nur auf einer anderen Ausdrucksebene des Lebens, widmen solltet. Doch habt ihr dies jemals erkannt? Stattdessen dient ihr nur euch selbst und stolpert laufend über eure eigenen Fallstricke. Dann macht ihr eure Umgebung, euer Schicksal und am Ende Gott dafür verantwortlich, nur euch selbst nicht. Wie selbstsüchtig seid ihr Menschen noch, die ihr meint, die göttliche Ordnung nach euren eigenen Vorstellungen verbessern zu müssen und seht erst allmählich, dass euer eigenwilliges Verhalten euch nur Schaden bringt, der euch längst über den Kopf gewachsen ist. Ihr begrenzt euch dadurch selbst, wo doch die göttliche Ordnung keinerlei Grenzen kennt. Das ganze Universum ist eine vollkommene Einheit des Lebens, in der jeder dem anderen dient. Daraus erwächst Freude, die ebenso grenzenlos ist. Warum isoliert ihr euch von diesem grenzenlosen Sein? Befreit euer Denken von falschen Vorstellungen und stellt euch auf das höhere Niveau des Lebens ein. Die Erde bekommt eine neue Gestalt, weil ihr Verschmutzungsgrad keine andere Lösung mehr zulässt. Wir freuen uns schon jetzt auf unsere neue Arbeit, die wir dann zusammen mit einer erwachten Menschheit im Reiche der Natur und im Dienste des ewigen Seins wieder aufnehmen dürfen. Schaut auch ihr mit Freude eurer Erdenzukunft entgegen, die eure Sehnsucht stillen wird.

Die Pflanzenwelt auf Metharia ist überaus artenreich, und ihre Früchte enthalten alle Bestandteile, die der menschliche Organismus benötigt, um den physischen Körper gesund und leistungsfähig zu erhalten. Sie sind allerdings mit den Früchten der Erde nicht vergleichbar, da sie bereits einer feinstofflicheren Wesensstruktur angehören. Ein irdischer Mensch, der diese Früchte essen würde, hätte ein Gefühl der Körperlosigkeit, denn die seelischen und geistigen Bestandteile dieser Früchte sind so stark, dass der Eindruck einer Umwandlung der grobstofflichen Körperlichkeit in eine höher schwingende Feinstofflichkeit entstehen würde.

Zu jedem Haus gehört selbstverständlich eine Küche, in der die Früchte und die auf energetischem Wege hergestellten Lebensmittel tischfertig zubereitet werden. Während aber bei uns die Hausfrau alle Hände voll zu tun hat, um den Wünschen der Familie gerecht zu werden, reduziert sich diese Arbeit im metharianischen Haushalt auf die Bedienung eines Steuergeräts, das die Programme für die Zubereitung von Speisen enthält. Es wäre jedoch falsch, anzunehmen, dass diese Küchenprogramme unter Einseitigkeit oder Abwechslungsarmut leiden würden, vielmehr lassen sich viele Möglichkeiten der Zubereitung und Speisenzusammensetzung kombinieren, so dass sich die gleiche Speise nur in größeren Abständen wiederholt, es sei denn, dass ein Lieblingsgericht bevorzugt wird. Es wird dreimal am Tage gegessen, wobei aber keine Unterschiede zwischen Frühstück, Mittag- und Abendessen gemacht werden, vielmehr darf jeder nach Belieben seine Mahlzeit kombinieren. Die Speisen werden nur soweit erwärmt, dass ihr natürlicher Zustand erhalten bleibt. Die Mahlzeiten werden, soweit nicht besondere Umstände dagegen sprechen, stets zu Hause eingenommen. Spezielle

Speiselokale, wie sie auf Erden üblich sind, kennt man daher nicht. Jede Familie legt Wert darauf, dass alle ihre Mitglieder beim Mahle vereinigt sind, damit die dem Hause eigene Atmosphäre sich auf die Arbeit der Verdauungsorgane überträgt. Aus diesem Grunde ist die Einnahme der Speisen ein heiliger Vorgang, wenn man in diesem Worte die Silbe ‚heil' betont und damit zum Ausdruck bringt, dass alles, was in Harmonie nach außen und innen vor sich geht, dem Menschen zum Heil gereicht.

Telefon, Radio und Fernsehen

Die Geräte, die wir unter dem Sammelbegriff ‚Tele-Kommunikation' zusammenfassen, sind ein fester Bestandteil jeder Wohnungseinrichtung auf Metharia. Sowohl Bildtelefon als auch das, was wir mit Radio und Fernsehen bezeichnen, sind in viel vollkommenerer Art in Gebrauch. Mit Hilfe dieser Geräte kann jede gewünschte Verbindung innerhalb des planetaren Nachrichtennetzes hergestellt werden, auch zur Raumstation der Santiner im Erdbereich. Dafür gibt es einen ‚stehenden Kanal', wie wir sagen würden. Aber auch die Verbindungen zu allen Planeten der Konföderation werden ständig aufrechterhalten und können über einen besonderen Kanal in jeder Wohnung empfangen werden. Zur Zeit werden sogar Versuche unternommen, bisher noch nicht erforschte Räume mit Hilfe einer neu entwickelten Kommunikationstechnik zu erfassen und etwa nach dem Prinzip des Echolots Daten über Beschaffenheit der dortigen Weltenkörper und Lebensstrukturen einzuholen. Dass für diese Experimente und schon für den außerplanetarischen Nachrichtenverkehr die elektromagnetischen Wellen als Übertragungsmittel völlig untauglich wären, wurde bereits früher erläutert. Die Santiner und alle anderen fortgeschrittenen Menschheiten benützen deshalb einen Energiestrahl, der den menschlichen

Gedanken gleichkommt, jedoch so gebündelt und verstärkt werden kann, dass Entfernungen keine Rolle mehr spielen.
Diese Art der Radio-Astronomie ist der irdischen um ein Vielfaches überlegen, wenn man überhaupt einen Vergleich anstellen will. Eines sei noch hinzugefügt: Die angewandten Energiestrahlen haben die Eigenart, dass sie mit einer verstärkten Kapazität zurückkommen. Das lässt darauf schließen, dass sie sich in einem kosmischen Energiekontinuum bewegen, dessen energetische Eigenschafen mit denen des Energiestrahls identisch sind und ihn gewissermaßen anreichern. Diese Beobachtung deckt sich in verblüffender Weise mit der Tatsache, dass ein telepathisch gesandter Gedanke nicht etwa an Kraft verliert, sondern mit steigender Entfernung zwischen Sender und Empfänger verstärkt wird. Diese Zusammenhänge wären es wert, von einschlägigen Instituten der irdischen Wissenschaft untersucht zu werden. Aber, solange der Weltraum als ein vollständiges Vakuum angesehen und der Gedanke als eine Eigenschaft des menschlichen Gehirns eingestuft wird, ist der Weg noch weit zur ‚Eroberung des Weltalls', wie die bescheidene Formulierung der irdischen Raketenspezialisten lautet.
Radio- und Fernsehprogramme wie wir sie kennen, gibt es nicht, vielmehr hat jede Familie die Möglichkeit durch Fernübertragung Anschluss an die Lehrprogramme der verschiedenen Institute zu finden. Aber es gibt eine Art Nachrichtensendung, die regelmäßig verbreitet wird und die sich hauptsächlich mit den Neuigkeiten befasst, die die Raumfahrer von ihren Forschungsreisen berichten, bzw. mit den Ergebnissen ihrer Erkundungen der galaktischen Nachbarschaft und noch fernerer Gebiete. Einen speziellen Raum in diesen Nachrichtensendungen nimmt auch der Schicksalsverlauf ihres Betreuungsplaneten Erde ein. Nur wird dieser Teil der Sendung besonders angesagt, da nicht alle Santiner sich der niederen geistigen Ausstrahlung eines solchen Direkterlebens aussetzen wollen. Einen weiteren Bestandteil der Nachrichtenübermittlung bilden die Kontakte, die mit anderen

Planeten außerhalb ihres Systems bestehen. Sie dienen der Orientierung, um zwischen dem eigenen Fortschritt und demjenigen der erreichbaren Brudermenschheiten vergleichen zu können. Diese Sendungen sind perfekt in Bild und Ton in dreidimensionaler Wiedergabe, so dass sie sich kaum von der Wirklichkeit unterscheiden. Selbstverständlich stehen die kompletten Aufzeichnungen aller empfangenen Nachrichten und Forschungsergebnisse jedem Santiner, der sich dafür interessiert, auf Verlangen zur Verfügung. Dies geschieht durch Fernbedienung eines Speichergeräts, über das jedes Institut verfügt. Es ist auch möglich, ein Fernsehbild auf einer magnetischen Energiewand, sozusagen mitten im Raum, entstehen zu lassen. Diese technische Möglichkeit wird immer dann benützt, wenn sich zum Beispiel die ganze Familie oder ein Gästekreis für ein bestimmtes Programm interessieren. Das Bild erscheint dreidimensional und kann ganzflächig oder ausschnittsweise vergrößert werden. Es ergibt sich dadurch die Möglichkeit, einzelne Szenen so wirklichkeitsecht zu erleben, dass in der Tat die räumliche und zeitliche Distanz aufgehoben erscheinen. Das Prinzip beruht auf einem technischen Verfahren, das uns noch unbekannt ist. Es arbeitet nämlich mit einer Energie, die bereits der vierten Dimension zuzurechnen ist. Auch auf einem solchen technischen Wege wäre es möglich, unsere selbst geschaffenen Begrenzungen zu überwinden und in eine universelle Gegenwart einzutreten.

Raumfahrt

Jedem Santiner ist Gelegenheit gegeben, Schwesterwelten zu besuchen, soweit sie sich innerhalb der bereits erforschten Bereiche der Milchstraße befinden. Nur die Raumfahrer selbst unternehmen darüber hinaus Forschungsflüge in noch unbekannte Räume. Interstellare Reisen werden stets mit Mutterschiffen durchgeführt, weil sie mit allen Selbstversorgungseinrichtungen ausgestattet sind und alle technischen Voraussetzungen besitzen, um ein Höchstmaß an Sicherheit und Komfort bieten zu können. Die Reisegruppen bestehen meist aus etwa 500 Personen aus allen Berufen und Interessengemeinschaften. Es ist für alle Teilnehmer jedes Mal ein überwältigendes Erlebnis, die Weiten des Universums und die unendlich vielen Sternsysteme aus der Perspektive eines Raumfluges beobachten zu können. Der größte Teil der Reise wird allerdings im dematerialisierten Zustand zurückgelegt; trotzdem bleibt noch genügend Zeit, um sich vom Anblick der Sternenwelten faszinieren zu lassen. Das Mutterschiff hält aus den bekannten Gründen einen sicheren Abstand vom Besuchsplaneten ein, während die Reiseteilnehmer zum Planeten geflogen werden, wo man sie liebevoll empfängt und ihnen die Schönheiten und Besonderheiten ihrer Lebenswelt mit der gleichen Freude zeigt, wie es auch die Santiner im umgekehrten Falle tun.

Um zu wissen, nach welcher Zeit sich die Raumfahrer orientieren, hängt ganz davon ab, ob die Reise nur von kurzer Dauer ist oder ob sie längere Zeit in Anspruch nimmt. Für kurze Reisen wird der gewohnte Zeitrhythmus beibehalten, bei längeren Aufenthalten von mehreren Jahren in fremden Gebieten der Galaxis erfolgt eine langsame Anpassung an den dortigen Zeitrhythmus, insbesondere dann, wenn man sich mit einem Planeten näher befassen möchte. Es gibt aber noch eine dritte Art, um bei Raumreisen den gewohnten Zeittakt aufrechtzuerhalten. Sie besteht darin, dass im Raumschiff künstlich die Lebensbedingungen des Heimatplaneten gewissermaßen mitgeführt werden, so dass keine Umstellung notwendig wird, die immer mit gewissen organischen Störungen einhergeht. Die letztere Art wird bei ausgedehnten Forschungsreisen angewandt, die nicht längere Aufenthalte in fremden Systemen zum Ziel haben. Der in der Relativitätstheorie geborene Begriff der ‚Zeitdilatation', also einer Dehnung der Zeit, die sich bei Geschwindigkeiten nahe der

Lichtgeschwindigkeit bemerkbar machen soll, ist eine reine Annahme und keine wissenschaftliche Erkenntnis. Es ist doch nicht möglich, eine Erscheinung, die auf einer menschlich festgelegten Maßeinteilung beruht, wie eine abhängige physikalische Größe zu behandeln, so, als ob die Zeit eine veränderliche kosmische Dimension wäre. In Wirklichkeit gibt es keine Zeit an sich, sondern nur einen Vergleichsmaßstab zwischen zwei Bewegungsabläufen, also zum Beispiel dem Organismus des Menschen in Bezug auf die Umdrehung des Wohnplaneten. Diese Empfindung der Abhängigkeit von einem höheren Bewegungssystem mit konstantem Rhythmus nennt der Mensch ‚Zeit', die aber weder schneller noch langsamer ablaufen kann, weil sie sich selbst ja gar nicht bewegt. Es gibt aber eine kosmische Größe, deren Veränderlichkeit in unseren Händen liegt. Es ist die Weg-Zeit-Beziehung der ‚Religio', der Rückverbindung mit Gott, deren Dehnung oder Beschleunigung von uns selbst abhängt.

Herstellung der Raumschiffe und Schwebefahrzeuge

Die Herstellung der so genannten Flugscheiben, die wir Ufos nennen, geschieht auf die gleiche Weise, wie zum Beispiel die Herstellung eines Hauses: durch Energiekonzentration. Auch hier wird vorher das genaue Bild des Flugschiffes geistig entworfen und durch allmähliche Verdichtung in den materiellen Zustand überführt. Dies hört sich zwar recht einfach an, ist aber in Wirklichkeit das Werk einer konzentrierten Zusammenarbeit von Energiespezialisten, die ihre ganze Konzentrationskraft dafür aufwenden, um aus dem Gedankenbild das fertige Schiff entstehen zu lassen. Und es ist nicht selten, dass ein Mitarbeiter in diesem Team der Energiespezialisten seine Lebenskraft opfert. Dies kann dann geschehen, wenn ein bestimmter kritischer Punkt erreicht wird, an dem der Übergang von der rein menschlichen

Konzentrationsleistung auf die physikalische Weiterführung des Verdichtungsprozesses vonstatten gehen muss. Wird dieser Übergangszustand nicht erreicht, gelingt es also nicht, den Verdichtungsgrad beginnender Stofflichkeit zu erreichen, dann war alle Mühe umsonst. Denn der Verdichtungsprozess lässt sich nur kontinuierlich durchführen und erst, wenn er im zweiten Stadium mit Hilfe einer technisch gesteuerten Schwingungsverminderung die Dichte der umgebenden Materie, also des Planetenkörpers, erreicht hat, ist das Neugeschaffene in sich stabil. Es versteht sich von selbst, dass, je größer das Flugschiff werden soll, um so mehr Energiespezialisten tätig sein müssen, die wie eine gut eingespielte Mannschaft durch eine gemeinsame Konzentrationsleistung aus der Gedankenform die materielle Verdichtung eines Schiffes entstehen lassen. Ihre geistige Konzentrationskraft ist so stark, dass ein Außenstehender das Gefühl einer spannungsgeladenen Atmosphäre hätte, wenn er sich in der Nähe des geschlossenen Kreises der geistigen Erschaffer aufhalten würde. Ich weiß, dass diese Beschreibung unglaubwürdig klingt und doch ist sie in Wirklichkeit in einer Welt, die unsere fernere Entwicklungsstufe sein wird.

Wir würden aber noch mehr staunen, wenn wir sehen könnten, wie ein Mutterschiff hergestellt wird, das viele Kleinraumschiffe aufnehmen kann. Ein solches Riesenschiff entsteht nämlich wegen seiner unvorstellbaren Antigravitation nicht auf einem Planeten, sondern in sicherer Entfernung im Weltraum. Dazu werden künstlich erzeugte magnetische Kraftfelder in der Weise angeordnet, dass sie die künftige Form des Schiffes wie ein Modell im Maßstab 1:1 umschließen. Schon die genaue flächenhafte Begrenzung dieser Kraftfelder ist eine technische Wunderleistung. Um wie viel mehr muss aber die eigentliche konstruktive Ausführung bewundert werden. Während bei der Herstellung der kleinen Raumschiffe kosmische Energie durch Gedankenkraft konzentriert wird, geschieht dies beim Bau der Mutterschiffe im Weltraum durch die Magnetfelder. Sie sind so ausgerichtet,

dass ihre Kraftlinien von außen nach innen verlaufen, wodurch freie Energie des Kosmos angesaugt wird und sich am Ende des Kraftfeldes, d. h. an seiner Innengrenze immer mehr konzentriert, bis sich allmählich die Elementarteilchen der Materie durch Frequenzverminderung bilden. In diesem Zustand werden die Magnetkraftfelder ersetzt durch die stärkeren Kraftfelder der Antigravitation. Diese werden von einer Reihe kleiner Raumschiffe erzeugt, die wie die Magnetkraftfelder die künftige Form des Mutterschiffes umschließen. Die Antigravitationsenergie wird jedoch nur in Richtung auf die bereits als stoffliche Form sichtbar gewordene Außenhülle des Mutterschiffes abgestrahlt, so dass von außen nach innen eine Sogwirkung entsteht. Dadurch werden die in unbegrenzter Fülle vorhandenen ungebundenen Elementarteilchen kosmischer Materie angezogen und kontinuierlich verdichtet, bis die vorgesehene Stärke der Außenwand des Mutterschiffes erreicht ist. Bei diesem Verfahren muss vor allem darauf geachtet werden, dass die Antigravitationsenergie stets der wachsenden Stärke des Schwerkraftfeldes des Mutterschiffes angeglichen wird, da andernfalls entweder ein Anziehungs- oder ein Abstoßungseffekt entstehen würde. Um eine gleichmäßige Verteilung der Materieteilchen auf der Hülle des Mutterschiffes zu gewährleisten, müssen die Antigravitationsstrahlen ein Messgerät passieren, das für eine genau dosierte Durchflussmenge und ebenso für eine maßgenaue Platzierung sorgt. Während dieses Verfahrens drehen sich die Kleinraumschiffe um die Form des Mutterschiffes, damit die Beschichtung gleichmäßig erfolgt. Auch in dieser Hinsicht ist äußerste Präzision notwendig, um den Erfolg zu gewährleisten. Nachdem die äußere Hülle fertig gestellt ist, wird die Inneneinrichtung des Schiffes in den materiellen Zustand überführt. Dies geschieht nach dem bereits bekannten Verfahren einer geistigen Matrix und der Vollendung durch entsprechende Verdichtungsgeräte.
So ist es zu verstehen, dass die Schönheit und Harmonie der Innenausstattung jede menschliche Vorstellung übertrifft, denn

sie ist das Produkt eines Gedankenbildes, das jeden Wunsch zur Wirklichkeit werden lässt.

Beschreibung einer Raumstation der Santiner

Um uns eine Vorstellung von der Größe einer solchen Raumstation machen zu können, wäre es besser, von einem Kleinstplaneten zu sprechen. Auch die Art seiner Entstehung rechtfertigt diese Bezeichnung; denn er wurde aus freien Atomen des Weltraums geschaffen. Die Santiner stehen auf einer hohen Entwicklungsstufe, die es ihnen möglich macht, durch ein bestimmtes technisches Verfahren ungebundene Atome zu konzentrieren und in jede gewünschte Erscheinungsform umzuwandeln. So entstand eine Raumstation, die eher einer natürlichen Landschaft gleicht, als einem technischen Produkt, denn ihre Oberfläche besteht zum größten Teil aus kultiviertem Boden mit Busch- und Baumgruppen, die einen parkähnlichen Eindruck entstehen lassen. Die Lebenselemente Luft und Wasser wurden und werden auf die gleiche Weise aus freien Atomen gewonnen, ohne dass sich jemals ein Mangel bemerkbar gemacht hätte. Der Luftmantel wird durch ein eigenes, künstlich verstärktes Schwerkraftfeld des ‚Miniplaneten' festgehalten. Auch das Tierreich wurde nicht vergessen. Es ist durch Nutzinsekten und Kleinvögel vertreten.

Die ganze Raumstation hat die Form eines Kugelabschnittes, wobei die Unterseite den konvexen Teil darstellt. Die kreisförmige Oberfläche hat einen Durchmesser von rund 500 Meter und umfasst dementsprechend rund 0,2 Quadratkilometer. Die größte Dicke des Kugelabschnittes beträgt rund 70 Meter. Seine Rundung ist deshalb gering. Die Raumstation kreist um die Sonne. Ihre Umlaufbahn ist identisch mit der Umlaufbahn der Erde, doch befindet sie sich genau in einer gegenüberliegenden Position. Sie kann also von der Erde aus nie beobachtet werden,

weil sie stets von der Sonne verdeckt wird. Die durchschnittliche Entfernung zwischen Erde und Sonne beträgt 150 Millionen Kilometer. Die Entfernung zwischen Erde und Raumstation ist dementsprechend doppelt so groß.
Die Santiner halten die Raumstation auf ihrer Umlaufbahn stets in einem solchen Neigungswinkel zur Sonne, dass sich das ganze Jahr hindurch ein sommerliches Klima einstellt. Durch künstlich erzeugten Regen wird eine Austrocknung des Bodens verhindert. Das Herz der Raumstation besteht aus einem Rundbau, über dem sich eine Kuppel wölbt. Seine Architektur ist von schlichter Schönheit und harmonischer Ausdruckskraft. Selbst bei Zweckbauten legen die Santiner Wert darauf, dass auch die Ästhetik Berücksichtigung findet. In diesem Gebäude befinden sich die zentrale Leitstelle für alle an der Erdenmission beteiligten Raumschiffe, die Verbindungsstelle zum Heimatplaneten der Santiner und zu den bewohnten Planeten unseres Sonnensystems, mehrere Konferenzräume sowie Räumlichkeiten für die Unterkunft der Besatzungsmitglieder, für Erholung und Freizeit. Von letztgenannter Möglichkeit der freien Betätigung soll eine Einrichtung besonders erwähnt werden. Es handelt sich um ein teleskopartiges Instrument, das eine Nahbeobachtung ferner Sterne ermöglicht. Das betreffende Objekt ist als räumliches Projektionsbild zu sehen, so dass der Eindruck entsteht, als ob der Beobachter selbst Teil der Bildszene sei. Dieses astronomische Gerät vermittelt aber nicht etwa einen längst vergangenen Sternenzustand, wie wir es von unseren Observatorien gewohnt sind, vielmehr zeigt es den Gegenwartszustand des beobachteten Objekts. Dies scheint uns zwar unmöglich zu sein, da der irdische Astronom ausschließlich auf das Licht und auf Radiosignale als Nachrichtenübermittler angewiesen ist, die aber wegen ihrer viel zu langen Laufzeit nur über längst vergangene Zustände aus dem Kosmos berichten können. Alle hoch entwickelten Kulturen des Universums benützen jedoch zur Erforschung von unbekannten Sternensystemen den kosmischen

Äther, der den Gesetzen von Raum und Zeit nicht unterworfen ist. Seine Verwendung in der Raumfahrt, der Astronomie und der Kommunikation ist unbegrenzt. Leider will die einschlägige irdische Wissenschaft von dieser ‚okkulten' Energieart noch nichts wissen. Dass bei diesem Beobachtungsverfahren der Erde eine zentrale Bedeutung zukommt, ist selbstverständlich, denn schließlich bemühen sich die Santiner schon seit langer Zeit um ein Verständnis für ihre Anwesenheit und um die notwendige Einsicht, dass die Eigenwilligkeit dieser Menschheit bereits einen lebensbedrohenden Zustand des ganzen Planeten herbeigeführt hat. Und schließlich hängt es noch vom Begreifen einer grenzenlosen Liebe ab, inwieweit das Rettungsangebot der Santiner in der Stunde der größten Not, die auf diese Menschheit zukommt, angenommen wird. Es ist für die Santiner bedrückend, zusehen zu müssen, wie die Entwicklung der Erdenmenschheit auf einen geistigen Tiefpunkt zusteuert, den der Fürst dieser Welt vor seinem endgültigen Abgang mit Hohn quittieren wird.

Die bei der Raumstation ankommenden Raumschiffe legen an den dafür vorgesehenen Stellen an, wie ein Schiff am Kai. Eine Landung auf der Oberfläche der Raumstation würde durch die dabei entstehende Antigravitation das künstlich erzeugte Schwerkraftfeld in ungünstiger Weise beeinflussen. Da aber die Atmosphäre am äußersten Rand der Raumstation zu dünn ist, werden die Besucher durch eine Schleuse in den eigentlichen Lebensbereich der Station geleitet. Die großen Mutterschiffe sind allerdings von diesem Anlegemanöver ausgeschlossen, da sie wegen ihrer starken Antigravitationskraft die ganze Raumstation aus ihrer Bahn drängen würden, sie verbleiben deshalb in einem sicheren Abstand in Warteposition. Um zu verhindern, dass der Lebensbereich der Raumstation nach außen überschritten wird, ist er von einer ‚magnetischen Mauer' umgeben, die jeden Unvorsichtigen daran hindert, einen Schritt zu weit zu gehen.

Die Besatzung der Raumstation unterscheidet sich nicht von den Besatzungen der großen Mutterschiffe. Beide setzen sich aus

Spezialisten der verschiedenen Wissensgebiete zusammen. Außerdem verfügen sie alle über eine umfassende Kenntnis der Entwicklungsgeschichte der Erde und ihrer Menschheit. Nur deshalb bringen sie die Kraft auf, trotz der herrschenden Zustände auf diesem Planeten ihren Auftrag zu erfüllen. Die seelische Belastung ist jedoch sehr groß. So ist es nicht verwunderlich, dass sich ab und zu ein Mitglied der Besatzung überfordert fühlt und um seine Ablösung bittet, die ihm selbstverständlich gewährt wird.

Die Mitglieder der Besatzungen von Mutterschiffen und der Raumstation lassen sich nach folgenden Spezialgebieten unterscheiden:

Die Raumschiffpiloten

Ihre Aufgabe umfasst die Bedienung der Steuerungsanlagen und die Bestimmung des Kurses unter Berücksichtigung der magnetischen Raumverhältnisse, mit denen auf der Flugroute zu rechnen ist. Die entsprechenden Daten werden von automatisch arbeitenden Raumsonden abgerufen, die auf den häufig beflogenen Strecken in bestimmten, als kritisch bekannten Gebieten stationiert sind.

Die Astronautiker

Ihnen obliegt es, zusammen mit den Piloten die Flugrouten festzulegen und neue Reisemöglichkeiten in noch unerforschte Raumsektoren zu bestimmen. Es kommt in solchen Fällen darauf an, die starken Schwerkraftfelder von Fixsternen zu umgehen, damit das Schiff nicht Gefahr läuft, von ihnen angezogen zu werden und zu einer unfreiwilligen Planetenumlaufbahn gezwungen zu werden bis durch eine Erhöhung der Antigravitationskraft die Bahnellipse wieder verlassen werden kann.

Die Astrophysiker

Sie ermitteln die physikalischen und biologischen Verhältnisse von Sternen und Planeten in unbekannten Regionen. Im Falle der Betreuungsmission für die Erde sind allerdings aus den Astrophysikern reine Geophysiker geworden, die sich um die Erhaltung der Lebenskraft unseres Planeten kümmern, soweit ihnen nicht Grenzen gesetzt sind durch die Wahrung des allgültigen Gesetzes der Willensfreiheit des Menschen.

Die Ingenieure für Nachrichtentechnik

Ihr Arbeitsgebiet ist die Nachrichtenverbindung zwischen den Raumschiffen, der Raumstation und dem Heimatplaneten. Außerdem sind sie zuständig für alle betrieblichen Abläufe innerhalb des Raumschiffs, soweit sie auf Energieübertragung beruhen. Sämtliche Vorgänge dieser Übertragungstechnik spielen sich in Frequenzbereichen ab, von denen unsere einschlägige Wissenschaft noch keine Kenntnis hat. Aus diesem Grunde ist eine zufällige oder absichtliche Störung etwa durch elektromagnetische Wellen, die praktisch unsere gesamte Technik beherrschen, ausgeschlossen.

Die Energetiker

Sie sind zuständig für den gesamten Bereich der Energieversorgung. Ein Mutterschiff nimmt mit seiner ganzen Oberfläche Energie aus dem Kosmos auf. Dadurch wird zum Beispiel auch der Leuchteffekt eines Raumschiffes hervorgerufen, wie er bei jeder Sichtung als besonders auffälliges Merkmal beobachtet wird. Die Farbe der Leuchterscheinung hängt von der Intensität der Energieaufnahme ab. Die Speicherkapazität eines Mutterschiffes würde ausreichen, um den Energiebedarf einer Stadt mit etwa 20 000 Einwohnern für ein ganzes Jahr zu decken. Die Bedeutung dieses Fachgebiets könnte nicht deutlicher unterstrichen werden.

Die Organisatoren

In ihren Händen liegt die Koordination aller Fachgebiete. Sie tragen die Gesamtverantwortung für ein Mutterschiff. Sie zählen zu den angesehensten Persönlichkeiten unter den Santinern, die sich freiwillig für diese Erdenmission zur Verfügung gestellt haben. An ihrer Spitze steht Ashtar Sheran, der die Gesamtverantwortung für die größte Betreuungsmission trägt, die jemals einer ganzen Planetenmenschheit zuteil wurde. Es war auch seine Entscheidung, die beschriebene Raumstation zu errichten, als es sich immer deutlicher zeigte, dass die Erdenmenschheit sich nicht mehr aus eigener Kraft dem Zerstörungswillen des Widersachers entziehen konnte. Das war zur Zeit der Opferinkarnation des Gottessohnes.

Fragen und Antworten

Die Santiner zählen zu einer hoch entwickelten Menschenrasse im benachbarten Sonnensystem Alpha Centauri. Ihre Heimat ist der Planet Metharia; es ist der dritte von insgesamt acht Planeten dieses Systems. Aufgrund ihres hohen geistigen und technischen Entwicklungsstandes wurden sie schon vor rund 4000 Jahren dazu ausersehen, die sich anbahnende Fehlentwicklung der Menschheit dieser Erde durch geistige Beeinflussung und durch unmittelbare Kontaktaufnahme aufzuhalten und in eine positive Richtung zu lenken. Wäre dies nicht geschehen und hätte ein Gottessohn nicht freiwillig Menschengestalt angenommen, dann hätte die Erdenmenschheit niemals mehr aus ihrem geistigen Tiefstand herausgefunden und sie wäre ein Opfer satanischer Zerstörungswut geworden.

Dies mag vielleicht primitiv-religiös erscheinen, doch dürfen wir nicht vergessen, dass die äußere Wirklichkeit stets die materielle Erscheinung von Inspirationen der geistigen Lebensebene darstellt und dass somit darauf zu achten ist, welchen geistigen Einflusskräften Raum gewährt wird. Wenn der Mensch meint, dass nur durch seine eigenen Gedanken aller Fortschritt, alle Erfindungen, alle Kultur und Zivilisation entstanden seien, so irrt er gewaltig. Kaum ein Gedanke, der dem geistigen Fortschritt gedient hat, ist im menschlichen Gehirn geboren, vielmehr nimmt der Mensch durch sein Gehirn das auf, was ihm gedanklich inspiriert wird. Das menschliche Gehirn ist also nicht der Entstehungsort der Gedanken, sondern nur ein Empfangsorgan für die verschiedensten Strömungen von Geistwellen, die von Inspiratoren der diesseitigen und jenseitigen Welten stammen. Die einzigen Kontrollorgane, die dem Menschen zur Verfügung stehen, sind sein Wille und sein Gewissen als die innere Stimme des göttlichen Ich Bin, die ihn warnt oder anregt, dieses oder jenes zu verwirklichen.

Die folgenden Erläuterungen eines Geistlehrers, die ich hier einfügen möchte, führen uns die Wichtigkeit der Gedankenkontrolle deutlich vor Augen:

Die Gedankenkräfte vieler Menschen können das Erdenschicksal beeinflussen. Das Böse kann herausgefordert werden, ebenso kann das Gute verstärkt werden. Ein von vielen Menschen gleichzeitig gesprochenes Gebet hat eine unvorstellbare Wirkung. Auch die Wirkung des Glaubens gehört zur Gedankenkonzentration, die in der Masse verstärkt wird. Jeder Mensch kann selbstverständlich denken was er will, aber er besitzt kein Gedankengeheimnis, weil sich jede jenseitige Seele telepathisch an seine Gedanken anschließen kann. Eine Telepathie zwischen Jenseitigen und Diesseitigen ist weitaus häufiger als eine Telepathie zwischen zwei Menschen auf dem Erdenplan. Es passiert jedem Menschen stündlich, dass er viele Gedanken hat, die er zwar als eigene Gedanken empfindet, die aber von seinen, ihn umgebenden Geistwesen stammen. Diese Inspirationen beeinflussen seine Gedankenfreiheit. Über die Kraft der Gedanken darf es keinen Zweifel geben, denn sie sind ein schöpferischer Prozess des Lebens. Die Gedanken sind Wirklichkeit in ihrer Ausdrucksform, aber sie sind begrenzt, gemäß der Sphäre, in der sie benutzt werden. Die Gedanken entstehen in der Seele, die eurem Körper gleicht. Doch die Erinnerungen, so weit sie wichtig sind, befinden sich im Kosmos und werden dort unvorstellbar lange aufbewahrt. Die Seele kann diese Erinnerungen stets aufspüren und wahrnehmen. Der Empfang der Erinnerungen, so weit sie wichtig sind, befinden sich im Kosmos und werden dort unvorstellbar lange aufbewahrt. Die Seele kann diese Erinnerungen stets aufspüren und wahrnehmen. Der Empfang der Erinnerungen wird durch den Willen, durch den Wunsch gesteuert. Der Empfang kann allerdings durch andere eigene Gedanken gestört werden. Das Gehirn übt die Kontrolle über den materiellen Körper aus und leitet den menschlichen Willen an ihn weiter. Das Gehirn kontrolliert aber die individu-

elle Gedankenfrequenz, damit möglichst keine fremden Gedanken eindringen, denn sonst könnte der Körper Befehle erhalten, die ihm vielleicht schaden könnten. Dies hat aber nichts mit Telepathie zu tun, wohl aber mit Besessenheit. Denen aber, die gute Gedanken hegen, sind sie stets eine Hilfe, was auch um sie herum geschehen mag.

Jede Läuterungsepoche einer Menschheit wird durch geistige Einflüsse geprägt. So oblag es den Santinern, eine bestimmte Menschengruppe, nämlich das frühere israelitische Volk durch Inspirationen geistig zu schulen, um aus ihm den Schoß zu formen, aus dem ein Messias geboren werden konnte. Dies reicht Jahrtausende zurück und begann während der Zeit der so genannten ägyptischen Gefangenschaft. Die Führergestalt dieses Volkes, Mose, war eine große Seele, die bereits vor ihrer Inkarnation mit den Santinern Verbindung aufgenommen hatte. Er war ein zuverlässiges Hellhörmedium, wie wir heute sagen würden, und stand in telepathischem Kontakt mit den Santinern im Raumschiff über Ägypten, ohne dass er dies allerdings wusste. Denn mit seiner Verkörperung verliert der Mensch das Rückerinnerungsvermögen. Dies ist eine Gnade, die einer tief gefallenen Menschheit geschenkt wurde, damit sie ohne Erinnerung an eine belastende Vergangenheit ein Wiederholungsleben beginnen kann. Und diesem Gesetz unterstand auch der Gottessohn, als er sich im Menschen Jesu verkörperte, allerdings nur bis zu einer bestimmten Altersstufe.
Durch die ganze Bibel hindurch können wir die außerirdische Hilfe verfolgen, die bis zum heutigen Tag anhält, da die Menschheit im Begriffe steht, ihre eigene Lebensgrundlage zu zerstören. Der Unterschied zwischen heute und den biblischen Zeiten liegt eigentlich nur darin, dass die Menschen früher in der außerirdischen Hilfe ein Gotteswunder sahen und heute im Zeitalter des aufgeklärten Menschen, die gleichen Erscheinungen als natürliche Phänomene ‚erklärt' werden. Heute ist erst eine

relativ kleine Gruppe von aufgeschlossenen Menschen bereit, das Erscheinen außerirdischer Raumschiffe am irdischen Himmel in eine andere Art von Natürlichkeit einzuordnen, die weit über dem steht, was Teleskope und Radiosonden uns berichten. Es liegt an uns, den Sprung zu wagen von einem Dasein in irdischer Begrenzung zur Erkenntnis des universellen Lebens, von der selbst verursachten Isolation zur Kommunikation mit hoch entwickelten Brudermenschheiten auf anderen Planeten.

Viele Stellen der Bibel im alten und im neuen Testament berichten von Begegnungen mit einem ‚Engel des Herrn'. Besonders auffallend sind jedoch die Beschreibungen im Lukas- und Johannesevangelium über die Begegnung mit ‚zwei Männern in glänzenden Kleidern' bzw. mit ‚zwei Engeln in weißen Kleidern' nach der Auferstehung Jesu am leeren Grab sowie der Bericht von der Himmelfahrt Jesu, wie es in der Apostelgeschichte des Lukas, Kap. 1, Verse 9 bis 11 zu lesen ist.
Waren es Santiner, die diesen einfachen Menschen durch ihre andersartige Kleidung aufgefallen waren?
Ja, alle Beschreibungen dieser Art in der Bibel weisen auf Begegnungen mit den Santinern hin. Abgesehen davon besteht zwischen den Santinern und den Engeln kein großer Unterschied, denn die ersteren erfüllten und erfüllen heute noch ihre Aufgabe als Helfer des Gottessohnes auf der physischen Ebene, während die letzteren die gleiche Aufgabe auf der geistigen Seite des Lebens als Beschützer und Begleiter der Menschen erfüllen. Ihr könnt daraus ersehen, dass das Wort des Gottessohnes „Mir ist gegeben alle Gewalt im Himmel und auf Erden" (Matthäus, Kap. 28, Vers 18) *eine sehr realistische Bedeutung hat, denn wer wollte bestreiten, dass die ‚himmlischen Heerscharen'* (Apostelgeschichte Kap. 8, Vers 26), *wie die Santiner auch noch genannt werden, seinem Willen nicht sofort Folge leisten würden? Den Theologen muss nachgesehen werden, dass für sie eine solche Auslegung biblischer Begriffe unannehmbar ist, denn in ihrer*

Glaubenslehre haben außerirdische Zusammenhänge noch keinen Platz gefunden. Dies wird sich jedoch dann ändern, wenn sich die Bibelaussage im Lukasevangelium (Kap. 21, Verse 25 bis 28; Anm. d. Autors) *erfüllen wird: „Und alsdann werden sie sehen des Menschen Sohn kommen in der Wolke mit großer Kraft und Herrlichkeit. Wenn aber dieses anfängt zu geschehen, so sehet auf und erhebet eure Häupter, darum dass sich eure Erlösung naht." Dann kommt es darauf an, der ‚großen Kraft und Herrlichkeit' zu vertrauen, die sich für jeden sichtbar am Himmel offenbaren wird.*

Wäre es den Santinern möglich, über alle Fernsehstationen der Welt ein Informationsprogramm mit Bildern aus ihren Raumschiffen zu senden?

Es würde den Santinern keine Schwierigkeiten bereiten, die Fernsehprogramme eurer Sender durch eine Direkteinstrahlung zu überlagern, denn die elektromagnetische Energie, die ihr zur Ton- und Bildübertragung benützt, können sie durch Umwandlung kosmischer Energie erzeugen. Wie schon früher ausgeführt, wird dies auch zu dem Zeitpunkt geschehen, da kein Zweifel mehr an einer beginnenden globalen Veränderung dieses Planeten bestehen kann. Vorher schon eine umfassende Information einzustrahlen, würde sicher nicht zu dem gewünschten Erfolg führen, weil eine solche Sendung als Science-Fiction-Gag aufgefasst und jede gegenteilige Beteuerung seitens der Fernsehanstalten im Sande verlaufen würde. Bald wird man jedoch über ein Rettungsangebot, das von unerwarteter Seite an eine ganze Menschheit gerichtet wird, nicht mehr spotten, und schließlich wird man eine Wahrheit begreifen, der bisher eine wissenschaftliche Anerkennung versagt wurde. Außerdem wird die Ausstrahlung der gleichen Information über alle Radio- und Fernsehsender den Eindruck eines Fernsehspiels gar nicht erst entstehen lassen. Trotzdem werden sich viele Menschen von der Ernsthaftigkeit der Information und vor allem von ihrem außerirdischen Ursprung nicht überzeugen lassen. Sie werden dann auch diejenigen sein, die sich weigern werden, die kugelförmigen Kleinstraumschiffe, die zum Verlassen der Erde bereitstehen, zu benützen. Ihre Sinne sind irdisch gebunden. Dementsprechend wird auch ihr Schicksal sein.

Welcher Freizeitbeschäftigung widmen sich die Besatzungsmitglieder der Raumstation?

Um diese Frage beantworten zu können, bedarf es zunächst einer einleitenden Vorbemerkung. Die Santiner kennen keine vorgeschriebenen Dienstzeiten. Dementsprechend gibt es auch keine Regelung für dienstfreie Zeiten. Die Einteilung von Arbeit und Freizeit bleibt jedem Santiner selbst überlassen. Daraus könnt ihr ersehen, welchen Rang das Prinzip der Willensfreiheit einnimmt, und dass es nur dann für alle zum Wohle gereicht, wenn sich jeder verpflichtet fühlt, dem Ganzen zu dienen. Der gleiche Gedanke liegt auch der Freizeitbeschäftigung zugrunde. Es wäre für einen Santiner undenkbar, seinen Partner in einem gemeinsamen Spiel ‚besiegen' zu wollen, wie es irdischer Gewohnheit entsprechen würde. Alle Gemeinschaftsspiele, die ausschließlich der Entspannung dienen, sind deshalb darauf ausgerichtet, jedem Beteiligten das gleiche Maß an Freude zu geben, das man selbst wünscht. Denn Freude ist es, aus der die Lebenskraft fließt, und die Quelle aller Freude ist Gott. Die Freizeitbeschäftigung erschöpft sich jedoch nicht in Gemeinschaftsspielen, vielmehr ist jeder Santiner darauf bedacht, sich in seinem Spezialgebiet und im geistigen Wissensbereichen weiterzubilden. Dazu stehen ihm viele Möglichkeiten zur Verfügung. Das größte Interesse nimmt die Weltraumforschung in Anspruch, die natürlich auch die Raumfahrt einschließt. Dies ist begreiflich, denn schließlich wollen sich die im Einsatz befindlichen Santiner keine Gelegenheit entgehen lassen, um in ihrem Wissensgebiet die neuesten Erkenntnisse zu erlangen. Dazu dient ihnen eine ständige Verbindung mit den entsprechen-

den Instituten ihres Heimatplaneten, die sie mit den wichtigsten Forschungsergebnissen versorgen. Alle Übermittlungen dieser Art werden in einem ähnlichen Verfahren, das ihr Magnetspeicherung nennt, aufgezeichnet, so dass sie jederzeit in besonderen Studienräumen in natürlicher Ton- und Bildqualität wiederholt werden können. Dadurch wird erreicht, dass keinem Santiner während der Abwesenheit von seinem Heimatplaneten ein Nachteil irgendwelcher Art entsteht. Selbst die seelische Belastung durch die Trennung von ihren Familien wird durch das gleiche Verfahren der Raum-Zeit-Überbrückung gemildert, denn zu jeder Zeit kann die gewünschte Verbindung mit der Familie hergestellt werden, und der Santiner erfährt nicht nur das Neueste aus seinem Familienkreis, sondern er wird bei dieser Gelegenheit auch über die kulturellen Ereignisse und sonstigen Veränderungen von allgemeiner Bedeutung unterrichtet.

Auf welchem Wege versorgen sich die Santiner mit Lebensmitteln und Kleidung, und wie ist das Problem der Entsorgung gelöst?
Um bei der Lebensmittelversorgung unabhängig zu sein, haben die Santiner in ihren Großraumschiffen Obst- und Gemüsekulturen angelegt, die ihnen den gesamten Bedarf an vitaminreichen Früchten liefern. Zur Ergänzung der Frischkost werden jedoch auch Speisen nach dem Verfahren der Atomgruppierung hergestellt. Dazu dient ein Gerät, mit dem man die natürlichen Prozesse der Photosynthese (Aufbau organischer Stoffe aus anorganischen durch Lichteinwirkung; Anm. d. Hrsg.) *und der Assimilation* (Umwandlung von Nährstoffen; Anm. d. Hrsg.) *nachvollziehen kann. Aber auch die geschmackliche Seite kommt dabei nicht zu kurz, denn es kann praktisch jeder Geschmackswunsch erfüllt werden. Hin und wieder gelingt sogar noch eine neue Kombination, die dann auch mit Freude angeboten und begrüßt wird. Die Santiner kennen demnach keine Einseitigkeit in der Ernährung, und für die Bekömmlichkeit ist ebenfalls Sorge*

getragen. Es versteht sich von selbst, dass alle Speisen frei sind von schädigenden Einflüssen auf die Organe des Körpers, ja dass sie sogar auf ihre spezifische Tätigkeit abgestimmt werden können. Gerade in dieser Hinsicht hätte die irdische Küche noch einiges zu lernen, was sich förderlich auf die Gesundheit auswirken würde. Ergänzend sei noch bemerkt, dass die Santiner vor allem die Früchte der Pflanzen essen und Teile der Pflanzensubstanz nur insoweit zur Ernährung verwenden, als dadurch das Leben der Pflanze nicht gefährdet ist.
Über die Bekleidung der Santiner wird später berichtet. An dieser Stelle sei nur vermerkt, dass sie rein synthetischer Art ist, aber mit irdischen Stoffen der gleichen Bezeichnung nicht verglichen werden kann, denn sie entspricht dem körperlichen Wohlbefinden in vollkommener Weise. Auch sie ist ein Produkt der Fähigkeit der Santiner, aus den freien Atomen des Universums den gewünschten Gegenstand zu erzeugen. Ein Entsorgungsproblem ist den Santinern unbekannt, denn die Entsorgung ist ein Teil des natürlichen Kreislaufes, welcher der technischen Perfektion der Santiner zugrunde liegt. Ebenso wie es möglich ist, aus freien Atomen eine materielle Form herzustellen, können auch umgekehrt die in einer materiellen Form gebundenen Atome wieder in ihren freien Zustand versetzt werden. Auf die Entsorgung übertragen, bedeutet dies eine Verwandlung der Abfallstoffe in die Urbausteine der Materie, also in freie Atome, die in den Kosmos wieder entlassen werden, aus dem sie entnommen wurden. Es ist leider nicht möglich, euch ein solches Verfahren zu erklären, denn dazu fehlt euch das Wissen in kosmischer Physik.

Wie erzeugen die Santiner Licht und Wärme?
Aus den bisherigen Beschreibungen der Raumstation kann entnommen werden, dass der gesamte Energiebedarf aus der gleichen Quelle gedeckt wird. Es ist die kosmische Energie, die unbegrenzt zur Verfügung steht. Um sie für die verschiedenen

Zwecke nutzbar zu machen, muss sie durch Frequenzminderung entsprechend umgewandelt werden. Dazu dient ein Gerät, das für den Zweck der Energieumwandlung verwendet wird. Dieses Gerät zählt zu den am meisten in Anspruch genommenen Einrichtungen eines Raumschiffs. Es gibt verschiedene Größen und Leistungsstufen davon. Da Licht und Wärme Energiearten sind, die sich ebenfalls aus der kosmischen Frequenz-Skala gewinnen lassen, ist ihre praktische Anwendung nur eine Frage der besten technischen Lösung. Und dass diese gefunden wurde, bedarf keines besonderen Hinweises. Alle Innenwände eines Raumschiffes geben sowohl Licht als auch Wärme ab. Ihre Stärke ist getrennt regulierbar, entweder automatisch oder wunschgerecht auch durch Handbedienung. Die Lichtqualität wurde so ausgewählt, dass sie dem natürlichen Sonnenlicht entspricht. Sie kann aber auch dem Licht einer anderen Sonne angepasst werden, je nachdem, in welchem Sonnensystem sich das Raumschiff gerade befindet. Auch die Qualität der Wärme kann den gewünschten Bedingungen angepasst werden.

Wurde die Erde auch noch von anderen Menschheiten besucht?
Heute geschieht alles unter Aufsicht der Santiner, die die Atmosphäre der Erde überwachen. Früher jedoch wurde die Erde auch von anderen Raumreisenden besucht. Dies geht aus den verschiedenen Kontakterlebnissen hervor, in denen von Begegnungen mit Außerirdischen größeren Wuchses, von unfreiwilligen Untersuchungen in gelandeten Raumschiffen und von Entführungen mit nachheriger Erinnerungssperre berichtet wird. Damit hat es folgende Bewandtnis: Genauso wie ihr im Laufe der Jahrhunderte die damals noch bestehenden ‚weißen Flecken' auf der Landkarte mittels Expeditionen erforschtet, drängt es auch eure fortgeschrittenen Brudermenschheiten anderer Planeten in die für sie noch unbekannten Gebiete der Galaxis vorzustoßen und nach und nach allen erreichbaren Planeten einen Besuch abzustatten, um ihren Entwicklungsstand

festzustellen und zu prüfen, ob ein Austausch von Forschungsergebnissen oder eine ständige Verbindung möglich ist. Es bestehen nämlich konstante Flugrouten für einen interstellaren Verkehr mit Austausch von wissenschaftlichen Erkenntnissen und speziellen Produkten. Was hätte die Erde dabei zu bieten außer perfekten Superwaffen? Es ist also im allgemeinen reine Forschungsneugierde, wenn ab und zu ein außerirdisches Raumschiff in einer abgelegenen Gegend landet und dessen Besatzung außer geologischen auch biologische Untersuchungen vornimmt, wobei in die letzteren auch die menschliche Rasse einbezogen wird, die gerade am Landeort angetroffen wird. Wenn auch diese Untersuchung gegen den Willen des ‚Versuchsobjekts' abläuft, so ist es doch nur in wenigen Fällen zu nachhaltigen Schädigungen aber nie zu körperlichen Misshandlungen gekommen, es sei denn als Notwehrreaktion. Aber auch in diesen Fällen wird nur das motorische Nervensystem für kurze Zeit ausgeschaltet, so dass der Betroffene bewegungsunfähig wird ohne dass jedoch sein Wahrnehmungsvermögen beeinträchtigt wäre. Solche Vorkommnisse durchziehen die ganze menschliche Geschichte dieser Erde und wurden in den verschiedensten Variationen und phantasievollen Übertreibungen überliefert. Nur eines sollte man dabei nicht vergessen, dass nämlich bei diesen Besuchen auch eine Art von Rückerinnerung eine Rolle spielt. Dies hört sich zwar recht merkwürdig an, ist aber dann verständlich, wenn man berücksichtigt, dass bereits vor Tausenden von Jahren fremde Rassen von anderen Sternen auf die Erde umgesiedelt wurden, weil sie sich der höheren Bewusstseinsentfaltung ihres Planeten wegen geistiger Trägheit und Willensschwäche nicht anpassen konnten. Die alten amerikanischen Völker, z. B. die Inkas und Mayas, zählten einstmals zu diesen umgesiedelten Rassen, wovon ihre heute noch rätselhaften Bauwerke und ihre Kenntnisse in Astronomie Zeugnis ablegen. Die Raumfahrt ist also keine technische Zukunftsvision irdischer Wissenschaft, im Gegenteil, die Erde ist in dieser Hinsicht hoffnungslos unterentwickelt. Und so, wie es in früheren Zeiten schon der Fall war, wird die irdische Menschheit auch heute wieder von ihren Sternengeschwistern eine Entwicklungshilfe erfahren, die ihr den Anschluss an die Förderation fortgeschrittener Planetenmenschheiten ermöglichen wird.

Gibt es Beweise, die auf eine frühere Existenz außerirdischer Menschenrassen auf der Erde hindeuten?
Ja, diese Beweise gibt es für den nach Wahrheit suchenden Menschen, der sich nicht von einer voreingenommenen Wissenschaft beeinflussen lässt, die nur das als bewiesen anerkennt, was sich in ihr Weltbild einfügt. Im vorhergehenden Abschnitt wurde bereits auf solche Beweise hingewiesen. Aber nicht nur in Mittelamerika liegen diese Beweise auf der Hand, sondern auch an manchen anderen Plätzen der Erde stößt man auf frühere Hochkulturen, die ein außerirdisches Siegel tragen. Unübersehbare Zeugnisse legen dafür die Pyramidenbauwerke in Ägypten, China, Mittel- und Südamerika ab. (Siehe „Die Bauten der Außerirdischen in Ägypten"; Anm. d. Hrsg.) *Weitere Beweise liegen unter meterhohen Überlagerungen verborgen, so dass sie der Erforschung nicht mehr zugänglich sind. In der heutigen Wüste Gobi würde man auf ‚handgreifliche' Denkmäler außerirdischer Besucher stoßen, wenn man an den richtigen Stellen Grabungen vornehmen würde. Die eigenartigen, mehrere Tonnen schweren und bis zu 20 Meter hohen Steinstatuen auf der Osterinsel im Südpazifik sind ebenfalls außerirdische Hinterlassenschaften.*

Hat die Bezeichnung ‚kleine grüne Männchen', mit der die Außerirdischen ins Lächerliche gezogen werden, etwas mit den Santinern zu tun?
Immer wenn sich eine Wahrheit durchzusetzen beginnt, wird sie mit der Waffe der Lächerlichkeit bekämpft. Dies entspricht zwar nicht der Fairness, der sich jeder ernst zu nehmende Wissen-

schaftler und Forscher befleißigen sollte, erlaubt aber um so deutlicher den Schluss, dass es mit wissenschaftlichen Mitteln nicht möglich ist, den Beweis für das Gegenteil zu erbringen. Da man sich dieser Verlegenheit nicht aussetzen will, bleibt also nur die Verleumdung und Missachtung derjenigen, die selbst die Beweise der Wahrheit sind. Es ist ein Kennzeichen irdischer Wissenschaftlichkeit, dass erst dann, wenn die Dämme der Selbstüberschätzung gebrochen sind und die Wahrheit nicht mehr aufzuhalten ist, die Lehrmeinung korrigiert wird. Nur wird dieses Mal die notwendige Korrektur den gewohnten Rahmen sprengen, und dies würde die bisherige geozentrische Einstellung der Wissenschaft mit einem Schlag ihres Prestiges berauben. Das ist der wahre Grund, weshalb man sich des größten Wissensfortschrittes aller Zeiten eigensinnig verschließt und darauf hofft, dass die Waffe der Verunglimpfung auch weiterhin wirksam sein möge. Mit der Bezeichnung ‚Kleine grüne Männchen' hat es folgende Bewandtnis: Die Besatzungen der Raumschiffe tragen einheitliche Kombinationsanzüge, deren Oberteil und Unterteil ein breites Gürtelband verbindet. Die Anzüge selbst sind glänzend weiß, nur die Gürtelbänder sind verschiedenfarbig, je nachdem, welcher Gruppe von Spezialisten der Träger angehört. So sind die Piloten durch einen silberfarbenen Gürtel gekennzeichnet, die Astronautiker tragen die Farbe blau, die Astrophysiker gelb, die Ingenieure violett, die Energetiker grün und die Organisatoren rot. Alle Farben sind in heller Tönung gehalten und haben bei Dunkelheit eine fluoreszierende Wirkung. Daraus lässt sich ersehen, welche Mitglieder einer Raumschiffbesatzung seinerzeit in England, woher die Bezeichnung ‚little green men' stammt, mit irdischen Bewohnern – es waren damals Kinder – Kontakt aufgenommen hatten. Die Kinder waren unbefangen genug, um ihr Erlebnis so zu schildern, wie sie es mit ihrem kindlichen Verstand erfassen konnten. Dass ihnen das grün leuchtende Gürtelband besonders auffiel und bei ihrer Beschreibung entsprechend hervorgehoben wurde, ist verständlich. So wurde die grüne Leuchterscheinung kurzerhand auf die ganze Person übertragen. Und da die Fremdlinge eine kleinere Statur hatten als normale Erwachsene dieser Erde, wurden sie eben, außer mit dem bestimmten Farbmerkmal, auch noch mit dem Attribut ‚klein' versehen. Die Kinder tragen an dieser Verunglimpfung keine Schuld, wohl aber könnte man von einer Zivilisation, die sich anmaßt, den Weltraum erobern zu wollen, eine angemessene Seriosität erwarten, wenn es darum geht, das Zeugnis von unverbildeten Kindern bei der Lösung des so bedeutungsvollen ‚Ufo-Phänomens' zu berücksichtigen.

Wie sieht das Innere eines Raumschiffes aus?
Ich will euch das Innere unseres Raumschiffes kurz beschreiben. Zunächst das, was ihr als ‚Kommandozentrale' bezeichnen würdet. Angenommen, ihr könntet sie betreten, dann wäret ihr wegen ihrer Einfachheit verblüfft. Weder ein armaturenreiches Cockpit noch eine Reihe von Schalthebeln wären zu sehen. Das einzige, was euch auffallen würde, wäre ein Leuchtschirm von etwa drei mal fünf Meter Größe und ein halbrund geformter Tisch, dessen glatte Oberfläche leicht zur Innenkante geneigt ist, ohne äußere Merkmale, die darauf hindeuten könnten, dass es sich um die Steuerungszentrale eines solch riesenhaften Schiffes handelt. Es hat eine Länge von fast 1.000 Meter und einen Durchmesser von rund 80 Meter. Es ist vorne und hinten leicht konisch geformt. Dies hat nichts mit einer günstigeren aerodynamischen Form zu tun, sondern dient lediglich der besseren Steuerungsfähigkeit.
Der halbrunde Tisch mit seiner glatten Oberfläche ist in Wirklichkeit ein hochsensibles Gerät, das nur auf Gedankenkraft reagiert. Legt man die Hand auf bestimmte Stellen des Tisches und verbindet diese Berührung mit einem gedanklichen Befehl, dann erfolgt im gleichen Augenblick die entsprechende Ausführung durch die Steuerungsorgane des Schiffes. Der Kommandotisch besitzt rund 200 solcher Kontaktpunkte, die alle Funktionen

des Schiffes nach innen und nach außen umfassen. Daraus mögt ihr ersehen, zu welcher Konzentrationsleistung ein Raumschiffkommandant fähig sein muss. Eine ebenso wichtige Einrichtung eines Raumschiffes ist die Energiezentrale. Sie befindet sich in der Mitte des Schiffes und besteht ausschließlich aus Geräten zur Speicherung von kosmischer Energie. Ein Vergleich mit irdischen Begriffen und Vorstellungen aus eurer Elektrotechnik ist nicht möglich, denn die verwendete Energieart wird noch in keinem eurer technischen Lehrbücher erwähnt. Da sie kosmischen Ursprungs ist, tritt nie ein Mangel in der Energieversorgung ein. Die Speicherkapazität ist so gewaltig, dass dieses Schiff eine eurer Städte mit 20.000 Einwohnern ein ganzes Jahr mit Energie versorgen könnte. Ein weiterer technischer Schwerpunkt bildet die Erzeugung eines eigenen Gravitationsfeldes, wodurch das Raumschiff eine planetengleiche Eigenschaft erhält. Da das Schwerkraftfeld regulierbar ist, kann sich das Raumschiff allen natürlichen Verhältnissen innerhalb eines Sonnensystems anpassen. Ist die Eigengravitation des Schiffes stärker als das Schwerkraftfeld eines Fixsternes oder Planeten, dann entsteht das, was ihr mit ‚Antigravitation' bezeichnet. Bei kleineren Planeten besteht dann die Gefahr einer Beeinflussung ihrer Bahnellipse, wenn sich das Raumschiff in einer zu geringen Entfernung vom Planeten aufhalten würde. Aus diesem Grunde ist es auch nicht möglich, dass ein Großraumschiff auf der Erde landet.

Das für euch am unerklärlichsten erscheinende Phänomen ist jedoch die Dematerialisation eines Raumschiffes, obwohl euch doch die physikalische Tatsache bekannt ist, dass vieles existiert, was außerhalb eures sinnlichen Wahrnehmungsvermögens liegt. Ebenso verhält es sich mit der Frequenzerhöhung eines Raumschiffes. Ihr habt inzwischen große Fortschritte in der Atomphysik gemacht und wisst, dass Materie nur ein bestimmter Zustand von Energie ist, der durch Zuführung einer höherfrequenten Energieart in einen anderen, dieser Energieart entsprechenden

Zustand überführt werden kann. Dies ist ein metaphysikalischer Vorgang, der euch noch vorenthalten werden muss wegen der Gefahr missbräuchlicher Anwendung. Bald wird euch jedoch dieses Geschenk überreicht werden können, wenn auch für euch das kosmische Zeitalter begonnen hat. Ihr befindet euch zwar an seiner Schwelle, doch ihr wagt es noch nicht, sie zu überschreiten, weil euch die Kräfte eures alten Denkens daran hindern. Die Inspirationen aus dem Lichte des neuen Weltentages werden euch den Mut geben, die alte Bewusstseinsebene zu verlassen und euren geistigen Blick auf die Ziele einer höheren Lebensstufe zu richten. Eure Staatsmänner können diesen Kräften nicht mehr ausweichen, es werden alle Hindernisse fallen, die dem Geiste des neuen Äons entgegenstehen. Die ersten Ansätze dazu zeigen sich bereits in der Gegenwart. Was nun folgt, ist die Erfüllung eines Traums der Menschheit, nämlich ein Leben frei von allen Bedrohungen von außen und innen. Stellt euch jetzt schon auf diese Zukunft ein, die sich mit Riesenschritten nähert und die euch das Geheimnis der ‚Fliegenden Untertasse', wie ihr unsere Raumschiffe nennt, offenbaren wird.

Eine Botschaft der Santiner

Zum Abschluss möchte ich unsere Sternenbrüder selbst noch zu Worte kommen lassen. Der Inhalt der nachfolgenden Botschaft ist von aktueller Bedeutung und lässt uns erkennen, wie sehr sich unsere Sternenbrüder bemühen, uns eine höhere Realität des Lebens zu zeigen.

Geschwister der Terra, wir besuchen euch seit Jahrtausenden mit unseren Raumschiffen und beobachten mit Bedauern eure Entwicklung. Warum habt ihr einen eigenwilligen Weg eingeschlagen, der euch in die Hörigkeit einer Scheinmacht führte die nun Verfügungsgewalt über euch gewonnen hat. Wenn wir nicht eure Betreuung übernommen hätten, dann wäret ihr längst das Opfer einer satanischen Zerstörungswut geworden und von eurem Planeten wären heute nur noch Trümmer übrig. Ihr hättet ein gleiches Schicksal erlebt, wie es vor langer Zeit die Bewohner eines herrlichen Planeten erfahren mussten, der einst die Lücke zwischen Mars und Jupiter füllte und von dessen ehemaliger Existenz heute nur noch seine geborstenen Teile, die ihr Planetoiden nennt, Zeugnis geben. Durch die Opfertat eines Gottmenschen, zu dessen Dienern wir uns zählen dürfen, wurde der Wille des Verführers durchkreuzt und seine Rückkehr in die universelle Lebensgemeinschaft vorbereitet. Verlasst euch auch weiterhin auf unsere Hilfe, wenn euer Planet bald ein neues Kleid erhält und eine vorübergehende ‚Notunterkunft' bezogen werden muss, die wir euch aber so angenehm wie möglich gestalten werden. (Näheres dazu steht in „Die Mission der Santiner"; Anm. d. Hrsg.)

Es ist ein verheißungsvoller Ausblick, mit dem diese wunderbare Santinerbotschaft endet, und zugleich ein Aufruf an die ganze Erdenmenschheit, sich endlich von den einengenden Denkschablonen eines verblassenden Zeitalters zu trennen und sich auf das Licht eines neuen Weltentages vorzubereiten.

Kümmert sich eine außerirdische Menschheit um uns?

Weg und Ziel der Ufo-Forschung am Beginn des Wassermann-Zeitalters

Jeder Mensch macht sich natürlicherweise ein Bild von den Dingen der Welt. Dies ist notwendig, um sich auf dem Weg der Erfahrung, den wir alle gehen, die Orientierung zu verschaffen. Jeder Mensch ist aber auch infolge seiner ihm gegebenen Entwicklungsfreiheit mehr oder weniger dem Irrtum unterworfen, da er stets nur ein solches Bild in den Erkenntnisraum seiner Seele projiziert, das seiner Bewusstseinsstufe entspricht und seinem Wollen und Streben vorteilhaft erscheint. Wenn nun aber dieses subjektive Gedankenbild mit der Wirklichkeit nicht mehr übereinstimmt, ist es für den ehrlich nach Erkenntnis Strebenden ein unmittelbares Bedürfnis, die Tiefenschärfe und die Lichtstärke seines Projektionsbildes zu verbessern. Mit anderen Worten, er ist bestrebt, sein immer nur relativ zu wertendes Weltbild dem fortschreitenden Erfahrungsschatz anzupassen. Ein Mensch, der den Mut hierzu nicht aufbringt, unterliegt der Selbsttäuschung. Es ist letztlich eine Frage der freien Selbstentscheidung, inwieweit es gelingt, sich aus den geistigen Verstrickungen falscher Gedankengänge zu lösen. Aus der Geschichte wissen wir, welche Tragik und welche verhängnisvollen Konsequenzen für die irdisch-menschliche Entwicklung aus dem Verharren im Irrtum entspringen können, wenn es sich bei den Selbstbetrügern um politische oder kirchliche Institutionen handelt, die die notwendige Macht besitzen, die Irrtümer mit Zwangsmitteln zu verteidigen.
Lassen Sie mich hierzu ein Beispiel in Ihre Erinnerung zurückrufen: Noch vor drei Jahrhunderten war das uns heute selbstverständliche Weltsystem mit der Sonne im Mittelpunkt und den um sie kreisenden Planeten Ursache einer heftigen Auseinandersetzung zwischen den Hütern kirchlicher Lehrsätze und den einbrechenden neuen Erkenntnissen der Naturwissenschaften. Das ptolemäische oder geozentrische Weltsystem war bis dahin

das beherrschende Fundament der Glaubensauslegung in Fragen der natürlichen Schöpfung. Es war undenkbar, dass die Erde ihren göttlich bestimmten Standort nicht im Zentrum der Gestirne einnehmen könnte! Erst Kopernikus (1473-1543) löste sich durch seine eigenen ideellen Vorstellungen von diesem Schema und entschied sich dann im Laufe seiner astronomischen Studien, angeregt durch antike Überlieferung, zur Annahme eines heliozentrischen Weltsystems. Diese kopernikanische Lehre erfuhr durch Johannes Kepler (1571-1630) die entscheidende Vervollkommnung auf Grund der Erkenntnisse der nach ihm benannten Gesetze der Planetenbewegung. Blieben diese fundamentalen, astronomischen Lehren kirchlicherseits zunächst unbeanstandet, so änderte sich dies schlagartig mit dem Erlass eines Indexes verbotener Lehren vom Jahre 1616. Als dann der geniale Physiker und Astronom Galileo Galilei (1564-1642) als Ergebnis seiner Beobachtungen und Entdeckungen das kopernikanische Weltsystem und die Keplerschen Gesetze bestätigte und verteidigte, griff die Kurie ein und zwang ihn in den bekannten zwei Prozessen seine Lehre zu widerrufen. Ein neues Weltbild stand einer starren theologischen Lehrmeinung gegenüber. Erst im Jahre 1835, also nach mehr als zwei Jahrhunderten, wurde die kirchliche Verurteilung Galileis aufgehoben.

Es wäre nun falsch, mit einem selbstgefälligen Lächeln über diesen geschichtlichen Vorgang hinwegzugehen, denn dieser Tatbestand ist symptomatisch für die Menschheitsentwicklung über Jahrtausende bis zum heutigen Tag. Früher wie heute blockieren die Trägheitskräfte der Erkenntnisangst, wie ich sie nennen möchte, sowie Hochmut und Überheblichkeit und natürlich auch das Prestige-Denken der Wissenschaft einschlägiger Fakultäten den Weg zu einem wahren naturwissenschaftlich und geistig ganzheitlich orientierten Weltbild. Diese hemmenden Einflüsse werden noch unterstützt durch das im allgemeinen geistig passive Verhalten der Menschen, das im Ergebnis zu einer kritiklosen Gelehrtenhörigkeit führt, woraus wiederum ein willkommenes Alibi für ein scheinbar verantwortungsfreies Denken und Handeln abgeleitet wird. Wir leben in einer Epoche eines geistigen Umbruchs von wahrhaft gigantischen Ausmaßen. Es gibt praktisch kein Gebiet der Natur- und Geisteswissenschaften sowie der Technik und des menschlichen Zusammenlebens, das nicht von einem Sog umstürzlerischer Gedanken erfasst wird. Neue Erkenntnisse in noch nie da gewesener Fülle treten in das grelle Licht der Diskussion, die noch Gewaltigeres, noch Größeres und noch Unfassbareres im Mikro- und Makrokosmos erahnen lassen, denn das Erkenntnisvermögen des Menschen ist genau so unbegrenzt wie das Weltall selbst. Dies ergibt sich schon aus der einfachen Überlegung, dass jeder Gedanke, der dem Geist des Menschen entspringt, eine kosmische Energieschwingung ist mit der in ihr liegenden Fähigkeit grenzloser Ausdehnung und Unumkehrbarkeit.

Je höher der Menschengeist zu seinem göttlichen Ursprung hinwächst, desto mehr wird er die Fähigkeit erlangen, sich über die ganze Schöpfung auszubreiten und in ihr tätig zu sein. Ebenso schwindet aber auch sein Ich-Bewusstsein und er wird zum Ich Bin, dem göttlichen, allgegenwärtigen Universalbewusstsein, dem Bewusstsein, das alles in Liebe erhält und das allein Liebe ist. Ein Festhalten an einer einzigen Anschauung und Erkenntnis wäre deshalb gleichbedeutend mit einer selbst auferlegten Begrenzung des göttlichen Wesens, das in uns lebendig ist. Wir fühlen, wie in der Gegenwart alles in einer strebsamen Unruhe begriffen ist. Bisher unbewusst Vorhandenes wird von einem merkwürdigen Drang erfasst, sich zu zeigen. Wie von feinen Vibrationen angeregt, drängt sich Formloses zur Gestaltung, werden Gedanken Tat. Gleichzeitig werden dadurch auch die verschiedenartigen Strömungen ihrer Gegensätzlichkeit deutlich sichtbar. Neben hoher Vergeistigung und echtem Erkenntnisstreben offenbaren sich im falschem Licht luziferischer Dekadenz die negativen Beeinflussungen auf allen Gebieten der natürlichen Ordnungsgesetze. Es ist ein verzweifeltes

Sich-Sträuben, ein gewaltiges Sich-Aufbäumen gegen das neue anbrechende Entwicklungszeitalter des irdischen Wohnplaneten. Der Prozess des Übergangs vollzieht sich deshalb so schmerzvoll und chaotisch, weil die Menschheit nicht gewillt war, die ihr gegebene zweitausendjährige Vorbereitungszeit durch Befolgung und Übung der Lebenslehren Jesu Christi zu nützen. Diese, der göttlichen Liebe entstammenden Gebote und Erlösungshilfen sind sogar ein Beweis dafür, dass sie nicht nur der irdischen Menschheit allein als Wegweisung dienen sollen, sondern dass sie allen gefallenen Wesenheiten im ganzen Universum Richtschnur sind. Und ihre Befolgung allein hätte den Weg einer geordneten, harmonischen Aufwärtsentwicklung garantiert und zu einem erweiterten Lebenshorizont über die planetare Begrenzung hinaus geführt.

Wenn wir uns diesem göttlichen Liebesstrom nicht wie unartige und eigensinnige Kinder verschlossen hätten, so wäre uns längst die faszinierendste Tatsache der Gegenwart zum selbstverständlichen Wissen geworden: die Wirklichkeit einer universellen Menschheitsschöpfung. Wir wären nicht in die Tiefen des herrschenden Materialismus und in keine geistige Isolation gefallen, sondern wären heute ein voll bewusster Teil einer großen Menschheitsfamilie, einer universellen Bruderschaft, die Hunderte von hoch entwickelten bewohnten Planeten in unserer galaktischen Nachbarschaft umfasst. Wir müssten nicht erleben, dass das phänomenale Erscheinen außerirdischer Raumschiffe in Erdnähe, das durch Hunderttausende von einwandfreien Zeugnissen belegt ist, Unsicherheit und Unruhe auslöst und unsere Regierungen und Wissenschaftler in permanente Verlegenheit versetzt. Ihr Erkenntnisstandard, ihr politischer Nimbus und ihr Prestige gebundenes Wertgefühl sowie krankhafte Ideologien machen es ihnen einfach unmöglich, gegenüber der Öffentlichkeit zuzugeben, dass zwar über die Existenz der unbekannten Flugobjekte kein Zweifel besteht, dass aber das ganze Geschehen sich irdisch-wissenschaftlicher Erklärungsversuche entzieht. Um nun aber den Glauben an den unbezwingbaren technischen Fortschritt nicht zu erschüttern und vor allem das im Volk verankerte Gefühl der politischen Ordnung und der militärisch garantierten Sicherheit nicht leichtfertig aufs Spiel zu setzen, begibt man sich lieber auf das Glatteis dummdreister und läppischer Deutungsversuche. Oder man gefällt sich in einer selbstsicheren wissenschaftlichen Würde, die von vornherein jede außerhalb der Schulweisheit liegende Erklärung als unwirklich abtut.

Der bekannte Physiker und Universitätslehrer Carl Friedrich von Weizsäcker sagte im Jahre 1968 in einem Vortrag zum Thema Weltraumfahrt unter anderem folgendes: „Ob wir im Weltraum anderen intelligenten Wesen begegnen werden, weiß ich nicht. Es ist denkbar. Ich sehe keinen naturwissenschaftlichen Grund, der dies ausschließt. Ein jüngerer Kollege von mir hat vor einiger Zeit einmal ausgerechnet, wie der Kontakt mit solchen Wesen durch Radiosignale etwa stattfinden könnte und ist zu dem Schluss gekommen, dass eine gewisse Wahrscheinlichkeit besteht, dass ein Austausch von Signalen nur dann möglich sein wird, wenn die beiden Kulturen, die sich hier miteinander austauschen, je zehntausend Jahre lang technisch stabil sind, weil die Wege so lang sind, die diese Signale fliegen müssen."

Nun, die geläufige Art der Betrachtungsweise setzt als selbstverständlich voraus, dass die irdische Wissenschaft und Technik die zivilisatorische Spitze im Weltall darstellt und damit den allein gültigen Beurteilungsmaßstab abgibt. Es ist anscheinend unvorstellbar, dass es auch andere Weltenkörper geben kann, auf denen eine uns um Tausende von Jahren überragende Zivilisation herrscht, die es den dortigen Planetenmenschen seit ebenso langer Zeit erlaubt, ihren Wohnplaneten zu verlassen und die Unermesslichkeit und Schönheit des Universums in ihren natürlichen Lebensraum einzubeziehen. Wer will denn noch ernsthaft behaupten, dass Radiosignale die einzige Möglichkeit einer Kontaktnahme mit einer außerirdischen Menschheit offen lassen, wenn der vermeintliche Signalpartner schon längst den perfekten Raumflug beherrscht. Wer will denn behaupten, dass die Voraussetzungen zur Kontaktnahme eine je zehntausendjährige stabile Kultur bedinge, wenn es bereits zehntausendjährige Gepflogenheit ist, dass sich andere Planetenmenschheiten gegenseitig besuchen zum Zwecke des Austausches von Gütern und Forschungsergebnissen oder auch um einen in der allgemeinen Entwicklung zurückgebliebenen Planeten zu helfen, wie es im Fall der so einzigartig schönen Terra leider zutrifft.

Man kann auch sagen: Die Santiner, unsere älteren Sternenbrüder aus dem Sonnensystem Alpha Centauri, leisten also eine Art kosmobiologischer Entwicklungshilfe! Sie wollen uns helfen, den so notwendigen Anschluss an den Zivilisationsstandard höher entwickelter Planeten unserer galaktischen Nachbarschaft zu erreichen, so wie wir uns selbst unseren eigenen unterentwickelten Völkern gegenüber in ähnlicher Weise verpflichtet fühlen. Da diese Tatsache aber nicht das Signum eines Universitätswissens irdischer Prägung besitzt, zieht man diese außerirdischen Phänomene lieber ins Lächerliche, ja ins Abstruse und verspottet das Unbegreifliche nach allen Regeln der Ignoranz, weil ja nicht sein kann, was nicht sein darf, um mit Christian Morgenstern zu sprechen.

Hier bestätigt sich die Tatsache, dass auf allen Stufen der menschlichen Evolution das dieser Stufe zugeordnete Bewusstsein stets das allgemeine Weltbild bestimmt. Oder mit anderen Worten: Die einer bestimmten Entwicklungsphase angehörende Menschheitsgruppe ist stets der Überzeugung, dass ihr Weltbild das allein richtige und unumstößlich wahre sei.

So betrachten heute viele unserer Wissenschaftler das Weltbild der Gegenwart ebenfalls in ‚angemessener' Voreingenommenheit, die einmal der 1944 verstorbene britische Astronom und Physiker Sir Arthur S. Edington, ein führender Vertreter der Relativitäts- und Quantentheorie, sehr treffend formulierte: „Wir glauben unseren eigenen Augen nicht, wenn wir nicht schon von vornherein davon überzeugt sind, dass das, was sie uns sagen, glaubhaft ist." Immer wird deshalb das Bild des Kosmos dem Fassungsvermögen des Menschen und seinem errungenen Wissensstand entsprechen. Es stehen uns zwar alle Tore der Weisheit offen, doch wird uns, um der gesunden Höherentwicklung willen, nie ein Wissen zuteil werden, das unserer Bewusstseinsstufe voraus ist. Unser Bewusstsein ist also unsere eigentliche Welt. Erst die Ausweitung unseres Begriffsvermögens in ein höheres Bewusstsein lässt uns die Gesetze erkennen, die höheren Lebensfreiheiten zugrunde liegen. Erst in diesem erweiterten geistigen Blickfeld fließen dann allmählich die trennenden Aspekte der heutigen wissenschaftlichen Betrachtungsweisen in der Offenbarung eines Wissens zusammen, das seinen Ursprung nicht in der menschlichen Unzulänglichkeit hat, sondern das Ausfluss der Allweisheit Gottes ist.

Die aus der Teilung und Trennung irdischer Denkmethoden resultierende Problematik hat Carl Friedrich von Weizsäcker schon früher in einer seiner Vorlesungen über die Geschichte der Natur wie folgt Ausdruck verliehen: „Der tiefste Riss, der heute durch den Bau der Wissenschaften geht, ist die Spaltung zwischen Natur- und Geisteswissenschaften. Die Naturwissenschaft erforscht mit den Mitteln des instrumentalen Denkens die materielle Welt um uns. Die Geisteswissenschaft erforscht den Menschen und nimmt ihn dabei als das, als was er sich selbst kennt: als Seele, Bewusstsein, Geist. Die Trennung ist weniger eine Trennung der Gebiete – diese überschneiden sich zum Teil – als eine Trennung der Denkweisen und Methoden. Die Naturwissenschaft beruht auf der scharfen Scheidung des erkennenden Subjekts vom erkannten Objekt. Der Geisteswissenschaft ist die schwierige Aufgabe gestellt, auch das Subjekt in seiner Eigenart, zum Objekt ihrer Erkenntnis zu machen. Viele Versuche des Gesprächs zeigen, dass die beiden Denkweisen einander nur sehr selten verstehen. Es scheint mir aber, dass hinter dem gegenseitigen Missverständnis ein objektiver Zusammenhang beider Wissenschaftsgruppen als Möglichkeit bereitliegt, der darauf wartet, gesehen und verwirklicht zu werden. Natur- und Geisteswissenschaften erscheinen mir als zwei Halbkreise. Man müsste sie so aneinanderfügen, dass sie einen Vollkreis ergeben."

Noch vor Kepler war die Zahl, also das rational Erfassbare, und der Mensch, also Geist und Leben, eine zweifache Offenbarung der Vollkommenheit des Schöpfers. Erst die konsequente Verfolgung der analytischen Methode in der Physik, deren Beginn in den mechanischen Versuchen Galileis zu finden ist, führte zur verhängnisvollen Spaltung des Denkens in zwei unabhängige Bereiche, dem subjektiven Streben nach Harmonie in Gott und der objektiven Begriffswelt von Zahl und Größe. Der menschliche Geist bzw. die Seele galten als ein unabhängiges Prinzip und wurden zum reinen Instrument herabgesetzt, mit dessen Hilfe man ein geschlossenes System der mengenmäßigen Gesetze in der Natur entwickelte, mit dem alleinigen Ziel, sie den materiellen Bedürfnissen der Menschen dienstbar zu machen. Ich brauche Ihnen nicht vor Augen zu halten, wohin dieses Denken geführt hat. Es geht heute um nichts anderes als um die Erlösung aus der Betäubung der materiellen Wissenschaft durch eine universelle, religiöse Ganzheitsschau, eine Art Rückbesinnung auf die geniale Synthese Keplers. Ohne diese Ganzheitsschau ist das Verständnis für die qualitativen Aspekte der Natur nicht möglich.

Diese Gedanken hat übrigens einmal Max Planck in einem vor Jahren gehaltenen Vortrag zum Ausdruck gebracht. Er sagte seinerzeit im Zusammenhang mit seinen Erforschungen des Atoms: „Es gibt keine Materie an sich. Alle Materie entsteht und besteht nur durch eine Kraft, welche die Atomteilchen in Schwingung bringt und sie zum winzigsten Sonnensystem des Atoms zusammenhält. Da es aber im ganzen Weltall weder eine intelligente, noch eine ewige Kraft gibt, so müssen wir hinter dieser Kraft einen bewussten, intelligenten Geist annehmen. Dieser Geist ist der Urgrund aller Materie. Nicht die sichtbare und vergängliche Materie ist das Reale, Wirkliche, Wahre – denn die Materie bestünde, wie wir gesehen haben, ohne diesen Geist überhaupt nicht – sondern der unsichtbare, unsterbliche Geist ist das Wahre. Da es aber Geist an sich allein auch nicht geben kann, sondern jeder Geist einem Wesen zugehört, müssen wir zwingend Geistwesen annehmen. Da aber auch Geistwesen nicht aus sich selbst sein können, sondern geschaffen werden müssen, so scheue ich mich nicht, diesen geheimnisvollen Schöpfer ebenso zu benennen, wie ihn alle Kulturvölker der Erde früherer Jahrtausende genannt haben: Gott."

Das ist das Wissen und die weisheitsvolle Erkenntnis eines großen Naturwissenschaftlers, der die Vorurteile eines gebundenen Denkens abgeworfen und erkannt hat, dass nur ein erneuerter, das heißt ein von Grund auf reformierter Glaube an Gott die Wandlungen herbeiführen kann, die die Wissenschaft und damit auch die Welt vor einer katastrophalen Entwicklung retten könnten.

Aber wie kommt es denn, dass geistig geschulte Menschen offenbar keinen Sinn oder kein Vorstellungsvermögen für jenseits des Körpers liegende Dinge haben, die sich zwar außerhalb ihres irdischen Denkens abspielen, sich aber immerhin verstandesmäßig erfassen oder zumindest erahnen lassen? Die Antwort auf diese Frage ergibt sich aus folgenden Überlegungen: Genauso wie die Muskeln und Nerven durch körperliches Training verändert werden, so werden auch die Gehirnzellen durch ein geistiges Training beeinflusst. Durch eine einseitige Schulung im materiellen Denken, wie dies auf unseren Universitäten die Regel ist, erleidet der Verstandesmensch einen nicht zu unterschätzenden Schwund jener Zellen, die für die Erfassung von immateriellen Vorgängen und Zuständen vorgesehen sind. Und um solche handelt es sich grundsätzlich bei der Ausdehnung unseres Lebens- und Bewusstseinsraumes in die Sternenwelten.

Nun mag mancher fragen: Ja, was bedeutet denn „Ausdehnung unseres Lebens- und Bewusstseinsraumes in die Sternenwelten", wenn wir noch nicht einmal unseren eigenen Wohnplaneten in diesem Sinne bewusstseinsmäßig erfassen können? Dazu bedürfte es ja zumindest einer Reisetechnik, die uns in Sekundenschnelle von einem Ort zum anderen und zu jedem gewünschten Ziel bringen könnte. Dazu ist zu sagen, dass wir zwar über eine solche Reisetechnik noch nicht verfügen, aber durch die immer engmaschigere Informationstechnik ist es dem heutigen Menschen möglich, sich ein bewusstes Bild zu machen von den Lebensgebieten anderer Erdteile und sich als Bewohner des gleichen Planeten mit ihnen verbunden zu fühlen. Wenn wir nun diese Art der Bewusstseinserweiterung übertragen auf die Sternenwelten, die sich unseren Teleskopen darbieten, so ist es doch gar nicht so abwegig, auch in diesem Falle von einem Gefühl der Verbundenheit mit diesen fernen Welten zu sprechen. Es fragt sich nur, ob es auch möglich sein könnte, mit einer diesen Verhältnissen angemessenen Reisetechnik den vollkommenen Eindruck der Schwesterwelten empfangen zu können. Nun sagt uns die Physik, dass an eine Überbrückung dieser Lichtjahrentfernungen nicht gedacht werden könne, da ja das Fliegen schneller als das Licht nur eine technische Fata Morgana sei. Dies mag auf der Grundlage des heutigen Wissens richtig sein, aber wer sagt denn, dass es nicht ein Verfahren geben kann, das uns den raumflugtechnischen Schlüssel in die Hand gibt, um die riesenhaften Räume schneller zu durchreisen? Und genau dies ist raumflugtechnische Wirklichkeit bei unseren Menschengeschwistern auf den fortgeschrittenen Planeten anderer Sonnensysteme.
Die unvorstellbaren Entfernungen im Universum lassen sich nur durch die Umwandlung der Körperlichkeit in eine halbmaterielle oder geistige Form überwinden, das heißt durch Dematerialisation. Da hierüber im allgemeinen noch unklare Vorstellungen herrschen, will ich, soweit mein beschränktes Wissen ausreicht,

das Phänomen der Dematerialisation ein wenig aufzuhellen versuchen. Sowohl die materielle wie auch die geistige Erscheinungsebene unterliegen spezifischen Gesetzen, also Energieordnungen. Da beide Ebenen miteinander im Kontakt stehen, einander durchdringen, sind die ihnen zugeordneten Erscheinungsformen gegenseitig austauschbar. So können zum Beispiel Gedanken und geistige Eindrücke in die materielle Form übertragen werden, ebenso wie Materie in den entsprechenden energetischen Zustand überführt werden kann. Die Dematerialisation ist nun aber nicht gleichzusetzen mit der Überführung der Materie in einen ungebundenen Energiezustand. Die Umwandlung ist eher vergleichbar mit dem Übergang von einer Erscheinungsform in eine andere. Vergleichbar mit einer Wolke, wenn sie vom sichtbaren in den unsichtbaren Bereich überwechselt. Durch eine bestimmte energetische Einwirkung auf die Materie können die Atomsysteme auseinandergerückt werden, ohne dass jedoch die äußere Form des Körpers dadurch beeinflusst wird. Es ändert sich vielmehr nur die relative Position der Atome zueinander, also die Größenverhältnisse. Es ist schwer, sich einen Begriff von den Verhältnissen im molekularen Bereich zu machen, denn das Wesentliche sind die Kraftfelder, welche die freien Räume zwischen den Atomen und Molekülen ausfüllen und diese untereinander zu einer bestimmten körperlichen Dichte verbinden. Die Dematerialisation ist ein Impulsvorgang, der mit Lichtgeschwindigkeit erfolgen kann, wobei auch die Erdanziehungskraft entsprechend der Dichteänderung bis auf Null abnimmt.
Den Santinern ist es möglich, sowohl sich selbst, als auch ihre Raumschiffe zu dematerialisieren und zu rematerialisieren. Die Seele, die aus anderen Energieteilchen besteht, bleibt hierbei jedoch vollkommen erhalten. Diese Umwandlungsprozesse lassen sich mit den Begriffen unserer physikalischen Erkenntniswelt nicht beschreiben und viel weniger erlernen. Denn dazu bedarf es eines Wissens, das nicht durch selbstgezogene Grenzen

eingeengt wird, sondern das die Materie als das sieht, was sie in Wirklichkeit ist, nämlich verdichtete Geistsubstanz, die bei Zuführung höherer Energie wieder stufenweise in ihr Ausgangsstadium rückgeführt werden kann, das heißt in die geistige Form, die dem materiellen Produkt zugrunde lag. Man kann deshalb sagen: Ohne eine geistige Kontaktaufnahme mit dem Schöpfungsprinzip selbst ist die Dematerialisation überhaupt unmöglich!
Damit erscheint der interstellare Raumflug in einem göttlich harmonischen Aspekt, wie letzten Endes jeder technisch-positive Fortschritt nur auf dieser Basis möglich ist. Wenn wir von ‚Flug' reden, so trifft diese Bezeichnung eigentlich nicht den tatsächlichen Vorgang der ungeheuer schnellen Fortbewegung im Weltenraum, denn es handelt sich hierbei nicht um ein Fliegen in unserem Sinne, sondern um ein magnetisches Gleiten in den Feldern und Energieströmen im All. Es ist hierbei zu unterscheiden zwischen einer Fortbewegung in der materiellen Form und dem ‚Überspringen des Raumes' im dematerialisierten Zustand, das heißt durch Verlassen der dreidimensionalen Gesetzmäßigkeiten.
Diese Art der Fortbewegung im interstellaren Raum geschieht mit der Schnelligkeit des Gedankens auf Grund eines konzentrierten Willensimpulses. Es ist eine Art von Peilvorgang mit auslösender Sofortreaktion. Entfernungen in unserem Sinne spielen dabei keine Rolle. Die auf der rein materialistischen Vorstellungsweise basierende Behauptung, der Weltraum sei absolut leer, ist unhaltbar. Die reinen Verstandesmenschen können zwar Genies sein auf dem Gebiet der materiellen Geheimnisse und Umformungen. Es fehlt ihnen jedoch die Funktionstüchtigkeit der entsprechenden Nervenzellen zu einem spirituellen Denken. Es ist also kein Wunder, dass solche Menschen allen metaphysischen Phänomenen völlig verständnislos gegenüberstehen, denn ihr feines Sende- und Empfangsgerät ‚Seele' haben sie immer nur einseitig beansprucht, haben die

andere Seite verkümmern lassen, so dass es erst wieder wie ein kostbares Instrument neu gestimmt werden muss, damit es den vollkommenen Wohlklang wieder erreicht, der ihm vom Schöpfer einst verliehen worden ist.

In diesem Zusammenhang muss auf eine zivilisatorische Unsitte hingewiesen werden, die einer weltweit grassierenden Seuche gleichkommt und die zu einem nicht unwesentlichen Teil zur Abstumpfung des seelischen Empfindens beiträgt. Ich meine den Alkoholmissbrauch und den völlig abzulehnenden Nikotingenuss! Nikotin ist ein Zellgift und wirkt lähmend auf die Gehirnzellen. Wenn nun diese hochempfindlichen Zellen, die ja nichts anderes als winzige Verbindungsstücke zum geistigen Kosmos darstellen, infolge des lähmenden Einflusses nur wenig oder überhaupt nicht mehr in Tätigkeit gesetzt werden und dies noch bei der ohnehin vorhandenen Denkträgheit der heutigen Menschen, so ist leicht zu verstehen, dass diese wichtigen Zellen natürlicherweise einer negativen, das heißt einer abbauenden Veränderung unterliegen. Trifft nun ein einseitig materielles Denken mit einer giftigen Beeinflussung der Gehirnzellen zusammen, so geht man nicht fehl, bei einem fortgeschrittenen Zustand von einer Art ‚teilweise geistiger Umnachtung' zu sprechen. Es wird daher zu einem der größten Probleme des anbrechenden Wassermannzeitalters gehören, die verkümmerten Gehirnzellen wieder zu aktivieren. Besser wäre es jedoch, sich schon jetzt auf diesen Evolutionssprung vorzubereiten und allen negativen Einflüssen den Laufpass zu geben. Die meisten Menschen sind nicht mehr fähig, ihre Gedanken unter gewissenhafter Kontrolle zu halten; sie haben sich angewöhnt, in vorgegebenen Phrasen zu denken und zu antworten. Eine beeinflussende Reklame ungeheuren Ausmaßes und das Geschäft mit der oberflächlichen Unterhaltung sorgen dafür, dass es dabei bleibt. Da aber aus dem Denken die Tat folgt, so braucht man sich über die heutigen Zustände nicht zu wundern. Wie soll daraus ein naturgemäßes Wissen auf logischer Grundlage erwachsen?

Infolge der selbstverschuldeten, krankhaften Unwissenheit wird eine außerirdische Wahrheit von erhabener Bedeutung als unwirklich angesehen. Die Schulwissenschaft lehnt diese Wahrheit ab, weil sie nur das für möglich hält, was beweisbar ist. Wenn wir jedoch Ufo-Forschung betreiben wollen, so müssen wir unvoreingenommen sein und dürfen nichts für unmöglich halten. Denn immer ist es nur die eigene Unfähigkeit des Erkennens oder noch der Mangel an Wissen, das den Forschenden nur allzu leicht verleitet, sich von scheinbar unrealen Geschehnissen zu distanzieren.

Forschen bedeutet: Mut zur Wahrheit, logische Anwendung des Verstandes, Befreiung von Vorurteilen und starrem Verhalten, Aufgeschlossenheit und geistige Bereitschaft zur Erweiterung des objektiven und subjektiven Erfahrungsschatzes sowie Schulung und kritische Anwendung der mentalen Sinnesorgane. Das letztere trifft in besonderem Maße auf die Ufo-Forschung zu, gerade weil sie eben auch grenzwissenschaftliche Bereiche einschließen muss, selbst wenn diese nach dem Dafürhalten eines dreidimensional gebundenen Verstandes nicht in die objektive Behandlung dieses faszinierenden Forschungsgegenstandes aufgenommen werden können. Für jeden ernsthaften Ufo-Forscher stellt sich deshalb klar die Alternative, entweder dem Ufo-Geschehen in die metaphysischen Bereiche nachzufolgen oder eine erkenntnismäßige Beschränkung hinzunehmen.

Man kann nicht einfach aus einer statistischen, kommentierenden und registrierenden Betrachtungsweise der Ufo-Phänomene einen Forschungsanspruch herleiten. Dies würde vergleichsweise dem Verhalten eines Studenten entsprechen, der vorgibt, ein wissenschaftliches Lehrbuch zu studieren, sich jedoch, statt mit seinem Inhalt, nur mit seinem Einband befasst und mit Zufriedenheit und Ausdauer die Seiten und Buchstaben zählt, die zu jedem Kapitel gehören, ohne sich um deren Sinn zu kümmern und daraus Nutzen zu ziehen. Wichtig und unumgänglich notwendig ist die eigene individuelle Schulung zur Erlangung einer höheren Erkenntnisfähigkeit, die wiederum die Voraussetzung ist für ein sinnvolles Verständnis der Lebensstufe unserer Sternenbrüder, der Santiner. Diese Stufen möchten wir ja auch einmal erreichen. Die gesamte Thematik der Ufo-Forschung weist auf keine spezifische Grenze hin. Es gibt sie nicht. Weder in der fortschreitenden Erkenntnis, noch in den Tiefen des Alls, weil wir das Ganze nie zu überschauen vermögen, wohl aber stets am Ganzen durch unsere Seelenkräfte gestaltend tätig sind. So möchte ich sagen: Die Ufologie ist das Studium einer höheren, kosmischen Lebensstufe. Sie ist daher für den weit blickenden Geist ein zentrales Anliegen der irdischen Menschheit. Forschungsziel der Ufologie sind im weitesten Sinne kosmologische Erkenntnisse, die sich jedoch nicht nur, wie ich schon betonte, in den Raum-Zeit-Vorstellungen der irdischen Begriffswelt bewegen dürfen, sondern insbesondere die Energieformen und Daseinszustände der immateriellen und mentalen Ebenen erhellen müssen. Schließlich haben alle Schöpfungsoffenbarungen, in welcher Dimension sie auch immer existent sein mögen, nur eine einzige Quelle. Sie unterscheiden sich lediglich in ihrer unendlichen Vielfalt und Variation der Erscheinungsformen, wobei wir selbst nicht etwa außenstehende Betrachter sind, sondern zur kosmischen Schöpfungsoffenbarung ‚Mensch' gehören.

Das Wissensgebiet der Ufologie muss mit allem Ernst studiert werden. Der für die exakte Naturwissenschaft bindende Grundsatz, dass eine Feststellung nur dann als wissenschaftlich bestehen kann, wenn sie grundsätzlich durch die Erfahrung bestätigt wird, halte ich im Prinzip auch für die Ufologie aufrecht. Man sollte jedoch die Ursache mangelnder Erfahrung zunächst einmal im eigenen Unvermögen suchen, denn die erforschbaren Dinge sind ja schon immer vorhanden und wollen dem Menschen über Inspiration und Intuition zur Erfahrung werden. Es ist nur erforderlich, dass man sich mit den rechten Mitteln darum bemüht. Was sind nun die rechten Mittel?

Auf diesem Forschungsgebiet, bei dem es sich in erster Linie um übersinnliche Probleme handelt, muss die Feinstofflichkeit des menschlichen Wesens, die Seele, mit den ihr eigenen Sinnesorganen selbst zum Forschungsinstrument ausgebildet werden. Schließlich können Vorgänge, die sich im jenseits des Körpers liegenden Bereich abspielen, nur mit gleichartigen Schwingungsenergien und mit hierfür geeigneten Messinstrumenten verdeutlicht werden. So wird das Forschungsobjekt gewissermaßen zur unmittelbaren Erfahrungsgegenwart. Ein schablonenhaftes Einordnen, ein Zergliedern nach äußeren Eindrücken bringt keine Erkenntnisse.

Jede Bindung an Konfessionen und althergebrachte Anschauungen behindern uns auf diesem Weg und hemmen uns, die Weite der Welten und den Atem des Universums in unser Bewusstsein aufzunehmen. In der Bergpredigt hat uns Christus in schlichten Worten eine unfehlbare Leithilfe an die Hand gegeben, als er sagte: „Bittet, so wird euch gegeben. Suchet, so werdet ihr finden. Klopft an, so wird euch aufgetan." Das sind Worte einer universellen Wahrheit. Für die gewaltige Wahrheit der interstellaren Weltraumfahrt lässt sich ein Anfang irdischer Berührungspunkte in der geschichtlichen Zeit eigentlich nicht festlegen, denn sie umfassen ein chronologisches Panorama von über 10.000 Jahren. Wir treffen an archäologischen Fundstätten auf allen Kontinenten auf Beweise von denkwürdiger Eindringlichkeit. Wir finden auch in den mythologischen Schriften alter Völker und auch in den geschichtlichen Darstellungen unserer Bibel genügend Hinweise und Bestätigungen über einstige Kontakte zwischen ‚Himmelsbewohnern', die in Raumschiffen zur Erde kamen, und den irdischen Menschen. Ein über eine längere Zeit sich erstreckender Kontakt mit dem israelitischen Volk wird im 2. Buch Mose, Kap. 13 und folgende, einschließlich der Gesetzgebung auf dem Berge Sinai, ziemlich deutlich beschrieben. Ich weise besonders auf die Bezeichnungen ‚Wolke' und ‚Feuersäule' für die Erscheinung des großen begleitenden Mutterschiffes hin. Auch bei anderen Propheten oder Medien wie Hesekiel oder Daniel, und im 2. Buch der Könige, Kap. 2 finden sich eindeutige Hinweise. Ein treffendes Beispiel für die Hilfsbereitschaft der Santiner zu biblischen Zeiten kann im Buch Jona nachgelesen werden. Es handelt von einem schockierenden Erlebnis, das dem Propheten Jona auf seiner Schiffsreise nach Tharsis widerfuhr. Wie alle Propheten des Alten Bundes, so stand auch Jona in Vermittlerdiensten einer außerirdischen Betreuungsmission, die sich über Jahrtausende irdischer Geschichte erstreckt. Als nun die Schiffsleute Jona wegen des Sturms über Bord warfen, wurde er nicht etwa von einem Wal verschlungen, sondern von einem im Wasser schwimmenden Raumschiff der Santiner aufgenommen, das in der Phantasie der Beobachter wegen seiner gewölbten Form in der Bewegung der Wellen als ein Wal erschien. Jona wurde drei Tage dort behalten und belehrt, was er den Menschen in Ninive ob ihres schlechten Lebenswandels sagen solle und wurde dann wieder ans Land gesetzt. Es erübrigt sich zu erwähnen, dass bei Jona der erlittene Schock und die Todesangst gegenüber dem verstandesmäßigen Erfassen des Geschehens überwogen. Schließlich hat er aber doch seinen Auftrag erfüllt.

Eine Entmythologisierung der Bibel würde zu keiner Schmälerung der Gültigkeit der wahren christlichen Lehre oder gar zu einer Entwürdigung des Christentums überhaupt führen. Das Gegenteil ist der Fall. Im neuen Licht der realen Zusammenhänge wächst das Gesamtbild der biblischen Darstellungen des Alten und Neuen Testamentes zu einer eindringlichen Deutlichkeit und Geschlossenheit eines grandiosen Universalgeschehens voll leuchtender Intensität, dessen einziges Ziel es war, und noch heute ist, die verirrte Menschheit dieses Planeten in die göttliche Harmonie wieder zurückzuführen.

Der Übergang zum neuen, geistig orientierten Zeitalter bringt es mit sich, dass wir uns zwangsläufig in selbstverständlicher Weise mit den Regionen des Metaphysischen befassen werden und zwar von der naturwissenschaftlichen Seite her, denn metaphysische Vorgänge gehören zur Naturwissenschaft mit dem gleichen Recht wie materiell messbare, da beide unzweifelhaft ‚wirklich' sind.

Weder von der Theologie, noch vom Atheismus oder von der Philosophie ist eine wahre Aufhellung in diesen Fragen zu erwarten. Diese Wege sind viel zu sehr mit Dogmen und Lehrmeinungen aller Art wie mit eisernen Ketten versperrt. Menschliche Überheblichkeit und Dünkelhaftigkeit sorgen dafür, dass sie unzerreißbar sind. Die Zeit ist jedoch nicht mehr fern, da die Natur- und Geisteswissenschaften ihre bisher getrennt entwickelten Anschauungen überbrücken und sich in einem einzigen Zeugnis der universellen Wahrheit, der Bestimmung allen Lebens erkennend finden werden. Lösen wir uns endlich von alten, überholten Denkgewohnheiten und entwickeln unsere Seele zu einem leistungskräftigen Sende- und Empfangsorgan. Nur über dieses Programm, das auf den Gesetzen der Telepathie, des Gebens und Nehmens, der Anziehung und Abstoßung, der Ursache und Wirkung beruht, ist die Verbindung zu den Sphären der geistigen, der halbmateriellen und der materiellen Welten herzustellen. Schließlich ist die Sprache des Kosmos die Telepathie. Erst wenn wir willentlich und bewusst in diese Raumphase unserer Entwicklung eintreten, kann durch uns der göttlich-kosmische Strom fließen und nur so können wir uns selbst als planetare Wesen empfinden und die erste Stufe einer universellen Gesellschaftsform erreichen.

Ein neues Wissen erreicht bereits mit seinen ersten Ausstrahlungen das Magnetfeld unserer geistigen Aufnahmefähigkeit. Es wird mit dem beginnenden Wassermann-Äon auf uns einströmen und mit einer gewaltigen Bewusstseinserweiterung verbunden sein. Wir werden die Weite und unvorstellbare Schönheit des Universums und auch unsere Aufgabe als kosmische Wesen, als verantwortliche Mitgestalter der geistigen und physischen Welten erahnen. Wir werden unsere eigene Größe und Unvergänglichkeit fühlen sowie die phantastischen Möglichkeiten sehen, die uns offen stehen. Die Ufologie muss ihre höchste Aufgabe darin erkennen, dass sie die Voraussetzungen zur Erlangung eines kosmischen Menschheitsbewusstseins schafft. Wenn wir auch noch kein planetarisches Gemeinschaftsgefühl zwischen allen Völkern unseres Wohnsternes entwickelt haben und demgemäss das Bewusstsein einer größeren Lebensgemeinschaft sehr viel schwieriger zu erreichen sein wird, so dürfen wir doch im Streben nach diesem höchsten Ziel der freudigen Hilfe unserer Sternenbrüder gewiss sein. Die Ufologie ist der Wegbereiter in die kosmische Zukunft unseres Planeten. Sie sollte daher der Mittler sein zwischen unseren Sternenbrüdern und unseren, noch in einem alten Denken, in Angst und Zweifel beharrenden Mitmenschen.

Wir schicken uns an, mit einem gewaltigen finanziellen und technischen Aufwand den Weltraum zu ‚erobern' (wie die irdisch bescheidene Formulierung lautet) und meinen, dass es nur einer entsprechenden technischen Perfektion bedürfe, um die planetarische Barriere zu durchbrechen. Solange jedoch die geistigen Begrenzungen und die unglaubliche Starrheit im irdischen Denken herrschen, solange Krieg, Hass, Eroberung, Macht, Vergeltung nicht durchbrochen sind, solange wird die Ausweitung unseres Lebensraumes in den Weltenraum nur eine technische Träumerei bleiben. Für ein kriegerisches und eroberungssüchtiges Denken ist dort kein Platz. Unsere ganze irdische Geschichte ist ein einziges verhängnisvolles Drama, gesättigt mit blutigsten Kriegen. Die Kinder in der Schule werden mit diesen Tatsachen konfrontiert als etwas, das unvermeidlich sei und zur Schicksal bestimmenden Entwicklung der Menschheit gehöre. Da bis heute die Kriegsführung den hauptsächlichen Teil des menschlichen Erdenlebens bestimmt, ist es nicht verwunderlich, wenn man auch die Raumflugtechnik in deren Dienst zu stellen versucht, was neben dem politischen Prestige einem gewaltigen Hochmut der verantwortlichen Regierungen darstellt. Dieser

Superwahnsinn wird sich aber nicht bis in die Planetenräume fortpflanzen. In einer Erklärung, die an Deutlichkeit nichts zu wünschen übrig lässt, prangert Ashtar Sheran in erstaunlicher Detailkenntnis die gegenwärtige ausweglose Lage und das nicht zu verantwortende Va banque-Spiel unserer Atombomben-Experten an. Ich zitiere aus „Friede über alle Grenzen" außerirdische mediale Kontaktberichte, die im früheren Medialen Friedenskreis Berlin empfangen wurden.

Wir sind keine Feinde. Wir führen keine Kriege im Sinne einer Eroberung. Wir unterdrücken keinen Menschen, keine Menschheit und kein Volk eines Sternes. Es gibt kein gerechtes Ziel, noch eine Idee, für die es eine Notwendigkeit gibt, einen Menschen dafür zu opfern oder zu töten. Wir sind selbst eine freie Menschheit mit freiem Willen. Wir können auch tun und lassen, was uns beliebt. Aber wir haben eine Pflicht. Wir dürfen weder zulassen, dass der Geist und Schöpfer des gewaltigen Universums beleidigt wird, noch dass sein Universum in unverantwortlich leichtsinniger und bösartiger Weise geschädigt wird.
Eine Minderheit der Erdenmenschheit hat sich seit Jahrtausenden angemaßt, die Mehrheit der Erdenmenschen zu beherrschen, statt zu führen. Das Leben jedes Erdenmenschen ist durch menschliche Willkürherrschaft bedroht. Die Machthaber der Erdenmenschheit haben ihren Mitmenschen nicht das Leben gegeben, sie haben deshalb auch kein Recht, es ihnen nach ihrem Willen zu nehmen. Der Brudermord ist keine Heldentat, keine nationale Forderung, sondern ein universelles Verbrechen! Ein Krieg ist eine Gewaltentscheidung unter Missbrauch der menschlichen Intelligenz, Arbeitskraft, Gesundheit, Freiheit und des physischen Lebens. Ein Krieg ist in unseren Augen der vollendete Beweis einer Unfähigkeit, mit allen Menschen eines Planeten in Harmonie, Frieden und Fortschritt zu leben. Wer einen Krieg plant und ihn vorbereitet, plant einen Massenmord, eine Massenzerstörung und Vernichtung und versündigt sich gegen die Harmonie des Universums. Euer Stern ist nicht euer

Besitz, sondern ein Leihgut und ein Lebensbereich, der euch für eine gewisse Zeit für eine geistige Vorentwicklung zugewiesen ist. Ihr seid alle Gäste im materiellen Hause Gottes. Doch ihr seid euch dieser Gastfreundschaft nicht bewusst. Darum demoliert ihr die irdische Einrichtung und schändet die Gesundheit der Gäste und vernichtet obendrein noch ihre Existenz und das physische Leben. Dies ist der wahre Grund, warum wir mit ungeheuren Anstrengungen zu euch kommen, damit die gefährliche Dummheit auf diesem Stern ein Ende nimmt, bevor sie noch das ganze Sonnensystem in Gefahr bringt!
Wie beurteilt ihr jene Menschen, die das Wohl und das Leben der gesamten Erdenmenschheit aufs Spiel setzen? Ich nenne sie Hasardeure der Menschlichkeit. Sie haben absolut keine höheren Erkenntnisse, trotzdem sie auf den Gebieten der Kriegsführung wahre Meister sind. Die Erde ist in eine magnetische Hülle eingebettet. Diese Hülle wurde durch Atombombenexplosionen in der Atmosphäre verletzt. Man wusste, dass dieser Eingriff in die kosmischen Naturvorgänge für die Erde gefährlich ist. Aber die Verantwortlichen schreckten nicht vor dieser Sünde gegen den Kosmos zurück. Sie wagten das Loch in dem Strahlungsgürtel. Es ist ein Wunder, dass die Erde noch nicht eine andere Rotation bekommen hat, denn sie dreht sich wie ein Rotor zwischen den Magneten. Aber die Veränderung in den magnetischen Verhältnissen wirkt sich auf das Leben aus. Sowohl die Fauna als auch die Flora werden davon betroffen. Der Rhythmus im Lebensprozess ist für lange Zeit gestört. In unseren Augen sind das keine Forschungsexperimente, sondern eine unglaubliche Herausforderung der Naturkräfte. Wenn ein Unglück dabei passiert, so schweigt man darüber. Es ist ein Unglück passiert, von dessen Ausmaß man noch keine genaue Kenntnis hat. Die Rotation der Erde betrifft auch die Luftmassen und die Ozeane, die auch zur Materie gehören. Noch ist die Rotation der festen Erde, das heißt der Globus selbst, nicht betroffen. Aber die Rotation der Luftschichten stimmt nicht mehr. Es bilden sich

große Wirbel und auch große Luftlöcher, wie auch die ganze Strömung ziemlich durcheinander geraten ist. Die Völker erfahren zwar durch die Presse, dass hier und dort ungeheure Überschwemmungen und verheerende Wirbelstürme vorkommen, die unvorstellbare Schäden verursachen. Aber man sagt nichts über die Entstehung dieser Katastrophen. Weil es solche Katastrophen schon immer gegeben hat, so reiht man sie unter diese Serien ein. Wer soll das kontrollieren? Nichts anderes ist die Herausforderung der Natur durch die Atomtests. Erst hat man die Atmosphäre verseucht, obgleich man genau wusste, dass die Radioaktivität schädlich ist. Niemand nahm Rücksicht auf die leidende Menschheit, noch auf Pflanzen und Tiere. Der Machtwahn triumphierte! Auf diese Weise ist die Fortpflanzung der Menschheit gefährdet, denn die Erbschäden wirken sich erst später aus. Nachdem man die Gefährlichkeit erkannt hatte, war es bereits zu spät. Der Schaden nimmt seinen Lauf. Die Politik fordert auf diese oder jene Weise unvorstellbare Opfer! Da man die Atomtests nicht ganz aufgeben möchte, hat man die Versuche in das Innere der Erde verlegt. Aber jeder Mensch weiß heute bereits, dass die Erdkruste vergleichsweise so dünn wie eine Eierschale ist. Doch wie es unter dieser Eierschale aussieht, das weiß kein Wissenschaftler dieser Erde. Zwar hat es schon immer große Erdbeben gegeben, aber diese Beben, wie sie heute auftreten, sind herausgefordert worden! Jede Druckwelle pflanzt sich in Hohlräumen fort und wirkt sich an weit entfernten Stellen explosionsartig aus. Auch unter der ‚Eierschale' der Erde gibt es langgestreckte Hohlräume, die den ganzen Stern umfassen. Außerdem gibt es schwache Stellen unter dem Meeresgrund; sie stellen eine besondere Gefahr dar. Ihr könnt euch vorstellen, was für Folgen eintreten würden, wenn sich eine große Narbe des Meeresgrundes öffnet und das Meer in das Innere der Erde stürzt. Das wäre das Ende dieser Welt! Denn diese Dampfexplosion würde den ganzen Stern zerbersten lassen. Eine solche Explosion hat es schon einmal in eurem Sternensystem gegeben!

(Damit ist der einstige Planet ‚Mallona' gemeint, der seine Bahn zwischen Mars und Jupiter zog und von dem nur noch Trümmer, die sog. Planetoiden, vorhanden sind; Anm. d. Autors).

Ich warne vor den unterirdischen Atomversuchen! Wir sind sehr besorgt über diese Entwicklung, die langsam aber sicher zu einer Weltkatastrophe führen muss. Im Bereich des Erdinnern erhöhen sich die Spannungen. Die Erde besitzt einen gewaltig großen Kern, der aus einem einzigen Diamanten besteht. Von diesem gehen gewaltige Strahlen aus, die den Gegenpol zum kosmischen Strahlengürtel darstellen. Zwischen diesem Kern und der Erdoberfläche befindet sich eine Spannungszone, deren Druck durch die Atomtests im Innern verändert wird. Dieser Druck kann sich infolge des überaus festen Kerns der Erde nicht nach dem Innern verteilen, vielmehr richtet sich der Überdruck in der Spannungszone nach außen, also nach der Erdoberfläche. Wenn sich der Druck weiter erhöht, so findet er schließlich keine Verteilung mehr und sucht sich mit ungeheurer Kraft einen Ausweg. Diese Explosion braucht nicht durch ein Ventil der Erde zu erfolgen. Es muss nicht ein Vulkan sein, der den Überdruck reguliert. Jede dünnere Stelle der Erdkruste kann zum Bersten kommen. Ihr steigert in unvorstellbarer Weise die Gefahr! Schon ein kleiner Bruch unter Wasser kann so erhebliche Folgen haben, dass ganze Erdteile überschwemmt werden. Dieser Stern ist kein Experimentierofen für kriegerische Zwecke! Es geht nicht allein um die Verseuchung der Atmosphäre, es geht um den Bestand der ganzen Erde! Welcher Mensch will das nach seiner Entkörperung je verantworten? Die Gewissensqualen nach seinem Tode sind unbeschreiblich. Es ist entsetzlich, anzusehen, mit welcher Dummheit eure Geistesgrößen geschlagen sind.

Wir dürfen uns über die scharfen Formulierungen und die harte Sprache Ashtar Sherans nicht wundern. Seine eindringlichen Mahnungen, seine von tiefem Ernst und gleichzeitig von brüderlicher Liebe durchdrungenen Worte sind durchaus der gegenwärtigen finsteren Situation angepasst. Wir würden ja schließlich auch nicht unseren schlafenden Nachbarn in der nächsten Wohnung nur durch ein leises Pochen an seiner Türe wecken, wenn wir bemerkten, dass bereits dicke Rauchwolken aus seiner Wohnung dringen und die akute Gefahr eines Wohnungsbrandes besteht, der nicht nur die Wohnung vernichten, sondern auch das ganze Haus in Mitleidenschaft ziehen würde. Wir müssen uns endlich mit der Frage der kosmischen Mitverantwortung auseinandersetzen! Dies ist eine der vordringlichsten Aufgaben der Ufologie. Ohne die mit heiligem Ernst anzustrebende Kontaktnahme mit unseren Raumbrüdern ist sie jedoch nicht zu erfüllen. Wer dies nicht erkennt oder nicht erkennen will, unterscheidet sich in keiner Weise von vielen Forschern der modernen Wissenschaften, die in ihrer Arbeit nur den reinen Selbstzweck sehen. Da sie in ihrer materiellen Einstellung die Verbindung mit dem Urgrund aller Wahrheit außer Acht lassen, unterliegen sie sehr leicht einem gefahrvollen Wechselspiel negativer Inspirationen. Es ist niemals ein Wagnis, sich für ein hohes, vorgefasstes Ziel die Hilfen der positiven Intelligenzen zu erbitten. Durch selbstüberhebliche Kleingeisterei jedoch wird erfahrungsgemäß ein unsicherer und abschüssiger Weg eingeschlagen. Unser Wesenskern ist göttlicher Art, so wie alles Leben nur einer einzigen Quelle entströmt. Warum also, so muss man sich fragen, findet dieser Gedanke bei den meisten Menschen so wenig Resonanz? Und warum räumt man dem Zufall mehr Glaubwürdigkeit ein, als einem weisen Schöpfer, dessen wunderbare Schöpfungsvielfalt über alle menschlichen Vorstellungen hinaus uns doch täglich begegnet? Ein Blick in den Sternenhimmel oder durch das Elektronenmikroskop sollte eigentlich schon genügen, um den menschlichen Verstand erschauern zu lassen vor der Fülle, der Grenzenlosigkeit und Vielstufigkeit des Lebens, das sich unserem Auge darbietet.

Es ist höchste Zeit, dass wir endlich aus dem Dämmerzustand unserer bisherigen irdischen Bewusstseinsbegrenzung in das Tageslicht der natürlichen planetaren Lebensstufe eintreten. Wir hören bereits die Glockenschläge des anbrechenden Wassermannzeitalters, das mit seinem gewaltigen geistigen Sinngehalt alle Fesseln eines materialistisch gebundenen Weltbildes sprengen wird. Dieser Beginn eines neuen Weltenmonats ist schöpfungsgesetzlich bedingt. Es gibt grundsätzlich kein Einzelgeschehen, das nicht in einem höheren Zusammenhang steht. Dies gilt für den Makrokosmos wie auch für den Mikrokosmos. Alles ist in ewiger Bewegung, alles schwingt, alles wandelt sich, nirgends gibt es einen Zustand der absoluten Ruhe oder Leere. Alle Dynamik vollzieht sich aber im geordneten Sinn des göttlichen Willens, der Liebe, Weisheit und Allmacht. So unterliegt auch das gesamte materielle Universum mit seinen unzählbaren Spiralnebeln und Sonnensystemen, die als Wohn- und Schulungsstätten den verkörperten Menschenwesen dienen, einer gesetzlich vorgegebenen Evolution, die in langen Zeitabschnitten, in kosmischen Zyklen abläuft. Die Überwachung und Steuerung solcher Entwicklungsepochen obliegt hohen und höchsten geistigen Intelligenzen, die in göttlicher Vollmacht handeln. Dazu bedarf es verständlicherweise Helfer und ausführender Organe auf denjenigen Lebensebenen, die sich dem Widergeist verschrieben haben und durch eigene Willenskraft den Anschluss an die kosmische Evolution nicht mehr finden. Dass dieser Fall auf die Erde zutrifft, wurde uns inzwischen durch die Betreuungsaktion der Santiner klar, die uns auf der physischen Ebene in diesem schwierigen Übergangsstadium, in dem wir uns zurzeit befinden, ihre brüderliche Hilfe anbieten. Unsere Milchstraße, ein Spiralnebel von unfassbaren Ausmaßen, enthält etwa 200 Milliarden Fixsterne, also Sonnen. Hierzu kommen noch die Planeten, Kometen und Monde. Das ganze Universum ist nicht zu schätzen, aber es enthält über 100 Milliarden solcher Milchstraßensysteme. Unsere eigene Sonne nun und mit ihr das ganze Gefolge der Planeten und Monde bewegt sich als geschlossenes System mit einer Geschwindigkeit von rund 30 km/sec im endlosen Weltraum fort. Aber auch unsere Erde selbst entwickelt in ihrem Lauf um die Sonne etwa die gleiche Geschwindigkeit. Über die Bewegung der Sonne im Weltenraume wissen wir nach dem Stand der astronomischen Wissenschaft nichts Genaues. Nach astrophysikalischen Erkenntnissen ist als Zentrum der Sonnenbewegung der Fixstern Sirius im Sternbild des ‚Großen Hundes' anzunehmen, der etwa 8,5 Lichtjahre von uns entfernt ist. Seine Größe entspricht ungefähr dem zweieinhalbfachen Durchmesser unserer Sonne. Seine Helligkeit ist allerdings um ein Vielfaches größer. Er betreut mit seiner Lichtenergie außer unserer Sonne noch elf weitere Systeme, zu denen auch unser benachbartes Sonnensystem Alpha Centauri gehört. Aus diesem Grund zählen wir zur Großfamilie des Sirius, so wie unser Planet Erde zur Familie unserer Sonne zählt. Man schätzt einen Sonnenumlauf auf ungefähr 26.000 Jahre. Trotz der unfassbaren Geschwindigkeit des Sonnensystems bewegt sich der Frühlingspunkt (Schnittpunkt der Jahresbahn der Sonne mit dem Himmelsäquator) unendlich langsam in östlicher Richtung fort. Er braucht etwa 2000 Jahre, um ein Tierkreiszeichen zu durchlaufen. Nachdem der Frühlingspunkt nun den Lauf durch das Tierkreiszeichen der Fische beendet, ist er im Begriff in das Tierkreiszeichen Wassermann einzutreten. Damit beginnt nach dem Plane der Weltschöpfung ein neuer kosmischer Zyklus, der uns ganz neue Naturzustände zur Offenbarung des irdischen Daseins bringen wird.

Es wird das Verborgene in die sichtbare Welt der Erscheinung treten. Unser ganzes Sonnensystem wird einen neuen Platz im Weltraum einnehmen und ein anderes Verhältnis zu allen übrigen benachbarten Sonnen und Planeten bilden. Diese höher schwingenden kosmischen Strahlen bedeuten für uns den

Übergang in eine höhere Schule auf dieser Erde. Dass zuvor eine Generalreinigung des Schulhauses durchgeführt werden muss, ist eigentlich selbstverständlich. Dies wird mit kontinentalen Veränderungen größten Ausmaßes verbunden sein. Die Schwingungserhöhung wird alle Bereiche des menschlichen Lebens umfassen. Niemand und nichts wird davon ausgenommen sein. Wenn nun das innere Reich des Menschen mit dem höheren Schwingungsrhythmus nicht übereinstimmt, das heißt, wenn er sich von den materialistischen und egoistischen Formen seines Denkens noch nicht lösen konnte, so wird ihm auch das weitere Verbleiben in der höheren Klasse dieser Lebensschule nicht möglich sein. Dies hat jedoch mit ewiger Verdammnis oder sonstiger, irdisch erfundener Strafen nichts zu tun, sondern bedeutet eine Wiedereinkörperung (Reinkarnation) auf bereits dafür vorgesehenen Wohnplaneten, deren Lebensverhältnisse der inneren Reifestufe des Wiederverkörperten entsprechen.

Wer nun wird das Klassenziel erreicht haben, um in die nächste Lebensstufe eintreten zu können? Es werden diejenige sein, deren Seele und Geist sich von den Dunkelkräften befreit haben und die höheren Vibrationen der Christusliebe, also der Friedfertigkeit und Selbstlosigkeit allem Leben gegenüber offenbaren. Der Übergang aus dem Zeitalter der geistigen Finsternis, in dem wir nach dem Untergang von Atlantis seit etwa 12.000 Jahren leben, in einen Zustand einer höheren Lebensdimension, ist einer der bedeutungsvollsten Vorgänge menschheitlicher Höherentwicklung. Da wir infolge unserer tiefen Unwissenheit und selbstverschuldeten Erdgebundenheit das tatsächlich große Geschehen nicht erkennen und die deutlichen Mahnzeichen ignorieren, bemühen sich autorisierte Geistlehrer und Lichtboten in einem unvergleichlichen Durchbruch zur diesseitigen Welt die Menschen zu belehren und auf die kommenden Dinge vorzubereiten. Diese Aufklärung ist Teil der Mission unserer älteren Sternenbrüder.

Alle Schöpfungsoffenbarung trägt einen geistigen Wesenskern in sich, der die Garantie dafür bietet, dass sich alles Leben, in welcher Form es auch in Erscheinung getreten ist, von Reifungskreis zu Reifungskreis wieder zurückfinden wird in seine Urheimat, die die Bibel schlicht mit ‚Haus des Vaters' bezeichnet. Nichts geht also verloren, nur unser Ich möchte uns suggerieren, dass wir etwas verlieren könnten, wenn wir uns seinem Behauptungswillen nicht beugten. Diese Form der Täuschung ist raffiniert genug, um uns von der großen Freiheit, die das geistige Reich uns bietet, nichts verspüren zu lassen. Erst wenn wir auf der Stufe höherer Lebensgesetze erkannt haben, dass die scheinbare Trennung beider Welten nur in ihren Frequenzunterschieden besteht, dann wird die Tatsache der Einheit allen Lebens zur lichtvollen Erfahrung werden. Wir müssen uns daher bemühen, eine dieser Tatsache entsprechende geistige und vor allem sittlich-moralische Bewusstseinsstufe zu erarbeiten, die es uns erlaubt, diese höheren Gesetze und damit auch den Aspekt einer außerirdischen Lebenswirklichkeit zu begreifen. Erst dann haben wir die Weltraumreife erreicht, die uns das Tor zu einer größeren Freiheit öffnet.

Die Santiner als Boten Gottes und ihre ‚Wunder' in der Bibel

Wichtig ist dafür zu wissen, dass aller Fortschritt in der Erforschung, nicht Eroberung, des Weltraums nur aus der Demut geschieht, also aus dem Mut zum Dienen, und niemals aus einem egoistischen Drang heraus. Welcher Vater würde sich seinem Kind gegenüber abweisend verhalten, wenn es darum bittet, das Wissen erlangen zu dürfen, das ihm zu seinem Fortschritt dient? Erst recht dürfen wir doch annehmen, dass unser aller Vater unsere Wünsche mit Freude erfüllen wird, wenn er sieht, dass ein dienendes Verlangen dahinter steht, nämlich das Verlangen nach Weitergabe dieses Wissens und der Erkenntnisschätze, die uns aus der unbegrenzten Fülle seiner Schöpfung zufließen. Denn die Erlösung aus den tiefschwingenden Regionen des materiellen Daseins umfasst ja nicht nur einen einzigen Planeten, der sich Erde nennt, sondern ist ein unüberschaubarer Prozess, der sich über die gesamte materielle Schöpfung bis in den ‚hintersten Winkel' des Universums erstreckt. Dies ist in Wahrheit die für uns unvorstellbare Aufgabe des Gottessohnes, der als Jesus Christus seinen Fuß vor zweitausend Jahren auf die Erde gesetzt hat, um dort das Erlösungswerk zu beginnen, wo der Tiefstpunkt des geistigen Falls erreicht worden ist und wo dementsprechend das letzte Domizil des Widergeistes angenommen werden muss.

Das folgende Kapitel soll zeigen, wie stark die Santiner schon seit langem mit der Geschichte der Erde verbunden sind. Das Wissen um die Santiner lässt ebenfalls manche Bibelstellen in neuem Lichte erscheinen, vor allem auch, wenn man weiß, dass sie vom Anbeginn des irdischen Wirkens Jesu Christi zu den beschützenden Begleitern seiner Mission zählten. Umfangreiche geistige Belehrungen geben uns aufschlussreiche Erkenntnisse über die ‚Wunder' der biblischen Zeit.

Das gegenwärtige Geschehen in der Welt wird noch stark übertönt von den Missklängen eines abtretenden Zeitalters. Überall herrscht Umbruchstimmung. Jedermann kann es schon deutlich spüren, dass eine große Ablösung vor der Tür steht. Der feinfühlige Mensch empfindet besonders stark die Gegensätzlichkeit der Schwingungen der Fischezeit und der wesentlich höheren Schwingungen der Wassermannzeit, die nun mit Macht die Erde durchdringen. Kein Mensch kann sich ihnen entziehen. Nur seine Reaktionen werden verschiedenartig sein. Um ein Bild zu gebrauchen: Viele Menschen fühlen sich wohl in einem Hochgebirgsklima. Sie nehmen die feinstofflichen Energien auf, die sich dort in relativ reiner Form darbieten. Im Gegensatz dazu fühlen sich andere Menschen besonders wohl, wenn sie sich in lauter Gesellschaft fragwürdigen Genüssen hingeben können. Ähnlich verhält es sich mit der Jetztzeit. Was viele Menschen mit Sehnsucht erwarten, nämlich die Verwirklichung des Friedensreiches auf dieser Erde, das bedeutet für mindestens ebenso viele Menschen den Entzug ihrer Lebensgrundlage. Deshalb kann auch nicht erwartet werden, dass allein aus dem menschlichen Willen heraus die Umwandlung vollzogen werden kann.

Die Kräfte eines alten Denkens in den Kategorien von Gewalt, Rache und Vergeltung sind noch fest in der Menschheit verankert, sodass die allein erlösenden Kräfte der Liebe, der Demut und des Mitgefühls es schwer haben, sich durchzusetzen. Ja, nicht einmal in den Kirchen, in denen diese Prinzipien gelehrt werden, herrscht Friede und Eintracht unter den Verkündern der christlichen Erlöserbotschaft.

Da dieser menschliche Eigensinn schon vor Jahrtausenden vorausgesehen wurde, konnten auch die entsprechenden Maßnahmen ergriffen werden, um einerseits den freien Willen des Menschen nicht zu binden, und andererseits ein Chaos zu verhindern, das darin bestanden hätte, dass der Planet Erde in eine unbewohnbare Wüste verwandelt worden wäre. So geschah das Wunder von Bethlehem, die Inkarnation eines Gottessohnes, ausgestattet mit der höchsten Vollmacht, die jemals in einem Erdenkleid zum Ausdruck gelangte. Parallel dazu wurde für den größten Schutz gesorgt, um diese göttliche Liebesmission gegen jede Störangriffe von der Dunkelseite abzuschirmen. Die Bezeichnung ‚Gottessohn' für Jesus bedeutet, dass er sich mit dem göttlichen Selbst in ihm identisch fühlte, was auch in seinen Worten zum Ausdruck kommt: „Ich und der Vater sind eins." Da diese Lichtgeburt eine riesige Orgie des Bösen ausgelöst hatte – ein Beispiel war das Verhalten des Herodes - musste also alles getan werden, damit die unermesslich wichtige Mission Jesu gelingen konnte. Dazu standen verständlicherweise auf der Erde keine entsprechenden Kräfte zur Verfügung. Sie mussten deshalb von ‚außerhalb' beordert werden, und dies geschah auch. Es war eine Menschheit, die sich durch ähnliche Hindernisse aber aus eigener Kraft, auf eine höhere Stufe entwickelt hat, die ihr etwa mit eurem Begriff ‚Engelreich' bezeichnen könntet.

Ich weiß, dass ihr noch stark an euren Vorstellungen von himmlischen Hierarchien hängt, doch solltet ihr euch allmählich davon lösen. Denn in den geistigen Seinsebenen wird nicht nach unten und oben unterteilt, vielmehr gliedert sich der Mensch nach Verlassen seines irdischen Tätigkeitsfeldes in diejenige Sphäre ein, zu der er sich hingezogen fühlt. Die einzige Unterscheidung besteht darin, inwieweit die Geistseele ihre Kräfte des selbstlosen Dienens entwickelt hat. Je mehr sie sich diesem Prinzip verschrieben hat, um so mehr ist es ihr möglich, die hochschwingenden Sphären des Lichts zu erreichen und in ihnen Erlösungsaufgaben zu übernehmen. Eine solche Seele hat kein Ichempfinden mehr, denn sie ist mit ihrem Göttlichen Selbst, mit der Christuskraft eins geworden.

Und nun stellt euch vor, dass sich eine Gruppe aus diesen Sphären der Christusmission angeschlossen hat, indem sie sich auf die physische Ebene begab, um mit den Mitteln einer perfekten Raumflugtechnik den irdischen Weg des Gottessohnes schützend zu begleiten.

Diesen Aspekt der Erlösungsmission zu akzeptieren, fällt euch begreiflicherweise schwer, weil ihr gewohnt seid, in kirchlichen Lehrsätzen zu denken. Aber ohne die Mitwirkung der Santiner, der ‚Engel in Sternschiffen' wäre die Geburt des Erlösers schon gar nicht möglich gewesen.
Wenn also die Bibel von Engeln spricht, die im Erlösungsgeschehen mitgewirkt haben, so ist es in oben erklärtem Sinne richtig; die ganze Wahrheit umfasst aber auch den Teil, der euch erst jetzt offenbar wird, nämlich im Erscheinen unbekannter Flugobjekte am Himmel. Und erst jetzt wird der Schlusspunkt gesetzt hinter eine, für euch unvorstellbare Organisationsleistung, die ihr ‚Erlösung' nennt und die euch eure Sehnsucht der Wiederkehr des Christus stillen wird, denn er wird nunmehr in euren Herzen Einzug halten: „Ich lebe und ihr lebt in mir, denn wir sind ein Leben in der All-Liebe unseres Vaters, eins mit ihm."

Die Verklärung Christi auf dem Berg und seine Begegnung mit zwei Santinern

<u>Lukas 9, Verse 28 bis 36</u>
Und es begab sich nach diesen Reden bei acht Tagen, dass Jesus zu sich nahm Petrus, Johannes und Jakobus und ging auf einen Berg, um zu beten. Und da er betete, ward die Gestalt seines Angesichts anders, und sein Kleid ward weiß und glänzte.
Und siehe, zwei Männer redeten mit ihm, welche waren Mose und Elia, die erschienen in Klarheit und redeten von dem Ausgang (d. h. von den bevorstehenden Ereignissen), welchen er sollte erfüllen zu Jerusalem. Petrus aber und die mit ihm waren, waren voll Schlaf. Da sie aber aufwachten, sahen sie seine Klarheit und die zwei Männer bei ihm stehen. Und es begab sich, da die von ihm wichen, sprach Petrus zu Jesus: Meister, hier ist

gut sein. Lasset uns drei Hütten machen, dir eine, Mose eine und Elia eine. Und er wusste nicht, was er redete.
Da er aber solches redete, kam eine Wolke und überschattete sie; und sie erschraken, da sie die Wolke überzog. Und es fiel eine Stimme aus der Wolke, die sprach: Dieser ist mein lieber Sohn; den sollt ihr hören! Und indem solche Stimme geschah, fanden sie Jesus allein. Und sie verschwiegen es und verkündigten niemand in jenen Tagen, was sie gesehen hatten.

Wie sind diese Verse zu verstehen?
Das Gebet bewirkte in Jesus eine Erhöhung der stofflichen Frequenz mit der Folge einer Durchlichtung seiner äußeren Erscheinung einschließlich seines Gewandes.
Die Annahme der Jünger, dass es sich bei den zwei Männern um Mose und Elia handele, lässt darauf schließen, dass für sie die Lehre der Wiederverkörperung zu ihrem geläufigen Wissen zählte. Der Hinweis ‚sie erschienen in Klarheit' will sagen, dass es körperhafte und keine geistigen Erscheinungen waren. Es waren zwei Santiner. Da aber Mose und Elia zu den bedeutendsten Gestalten des alten Bundes gerechnet wurden, lag es nahe, sie in den beiden Besuchern zu vermuten, die mit Jesus als einem zumindest ebenbürtigen Partner zusammentreffen wollten, um mit ihm die kritische Lage, in die er durch die Gegnerschaft der Priester und Pharisäer geraten ist, zu besprechen. Petrus ging nun davon aus, dass der Besuch sich ausdehnen würde und schlug deshalb vor, an Ort und Stelle ‚drei Hütten', gemeint waren drei Dächer aus Palmzweigen zum Schutz gegen die sengende Sonne, zu errichten. Dies erwies sich jedoch als unnötig, da die Begegnung nur kurze Zeit dauerte, so dass der Vorschlag von Petrus hinfällig wurde, was die etwas unglückliche Formulierung ‚und er wusste nicht, was er redete' besagen soll.
Der biblische Begriff ‚Wolke' steht für Raumschiff, was besonders in den Büchern Mose deutlich wird. Diese Bezeichnung

entspricht der genauen Beobachtung, denn ein schwebendes Raumschiff erzeugt ein eigenes Schwerkraftfeld, das stärker ist als dasjenige des Planeten. Infolgedessen zieht es Staubpartikel und sonstige Kleinstteile aus der Atmosphäre an, die dann das Raumschiff als eine Wolke erscheinen lassen. Wäre es eine natürliche Wolke gewesen, dann wären die drei Jünger sicher nicht erschrocken, als die Wolke über sie hinwegzog. Die Ermahnung, die aus der ‚Wolke' ertönte, war die technisch verstärkte Stimme des Raumschiff-Kommandanten, der, dem Glauben der Jünger entsprechend, in den Worten des Vaters Jesu Christi sprach. Und als sich die Jünger nach diesem Geschehen wieder Jesu zu wandten, waren die beiden Santiner verschwunden. Sie wurden während der Verwirrung der Jünger durch Levitation wieder ins Raumschiff zurückgeholt, aus dem sie auf die gleiche Weise vor Beginn der Begegnung herabschwebten. Um die Jünger bei diesem Vorgang vor einem Schock zu bewahren, wurden sie vorher in einen Schlafzustand versetzt, was in Vers 32 besonders erwähnt wird. Dass sie anschließend über dieses Erlebnis nichts verlauten ließen, ist nur allzu verständlich, denn sie hätten sich bei wahrheitsgemäßer Schilderung ihres Erlebnisses der Unglaubwürdigkeit ausgesetzt, was ihrem Ansehen als Apostel sehr geschadet hätte.

Karfreitag und Ostersonntag

Was hat sich in Wirklichkeit ereignet?
Die Verurteilung des Gottessohnes zum Tode am Kreuz hat bei den Santinern großes Entsetzen verursacht, denn mit einer derartigen Niedertracht einer um ihr Ansehen bangenden Priesterschaft haben sie nicht gerechnet. Sie waren deshalb entschlossen, das Schlimmste mit ihren Mitteln zu verhindern. Doch als sie im Gebet um die Erlaubnis dazu baten, wurde ihnen Dasjenige vor Augen geführt, was einem Versagen der größten

Opferbereitschaft folgen würde, nämlich die totale Versklavung der Erdenmenschheit durch die Mächte der Finsternis und schließlich die Zerstörung des ganzen Planeten. Es wurde ihnen klar, dass nur eine alles umschließende Liebe den endgültigen Sieg über den Gegensatzgeist erringen konnte. Dieser Liebe wäre es aber unmöglich gewesen, sich solcher Mittel zu bedienen, die einen Eingriff in die freie Willensentscheidung des Menschen bedeutet hätten.

So mussten die Santiner tatenlos zusehen, wie sich ein Gottessohn der Gewalt der Finsternis auslieferte. Er wusste zwar, dass ihm Hilfe zuteil werden würde, doch begann er zu zweifeln, ob seine Kräfte ausreichen würden, um seine Mission zu Ende zu führen. Dies kam in seinen letzten Worten am Kreuz zum Ausdruck (Markus, Kap. 15, Vers 34): *Und um die neunte Stunde rief Jesus laut und sprach: Mein Gott, mein Gott, warum hast du mich verlassen? Die aramäisch gesprochenen Worte „Eli, Eli lama sabachthani" wurden allerdings falsch übersetzt; die richtige Übersetzung lautet: „Mein Vater, mein Vater, warum muss ich das erdulden?" Denn Jesus wusste ja, dass ihn Gott nie verlassen kann, da das göttliche Selbst untrennbar mit jedem Menschen verbunden ist.*

Trotz der Ohnmacht, die ihnen auferlegt wurde, drängte es die Santiner, durch beeindruckende äußere Zeichen ihrer Erschütterung Ausdruck zu verleihen und zugleich auf den überirdischen Aspekt dieses Geschehens hinzuweisen. Deshalb erzeugten sie durch Antigravitationskraft ein Erdbeben und absorbierten das Licht der Sonne mittels eines starken Magnetfeldes, das sie im Zusammenwirken dreier Mutterschiffe künstlich erzeugten. Außerdem zerteilten sie durch einen Dematerialisationsstrahl den großen Vorhang im Tempel, der den für das Volk bestimmten Vorraum vom Aufenthaltsraum der Priester trennte. Auf diese Weise sollte sich ihr Irrtum als eine unauslöschliche Schande in ihr Gewissen eingraben.

(Lukas, Kap. 23, Verse 44 und 45: Um die sechste Stunde ward eine Finsternis über das ganze Land bis an die neunte Stunde und die Sonne verlor ihren Schein und der Vorhang des Tempels zerriss mitten entzwei. Matthäus, Kap. 27, Vers 52: Und die Erde erbebte und die Felsen zerrissen ...)

Was weiter geschah, ist in den Evangelien richtig dargestellt, abgesehen von der Tatsache, dass sich die Seele des Gottessohnes von ihrem Körper noch nicht getrennt hatte, als er vom Kreuz abgenommen wurde.
(Markus, Kap. 15, Verse 43 und 44: Und am Abend kam Joseph von Arimathia, ein ehrbarer Ratsherr, welcher auch auf das Reich Gottes wartete. Der wagte es und ging hinein zu Pilatus und bat um den Leichnam Jesu. Pilatus aber wunderte sich, dass er schon tot war ...)

Jetzt erst wurde den Santinern die erhoffte Antwort auf ihr Gebet zuteil, auf die sie sehnlichst gewartet hatten; sie durften dem Gottessohn zu Hilfe kommen. Zwei Santiner landeten in der Nacht mit einem kleineren Raumschiff in der Nähe des Grabes, versetzten die beiden römischen Wachsoldaten durch einen auf das Nervenzentrum wirkenden Energiestrahl in Bewusstlosigkeit, beseitigten den Stein am Eingang zum Grab und betraten die Felsenhöhle. Sofort begannen sie den Körper Jesu, noch in der Grabtuchumhüllung, durch Levitation anzuheben. In diesem Schwebezustand war es möglich, den gesamten Körper auf einmal mit einem biomagnetischen Energiefeld zu umgeben, das alle Lebensfunktionen des Organismus wieder in Gang setzte. Durch die Einwirkung dieser belebenden Energie schied der Körper eine schweißartige Flüssigkeit aus, die aus Gewebewasser und Hautsubstanzen bestand, so dass auf dem umhüllenden Leinentuch ein Abbild des ganzen Körpers sichtbar wurde. Dieses Grabtuch, das bis heute erhalten geblieben ist und im

Dom von Turin aufbewahrt wird, ist deshalb ein Beweis für die körperliche Auferstehung Jesu.
(Lukas, Kap. 24, Verse 2 bis 5: Sie fanden den Stein abgewälzt von dem Grabe und gingen hinein und fanden den Leib des Herrn Jesu nicht. Und da sie darum bekümmert waren, siehe, da traten zu ihnen zwei Männer mit glänzenden Kleidern.)

Da durch die Behandlung der Santiner die irdische Körpermaterie Jesu in einen Zustand der Feinstofflichkeit überging, fühlte sich der Auferstandene fast gewichtslos. In diesem Zustand konnte er durch seine Willenskraft die Körperfrequenz so stark erhöhen, dass er aus dem irdischen Sichtbarkeitsbereich heraustrat und sogar die grobstoffliche Materie zu durchdringen vermochte.
(Lukas, Kap. 24, Verse 30 und 31: Und es geschah, da er mit ihnen zu Tische saß, nahm er das Brot, dankte, brach's und gab's ihnen. Da wurden ihre Augen geöffnet und sie erkannten ihn. Und er verschwand vor ihnen.
Lukas, Kap. 24, Verse 36 bis 40: Da sie aber davon redeten, trat er selbst, Jesus, mitten unter sie und sprach zu ihnen: Friede sei mit euch! Sie erschraken aber und fürchteten sich, meinten, sie sähen einen Geist. Und er sprach zu ihnen: Was seid ihr so erschrocken und warum kommen solche Gedanken in euer Herz? Sehet meine Hände und meine Füße: ich bin's selber. Fühlet mich an und sehet; denn ein Geist hat nicht Fleisch und Bein, wie ihr sehet, dass ich habe. Und da er das sagte, zeigte er ihnen Hände und Füße.)

Da zwischen seiner Feinstofflichkeit und der irdischen Grobstofflichkeit ein erheblicher Frequenzunterschied bestand, wurde seine höhere Lebensenergie allmählich wieder schwächer, denn jede irdische Materie, die Jesus berührte, wurde sozusagen von ihm mit seiner höheren Energie aufgeladen. Das war auch der Grund, weshalb er Maria Magdalena bei der ersten Begegnung

nach seiner Auferstehung davon abhielt, ihn zu berühren. Er hätte nämlich sonst einen erheblichen Verlust an eben gewonnener Lebensenergie erlitten.
(Johannes, Kap. 20, Vers 17: Spricht Jesus zu ihr: Rühre mich nicht an!)

Nach vierzig Tagen bat er die Santiner, ihn von dieser Erde abzuholen, was dann auch geschah und in die biblische Geschichte als ‚Himmelfahrt' einging.

Die Himmelfahrt Christi

Apostelgeschichte des Lukas, Kap. 1, Verse 9 bis 11
Und als er solches gesagt, ward er aufgehoben zusehends, und eine Wolke nahm ihn auf, vor ihren Augen weg. Und als sie ihm nachsahen, wie er gen Himmel fuhr, siehe, da standen bei ihnen zwei Männer in weißen Kleidern, welche auch sagten: Ihr Männer von Galiläa, was stehet ihr und sehet gen Himmel? Dieser Jesus, welcher von euch ist aufgenommen gen Himmel, wird kommen, wie ihr ihn gesehen habt gen Himmel fahren.

Hinweis auf Lukas, Kap. 21, Verse 27 bis 28:
Und alsbald werden sie sehen des Menschen Sohn kommen in der Wolke mit großer Kraft und Herrlichkeit. Wenn aber dieses anfängt zu geschehen, so sehet auf und erhebet eure Häupter, darum, dass sich eure Erlösung naht.

An der Wahrhaftigkeit des Augenzeugenberichtes des Lukas kann wohl nicht gezweifelt werden. Wie bereits im Alten Testament bei Mose der Begriff ‚Wolke' für die Erscheinung eines außerirdischen Raumschiffes verwendet wird, so verbarg sich auch bei der ‚Himmelfahrt' Jesu in dieser Wolke ein Raumschiff der Santiner als seine treuesten Diener. Nach all den furchtbaren Geschehnis-

sen, die nun hinter ihm lagen, war die Aufnahme in ein Raumschiff für ihn wirklich eine Fahrt in den Himmel. Die beiden Männer in ihrer auffallenden Kleidung, die in dem Bericht besonders erwähnt werden, waren zwei Santiner, die einer Raumschiffbesatzung angehörten und die Aufgabe hatten, Jesus im Falle einer Gefahr zu beschützen. Denn es hätte immerhin geschehen können, dass die Priesterschaft sich des Auferstandenen wieder bemächtigen wollte, um ihn erneut zu demütigen, diesmal aber dann mit eigenen Methoden! Dies musste verhindert werden. Die beiden weiß gekleideten Männer entfernten sich anschließend und wurden auf die gleiche Weise wie Jesus von einem anderen Raumschiff, von der Menge unbemerkt, wieder zurückgeholt.

Das Pfingstwunder

Apostelgeschichte des Lukas, Kap. 2, Verse 1 bis 8:
Und als der Tag der Pfingsten erfüllt war, waren sie alle einmütig beieinander. Und es geschah schnell ein Brausen vom Himmel als eines gewaltigen Windes und erfüllte das ganze Haus, da sie saßen. Und es erschienen ihnen Zungen, zerteilt, wie von Feuer, und es setzte sich auf einen jeglichen unter ihnen, und sie wurden alle voll des heiligen Geistes und fingen an zu predigen mit anderen Zungen, nach dem der Geist ihnen gab auszusprechen. Da nun diese Stimme geschah, kam die Menge zusammen und wurden bestürzt; denn es hörte ein jeglicher, dass sie mit seiner Sprache redeten, verwunderten sich und sprachen untereinander: Siehe, sind nicht diese alle, die da reden aus Galiläa? Wie hören wir denn ein jeglicher seine Sprache, darin wir geboren sind?

Für die Jünger Jesu bedeutete seine Himmelfahrt ein plötzliches Gefühl des Verlassenseins, ja der Hilflosigkeit und Unsicherheit angesichts des Auftrags, der von ihrem Meister hinterlassen wurde. Ihre innere Unsicherheit übertrug sich auch auf die Anhänger seiner Lehre. Um nun den Jüngern wieder den notwendigen Rückhalt und den gläubigen Menschen ein neues Vertrauen zu geben, bat Jesus die Santiner um einen demonstrativen Beweis für seine Nachfolgeschaft in seinen Jüngern. Wie sollte dies eindrucksvoller gezeigt werden als dadurch, dass ihnen auf dem Wege der Gedankenübertragung die nachstehenden Worte übermittelt wurden und zwar in ihrer eigenen Sprache, während die Zuhörer sie jeweils in ihrer Muttersprache vernahmen. Dadurch entstand der Eindruck, als ob die Jünger selbst in verschiedenen Zungen redeten. Der Schwerpunkt ihrer inspirierten Ansprache lag auf der Rechtfertigung ihres Amtes. Sie hatte folgenden Wortlaut:

„Liebe Brüder und Schwestern, unser Herr und Meister hat uns vor seiner Entrückung mit der Kraft seines göttlichen Geistes ausgestattet und uns dazu berufen, seine Nachfolgeschaft anzutreten. Jedem von uns hat er Vollmacht erteilt, in seinem Namen zu predigen und seine Lehre unter allen Völkern zu verbreiten. Seine göttliche Gabe der Krankenheilung hat er auf uns übertragen und uns angewiesen, davon Gebrauch zu machen als Teil unseres Predigtamtes. Er versprach uns, dass sein Geist uns immer begleite und dass alles, was wir redeten, seines Geistes sei. Ihr erlebet, liebe Geschwister, indem ihr dieses höret, die Wahrheit seiner Worte, denn wie könnten wir in eurer Muttersprache zu euch reden, wenn nicht der Geist des Gottessohnes uns beschatten würde. So empfanget nun seinen Segen und seid allezeit in der Liebe zu ihm brüderlich miteinander verbunden."

Diese Ansprache der Jünger Jesu setzte, wie es in der Apostelgeschichte beschrieben ist, die Zuhörer in Erstaunen, denn sie konnten es nicht fassen, dass jeder von ihnen die gesprochenen Worte in seiner Muttersprache empfing.

Wie ist das zu erklären?
Ebenso wie den Jüngern der Wortlaut ihrer Ansprache durch Gedankenübertragung eingegeben wurde, so empfingen auch die Angehörigen der verschiedenen Volksstämme auf dem gleichen Wege die an sie gerichteten Worte in ihrer Muttersprache. Dies wurde durch die Anregung der Chakras, die dem Empfang von Gedankenschwingungen dienen, ermöglicht. Ihr würdet es heute mit Simultanübersetzung bezeichnen, nur mit dem Unterschied, dass die Umsetzung in eine andere Sprache mit Hilfe eines technischen Geräts vonstatten ging, das gleichzeitig mit der entsprechenden Gedankenfrequenz die Sprachimpulse abstrahlte. Ich weiß natürlich, dass diese Erklärung des Pfingstwunders bei den gläubigen Christen auf Ablehnung stoßen wird. Wenn man aber bedenkt, dass die Santiner als treueste Diener des inkarnierten Gottessohnes auf der physischen Ebene tätig waren, so ist auch dieser Hilfsdienst, wie jeder andere auch, eher annehmbar. Wenn aber ein gläubiger Christ trotzdem der Überzeugung ist, dass der Heilige Geist, in welcher Vorstellung auch immer, selbst es war, der die Jünger in fremden Sprachen beflügelte, dann möge er ruhig bei seiner Auffassung bleiben.
Dass es sich bei dem Pfingstgeschehen tatsächlich um ein außerirdisches Ereignis handelte, wird durch die Bemerkung in der Bibel über ein „Brausen vom Himmel als eines gewaltigen Windes" unterstützt (Apostelgeschichte Kap. 2, Vers 2), *denn diese Erscheinung wurde absichtlich herbeigeführt durch plötzliche Verstärkung des Schwerkraftfeldes eines Raumschiffes und nachfolgender Dematerialisation. Durch die Ansaugwirkung des verstärkten Schwerkraftfeldes wurde ein gegen das Raumschiff gerichteter Windstoß erzeugt mitsamt der akustischen Begleiterscheinung, und durch die anschließende Dematerialisierung des Raumschiffes bewegte sich die Luftmasse der Anziehungskraft der Erde folgend wieder abwärts. Dieses Geschehen sollte mit Absicht das Siegel des Geheimnisvollen tragen, der größeren Wirkung wegen. Das gleiche trifft auch auf*

die Leuchterscheinungen der Scheitelchakras der Jünger zu, die als „zerteilte Zungen und wie von Feuer" beschrieben werden (Kap. 2, Vers 3) *und den Eindruck einer Einstrahlung von oben erwecken sollte. Dieser Eindruck ist natürlich nicht falsch, denn über das Scheitelchakra empfängt der Mensch die höheren Energieschwingungen der geistigen Sphären, vorausgesetzt, dass dieses Chakra auch empfangsfähig ist. Dies trifft nur dann zu, wenn es der Mensch nicht selbst durch niedere Schwingungen blockiert, sondern sich auf hohe Inspirationen aus den Sphären des Lichtes einstellt. Auf diese Weise ist er auch an den ‚Gedankenfunk' eurer Sternengeschwister angeschlossen. Es ist keine Frage, dass das Pfingsterlebnis bis heute seine nachhaltige Wirkung nicht verfehlt hat und dem geistgeführten Charakter der christlichen Verkündigung das entsprechende Gewicht verliehen hat.*

Die Befreiung des Petrus aus dem Gefängnis des Herodes

Apostelgeschichte Kap. 12, Verse 1 bis 11:
Um diese Zeit legte der König Herodes Hand an einige von der Gemeinde, sie zu misshandeln. Er tötete aber Jakobus, den Bruder des Johannes, mit dem Schwert. Und als er sah, dass es den Juden gefiel, fuhr er fort und nahm auch Petrus gefangen. Es waren aber eben die Tage der ungesäuerten Brote. Als er ihn nun ergriffen hatte, warf er ihn ins Gefängnis und überantwortete ihn vier Wachen von je vier Soldaten, ihn zu bewachen. Denn er gedachte, ihn nach dem Fest vor das Volk zu stellen. So wurde nun Petrus im Gefängnis festgehalten; aber die Gemeinde betete ohne Aufhören für ihn zu Gott. Und in jener Nacht, als ihn Herodes vorführen lassen wollte, schlief Petrus zwischen zwei Soldaten, mit zwei Ketten gefesselt, und die Wachen vor der Tür bewachten das Gefängnis. Und siehe, der Engel des Herrn kam herein, und Licht leuchtete auf in dem Raum; und er stieß Petrus

in die Seite und weckte ihn und sprach: Steh schnell auf! Und die Ketten fielen ihm von seinen Händen. Und der Engel sprach zu ihm: Gürte dich und zieh deine Schuhe an! Und er tat es. Und er sprach zu ihm: Wirf deinen Mantel um und folge mir! Und er ging hinaus und folgte ihm und wusste nicht, dass ihm das wahrhaftig geschehe durch den Engel, sondern meinte, eine Erscheinung zu sehen. Sie gingen aber durch die erste und zweite Wache und kamen zu dem eisernen Tor, das zur Stadt führt; das tat sich ihnen von selber auf. Und sie traten hinaus und gingen eine Straße weit, und alsbald verließ ihn der Engel. Und als Petrus zu sich gekommen war, sprach er: Nun weiß ich wahrhaftig, dass der Herr seinen Engel gesandt und mich aus der Hand des Herodes errettet hat und von allem, was das jüdische Volk erwartete.

War dieser Engel, der Petrus aus dem Gefängnis des Herodes befreite, ein Santiner?
Ja, es war ein Santiner, ein Bote Gottes, der Petrus aus den Händen des Herodes befreite. Alle biblischen Schilderungen, in denen Engel unter die Menschen traten, haben einen außerirdischen Hintergrund. Und so auch in diesem Falle. Die Gebete der Gemeinde um göttliche Hilfe für Petrus wurden von den Santinern empfangen und sie baten Christus um die Erlaubnis, Petrus befreien zu dürfen. Dies geschah auf die geschilderte Weise. Mittels eines Dematerialisierungsgerätes war es dem Santiner möglich, die Ketten von den Händen des Gefangenen ‚abfallen' zu lassen. Auf die gleiche Weise wurden auch die Gefängnistore ‚entriegelt'. Die Wachsoldaten waren unfähig, die Befreiung zu verhindern, denn sie wurden durch einen bestimmten Energiestrahl für kurze Zeit gelähmt und ihr Erinnerungsvermögen ausgelöscht. Petrus nahm das ganze Geschehen nicht bewusst wahr, denn auch sein Bewusstsein wurde leicht gedämpft, damit er nicht durch eine emotionale Handlung an seinen Peinigern die Befreiungsaktion erschweren würde. Erst als sie die Straße

erreicht hatten, ‚kam Petrus wieder zu sich', das heißt, der Santiner gab ihm sein volles Bewusstsein wieder zurück und verließ ihn, nachdem er in Sicherheit war. Für ihn war es ein Engel des Herrn, der ihn errettet hatte. Ihr geht nicht fehl, wenn ihr Petrus zustimmt.

Abschließende Worte

Wie zu biblischen Zeiten die Propheten, so inkarnierten zu allen Zeiten inspirativ begabte Menschen auf der Erde, um Wegweiser zu sein für alle geistig Strebenden und um Lichter zu setzen in der Dunkelheit eines gefallenen Sternes. So ist es in der Gegenwart besonders auffallend, dass viele solcher Lichter in der ganzen Welt auftauchen und versuchen, in dieser kritischen Endzeit möglichst noch viele Menschen geistig zu erleuchten, damit sie in der dunkelsten Phase der negativen Verführung, in der wir zur Zeit stecken, den richtigen Weg nicht versäumen. Vorsicht ist jedoch sehr am Platze und mehr denn je gilt heute die Mahnung aus der Bibel: Prüfet alles und das Gute behaltet! Denn noch nie war die Tarnung des Negativen so perfekt, wie in dieser End- und Neugestaltungsphase der irdischen Entwicklung. Darum ist auch das Christuswort „An ihren Früchten sollt ihr sie erkennen" aktueller denn je. Viele Menschen beteuern heute, dass sie durch die Ufologie zu einem vertieften Gottesbewusstsein gelangt sind. Dies entspricht durchaus den Erfahrungen aller, die sich mit frischem Mut und unter Zurücklassung mancher alter Vorstellungen auf dieses universelle Wissensneuland begeben haben. Selbstverständlich bedarf es hierzu einer Entschlusskraft, die, geistig gesehen, derjenigen nahe kommt, die z. B. ein früherer Seefahrer aufbringen musste, wenn er von der sicheren Küste abstieß und sein Segelschiff in unbekannte Gewässer treiben ließ, nur mit dem Kompass als alleinigen Richtungsweiser. Und diesem Kompass entspricht in uns die

‚Religio', also die Rück- oder Wiederverbindung mit dem Vater, dessen All-Liebe die mächtige Triebkraft ist, die alles durchpulst und umfängt, was von ihm ausgegangen ist und daher ein Stück seiner selbst ist. Ist es nicht wunderbar zu wissen, dass auch wir in dieses Band der Liebe eingeflochten sind und auf diese Weise unlösbar mit ihm und allen Wesenheiten im unendlichen Universum verbunden sind.

Diese Botschaft von Ashtar Sheran wurde im früheren Medialen Friedenskreis Berlin empfangen und ist ein eindrucksvoller Abschluss dieser Gedanken.
Gott zum Gruß und Friede über alle Grenzen. Ihr habt keine Ahnung, wie sehr es schmerzt, eure Lebensweise aus unserer Perspektive zu betrachten. Milliarden von Menschen werden buchstäblich an der Nase herumgeführt. Wir haben die Möglichkeit, euch gut zu beobachten. Und was uns dabei begegnet, ist mit Worten nicht zu schildern. Da erdreisten sich einige Journalisten über das Übersinnliche oder über ein religiöses Buch zu spotten. Wenn ihr jedoch den Journalisten über eine bestimmte Bibelstelle befragt, so stellt sich heraus, dass er in seinem ganzen Leben höchstens nur den Einband von der Bibel gesehen hat. Trotzdem erlauben sich diese Menschen ein öffentliches Werturteil. Leider steckt das Lachen an. Aus diesem Grunde lacht die Menschheit mit, wenn ein dummer oder ein gottloser Mensch über eine elementare Wahrheit spottet oder lacht. Auch wir sind diesem Spott in gleicher Weise ausgesetzt. Jene aber, die über uns und unsere Raumschiffe lachen, haben noch nie eine Bibel in die Hand genommen, noch je eine Lehre Christi ernst genommen. Ich weiß es ganz genau aus eigener Beobachtung, dass die Mehrzahl der Priester nicht an unsere Existenz glaubt, weil sie zwar Priester sind, aber dennoch nicht aus dem Herzen heraus an Gott und seine Wunder glauben. Doch leider sehen sie nicht die Wahrheit im Glauben selbst.

Überall in eurer Welt begegnen wir der Anmaßung, der Wichtigtuerei und einem beispiellosen Hochmut. Keiner gönnt dem anderen etwas. Überall herrscht Neid und Hass, ja man geht so weit, dass man dem Nachbarn nicht das Leben gönnt. Das ist euch allen bekannt und trotzdem wird nichts anderes unternommen, als dass man ständig neue politische Programme aufstellt, welche die Sache nur noch schlimmer machen. Euch fehlt die richtige Erkenntnis. Darum müsst ihr leider noch einmal ganz von vorne beginnen. Alle eure Errungenschaften sind zum größten Teil negativ durchsetzt. Es lohnt sich wirklich nicht, daran etwas zu ändern. Darum beginnt lieber ganz von vorn, auch wenn es eure Religionen betrifft.

Eine wahre Religion kann nur eine Konfession haben. Es gibt nur eine Wahrheit, weil es nur einen Gott gibt. Und es gibt demnach auch nur ein Ziel und auch nur einen Weg, der zu diesem Ziel führt. Aus diesem Grunde darf es keine verschiedenen Konfessionen geben, denn auf diese Weise entstehen Keimzellen der Zwietracht, die sich zu Keimzellen von Kriegen entwickeln können.

Ihr macht in eurem ganzen Denken einen großen Fehler. Ihr überschätzt euer eigenes Dasein. Ihr ordnet euch nicht in die Gesetze des Universums ein, sondern wollt etwas Besonderes sein, nämlich der Mittelpunkt des Universums. Wie entsetzlich dumm ist allein dieser Gedanke, denn dieser Mittelpunkt ist Gott. Es gibt ein Gesetz, das ihr nicht beachtet habt: Das kleinere befindet sich stets im Größeren. Daher muss sich das Kleinere stets dem Größeren unterordnen. Ihr wollt es aber immer umgekehrt machen. Der gewöhnliche Arbeiter möchte über den Chef bestimmen. Die kleinere Partei möchte über die größere regieren. Das kleine Volk möchte die Welt einrennen, und die gottlosen Menschen möchten den Widersacher bezwingen. So wollt ihr alles gegen das Gesetz erreichen. Das Universum soll sich der Erde anpassen. Ihr wollt über Gott herrschen. Welch ein Unsinn verdunkelt euren Verstand! Dazu kann man nur sagen:

Die elektrische Birne spricht zur Sonne: Du kannst mir ruhig die Nacht anvertrauen, ich werde dich würdig vertreten.
Ihr wollt Gott und sein Universum erforschen und seid nicht fähig, eure Seele zu erforschen.

Aus dem Wissen
eines neuen Zeitalters

Das Leben auf der Sonne und unserer Nachbarplaneten

„Unsere Erde ist offensichtlich nur die planetarische Kinderstube, die wir im Wassermann-Äon erstmals verlassen (geistig wie physisch verstanden), um im Laufe unserer weiteren Entwicklung zu kosmischer Reife zu gelangen."
K. O. Schmidt

Wenn wir von Familie sprechen, so verstehen wir darunter einen größeren oder kleineren Verbund von Verwandten, angefangen vom Elternpaar über die Geschwister und den Großeltern bis zu den Enkeln und Urenkeln. Diese geläufige Form der engeren Verwandtschaft ist uns etwas Selbstverständliches. Wem aber würde es einfallen, denselben Begriff auf eine Gemeinschaft zu übertragen, die weit über ein planetares Bewusstsein hinausgeht und schließlich Lebenswelten umfasst, die ebenso als miteinander verwandt betrachtet werden können wie Familienmitglieder, wenn man nur bereit ist, das Denken in irdischen Begrenzungen abzulegen und die Weite des Universums als einen geschlossenen Lebensraum zu begreifen, in dem es ‚viele Wohnungen' gibt, wie Jesus sich ausdrückte, als er vom ‚Hause seines Vaters' sprach. Selbstverständlich fällt es jedem wissenschaftlich geschulten Menschen schwer, sich ein solches Bild zu eigen zu machen, weil er weiß, dass die riesenhaften Entfernungen, die zwischen den unzählbaren ‚Wohnungen' bestehen, kaum das Gefühl einer familiären Zusammengehörigkeit aufkommen lassen können. Aber, so muss man andererseits fragen, beruht denn das Gefühl der Isolation, das wir auf der Erde empfinden, nicht etwa nur auf unserer Unfähigkeit, Kontakte mit Schwesterwelten herzustellen? Ja, kann es denn nicht so sein, dass die Versuche unserer älteren Sternengeschwister, mit uns Kontakt aufzunehmen, bisher daran gescheitert sind, dass unser Bewusstseinsniveau sich noch dagegen sperrt, eine außerirdische Lebensrealität in unser Denken einzubeziehen? Vielleicht haben diese Überlegungen den bekannten Physiker und Nobelpreisträger Werner Heisenberg dazu bewogen, die tief greifende Wandlung des Zeitgeistes, die wir zur Zeit durchmachen, in die sehr beachtliche Fragestellung zu kleiden: „Bricht sich die Erkenntnis Bahn, dass der Raum, in dem sich der Mensch als geistiges Wesen entwickelt, mehr Dimensionen hat, als die eine, in der er sich in den letzten Jahrhunderten ausgebreitet hat?"

Dieses Ahnen ergreift uns auch, wenn wir an einem stillen Abend die Sterne am Himmel betrachten. Versunken in ihren Anblick überkommt uns ein Gefühl der Sehnsucht, der sehnenden Suche nach etwas Verlorenem. Dieses Gefühl ist nichts anderes als ein Reflex einer viel tiefer liegenden Gewissheit, dass wir ein Bestandteil eines allumfassenden Lebens sind. Warum aber kann diese Gewissheit nicht bis in unser Tagesbewusstsein aufsteigen und uns dadurch zum glücklichsten Menschen machen in der gegenwärtigen Phase zunehmender innerer Vereinsamung? Dies liegt ganz einfach daran, dass der Mensch sich vollkommen auf äußere Reize eingestellt hat und dadurch unfähig geworden ist, die Fülle seines inneren Lebens zu erschließen. Könnte er dies, dann hätte er sich automatisch eine Brücke geschaffen zu diesem All-Leben, das das ganze Universum durchpulst. Denn dieses Leben besitzt die gleiche Frequenz, die auch dem Menschen zu eigen ist, sobald er seine äußeren Sinne schließt und seine inneren Sende- und Empfangsorgane mit Energie versorgt. Was wäre ihm in diesem Zustand möglich? Nach einer gewissen Einübungszeit könnte er eine telepathische Verbindung mit Intelligenzen anderer Sterne herstellen. Sie würden ihm Antwort geben in seiner eigenen Sprache. Ich habe selbst auf diesem Sektor experimentiert und war aufs Höchste verblüfft, als ich auf meine gedanklichen Worte des Segnens und der liebevollen Verbundenheit, die ich an unseren so hell leuchtenden, sonnennäheren Nachbarplaneten richtete, eine Antwort erhielt von einem Venuswesen, das meinen Gruß auf das Freundlichste erwiderte und hinzu fügte, dass sie – es war eindeutig eine weibliche Gedankenstimme – mit unseren Begriffen ausgedrückt, eine Priesterin wäre und dass ihre Aufgabe darin bestünde, die auf der Erde aufkeimenden Friedensgedanken zu verstärken. Sie freute sich über den gelungenen Kontakt und schloss mit den Worten: *Der Tag ist nicht mehr ferne, da wir uns begegnen werden, ohne die Gedankenbrücke benutzen zu müssen.*

Ich war verständlicherweise beglückt über ein solches Erlebnis und habe wenig später einen weiteren Versuch unternommen, der mich mit der Sonne in Kontakt brachte. Auch in diesem Falle sandte ich Gedanken der Liebe und Freundschaft aus und erhielt in Sekundenschnelle eine Antwort von einem Sonnenwesen, das sich als eine Königin ausgab, das heißt als ein dienendes Wesen, das viele Geschwisterwesen zu betreuen hat. Es wurde wiederum mein Gruß auf das Herzlichste erwidert und mir dann bedeutet, dass die Sonne weder ein gigantischer Atomofen noch ein einziger Feuerball sei, wie es die irdischen Wissenschaftler vermuten, sondern dass sie auf einem Planeten lebe im Inneren der Sonne, auch wenn dies für die Erdenmenschen unvorstellbar ist. Auch diese ‚Sonnenkönigin' tröstete mich mit den Worten: *In Zukunft werdet auch ihr zu denjenigen gehören, deren Heimat sich nicht mehr nur auf euren jetzigen Wohnplaneten beschränkt, sondern die Weite des Universums umfassen wird.*

Nun wird mancher Leser sagen: Das alles hört sich zwar recht schön an, aber es scheint da doch eine reichliche Portion Eigenphantasie mitgewirkt zu haben. Darauf möchte ich erwidern, dass ich nicht gerade zu den phantasievollen Typen gehöre, im Gegenteil, ich zähle mich eher zu den nüchternen und analytisch veranlagten Menschen, was auch schon mein Beruf als Ingenieur voraussetzt. Ich darf also sagen, dass diese Erlebnisse ebenso Wirklichkeit sind, wie etwa die Handhabung eines Messgerätes, das mir auch Bereiche erschließt, die ich mit meinen normalen Sinnen niemals realisieren könnte. Diese ersten Versuche einer

‚Raumerkundung' außerhalb unserer gewohnten Lebensebene reizen natürlich zur Fortsetzung und so darf ich über weitere Ergebnisse dieser Methode berichten. Vorweg möchte ich noch bemerken, dass es auch noch einen anderen Weg gibt, um zu Aufschlüssen über das Leben im All zu gelangen. Es ist die Verbindung mit Geistwesen aus den Sphären des Lichts. Diese Art der Verbindung bedarf einer guten Harmonie zwischen beiden Partnern sowie des besonderen Schutzes gegen Störabsichten der dunklen Seite, die den Menschen an seine materielle Lebenswelt binden möchte.

Zunächst wollen wir unser eigenes Sonnensystem untersuchen und auf dem geschilderten Wege erfahren, wie unsere Sonne und unsere Nachbarplaneten tatsächlich beschaffen sind und welches Leben sie tragen. Ich muss vorausschicken, dass die folgenden Beschreibungen nur bedingt mit den offiziellen Ergebnissen unserer Weltraumforschung mittels Sonden übereinstimmen und zwar aus zwei Gründen: Zum einen können diese Geräte nur einen verhältnismäßig kleinen Bereich um ihre Landestelle erfassen, der niemals repräsentativ für den gesamten Planeten sein kann. Man stelle sich nur einmal vor, welche Daten eine außerirdische Sonde, die in der Wüste Sahara gelandet ist, zurückfunken würde. Zweitens verhindern unsere außerirdischen Betreuer die Übermittlung einer wahren Situation dann, wenn sie selbst von der Erkundung betroffen wären, was bei der orthodoxen Wissenschaft als unglaubwürdig eingestuft werden würde. Denn sie würde ihrem eigenen Sendboten nicht glauben, wenn er andere Messergebnisse zur Erde funken würde, als ihrer Vorstellung entspricht. Aus dem gleichen Grunde werden der Weltöffentlichkeit bis heute die Beweise der Existenz außerirdischen Lebens vorenthalten, die einst durch die ersten Mondflüge und erst recht durch spätere Raumflüge von Space Shuttle und Saljut 7 erbracht wurden.

Sonne – Mutter der Planeten

Unser Sonnenball dreht sich einmal in 25 Tagen und 6 Stunden um seine Achse, wobei sich die Äquatorgegenden schneller bewegen als die Polarzonen. Ergebnisse der neuesten Sonnenforschung zeigen, dass tiefer liegende Schichten unseres Zentralgestirns schneller rotieren als seine licht- und wärmespendende Oberflächenschicht, der Photosphäre. Der Inhalt wurde berechnet mit einer Trillion und 400 Billiarden Kubikkilometer. Alle Planeten zusammen würden nicht einmal den 500sten Teil der Sonnenkugel füllen und mehr als 1,3 Millionen Erdkugeln könnten es sich im Sonneninnern bequem machen. Ihr Durchmesser beträgt 1,4 Millionen Kilometer. Die äußerst turbulente Sonnenatmosphäre, auch Chromosphäre und Korona genannt, besteht zu 90% aus Wasserstoff und Helium. Nach Aussagen der Wissenschaftler sei die Sonne praktisch ein gigantischer nuklearer Schmelzofen mit einer Oberflächentemperatur von 5500° Celsius, die zum Mittelpunkt hin immer rascher ansteige und im Zentrum 20 Millionen Grad erreiche.

Entsprechen diese Forschungsergebnisser der Wirklichkeit?
Die Ergebnisse der irdischen Sonnenforschung sind nur zum Teil richtig. Sie entsprechen im Großen und Ganzen eben nur den optisch erreichbaren Zuständen des Zentralgestirns, ohne jedoch deren Hintergründe erklären zu können. In Wahrheit besteht der Sonnenplanet aus einer Anzahl von Schalen, wenn man die verschiedenen Schichten des äußeren Sonnenaufbaus so bezeichnen will. Die äußerste dieser Schalen nennen die irdischen Wissenschaftler die Photosphäre, weil sie annehmen, dass sich in ihr das, was ihr Licht nennt, herausbildet. Nun, die Annahme ist zwar nicht grundsätzlich falsch. Richtigerweise müsste es jedoch heißen, dass die Photosphäre der Energieaufnahme und Energiedifferenzierung dient. Oder mit anderen Worten: Die Sonne selbst erzeugt weder Licht noch Wärme, sie ist vielmehr nur ein

Transformator für diejenigen Energien, die sie aus den Ätherkraftfeldern des Kosmos empfängt. Die Sonne ist nun so erschaffen, dass sie in der Lage ist, alle aus dem Weltraum kommenden Energieströme in denjenigen Schwingungszustand umzusetzen, der dem Lebensprinzip ihres Systems dient. Alle anderen Energiearten, die nicht diesem Prinzip entsprechen, werden von ihr abgestoßen, so dass jede schädliche Auswirkung auf ihre Betreuungsplaneten vermieden wird. Die Dicke der Photosphäre beträgt nach neueren Erkenntnissen der Sonnenforschung etwa 400 Kilometer, während für die nach außen folgende, Chromosphäre eine Ausdehnung von mehreren tausend Kilometern angenommen wird. Die Energieumwandlungen spielen sich in Temperaturbereichen von 50.000° Celsius (Photosphäre) bis zu 2.000.000° Celsius (Chromosphäre) ab. Dieser beträchtliche Temperatursprung ist damit zu erklären, dass in der dichteren Photosphäre die Reflektion und Teilaufnahme der kosmischen Energieströme stattfinden, die dann von schädlichen Frequenzen befreit in den gasverdünnten Schichten der Chromosphäre in Turbulenzen übergehen, was die enorme Steigerung der Hitzegrade zur Folge hat. Die tieferen Schichten des Sonnenballs haben mit diesen Vorgängen nur insoweit etwas zu tun, als sie ausschließlich Isolationsaufgaben zu erfüllen haben, damit der Leben tragende Planet im Innern der Sonne von den Umwandlungsprozessen unberührt bleibt.

Es ist nicht schwer, sich vorzustellen, dass die zwischen der Photosphäre und dem Sonnenplaneten befindliche Gashülle mit ihrer Gesamtstärke von rund 450.000 Kilometer (das entspricht dem 35-fachen Erddurchmesser) eine Temperaturabnahme bis zur Stufe eines organisch erträglichen Klimas gewährleistet. Nun könnte man annehmen, dass diese Gashüllen stark elektrisch leitend seien, so dass der Isolierungseffekt gar nicht oder nur teilweise eintreten würde. Dies ist jedoch nicht der Fall, vielmehr bestehen diese Schichten aus Gasen verschiedener Dichte und Zusammensetzung, die eine elektrische Leitfähigkeit ausschlie-

ßen. Die letzte Hülle um den Planeten selbst, seine eigentliche Lufthülle, unterscheidet sich nur unwesentlich von derjenigen der Erde. Und zwar darin, dass sie mehr Edelgase und einen höheren Anteil an Sauerstoff besitzt. Ein weiterer Unterschied zu den irdischen Verhältnissen besteht natürlicherweise darin, dass man auf dem Sonnenplaneten keine Unterteilung nach Tag und Nacht kennt, vielmehr ist der immerwährende Tag das Natürliche. Nach den neueren Forschungsergebnissen wurde eine höhere Rotationsgeschwindigkeit der tiefer liegenden Gashüllen des Sonnenballs festgestellt. Dabei wurde jedoch nichts anderes gemessen oder errechnet als eben die Umdrehungsgeschwindigkeit der atmosphärischen Schichten, die bereits unter dem Einfluss des ebenfalls rotierenden Sonnenplaneten stehen. Und dieser bewegt sich mit einer noch höheren Drehgeschwindigkeit um seine Achse. Die Differenzen in den Drehgeschwindigkeiten sind also nur auf die verschiedenen Masseverhältnisse der rotierenden Schichten zurückzuführen. Dies trifft auf jeden Planeten zu, der von einer Atmosphäre oder von einem Gasmantel umgeben ist. Die äußersten Schichten folgen nur schleppend der Rotation des Planetenkörpers, da sie mit zunehmender Entfernung von der Oberfläche des Planeten unter einem abnehmenden Einfluss seiner Schwerkraft stehen.
Zu den so genannten Sonnenflecken, die als Unregelmäßigkeiten auf der Sonnenoberfläche beobachtet werden, ist folgendes zu bemerken: Es ist richtig, dass es sich hierbei um Wirbelerscheinungen handelt, die jedoch dazu dienen, unerwünschte Energiequalitäten wieder loszuwerden. Es ist also eine Art Befreiungsvorgang, ein Abschütteln von Energiefeldern, die durch diese Wirbelbildung gebunden werden, wodurch sie abgebaut und in unschädlicher Form wieder abgestoßen werden. Die Verwirbelungsvorgänge erzeugen jedoch andererseits elektrische Entladungen, die ohnehin bei jedem Vorgang freigesetzt werden, der mit Reibung oder künstlicher Bremsung von Energieströmen zu tun haben. Diese elektrischen Felder sind es dann, die den

Funkverkehr auf der Erde zum Teil erheblich stören können. Der 11-jährige Rhythmus der Sonnenflecken rührt daher, dass die Photosphäre nur eine bestimmte Aufnahme- und ‚Verdauungs'-Kapazität für solche Fremdenergien besitzt, die etwa der Summe entspricht, die sich während 11 Jahren ansammelt und dann eben sich durch Wirbelbildung entlädt. Dabei wird der Umsetzungsprozess in diesen Wirbelgebieten unterbrochen und so erscheinen sie von der Erde aus betrachtet als dunkle Flecken.

Nun noch zum Sonnenplaneten selbst: Dieser hat massenmäßig fast die 100-fache Größe aller zu betreuenden Planeten zusammengenommen. Seine Dichte entspricht etwa dem 0,6-fachen der mittleren Erdendichte. (Mittlere Erdendichte: 5,52 g/cm³, Dichte des Sonnenplaneten: 3,31 g/cm³). Sein Durchmesser beträgt rund 500.000 Kilometer, also rund das 39-fache des Erddurchmessers (12.756 Kilometer), und seine Rotationsgeschwindigkeit am Äquator rund 2 Kilometer in der Sekunde (Erde: 0,46 km/sec).

Wie die meisten Planeten unseres Systems, trägt auch der Sonnenplanet Leben und zwar hoch entwickeltes. Seine Bewohner sind Sonnenmenschen, deren körperliche Beschaffenheit einer hohen Feinstofflichkeit zuzurechnen ist und die deshalb in der Lage sind, ihren Planeten nach Belieben zu verlassen. Für euch wären diese Wesen unsichtbar, da ihre Körperschwingung viel zu hoch ist. Ihre Aufgabe sehen sie darin, eine geistige Brücke zu schlagen zwischen den hohen Wesenheiten übergeordneter Sternenreiche und dem eigenen Sonnensystem. Denn genau so, wie der physische Lebensbereich einer stetigen Wandlung und Strukturverfeinerung unterliegt, so vollzieht sich auf der geistigen Ebene die analoge Evolution mit dem Ziel einer allmählichen Überwindung stofflicher Gebundenheit bis zur lichtvollen Erkenntnis einer universellen Lebensgemeinschaft ohne Grenzen. Unnötig zu betonen, dass unsere Sonnengeschwister auch darauf bedacht sind, das Gleichmaß der lebensnotwendigen Sonnenenergie allen Planeten zukommen zu lassen. Dies geschieht durch geistige Steuerungsimpulse. So vollzieht die

Erde gegenwärtig einen Evolutionsschritt in einen Bereich wesentlich höherer spiritueller Energie, den unser Sonnensystem auf seiner großen Bahn durch den Tierkreis, den Zodiak, nunmehr erreicht hat. Das ist gleichbedeutend mit dem Ausdruck göttlicher Liebe im Aufwärtsstrom des All-Lebens.
Auch der Sonnenplanet ist wie jeder andere Lebensplanet in Kontinente und Ozeane gegliedert, wobei allerdings keine klimatischen Unterschiede bestehen, verständlicherweise, weil ja Licht und Wärme sozusagen allseitig eintreten. Durch die ‚Sonderbauweise' dieses Planeten ergeben sich auch Eigenarten im pflanzlichen Leben. Da es keine Jahreszeiten gibt, sondern nur immerwährenden Sommer, um einen schwachen irdischen Vergleich zu nennen, blüht und gedeiht die Flora in ununterbrochener Folge, so dass kontinuierlich geerntet werden kann. Dass die Pflanzen und deren Früchte natürlich nicht mit denjenigen der Erde oder anderer Planeten verglichen werden können, versteht sich von selbst. Sie sind übermaterieller Art und von ‚sonnenhafter' Fülle. Aber auch eine reichhaltige Fauna gibt es, die der dortigen Lebensstruktur angepasst ist und die bereits einen Entwicklungsgrad erreicht hat, der fast demjenigen eurer primitivsten Naturvölker entspricht. Dass die Gattung Raubtiere nicht existiert, brauche ich nicht besonders zu erwähnen. Die ganze Bewohnerschaft des Sonnenplaneten steht unter einer einheitlichen ‚Regierung', wenn man überhaupt diesen irdischen Begriff hier verwenden will. In Wirklichkeit genügt ein Gedankenimpuls, der von allen Menschen auf denjenigen Gebieten, die von der Willensäußerung betroffen werden aufgenommen und in die Tat umgesetzt wird. Aber auch diese Menschen streben auf ihrem weiteren Evolutionsweg höheren Vollkommenheitsstufen zu und auch sie werden mit Eintritt in das Wassermannzeitalter in ihrer Bewusstseinsfrequenz angehoben und damit in eine erweiterte Freiheit versetzt.

Wie entsteht Licht? Wie entsteht Wärme?
Die durch die Photosphäre umgewandelte Energie wird als schwingendes Feld mit Wellencharakter abgestrahlt und erst, wenn eine ‚Störung' durch einen Planeten oder sonstigen materiellen Körper, also durch ein anderes Energiefeld eintritt, entsteht das, was ihr mit Licht und Wärme bezeichnet. Immer dann, wenn eine freie Energie gezwungen wird, einen Frequenzwechsel auszuführen, ist dies mit einer Licht- und Wärmeerscheinung verbunden. Somit tritt einfach eine andere Energieart auf, die sich aus der Grundschwingung abspaltet. Die Sonne gibt nur eine solche Energiemenge ab, dass genau das Maß an Energie bei jedem einzelnen ‚Planetenstörfeld' entsteht, das zur Erhaltung des Lebensrhythmus benötigt wird. Wenn nun schädliche Energieformen auf einem Planeten durch die Unwissenheit seiner Bewohner erzeugt werden, so wie es auf der Erde durch die verantwortungslose Freisetzung von Radioaktivität geschieht, dann wird als Folge der Strom der lebenserhaltenden Energie abgeschwächt, einschließlich des magnetischen Kraftfeldes der Erde, und es entsteht eine Disharmonie im ganzen System. Wenn nun eure Sonnengeschwister nicht schon dafür gesorgt hätten, dass die lebenserhaltende Energie für die Erde erhöht wird, dann wäre dieser Planet heute schon nicht mehr lebensfähig. Da die heutige Wissenschaft, einschließlich der Waffenexperten, diesen Zusammenhängen keine Beachtung schenkt, unterliegen sie der irrigen Meinung, dass die bisher durchgeführten Atomwaffenversuche noch keine schädlichen Auswirkungen auf den Bestand des Planeten gehabt hätten, ja, dass er noch eine ganze Menge dieser teuflischen Aussaat verträgt. Aber auch hier heißt es: Der Krug geht solange zum Brunnen, bis er bricht! Und dieser Zeitpunkt ist nicht mehr ferne. Alle Warnungen in den Wind zu schlagen bedeutet gleichzeitig das Heraufbeschwören von Katastrophen, die sich für den Wissenden bereits abzeichnen.

K. O. Schmidt schrieb einmal den gewichtigen Satz: „Das Entstehen des Lebens ist kein Zufall, sondern wegen der Gleichheit der Grundstoffe das Selbstverständlichste im Weltall". Das ist zweifellos ein Argument, das genauso ernst genommen werden sollte wie die Hypothesen über astronomische Phänomene, deren Erklärbarkeit noch weit außerhalb unseres Wissensbereiches und unserer Erforschungsmöglichkeit liegt. Nach heutiger astronomischer Schätzung bilden etwa 100 Milliarden Sonnenreiche unsere Milchstraße. Dabei zählt die Milchstraße nur zu den kleinen Galaxien des Universums. Weiter nimmt man an, dass davon mindestens 10 Milliarden Sonnen Planeten besitzen, deren Zahl insgesamt auf rund 36 Milliarden veranschlagt werden kann.

Stimmen diese Angaben?
Die Annahmen sind richtig. Die Regel ist: Große Sonnen ohne begleitende Planeten, aber mit einem entsprechend großen ‚Sonnenkörper' mit hoch entwickelten Wesenheiten, während jedes System mit Planeten eine Schulungsstätte für unterentwickelte, das heißt für körper- und materiegebundene Wesenheiten darstellt. Aber auch diese Wesenheiten, die ihr Menschen nennt, werden einstmals ihre niederen Lebensbereiche verlassen und auf diese Seinsstufe wieder zurückkehren, die ihr, aus eurem heutigen Bewusstseinsstand gesehen, als Wohnstätten der Seligen oder der Götter bezeichnen würdet. Gebt euch dieser Vorstellung hin und ihr habt bereits den geistigen Weg dorthin beschritten.
Aus dieser Erläuterung können wir entnehmen, dass unser Sonnensystem zu den kosmischen Schulungsstätten zählt, wobei die Erde zweifellos als eine Sonderschule für Nachzügler angesehen werden muss, wie sich aus den nachfolgenden Beschreibungen der einzelnen Planeten ergeben wird.

Dieses Kapitel soll mit einer Botschaft unserer Sonnengeschwister schließen, die ich nach anfänglichen Zweifeln am Zustandekommen einer solchen Verbindung auf dem Wege der Mentaltelepathie empfangen habe. Der Beginn der Botschaft bezieht sich auf mein gedankliches Zögern.

Du siehst, es ist gar nicht so schwierig, mit uns Kontakt aufzunehmen, wenn du selbst im Lichte stehst. Die Energie, die euch zugeführt wird und die ihr mit Wassermannschwingung bezeichnet, erhalten auch wir von höheren Zentren, die für euch noch unerreichbar sind, für uns aber unsere Lebensquelle darstellen. So sind wir für euch nur eine Durchgangsstelle dieser Energieströme, die jedoch durch uns in die Frequenz umgewandelt wird, die für euch Erdenbewohner die besten Voraussetzungen für euren großen Schritt auf eine höhere Lebensebene bieten. Seid deshalb unbesorgt, es kommt genau das auf euch zu, was in der Unendlichkeit des Kosmos schon längst vollzogen ist. Wir freuen uns auf diesen neuen Weltentag, an dessen Beginn ihr steht und der euch erkennen lassen wird, dass es innerhalb des universellen Lebens keinerlei Abgrenzungen gibt, weil alles eins ist und alles durch die Liebe des Unendlichen miteinander verbunden ist. Nur die Liebe ist das Band, das alles vereint, auf welcher Frequenz der einzelne Lebensausdruck auch schwingen mag. Seht deshalb in allem was ist nur den Ausdruck einer unermesslichen Liebe, die euch Stufe um Stufe in die Vollkommenheit führt. Zwar habt ihr diese Vollkommenheit von Anfang eures Lebens bereits in euch, jedoch seid ihr euch dessen nur schrittweise bewusst, und deshalb meint ihr, dass noch etwas Trennendes in euch vorhanden wäre. Wir wollen auf eurem weiteren Entwicklungswege eure Lichtbringer sein, damit ihr schneller in das Universalbewusstsein des ‚Ich Bin' eintreten könnt. Vollzieht diesen Schritt mit euren Gedanken und ihr befindet euch dann automatisch in der großen Wirklichkeit. Wir grüßen euch als eure Sonnengeschwister und eure Helfer auf dem Wege in das Licht des wahren Lebens.

Merkur

Der Merkur ist der sonnennächste Planet. In einer mittleren Entfernung von 58 Millionen Kilometer vom Zentralgestirn zieht er seine Bahn. Sein Äquator-Durchmesser beträgt etwas mehr als ein Drittel des Erddurchmessers, nämlich 4.880 Kilometer. Seine Umlaufzeit beträgt 88 Tage bei einer mittleren Geschwindigkeit von 48 Kilometer pro Sekunde. Wie der Mond, so kehrt auch der Merkur der Erde immer die gleiche Seite zu. Dem Merkur fehlt eine Lufthülle. Man nimmt an, dass in der Übergangszone zwischen der beleuchteten Seite und seiner ewigen Nachtseite ein vom irdischen abweichendes Leben möglich sei.

Trägt dieser Planet Leben in irgendeiner Art und Form?
Der Merkur ist zwar der unwirtlichste aller Planeten dieses Systems, dies schließt jedoch nicht aus, dass nicht auch er Leben trägt. Es handelt sich dabei zwar nicht um hoch entwickelte Organismen oder gar Menschen, aber um eine niedere Stufe der Tier- und Pflanzenwelt. Diese Organismen sind völlig anspruchslos und leben hauptsächlich von den aus dem freien Weltraum einfallenden Partikelchen in Molekülgröße, die sie in ihren Stoffwechsel einbauen. Bei den Tieren handelt es sich vorwiegend um Mikroben und Einzellern, die die Primitivstufen darstellen für die höher organisierte Tierwelt. Bei den Pflanzen sind Moose und Flechten vorherrschend, die ebenfalls Ausgangsstufen für höhere Pflanzenwesen sind. Der Planet Merkur hat also keine größere Bedeutung als lebensspendender und lebenstragender Weltkörper, wie es bei den anderen Planeten der Fall ist oder war. Seine Aufgabe besteht eben darin, eine erste Lebensvoraussetzung zu schaffen für die dem Mineralreich nachfolgende Entwicklungsstufe, dem Pflanzenreich. Diese Möglichkeiten der ersten Lebensäußerungen auf der untersten Stufe des beseelten Lebens machen den Planeten Merkur zu einem wichtigen Mitglied in der ganzen Planetenfamilie, denn

schließlich benötigt jede Art von Leben eine ihr angemessene Entwicklungsvoraussetzung.
Ein Planet ist kein Zufallsprodukt, entstanden aus einem Urnebel oder aus einem zusammengefallenen Stern, wie dies wissenschaftlicherseits angenommen wird, sondern ein Baustein im Gesamtgebäude des Kosmos, und eine Stufe zur Erfüllung einer bestimmten Aufgabe im Dienste der Höherentwicklung allen Lebens.

Venus

In 108 Millionen Kilometer Entfernung von der Sonne zieht die Venus ihre Bahn durch den Raum. Sie ist fast so groß wie die Erde und hat eine mittlere Bahngeschwindigkeit von 35 Kilometer pro Sekunde. Nach den neuesten Messergebnissen amerikanischer und russischer Raumsonden herrschen an der Außenseite ihrer Atmosphäre minus 54° Celsius und auf der Oberfläche plus 485° Celsius. Die Atmosphäre besteht zu 96% aus Kohlendioxyd. Die Venus dreht sich in entgegengesetztem Sinn wie die meisten Planeten unseres Planetensystems.

Stimmen diese Messergebnisse?
Die Messergebnisse, die die Raumsonden zur Erde funken, entsprechen nicht der Wirklichkeit. Du fragst, warum dies so ist. Wenn die Sonden über die tatsächlichen Verhältnisse, die auf der Venus herrschen, berichten würden, dann geschähe folgendes: Beide konkurrierenden Supermächte würden ihre ganzen Anstrengungen darauf konzentrieren, den Schwesterplaneten mit bemannten Raketen zu erreichen. Das würde ihnen auch gelingen, zwar nicht auf Anhieb, aber unter Inkaufnahme von großen Opfern schließlich doch. Dies soll aus zwei Gründen vermieden werden: Erstens wäre ein solcher irdischer Besuch auf der Venus zum gegenwärtigen Zeitpunkt höchst unerwünscht, da die

Santiner (Vergleiche „Die Mission der Santiner"; Anm. d. Hrsg.) *einen Stützpunkt dort eingerichtet haben und nur Freunde empfangen können. Zweitens könnten die menschlichen Opfer, die ein solches Unternehmen bei dem jetzigen technischen Stand der ‚raumfahrenden Nationen' fordern würde, nicht verantwortet werden. Das sind die Gründe, weshalb die irdische Wissenschaft vorerst noch über die wahre Beschaffenheit dieses schönen Planeten getäuscht werden muss. Dies wird sich bald ändern, wenn der Tag der Begegnung die volle Wahrheit ans Licht bringen und alles Versteckspiel aufhören wird.*

Weshalb dreht sich die Venus im entgegengesetzten Sinn?
Es ist richtig, was die irdischen Forscher festgestellt haben in Bezug auf den entgegengesetzten Drehsinn der Venus. Dies ist darauf zurückzuführen, das sie bei ihrer ‚Geburt', das heißt bei dem einstigen Abschleuderungsvorgang aus der Sonne nicht in gleicher Drehrichtung wie die Mehrzahl der Planeten das Muttergestirn verließ, sondern eben mit entgegengesetztem Spin. Dies hing seinerzeit, also vor mehreren Milliarden Jahren, mit der Turbulenz im Innern der Sonne zusammen, die den Impuls gab zur Abschleuderung der einzelnen Massen, die sich dann zu Planeten formten. Die Venus ist, wie schon angedeutet, nicht der einzige Planet mit einem ‚falschen Drehsinn', vielmehr drehen sich die äußeren Planeten Neptun und Pluto ebenfalls entgegengesetzt. Auch die jenseits von Pluto kreisenden feinstofflichen Planeten, die als erste die Sonne verließen, drehen sich in entgegengesetzter Richtung, bezogen auf die Erde und auf die anderen, noch nicht genannten Planeten. Du musst dir vorstellen, dass bei diesen ungeheuren Energieturbulenzen im Sonneninnern Wirbelvorgänge entstanden, die den abzuschleudernden Massen einmal diese, einmal eine andere Drehrichtung gaben.

Das Venusjahr dauert rund 225 Erdentage. Ein Venustag entspricht etwa 243 Erdentagen. Warum dreht sich die Venus

wesentlich langsamer um die eigene Achse im Vergleich zur Erde?
Auch diese Frage lässt sich ganz einfach aus dem Abschleuderungsgeschehen beantworten. Je nach Stärke der Turbulenzen entstand ein mehr oder weniger großer Drehimpuls, der den Planetenkindern ihre Eigenrotation verlieh. Auf diese Weise erhielt jeder Planet seine ihm geburtseigene Rotationsgeschwindigkeit, die ihm eine stabile Lage auf seiner Bahn um die Sonne garantieren soll. Du vermutest richtig, wenn du meinst, dass es dann mit der Stabilität der Venus nicht besonders gut bestellt sein kann. Das ist in der Tat so. Und deshalb versuchen die Santiner, durch künstlich erzeugte Kraftfelder dem Planeten einen höheren Stabilitätsgrad zu verleihen, was ihnen auch gelungen ist. Dies ist ein weiterer Grund, die irdische Neugier in Grenzen zu halten.

Sind die Angaben über die Venusatmosphäre richtig oder bedürfen sie einer Korrektur?
Die Zusammensetzung der Venusatmosphäre entspricht in der Tat denjenigen Werten, die durch Raumsonden und Fernerkundung ermittelt wurden. Der hohe Anteil an Kohlendioxyd darf jedoch nicht zu dem Schluss führen, dass unter diesen Umständen kein menschliches Leben auf diesem Planeten möglich wäre. Unsere außerirdischen Freunde verfügen nämlich über ein technisches Verfahren zur Gewinnung von Sauerstoff aus Kohlendioxyd, wobei der gewünschte atmosphärische Sauerstoffanteil bei etwa 23% liegt. Die Erhöhung des ebenso lebensnotwendigen Stickstoffanteils auf etwa 75%, der mit 3,5% viel zu gering ist, geschieht auf dem Wege der künstlichen Erzeugung der Stickstoffatome aus freier Raumenergie, die in unbegrenzter Menge zur Verfügung steht. Ebenso werden auch die übrigen ‚Zutaten' wie Wasser und verschiedene Edelgase, soweit sie nicht schon natürlicherweise vorhanden sind, durch Herstellung aus freier Raumenergie gewonnen. Alles zusammen ergibt eine

lebensfreundliche Atmosphäre, die im Vergleich zur irdischen Lufthülle geradezu heilklimatische Qualitäten besitzt. Zur Frage der Temperatur- und Witterungsverhältnisse sei noch bemerkt, dass die irdischen Vorstellungen von Wüste und brodelnden Magmakratern nicht der Wirklichkeit entsprechen, vielmehr ist die Landschaft reich gestaltet und über weite Gebiete von tropischer Üppigkeit. Die für Wohn- und Erholungszwecke ausgewählten Gebiete befinden sich in einem künstlich geschaffenen Hochgebirgsklima mit angenehmen Temperaturen. Dieses meteorologische Wunder wird durch ein großräumiges Abkühlverfahren nach dem ‚Kühlschrankprinzip' unter Verwendung freier Raumenergie erzeugt. Du siehst, dass dem Menschen nur dort Grenzen gesetzt sind, wo er sie durch ein weltliches Denken selbst errichtet.

Wie war es möglich, dass eine Sonde die Aufschlaggeschwindigkeit von etwa 35 Kilometer pro Stunde überstand und 68 Minuten lang noch Daten zur Erde funkte?
Die Raumsonde hat die Oberfläche der Venus nur deshalb unbeschadet erreichen können, weil dieses Forschungsvorhaben durch eure außerirdischen Freunde unterstützt wurde. Das Erkundungsgerät wurde von ihnen in Empfang genommen und behutsam auf den Venusboden aufgesetzt, damit es den irdischen Forschern einen Eindruck von den ‚unmenschlichen' Verhältnissen, die auf der Venus herrschen, vermitteln und damit die wissenschaftliche Meinung über den Nachbarplaneten ‚bestätigt' wurden. Unter diesen Umständen wird es zunächst niemandem einfallen, die Venus als Eroberungsobjekt im Rahmen der irdischen Weltraumforschung auszuwählen.

Erde (Terra)

Der dritte Planet unseres Sonnensystems ist derjenige der Planetenfamilie, über den alle äußeren Beschaffenheitsmerkmale bekannt sein dürften, der aber voller Risiken steckt in Bezug auf seine Bewohnerschaft. Denn, statt sich ihrer wahren Herkunft entsprechend zu verhalten und alles zu unternehmen, um aus ihrem Wohnplaneten ein Paradies zu machen, zieht sie es lieber vor, sich mit den Kräften der Zerstörung zu verbinden und mit der falsch verstandenen Weisung aus dem Alten Testament „Macht euch die Erde untertan" ihr Alibi zu erproben. Doch die Grenzen sind längst überschritten. Und so kommt es, dass eine ganze Planetenmenschheit unter Kontrolle genommen werden muss, damit nicht noch ein Schaden angerichtet wird, der kaum korrigierbare Folgen im ganzen Sonnensystem nach sich ziehen würde. Dass dieser Fall nicht eintritt, dafür sorgen die Santiner durch eine lückenlose Überwachung und Betreuung dieses planetaren Kindergartens, der wohl als ‚enfant terrible' in die kosmische Geschichte eingehen wird.

Mond

Wie ist der Mond entstanden?
Vor Jahrmilliarden löste sich aus dem Planeten Erde infolge einer Umdrehungsänderung ein Teil seiner Schwermaterie. Es war ein Reinigungsvorgang. Denn der in seiner Stabilisierungsphase befindliche Planet musste sich von einer das Gleichgewicht störenden Belastung befreien. Dieser Abstoßungsvorgang war also nichts anderes als eine geistige Säuberung der Erde, aber innerlich war es eine Selbsthilfeaktion des Planeten, der sich auf diese Weise einer hemmenden Last entledigte.

Mars

Vom Planeten Mars besitzen wir aufgrund der bisherigen Forschungsergebnisse durch Raumsonden ziemlich genaue Kenntnisse von seiner geologischen Beschaffenheit. Dies schließt jedoch nicht aus, dass er uns noch Überraschungen zu bieten hat, die sich nur durch unmittelbare örtliche Erkundung dem menschlichen Forscherdrang eröffnen werden. Was ist damit gemeint? Die bisher erlangten Kenndaten unseres Nachbarplaneten lassen durchaus den Schluss zu, dass in früheren Zeitaltern die Voraussetzungen für ein hoch entwickeltes Leben vorhanden sein müssen.

Zunächst seien aber seine astronomischen Werte genannt: Der Mars umkreist die Sonne in einem mittleren Abstand von 228 Millionen Kilometer. Von der Erde ist er bei seiner stärksten Annäherung nur 55 Millionen Kilometer entfernt, bei größtem gegenseitigem Abstand 380 Millionen Kilometer. Sein Äquatordurchmesser ist nur rund halb so groß wie derjenige der Erde, nämlich 6.787 Kilometer. Ein Marsjahr dauert 687 Erdentage, die Länge eines Marstages beträgt 24 Stunden und 37 Minuten. Die Rotationsperiode ist also fast dieselbe wie diejenige der Erde. Das Marsjahr kann man nach Jahreszeiten unterteilen wie auf der Erde. So ist durch das Teleskop leicht erkennbar, wenn sich im Marswinter auf der nördlichen Halbkugel eine weit ausgedehnte Schneedecke bildet, die dann im Marssommer wieder weg schmilzt. Das Schmelzwasser lässt dann in den gemäßigten Zonen vermutlich einen Vegetationsgürtel entstehen, wie man die zu beobachtende Farbveränderung ins Dunkelgrüne deuten kann. Die Atmosphäre ist reich an Kohlendioxyd (95%), arm hingegen an Stickstoff, Sauerstoff und Wasser. Die Temperatur schwankt in der Äquatorgegend zwischen 20° Celsius am Tage und minus 70° Celsius in der Nacht. An den Polen sinkt die Temperatur bis auf minus 100° Celsius ab.

Der italienische Astronom Schiaparelli entdeckte im vorigen Jahrhundert als erster ein Netz miteinander verbundener Linien auf der Marsoberfläche, die von der Schmelzwasserzone der Polkappen ausgehen und in die als Vegetationszone gedeuteten Gebiete münden. Sie bilden an ihren Schnittpunkten oasenartige Verbindungsinseln. Diese ‚Kanäle', wie sie von ihrem Entdecker bezeichnet wurden, sind nur während der Zeit der Schneeschmelze sichtbar.

Existiert auf dem Mars irgendeine Form von Leben?
Der Mars ist ein Planet, der im Laufe seiner kosmischen Geschichte schon viele Wandlungen durchgemacht hat. Er war einst ein blühendes Paradies, als die Sonne noch im Anfang ihrer Kraft stand und die Erde sich noch in einem Zustand befand, der demjenigen eines jungen feurigen Planeten entsprach. Dies war vor etwa sechs Milliarden Jahren. Zu dieser Zeit befand sich auf dem Mars eine einheitliche Bevölkerung, die in ihrer Zivilisation und Technik die Stufe einer hoch entwickelten Menschheit erreichte. Dazu zählte auch die Raumfahrt. Nachdem sie auch einen hohen geistigen Reifegrad erreicht hatten, wanderten diese Menschen in ein anderes Sternensystem aus, das ihnen weitere und bessere Möglichkeiten des geistigen Fortschritts bot, denn sie waren inzwischen dem Schwingungsgrad des Sonnensystems entwachsen. Um jedoch den Planeten nicht ganz seinem Schicksal zu überlassen, hatten sie dafür gesorgt, dass sich auf ihm eine Nachfolgerasse inkarnierte, die gerade erst diejenige Entwicklungsstufe erreicht hatte, die ihnen ihr weiteres Leben auf diesem Paradiesplaneten erlaubte. Diese Rasse war sehr lernbegierig und fortschrittswillig, so dass sie in relativ kurzer Zeit einen großen Sprung nach oben machte. Dies gelang ihr aber nur mit Hilfe der Lehrer, die die früheren Marsianer zurückgelassen hatten und auf die diese lernwillige Rasse hörte. Nachdem auch die Nachfolgerasse einen Status erreicht hatte, der sie befähigte, in höhere Schwingungsbereiche einzutreten, siedelte auch diese

aus. Sie begab sich mit Unterstützung ihrer kosmischen Betreuer ebenfalls in ein anderes Sonnensystem, das demjenigen ihrer Lehrerfreunde benachbart war. So konnten sie weiteren Fortschrittskontakt pflegen bis auch sie die gleiche Stufe der kosmischen Entwicklung erreicht hatten.
Was geschah inzwischen mit dem Mars? Der Planet erkaltete allmählich. Die Paradieslandschaft wandelte sich in einem Zeitraum von mehreren Millionen Jahren in eine Steppenlandschaft und schließlich zum größten Teil in eine Wüste, die praktisch keine Entwicklungsmöglichkeiten mehr bot. In diesem Zustand des Planeten entschloss sich eine Gruppe einer raumfahrenden Menschheit, die späteren Santiner – es waren meist Ingenieure und Biologen – die Wüstengebiete durch großzügig angelegte Kanäle, ausgehend von den Polkappen, zu bewässern, um dadurch wieder eine Vegetation auf dem Mars heimisch werden zu lassen. Dies war ein großartiger Versuch, der die Ingenieure reizte, denn sie sahen, dass im Marssommer jedes Mal ungeheure Mengen von Schmelzwasser ungenützt versickerten. Die Kanäle wurden wie breite Flussläufe systematisch hergestellt. Dazu standen ihnen Geräte zur Verfügung, die durch eine Technik der Dematerialisation das gewünschte Profil erzeugten, so dass ein Transportproblem, wie bei irdischen Tiefbauprojekten, gar nicht auftrat. Aus diesem Grunde schritt die Arbeit rasch voran und in relativ kurzer Zeit waren die künstlichen Flussläufe geschaffen. Bei jeder Schneeschmelze füllten sie sich mit dem lebensspendenden Nass, so dass sich links und rechts dieser Bewässerungskanäle auf mehrere Kilometer Breite neue Vegetationszonen bildeten, die bis heute noch regelmäßig auftreten und von der Erde aus beobachtet werden können. Dies also steckt hinter dem Geheimnis der so genannten Marskanäle. Nachdem diese Regenerationsversuche zur Zufriedenheit gelungen waren, haben die späteren Santiner eine Beobachtungsstation auf dem Mars eingerichtet, um auf diesen ersten Versuchen weitere aufzubauen, die sich mit

Pflanzenzüchtungen befassten. Diese erweiterten Versuche wurden schon vor langer Zeit abgeschlossen. Die Erkenntnisse auf pflanzenbiologischem Gebiet, die die Vorfahren der Santiner hierbei sammeln konnten, würden jeden Professor einer irdischen Universität in höchstes Erstaunen versetzen. Während nämlich die irdischen Wissenschaftler der Botanik davon ausgehen, dass man neue Pflanzenarten nur durch Kreuzen von entsprechenden Samen herstellen kann, würden sie durch die Versuche auf dem Mars erfahren, dass es auch möglich ist, nur allein durch Gedankenkraft eine gewünschte Pflanzenart entstehen zu lassen, wenn hierfür die geeigneten Nährstoffvoraussetzungen geschaffen werden. Dies ist dadurch möglich, dass die göttliche Intelligenz, die in jedem Samenkorn enthalten ist, durch menschliche Willenskraft so beeinflusst werden kann, dass sie nicht mehr ihren eigenen Entwicklungsgesetzen folgt, sondern nach der ihr neu eingegebenen Information ihren weiteren Werdegang richtet. Auf diese Weise konnten die Vorfahren der Santiner Hunderte von neuen Pflanzengattungen züchten und für ihre eigenen Zwecke nutzbar machen, nämlich für die riesigen Versorgungseinrichtungen ihrer Weltraum-Mutterschiffe. Hier sind besonders anspruchslose Pflanzen gefragt, die aber gleichzeitig die lebensnotwendigen Vitamine in ausreichender und schmackhafter Qualität liefern. Wir können daraus ersehen, dass der Kosmos voller Wunder ist für alle, die sich noch auf dem Wege der Evolution befinden, auf welcher Stufe auch immer.

Was für Leben befindet sich heute noch auf dem Mars?
Außer den nach wie vor sich immer wieder neu bildenden und in ihrer Breite variierenden Vegetationszonen entlang der künstlichen Bewässerungsgräben nichts mehr. Ab und zu wird der Mars noch als Zwischenstation raumfahrender Menschheiten benützt ohne jedoch einen größeren und dauerhaften Stützpunkt zu hinterlassen. Die Wissenschaftler der Nasa behaupten zwar, dass man auf dem Mars kein künstlich angelegtes Bewässerungssys-

tem erkennen könnte, wie die Funkbilder der Raumsonden belegen würden. Diese Annahme beruht darauf, dass die Marsbilder, soweit sie überhaupt dafür charakteristische Gebietsteile zeigen, keine Anhaltspunkte bieten, die eine endgültige Beantwortung dieser Frage zulassen, und deshalb verweist man das Ungewöhnliche von vorn herein in den Bereich der Legende. Weiter kommt noch hinzu, dass die ‚Kanäle' nicht mit irdischen Begriffen verglichen werden können, weil bei ihrem Bau auf die vorgegebene geographische Gestalt der Marsoberfläche Rücksicht genommen wurde und die Bewässerungsrinnen möglichst nach dem natürlichen Verlauf eines Flussbettes angelegt wurden.

Bei der Herstellung dieser Vegetationszonen wurde darauf geachtet, dass nur solche Gebiete den Überschwemmungen preisgegeben wurden, die die besten Voraussetzungen boten. Die bereits sterilen und mineralisierten Flächen wurden davon ausgespart. Aus diesem Grunde zeigen sich bei genauerer Beobachtung unzusammenhängende Vegetationsgebiete, die sich bei Eintritt der Schneeschmelze als sich rasch vergrößernde Dunkelflächen optisch abzeichnen. Im Laufe der Zeit werden jedoch die Bewässerungsrinnen der Erosion zum Opfer fallen, so dass unser Nachbarplanet wieder in den Zustand einer unfruchtbaren Wüstenlandschaft zurückfallen wird. Aber auch dann hat er noch eine wichtige Funktion auszuüben, nämlich durch seinen gravitativen Einfluss dafür zu sorgen, dass das Gleichgewicht innerhalb der Planetenfamilie erhalten bleibt, mindestens so lang, bis einmal das ganze System seine Aufgabe als Entwicklungsträger höheren Lebens erfüllt hat.

Die beiden Marsmonde Photos und Daimos, die wegen ihrer uncharakteristischen Form ebenfalls noch Rätsel aufgeben, sind nicht künstlicher Art, wie gelegentlich spekuliert wird, sondern stammen aus dem Asteroidengürtel und sind Teile des früheren Planeten Mallona, der in grauer Vorzeit durch das frevelhafte

Verhalten einer degenerierten Menschheit der Zerstörung preisgegeben wurde. Die Katastrophe ereignete sich durch die gierhafte Suche nach einem bestimmten Erz, das nur an wenigen Orten unter der Oberfläche des Planeten vorkam. Dieses Erz hatte die Eigenschaft einer starken chemischen Reaktionsfähigkeit, so dass es ohne großen Aufwand in ein leichteres Element umgewandelt werden konnte. Bei diesem chemischen Prozess wurde Energie frei, die die Bewohner von Mallona als Treibmittel für ihre Fahrzeuge benützten. In ihrer Besessenheit, diese Erzlagerstätten auch in größeren Tiefen auszubeuten, scheuten sie nicht davor zurück, mittels einer rücksichtslosen Sprengtechnik zu ihrem Ziel zu gelangen. Die Folge davon war, dass sich immer größere Hohlräume bildeten bis eines Tages die Trennschicht zwischen der Planetenrinde und den glutflüssigen Magmaschichten durchbrach. Dies war das Ende des Planeten. In ungeheuren Explosionen zerbarst er zu Planetentrümmern, die wir heute als Asteroiden bezeichnen. Dieses Ereignis liegt etwa eine Milliarde Jahre zurück.

Damals stand keine benachbarte Sternenmenschheit zur Verfügung, die technisch soweit fortgeschritten gewesen wäre, um eine solche Katastrophe verhindern zu können, wie das heute der Fall ist. Also, ein zweites Mallona wird es nicht mehr geben, selbst wenn die negative Verschwörung auf dieser Erde alles daran setzt, eine solche Katastrophe auszulösen.

Jupiter

Der Riesenplanet Jupiter besitzt einen Äquatordurchmesser von 142 800 Kilometer, ist also elf mal größer als derjenige der Erde. Seine Masse ist 318-mal so groß. Er empfängt 25-mal weniger Sonnenlicht, besitzt aber ein ungewöhnlich starkes Magnetfeld. Seine Umdrehungsgeschwindigkeit ist sehr hoch, wenn man bedenkt, dass der Jupitertag kaum zehn Stunden dauert. Zu einem Lauf um die Sonne benötigt er fast 12 Erdenjahre. Er wird von 15 Monden umkreist. Die größten unter ihnen sind dem Umfang nach mit Merkur und Mars vergleichbar. Die Wolkenhülle des Jupiters scheint aus etwa 20 einzelnen Streifen oder Gürteln zu bestehen, die mit unterschiedlichen Geschwindigkeiten um die Polarachse kreisen. Es wird vermutet, dass die dunklen Streifen in der Wolkenhülle durch Asche und Staub von gewaltigen Eruptionen hervorgerufen werden. Auch der berühmte so genannte rote Fleck mit seiner Breite von 13.000 Kilometer und einer Länge von 40.000 Kilometer wird auf den Ausbruch von Tausenden von Vulkanen zurückgeführt. Seine Oberfläche soll zum Teil aus warmen Meeren von Ammoniak oder Wasser bestehen. Seine durchschnittliche Dichte soll derjenigen des Wassers entsprechen, so dass bis in große Tiefen hinab nur wenig festere Stoffe vermutet werden. Seine Atmosphäre soll nach wissenschaftlicher Annahme im Wesentlichen aus Wasserstoff, Helium, Methan und Ammoniak mit Temperaturen von bis zu minus 130° Celsius bestehen.

Stimmen diese wissenschaftlichen Angaben?
Die Beschreibung des Planeten Jupiter stimmt nur zum Teil mit eurer Vorstellung überein. Der Hauptunterschied besteht darin, dass ihr von einer falschen Dichte ausgeht. Es ist keineswegs so, dass seine Dichte etwa derjenigen des Wassers gleicht, vielmehr hat er eine durchaus feste Dichtigkeit mit einem Mantel, dessen Stärke fast dem Erddurchmesser entspricht. Dieser Mantel ist sein Lebensträger, und wenn ich von Leben spreche, so meine ich nicht nur primitive Ein- oder Mehrzeller, die die vermeintlichen Verhältnisse auf der Jupiteroberfläche gerade noch ertragen könnten, sondern weit entwickelte Wesen, die wir als Jupiter-Menschen bezeichnen können.
Die von euren Wissenschaftlern angenommenen Temperaturverhältnisse sind falsch. Auf der Oberfläche des Jupiters herrschen etwa die gleichen Temperaturen wie auf der Erde. Dies ist so zu

erklären: Die sehr viel dickeren atmosphärischen Schichten haben die Fähigkeit der Wärmespeicherung und –verteilung fast ausgeglichen. Es herrscht immer ein gemäßigtes Klima vor.
Zur Frage des großen ‚Roten Flecks', der den irdischen Wissenschaftlern ein Rätsel aufgibt, möchte ich folgendes bemerken: Die auffallende Erscheinung in der Jupiteratmosphäre wurde durch einen Ausstoß von Schwermaterie aus dem glutflüssigen Inneren des Planeten verursacht. Wie bei der Entstehung des Erdenmondes war auch in diesem Fall eine ‚Entlastungsmaßnahme' zur Aufrechterhaltung der Rotationsstabilität notwendig. Die rote Färbung dieser atmosphärischen Abweichung ist auf eine Konzentration von Eisenoxyd zurückzuführen. Die konstante Wirbelenergie wird durch atmosphärische Strömungen erzeugt, die den großen ‚Roten Fleck' gegenläufig umfließen und ihn wegen seiner höheren Dichte als ovalen Wirbel erhalten. Die Annahme von riesigen Eruptionen und Vulkanausbrüchen trifft demnach nicht zu.
Die Rotationsgeschwindigkeit des Jupiters ist in der Tat sehr hoch, was mit einem starken Magnetfeld verbunden ist. Dies wurde richtig ermittelt. Aus diesem Grunde macht es ihm keine Mühe, 15 Monde an sich zu binden. Diese Monde sind bis auf den an fünfter Stelle kreisenden Jupitermond ‚Europa', der einen Stützpunkt für die Raumfahrt beherbergt, ohne Leben. Sie sind größtenteils Eiswüsten und halten den Mutterplaneten in seiner enormen Rotationsbewegung stabil.
Die richtig erkannte Schichtung der Jupiteratmosphäre rührt davon her, dass ihr spezifisches Gewicht nicht einheitlich ist. Die starke Färbung einzelner Gürtelzonen kennzeichnen die ‚Schwermetallbereiche', das heißt die Atmosphäre ist dort mit chemischen Metallverbindungen sowie mit Wasserstoff, Stickstoff und anderen Gasen angereichert. Diese Metallverbindungen haben in erster Linie die Eigenschaft der Wärmespeicherung.
Der Planet besitzt ebenfalls Meere und Kontinente, die so aufgeteilt sind, dass die stark abgeplatteten Polregionen die

größten kontinentalen Massen besitzen und in der Äquatorgegend sich ausschließlich die Meere befinden. Bei der großen Masse des Planeten und seiner starken Zentrifugalkraft würde für eine Landmasse am Äquator die Gefahr des Abschleuderns bestehen, was ja auch in der Entstehungszeit des Planeten geschehen ist und zur Geburt der 15 Monde geführt hat. Wenn sich einige davon in entgegengesetzter Richtung drehen, dann hat dies die gleiche Ursache, wie bei einigen Planeten, als diese beim Abschleuderungsvorgang aus der glutflüssigen Wirbelzone der Sonne ihren speziellen Drehimpuls erhalten haben.
Die Ausstrahlung von elektromagnetischen Wellen, die von Raumsonden aufgezeichnet wurden, haben ihre Quelle in gelegentlichen atmosphärischen Störungen, die durch Veränderungen im Magnetfeld des Planeten hervorgerufen werden. Diese werden von der vulkanischen Tätigkeit des vierten Jupitermondes ‚Jo' verursacht. Die ebenfalls durch Sonden festgestellte globale Verteilung der Wärme an der Oberfläche des Planeten, erklärt sich aus der Tatsache, dass der Jupiter in seinem Inneren noch feurig ist.

Ich habe eingangs meiner Ausführungen erwähnt, dass es mir gelungen sei, telepathische Kontakte mit einem Sonnenwesen und einer Bewohnerin der Venus herzustellen. Nun darf ich an dieser Stelle, nach der Beschreibung des Planeten Jupiter, eine Episode einflechten, die ich Anfang Juli 1983 erlebt habe. Am 6. Juli saß ich abends auf dem Balkon und war in die Betrachtung des Sternenhimmels vertieft. Besonders deutlich und hell hob sich der Planet Jupiter aus dem Meer der Sterne ab. Da er genau in meiner Blickrichtung stand, kam mir der Gedanke, ob es wohl möglich wäre, mit diesem herrlichen Planeten einen Kontakt über die Gedankenbrücke herzustellen. Ich konzentrierte mich und sandte Worte der liebevollen Verbundenheit nach oben. Nachdem ich geendet hatte, vergingen etwa drei Sekunden, als ich auf demselben Wege Antwort erhielt. Ich vernahm eine tiefe, freundliche Stimme und war darüber so verblüfft, dass zunächst eine Unterbrechung eintrat, bis ich mich dann wieder konzentrieren konnte. Da ich auf eine solche Begegnung nicht vorbereitet war, hatte ich versäumt, das Empfangene sofort niederzuschreiben. Ich habe deshalb am anderen Tag darum gebeten, mir die empfangene Botschaft zu wiederholen. Dies geschah, und so kann ich hier den Originaltext dieser Jupiter-Botschaft übermitteln.

Lieber Erdenbruder, ich habe deinen Gruß empfangen und möchte dir auf deine lieben Gedanken antworten. Ich bin ein Jupiterwesen, wie ihr sagen würdet. Unser Planet ist voller Schönheit; er ist keine Eiswüste, wie eure Wissenschaftler vermuten. Allerdings haben wir andere Lebensbedingungen im Vergleich zu eurem Heimatplaneten. Deshalb wäre es uns auch nicht möglich, unseren Fuß auf eure Erde zu setzen, ebenso wie es euch nicht möglich wäre, auf unserem Planeten zu leben. Wir verfügen ebenfalls über Raumschiffe und wären technisch in der Lage, euch zu besuchen, so wie es auch durch ein technisches Hilfsmittel möglich gemacht werden könnte, dass ihr euch für kurze Zeit in unserem Lebensraum aufhalten könntet. Dies wird bald geschehen, denn die Erde steht am Beginn eines völlig neuen Lebensabschnittes, der eure selbst gemachten Grenzen einreißen wird. Dankt euren Santinerfreunden, die sich geradezu aufopfern, um euch den Weg in eine lichtvolle Zukunft zu bahnen. Sie werden eure Helfer sein, wenn der große Umbruch einsetzt. Ihr seid Gefangene eures Unfriedens, während wir in wunderbarer Harmonie leben. Löst euch von einem Bewusstsein, das ihr mit der Begrenzung eures Planeten identifiziert. Strahlt eure Gedanken hinaus in den Weltraum und ihr werdet Antwort bekommen, so wie du es eben erlebst. Ich grüße dich als ein Bruderwesen vom Jupiter und freue mich auf euer baldiges Erwachen, das die Kontakte zu euren Schwesterwelten ermöglichen wird. Wir sind in Liebe mit euch verbunden.

Nachdem dieser telepathische Kontakt mit dem Jupiter so gut gelang, habe ich einige Tage später einen weiteren Versuch unternommen. Nach meinen Worten des Dankes für diese Kontaktmöglichkeit und für die liebevolle Unterstützung, die wir von unseren Sternengeschwistern erfahren, empfing ich folgende Antwort:

Mein Bruder der Erde, wenn auch die Entfernung zwischen unseren beiden Planeten in euren Augen unüberbrückbar erscheint, so gibt uns doch die Telepathie die Möglichkeit, sie zu überbrücken und miteinander zu korrespondieren. Inzwischen hast du ja erfahren (auf meine entsprechende Bitte; Anm. d. Autors), *wer ich bin. Ja, ich bin ein Priester, um mit euren Worten zu sprechen. Wir lehren die universelle Liebe als Religion, so wie euch Jesus Christus diese Liebe gelehrt und vorgelebt hat. Auch wir haben das gleiche Ziel wie ihr, nämlich die Höherentwicklung bis zum höchstmöglichen Grad der Vollkommenheit. Und auch wir sehnen uns nach dem Verlassen der materiellen Lebenswelt und nach dem Übergang in die höheren Daseinsformen der geistigen Welten. Wir freuen uns auf den Augenblick, da ihr in unseren Bewusstseinskreis eintreten könnt und kein Hindernis mehr besteht zwischen unseren beiden Lebenswelten, so verschieden sie auch sein mögen. Rechnet fest mit unserer Hilfe, die wir gerne in der Zeit des irdischen Umbruchs zur Verfügung stellen, allerdings nicht in physischer Hinsicht. Dafür stehen euch die Santiner zur Seite, aber in allen Fragen eurer neuen Bewusstseinsbildung. Ich grüße euch im Namen meiner Planetengeschwister und spende euch meinen Segen.*

Saturn

Der Saturn, der zweitgrößte Planet unseres Sonnensystems, zieht seine Bahn in einer Sonnenferne von 1,4 Milliarden Kilometer.

Sein Äquatordurchmesser ist 10-mal größer als derjenige der Erde und seine Masse 95 mal größer. Man vermutet, dass er ein Gasgigant ist und im ewigen Dämmerlicht rotiert. Er besitzt eine dichte Wolkendecke, die angeblich im Wesentlichen aus Methan und Ammoniak bestehen soll. Seine Oberflächentemperatur wird mit minus 150° Celsius angenommen. Er besitzt 15 Monde und wird von einer dreigeteilten Ringscheibe umkreist mit einer Eigenbewegung von 18 Kilometer in der Sekunde, die nach außen abnimmt. Der Abstand des inneren Ringes beträgt 10.000 Kilometer, seine Breite 16.250 Kilometer; der mittlere Ring schließt sich an mit einer Breite von 28.480 Kilometer; nach einem Zwischenraum von 3.570 Kilometer folgt der äußere Ring mit 16.320 Kilometer Breite. Der Abstand des nächsten Saturn-Mondes beträgt 138.000 Kilometer. Man nimmt an, dass die Ringe sich aus Schwärmen von kosmischen Staub- und Eismassen sowie Gesteinspartikeln gebildet haben. Der größte Mond ist der zwölfte. Er trägt den Namen Titan und übertrifft den Merkur an Umfang.

Stimmen diese Angaben?
Der Planet Saturn zählt wie sein größerer Bruder Jupiter zu den Riesenplaneten dieses Sonnensystems. Die Daten, die der Wissenschaft über ihn zur Verfügung stehen, sind nur zum Teil richtig. Falsch ist auf jeden Fall die angenommene Oberflächentemperatur von minus 150° Celsius. Hier unterliegt die Wissenschaft der gleichen Täuschung wie beim Jupiter. Auch beim Saturn bildet seine dichte Wolkenhülle eine Heizung durch Speicherung der Sonnenwärme. Seine Wolkenhülle ist noch dichter und gewaltiger als diejenige des Jupiters und besteht keineswegs aus Methan und Ammoniak, wie vermutet, sondern hauptsächlich aus Wasserstoff und Sauerstoff und sonstigen Gasen, die eine chemische Reaktion zwischen beiden verhindern. Was die Bewohnbarkeit dieses Planeten betrifft, so geht auch hier die irdische Wissenschaft von falschen Voraussetzungen

aus, indem sie nur die Lebensgrundlagen unseres Planeten als Beurteilungsmaßstab anerkennt, während doch das Leben über unendliche Anpassungsmöglichkeiten verfügt. Auch der Saturn trägt eine Menschheit, die allerdings nach Konstitution und Organisation wiederum verschieden ist von derjenigen der Erde. Da der Riesenplanet von einer sehr dichten Wolkenhülle umgeben ist, die das Sonnenlicht zum größten Teil absorbiert, herrscht dort eine immerwährende Dämmerung. Aus diesem Grunde besitzen die Saturnmenschen eine besondere Eigenschaft; sie strahlen nämlich soviel Eigenlicht aus, dass der Dämmerzustand ihres Planeten ihnen selbst gar nicht bewusst wird, da sie sich ja dauernd im Licht befinden. Selbst der Planet als ihr Lebensträger besitzt diese Eigenschaft der Eigenlichtstrahlung, so dass also auch ihre Umgebung stets in ein gleichmäßiges Licht getaucht erscheint. Dieses Licht ist gleichzeitig mit einer Wärmestrahlung verbunden, so dass die Oberflächentemperatur auf dem Saturn derjenigen entspricht, die auch die Erdenbewohner als angenehm empfinden würden.
Auch die raumfahrenden Saturnianer haben sich den Santinern angeschlossen und unterstützen sie bei ihrer schwierigen Aufgabe.

Uranus

Der Planet Uranus, der im Teleskop als grünlich schimmernde Scheibe erscheint, kreist in einer mittleren Entfernung von 2,87 Milliarden Kilometer um die Sonne. Sein Äquatordurchmesser beträgt 51.800 Kilometer, also das 4-fache des Erddurchmessers, seine Atmosphäre besteht nach astronomischen Angaben hauptsächlich aus Methan und Wasserstoff, seine Temperatur soll minus 170° Celsius betragen. In 11 Stunden dreht sich der Planet einmal um seine Achse. Während bei den anderen Planeten Äquator und Planetenbahn ungefähr in der gleichen

Ebene liegen, sind es beim Uranus die Pole. Die Sonneneinstrahlung beträgt nur noch 1/300 der irdischen Intensität. Seine Oberfläche ist aus einer kilometerdicken dunstigen Atmosphäre überzogen. In der Wolkenhülle fällt ein heller Äquatorstreifen auf. Der Planet besitzt 5 Monde, sie drehen sich alle rückläufig. Man nimmt an, dass auf diesem Planeten ewige Dämmerung herrscht.

Stimmen diese Angaben?
Was über den Planeten Uranus astronomisch erforscht worden ist, trifft im großen und ganzen zu, mit einer wesentlichen Ausnahme und diese bezieht sich auf das zwar erkannte breite, weiße Band, das sich um den Äquator schlingt, das aber bisher nicht richtig gedeutet werden konnte. Dieses Band besteht aus vielen kleinen und kleinsten Kristallen, die das Sonnenlicht, das tatsächlich nur etwa 1/300 der irdischen Intensität beträgt, so verstärkt, dass sowohl Licht als auch Wärme in ausreichender Menge dem Planeten und der dortigen Menschheit zugeführt werden.
Welche Menschenrasse ist es nun, die diesen riesigen Planeten bewohnt? Auch diese Menschen haben eine ähnliche Gestalt wie ihr, sind aber größer, entsprechend der größeren Masse ihres Planeten. Ihre technischen Möglichkeiten zur Betreibung einer Raumfahrt haben sie schon in alten Zeiten in eure Bereiche gebracht, und da ihre Atmosphäre nicht wesentlich verschieden ist von der irdischen, bereitete es ihnen keine Schwierigkeiten, Landausflüge auf der Erde zu machen. Und dies hatte zur Folge, dass aus solchen Erlebnissen später Sagen über Riesen entstanden, die aber stets den Menschen gut gesinnt waren und ihnen sogar manche schwere Arbeit abnahmen. Ich erinnere an die Rübezahlsage und sonstige Erzählungen über Riesen. Solche Besuche konnten nur solange durchgeführt werden, als das Bewusstsein der Menschen keinen Schaden nahm, denn mit dem Begreifen der vollen Wahrheit wäre ein Sprung in der vorgese-

henen Entwicklungslinie der irdischen Menschheit eingetreten, der sich als Hemmschuh auf die natürliche Höherentwicklung ausgewirkt hätte.

Die Uranier zählen also auch zu den Planetenmenschheiten, die sich der irdischen annehmen. Dass sie mit den Santiner zusammenarbeiten, brauche ich demnach nicht mehr hervorzuheben. Ihr Planet besitzt drei große Kontinente, die alle von Ozeanen umgeben sind. Das Klima entspricht etwa demjenigen eurer nordischen Gebiete und ist infolge der speziellen Lage des Planeten, auf allen Kontinenten konstant. Es gibt also praktisch keine Jahreszeiten und keinen Wechsel von Tag und Nacht. Die grünliche Färbung des Planeten, wie sie sich in den Teleskopen zeigt, wird durch die starke Aufnahme bestimmter Wellenlängen in der Uranusatmosphäre erzeugt. Daraus darf jedoch nicht der Schluss gezogen werden, dass es an Sauerstoff mangeln würde; denn eine üppige Pflanzenwelt und große Waldgebiete sorgen für genügend sauerstoffreiche Luft.

Es leben rund vier Milliarden Menschen auf Uranus. Davon widmen sich etwa 400.000 der Raumfahrt, sowohl als Ingenieure als auch als Raumfahrer selbst. Ihre Schiffe sind nach einem eigenen Prinzip gebaut, das sich wie die Raumflugtechnik der Santiner auf die Erkenntnisse der Gravitationsenergie und Dematerialisation stützt, abgesehen von der eigenen Energieversorgung durch Umpolung auf Antimaterie und Überwechseln in die Feinstofflichkeit. Durch diese Veränderungen in der atomaren Struktur werden Energien frei, die im Normalzustand materieller Beschaffenheit gebunden sind. Außerdem ergibt sich dadurch auch die Möglichkeit zu einem Besuch in den feinstofflichen Welten sowie zum Kennenlernen des Antiuniversums, das ebenfalls als Lebensträger zusammen mit unserem Universum existiert. Wie das im Zusammenhang mit der Gesamtschöpfung zu sehen ist, wird euch erst dann klar werden, wenn ihr einmal die Entwicklungsstufe der Santiner erreicht haben werdet.

So warten auch die Bewohner des Uranus auf den großen Evolutionssprung, vor dem die irdische Brudermenschheit steht, um aus den Sagengestalten herauszuschlüpfen und sich als helfende Brüder und Schwestern der neuen Erde präsentieren zu können.

Gibt es eine so genannte freie Energie im Kosmos, die zur Raumflugtechnik verwendet werden kann?
Es gibt keine freie Energie im Sinne eines chaotischen Zustandes, sondern nur die Möglichkeit der Umwandlung von freier Raumenergie in eine andere gebundene Form.

Können die raumfahrenden Bewohner des Uranus auch interstellare Reisen unternehmen?
Sie sind nur in der Lage, innerhalb des Planetensystems Raumfahrt zu betreiben. Sie verfügen über eine Speichertechnik von Energie, die sie aus schnellen Wechseln zwischen Antigravitation (Antigravitation entsteht durch Frequenzwechsel in die Energieform des Kosmos; Anm. d. Autors) *und Gravitation beziehen. Dieser Vorgang zeigt sich dem menschlichen Auge als pulsierendes Licht, das das Raumschiff wie eine Aura umgibt. Diese Energie dient zur Erzeugung eines eigenen Magnetfeldes und gleichzeitig zum Schutz vor materiellen Teilchen in der Atmosphäre oder vor böswilligen Angriffen.*

Gilt dies auch für Laserstrahlen?
Ja, auch eine solche Waffe wäre gegen außerirdische Raumschiffe stumpf. Die Laserenergie besteht aus gebündeltem Licht, den Photonen, und würde im Magnetfeld eines Raumschiffes zu ungefährlicher Energie verwirbelt.

Wieviel Stunden benötigt ein Raumschiff vom Uranus bis zur Erde?
Die Flugzeit beträgt weniger als eine Stunde.

Dann fliegt es ja schneller als das Licht, das 300.000 Kilometer in der Sekunde erreicht.
Ja, denn es bewegt sich außerhalb der physikalischen Gesetze eurer Wissenschaft und außerhalb materieller Formbegrenzung. Das Raumschiff ist in diesem Bewegungszustand also nicht mehr materiell, sondern energetisch, und deshalb wirkt ein Gedanke bereits wie ein Steuerimpuls auf die Energieform des Schiffes. Diese Technik ist das Produkt der Nächstenliebe und Gottesverehrung. Für eure Wissenschaft fällt diese Erklärung zwar unter den Begriff einer religiösen Schwarmgeisterei, doch wäre sie gut beraten, wenn sie den bisherigen konventionellen Weg einer materialistischen Welterklärung verlassen würde und sich nach den Gesetzen eines Weltenschöpfers richten würde. Eine solche geistige Wende kostet zwar Überwindung, aber andererseits sind die damit erreichbaren Ziele ebenso grenzenlos wie die Schöpfung selbst.

Neptun

Dort wo die Finsternis des Weltraums versucht, gegen die Lichtstrahlen der Sonne vorzudringen, existiert die Planetenwelt des Neptun. Sein Abstand zur Sonne beträgt 4,5 Milliarden Kilometer. Das Licht braucht zur Überwindung dieser Entfernung 4 Stunden und 8 Minuten. Der Planet wurde 1846 entdeckt und ist für das menschliche Auge unsichtbar. Sein Äquatordurchmesser beträgt 49.500 Kilometer, also fast das vierfache des Erddurchmessers; für eine Sonnenumkreisung benötigt er 165 Jahre. Als Oberflächentemperatur wird minus 200° Celsius angenommen. Er ist von einer dichten Wolkenhülle umgeben. Die Art seines Spektrums lassen innere Wärmequellen vermuten. Er besitzt zwei Monde, den blaustrahlenden Triton, Durchmesser 4.000 Kilometer, und den 1949 entdeckten Nereid, Durchmesser 300 Kilometer. Ist auch dieser Planet noch ein Lebensträger?

Die astronomischen Angaben über den Planeten Neptun treffen im Allgemeinen zu mit einer Ausnahme: Der Neptun trägt Leben wie die Erde. Dies erscheint zunächst unbegreiflich, da die Astronomen von einer Oberflächentemperatur von minus 200° Celsius ausgehen, wobei sie allerdings gleichzeitig darauf hinweisen, dass möglicherweise dieser Planet eine innere Wärmequelle besitzen könnte. Und damit haben sie Recht. Die Wärme, die aus dem Planeteninneren bis zu seiner Oberfläche emporsteigt, ist so stark, dass sie den Verlust der Sonnenwärme spielend ausgleichen kann. Die wahre Oberflächentemperatur beträgt im Mittel etwa plus 25° Celsius und entspricht somit den irdischen subtropischen bis tropischen Verhältnissen. Und deshalb verzeichnet der Neptun auch eine tropische Vegetation, die derjenigen der Erde nicht unähnlich ist. Die dichte Wolkenhülle, die diesen Planeten umgibt, schützt ihn vor einem zu großen Wärmeverlust nach außen. Nur die Lichtverhältnisse sind verständlicherweise völlig verschieden von denjenigen auf der Erde, da das Sonnenlicht auf diese Entfernung nicht oder kaum mehr zur Verfügung steht.

Aber auch in dieser Beziehung hat die göttliche Betreuung Mittel und Wege gefunden, um diesen Nachteil auszugleichen. An die Stelle des Sonnenlichts tritt eine Umwandlung der planetaren Wärmestrahlung in Licht durch die Aufnahme der Wärmeenergie in der Wolkenschicht und deren ‚Veredelung' in eine höhere Vibration. Dies geschieht dadurch, dass die langwellige Wärmestrahlung durch Stauung und Verdichtung in eine kurzwellige Energieform umgesetzt wird, was einer Lichtstrahlung entspricht, die als natürliches Sonnenlicht die Planetenoberfläche erreicht. Dass dieser Vorgang natürlich einen zweckentsprechenden Aufbau der neptunschen Wolkenhülle voraussetzt, bedarf keines besonderen Hinweises, obwohl auch die Wolken der Erde zwar Licht und Wärme aufnehmen, ohne dass sich jedoch ein physikalischer Effekt, wie oben beschrieben, einstellt. Dies geschieht auf folgende Weise: Durch die Wärmestrahlung werden unzählige winzige Kristalle schwingungsmäßig angeregt, das heißt ihre Gitterstruktur beginnt infolge der Wärmezufuhr, also der Energieaufnahme, in einen höheren Schwingungszustand überzugehen, was ein Abstoßen von Elektronen zur Folge hat. Dadurch kommt die Lichterscheinung zustande. Dieser Prozess kann sich noch über Jahrmillionen hinziehen, ohne dass eine merkliche Abnahme des Lichtpotentials eintreten würde.

An diesem Beispiel möget ihr erkennen, wie großzügig der Weltenschöpfer für alle verkörperten Geistseelen auf den verschiedensten Wohnplaneten sorgt, ohne dass auch nur eines unter Mangel zu leiden brauchte. Tritt ein solcher Zustand ein, dann wurde er durch ein gottwidriges Verhalten der betreffenden Menschen ausgelöst.

Über die Bewohner des Neptun sei folgendes mitgeteilt: Da dieser Planet um ein Mehrfaches größer ist als die Erde, sind auch die dortigen Menschen von größerer Gestalt. Ihre Hautfarbe ist braun, sie ist derjenigen der Inder ähnlich. Da sie eine hohe technische Kulturstufe besitzen, ist es nicht verwunderlich, dass auch sie zu den raumfahrenden Menschenrassen zählen. Und auch in diesem Fall trifft das gleiche zu, was ich bereits bei der Beschreibung des Uranus erwähnt habe, dass auch die Bewohner des Neptuns schon in der Frühzeit der jetzigen Menschenrassen die Erde besucht haben. Auch sie wurden in Sagen und Mythen als Götter und Riesen verehrt, die den Menschen hilfreiche Dienste leisteten, bis sie ebenfalls mit der wachsenden Erkenntnisreife der Menschen ihre Besuche auf der Erde zur Wahrung einer ungestörten Höherentwicklung einstellen mussten. Heute nun sind sie Teil der Organisation zur Betreuung der unterentwickelten Brudermenschheit dieser Erde. Dass sie Kontakt halten mit den Santinern, ist unter den gegebenen Umständen selbstverständlich.

Die Oberflächengestalt des Neptuns gleicht derjenigen der Erde, was die Verteilung von Land und Wasser betrifft. Das Verhältnis ist ebenfalls etwa ein Drittel zu zwei Drittel, wobei die Tempera-

tur des Wassers, selbst an den Polen, nicht unter 15° C sinkt. Schnee ist auf dem ganzen Planeten unbekannt. Selbst Jahreszeiten gibt es nicht. Es gibt nur Perioden der Vegetationsruhe, die mit üppigem Wachstum und Früchtetragen abwechseln.
Die Bewohner des Neptun sind wie alle anderen Planetenbewohner Vegetarier und sehr tierliebend, was dadurch zum Ausdruck kommt, dass sie spezielle Tierschulen eingerichtet haben, in denen sie versuchen, die höheren Tiere auf ihre nächste Stufe der Evolution vorzubereiten. Dies geschieht dadurch, dass sie den Instinkt schrittweise auf eine Individualitätsstufe anheben und die so geschulten Tiere zu vernünftigen Handlungen anleiten. Darüber hinaus gelingt es auch, sogar artikulierte Äußerungen zu entwickeln, so dass sogar Rede und Antwort möglich sind. Bei diesen Tieren, die einer solchen Schulung fähig sind, handelt es sich um bestimmte Rassen von Haustieren, die den irdischen Hunden gleichen. Der Tierbestand auf dem Neptun ist verhältnismäßig groß, ebenso die Vielfalt der Tierarten. Raubtiere gibt es nicht. Alle sind von friedlichem Charakter und fühlen sich von den Menschen angezogen, weil sie spüren, dass sie von ihnen auf ihrem weiteren Entwicklungsweg unterstützt werden. Scheuheit bei den Tieren gibt es deshalb nicht. Sie genießen ihre artgemäße Freiheit und finden sich bei Hilfsbedürftigkeit ganz selbstverständlich beim Menschen ein. Dieses Paradies der Tiere wird auch auf der Erde Wirklichkeit werden, wenn mit ihrer Umwandlung auch das namenlose Leid der Tiere überwunden sein wird und Schlachthäuser der Vergangenheit angehören werden. Freut euch auf den Tag, an dem euch die Tierseelen zu Bruderseelen werden.

Pluto

Der Planet Pluto wurde erst im Jahre 1930 entdeckt. Seine mittlere Entfernung von der Sonne beträgt 6 Milliarden Kilometer. Seine Bahn ist stark elliptisch und schneidet zu Zeiten diejenige des Neptuns. Seine Bahngeschwindigkeit beträgt 4,7 Kilometer in der Sekunde. Er ist nur wenig größer als Merkur. Sein Äquatordurchmesser beträgt rund 6.000 Kilometer. Zu einem Sonnenumlauf benötigt er rund 250 Jahre. Seine Oberflächentemperatur misst minus 230° Celsius. Mehr als fünfeinhalb Stunden braucht das Licht der Sonne, um Pluto zu erreichen. Seine Oberfläche ist ewig dunkel und so kalt, dass sogar eine Lufthülle, wenn es sie geben würde, zu Eis erstarren und sich auf dem Boden niederschlagen würde. Er besitzt nur einen Mond.

Ist Pluto wirklich der letzte Planet unseres Sonnensystems?
Pluto ist zwar der letzte Planet in der Reihe der sichtbaren Planetenfamilie, doch ist er nicht der äußerste des Sonnensystems. Wie die esoterische Astrologie lehrt, gibt es darüber hinaus unsichtbare Himmelskörper, die ebenfalls noch zur Sonnenfamilie zählen. Doch darüber später. Zunächst zu Pluto: Die Daten über Bahnverlauf und Äquatordurchmesser entsprechen im Großen und Ganzen den Tatsachen. Auch die Oberflächentemperatur ist mit minus 230° Celsius fast richtig getroffen. Und deshalb ist auf diesem Planeten kein Leben im herkömmlichen Sinne mehr möglich. Dieser Planet ist unbewohnt und in der Tat eine Eiswüste. Welche Aufgabe hat er aber nun zu erfüllen? So unbedeutend er für die irdische Menschheit erscheint, so bedeutend ist er jedoch in Wirklichkeit, denn ihm fällt die Aufgabe zu, als Verbindungsglied zwischen den materiellen Planeten und dem immateriellen Planetenbereich dieses Systems zu dienen. Dies geschieht dadurch, dass der fast Weltraumtemperatur habende Planet die vom immateriellen Planetenbereich ausgehenden Strahlungen auffängt und verstärkt weitergibt. Das ist auch der Grund dafür, dass die Einflüsse der immateriellen Planeten von der Stellung des Pluto abhängig sind. Pluto hat in Wirklichkeit keine eigene Einflusssphäre, astrologisch gesprochen, sondern ist nur Vermittler derjenigen Energien, die von

den immateriellen Planeten ausgesandt werden. Entsprechend seiner Stellung zu den anderen Planeten wird er einmal diese, einmal jene ‚Energiemischung' empfangen und reflektieren. Und da er seine Bahn langsam durchläuft, ist sein ihm übertragender Einfluss von anhaltender Intensität. Dies hat die Astrologie erkannt und misst deshalb der unsichtbaren Planetenwelt jenseits des Pluto ein eigenes Gewicht bei. Diese Erweiterung des Planetensystems um einen immateriellen Bereich und die Qualifizierung der zu unterscheidenden Einflüsse wurden inspirativ empfangen. Wer diese Seite der Astrologie beherrscht, ist in der Lage, die jeweiligen Einflüsse auf bestimmte Zeitepochen zu ermitteln. So gesehen, ist Astrologie, die mit Intuition ausgeübt wird, ein nützliches Geschenk, das dem Menschen helfen soll, sich ein überzeitliches Orientierungsbild zu verschaffen.

Die transplutonischen, feinstofflichen Planeten, die wir als Energiezentren bezeichnen können, werden nach folgenden Einflüssen unterschieden:

1. **Hades**: Begehren, Machtverlangen, Schadensstifter.
2. **Chronos**: Zeitbedingtheit, Willenlosigkeit, Fügung.
3. **Cupido**: Gemeinschaft, Zusammengehörigkeit, Lebensverbundenheit.
4. **Zeus**: Schöpferische Kraft, Zeugung, Entfaltung.
5. **Apollon**: Leistung, Förderung, Energie.
6. **Admethos**: Schicksalsbestimmtheit, Wandlungsfähigkeit, Schwäche.
7. **Vulkanos**: Machtäußerung, Einsatz, Willenskraft.
8. **Poseidon**: Innere Ergebenheit, hohe Erkenntnis, Lichtträger.

Stimmen diese Eigenschaften?

Den Astronomen wird es allerdings schwer fallen, acht weitere ‚Planeten', die jenseits des Pluto ihre Bahnen ziehen, anzuerkennen. Da sie feinstofflicher Art sind, entziehen sie sich den herkömmlichen Mitteln astronomischer Beobachtung und Berechnung. Ebenso wie die allgemein bekannten neun materiellen Planeten aus der Sonne geboren wurden, so haben auch die transplutonischen Geschwister die gleiche Mutter. Bei den Jahrmilliarden zurückliegenden Abschleuderungsprozessen befand sich die Sonne selbst noch in ihrem Geburtszustand und hat sich von denjenigen Energien befreit, die ihr bei der Kontraktion zur Erzeugung eines eigenen inneren Planeten hinderlich waren. Aus diesen urgewaltigen Sonneneruptionen sind also die ersten ‚Sonnenkinder' entstanden und erst später, das heißt nach Jahrmillionen Zwischenräumen folgten die ‚Geburten' der eigentlichen materiellen Planeten als Schulungs- und Läuterungsstätten für verkörperte Geistwesen.

Wie kommen nun die verschiedenen Qualitäten dieser Energiekonzentrationen und ihre Auswirkungen auf die Menschen zustande? Wenn wir von Energiekonzentration sprechen, so müssen wir uns feinstoffliche Zustandsformen vorstellen, die den früheren verschiedenen Entwicklungs- und Reifestadien der Sonne entsprechen. Sie tragen die Ausprägung derjenigen Phase der Entwicklung, die unsere Sonne zum Zeitpunkt der Abstrahlung besessen hatte. Und da solche Vorgänge immer eine geistige Ursache haben, war der entsprechende Impuls gleichzeitig auch das Lebens- und Eigenschaftsmerkmal der abgeschleuderten feinstofflichen Substanzen. So entstanden die acht verschiedenen Frequenzen, die auf das zentrale Nervensystem der Menschen, auf die Chakren oder Energieräder, die entsprechenden Wirkungen ausüben. Dazu zählen auch die kosmischen Energieströme, aus denen die Sonnen ihre Kraft beziehen. Da diese kosmischen Energien mit der Gedankenenergie des Menschen in Verbindung stehen, bedarf es keiner tiefschürfenden

Überlegungen mehr, um zu begreifen, dass das Denken des Menschen einen größeren Einfluss auf seine Lebensenergie ausübt, als er annimmt und dass es nach dem Gesetz von Ursache und Wirkung schicksalsbildend wirkt. So gesehen kommt auch der Astrologie die Bedeutung einer Erfahrungswissenschaft zu, die dem Menschen zu mehr Selbstkontrolle, Schicksalsverständnis und Gedankendisziplin verhelfen soll. Alles ist eine Frage der inneren Bereitschaft, also der Schwingung der Seele. Wenn sie bereits einen hohen Entwicklungsgrad erreicht hat, dann wird sie auch nur höhere, also für sie förderliche Einflüsse annehmen und für alles tiefer Schwingende kein Aufnahmevermögen mehr besitzen. Seid deshalb immer bestrebt, eurer Seele stets diejenige Nahrung zuzuführen, die sie zum geistigen Wachstum anregt, die sie stärkt und zu einem immer feiner gestimmten Instrument macht, das euch immer mehr und mehr befähigt, am Leben der feinstofflichen Welten teilzunehmen.

Die Höherentwicklung alles Lebendigen kennt keinen Stillstand und kein Abwarten, wohl aber viele Gelegenheiten, um klare Entscheidungen zwischen guten und bösen Einflüssen treffen zu können. Da die Menschheit seit Jahrtausenden den abschüssigen Weg gewählt hat, ist nicht damit zu rechnen, dass die nächst höhere Entwicklungsstufe auf natürliche Weise, das heißt durch einen harmonischen Übergang erreicht werden kann. Der jetzige, niedere Stand muss aber überwunden werden und deshalb wird eine Umwandlung der Erde unausbleiblich sein. Dieses Ereignis wird mit dem Begriff ‚Kataklysmus' bezeichnet. (siehe „Die Mission der Santiner"; Anm. d. Hrsg.)

Dies besagt allerdings über den zeitlichen Eintritt noch nichts, da die ‚jenseitigen' Zeitbegriffe mit den irdischen nicht identisch sind. Der Ablauf der Ereignisse vollzieht sich nach kosmischen Gesetzen und ist deshalb vom Verhalten der Menschen unabhängig, obwohl die Gedanken der Menschen einen gewissen Einfluss ausüben. Beim heutigen Stand der Forschung sollten diese Erkenntnisse längst zum allgemeinen Wissensgut zählen und alle Anstrengungen darauf ausgerichtet werden, den Lebensträger Erde mit einer guten Aura zu umgeben, damit er die bereits einsetzenden höheren spirituellen Frequenzen aus dem Wassermannsektor des Tierkreises vollständig aufnehmen und entsprechend dosiert an alles Leben abgeben kann. Stattdessen befindet sich die Erdaura in einem dunklen Zustand, so dass sie ihrer Aufgabe nicht mehr gerecht werden kann. Die Einstrahlung der Wassermannenergien wird deshalb die Menschen unvermittelt treffen mit der Folge einer allgemeinen Verwirrung. Trotzdem sollte man in allem, was auf die Menschheit zukommt, eine liebende und leitende Hand sehen. Wohl dem, der sich eine solche Einstellung zu eigen macht und durch sein eigenes Verhalten dazu beiträgt, dass anstelle von Angst und Schrecken, Zuversicht und Lebensmut die Menschen beflügelt. Denn jede positive und glaubensfeste Haltung beeinflusst Seele und Geist des Menschen und trägt dazu bei, die kommenden Ereignisse im Lichte einer unermesslichen Liebe zu sehen.

Über Zeit und Raum

Gravitation und Antigravitation

Die Begriffe Gravitation und Antigravitation können zu einem Trugschluss führen, wenn man darunter Einzelkräfte verstehen wollte. Richtig ist vielmehr, dass diese beiden Kräfte nur dann in Erscheinung treten, wenn eine Differenz zwischen zwei verschieden starken Schwerkraftfeldern besteht. Demnach sind sie als Folgewirkungen von miteinander in Beziehung stehenden Kraftfeldern zu betrachten. Gravitation und Antigravitation unterscheiden sich prinzipiell dadurch, dass im ersten Fall ein kleinerer Körper von einem größeren Körper angezogen wird, während im zweiten Fall der kleinere Körper vom größeren abgestoßen wird. Die Anziehungskraft zwischen zwei Körpern ist uns eine so geläufige Erscheinung, dass wir uns ihrer kaum noch bewusst werden. Umgekehrt verhält es sich bei der Antigravitation, denn diese Kraft tritt erst dann auf, wenn der kleinere Körper ein stärkeres Schwerkraftfeld erzeugt als dasjenige des größeren Körpers. Es tritt dann eine ähnliche Wirkung ein, wie wir sie zwischen zwei gleichgepolten Magneten beobachten können, nämlich ein Abstoßeffekt.
Die Raumflugtechnik der Santiner beruht im interplanetaren Bereich auf demselben Prinzip. Wenn sich ein Raumschiff einem Planeten nähert, gelangt es in dessen Schwerkraftfeld und wird von diesem angezogen. Das Raumschiff würde nun auf den Planeten stürzen, wenn es nicht sein eigenes Schwerkraftfeld verstärken und vom Sturzflug in einen Schwebeflug übergehen würde. Die Stärke des Eigenkraftfeldes kann beliebig verändert werden von null bis zur millionenfachen Stärke des Schwerkraftfeldes eines Planeten. Nun wird es auch verständlich, wenn ein so genanntes Ufo plötzlich unseren Blicken entschwindet. Das Raumschiff wurde in diesem Augenblick auf das volle Fassungs-

vermögen seines Kraftfeldes geschaltet und stürzt mit nicht mehr zu verfolgender Geschwindigkeit vom Planeten fort. Da diese künstliche Schwerkraft auch auf die Besatzungsmitglieder wirkt, allerdings in stets gleich bleibender Stärke, nehmen sie weder eine Beschleunigung noch eine Verzögerung des Fluges wahr. Bei den großen Mutterschiffen, deren Schwerkraftkapazität ein Vielfaches von derjenigen der kleineren Flugscheiben beträgt, könnte sogar der Fall eintreten, dass bei Einschaltung der vollen Antigravitation ein Planet aus seiner Bahn gedrängt wird. Aus diesem Grund halten die riesigen Weltraum-Mutterschiffe einen entsprechend großen Abstand von dem betreffenden Planeten ein.

Nun liegt die Frage nahe, woher die Raumschiffe diese unvorstellbaren Kräfte beziehen. Die Antwort soll in eine weitere gekleidet werden: Woher beziehen denn die Planeten ihre Kraft, die auch unsere Sternenbrüder für die erstaunliche Manövrierfähigkeit ihrer Raumschiffe benützen? Selbstverständlich ist unsere Wissenschaft mit der Benennung solcher Kräfte nicht verlegen. Sie spricht von der Anziehungskraft der Sonne und von der Zentrifugalbeschleunigung der sie umkreisenden Planeten, beide im Gleichgewicht zueinander stehend. Sie kann aber den Ursprung dieser Kräfte nicht erklären, sondern nur ihre Wirkung.

Wenn wir ehrlich sein wollen, dann müssen wir doch hinter diesen Kräften eine schöpferische Intelligenz annehmen, die in unserem wissenschaftlichen Denken allerdings noch keinen Eingang gefunden hat. Aber gerade auf die von der Vernunft gebotene Anerkennung kommt es an! Denn ohne den planenden Geist, aus dem diese Kräfte entspringen, ist auch ihre sinnvolle Anwendung nicht möglich. Die einzig richtige Schlussfolgerung müsste also heißen: Lasst uns diesen planenden Geist studieren und ihn bitten, uns Einblick in seine Arbeitsweise zu gewähren. Genau das war die Entscheidung, welche die Santiner schon vor

Jahrtausenden getroffen haben. Welcher irdische Wissenschaftler wäre bereit, den gleichen Schritt zu vollziehen?

Dematerialisation

Wenn wir Raumfahrt ohne die Risiken unserer Zerstörungstechnik betreiben wollen, dann führt kein Weg am Schöpfer des Universums vorbei. Nur auf diesem Wege finden wir Hilfe und freudige Unterstützung von unseren Sternenbrüdern, die uns die Geheimnisse der Überbrückung von Weltraumentfernungen gerne mitteilen würden. Denn der interstellare Flug setzt andere Kenntnisse voraus, als sie für die Bewegungen innerhalb eines Planetensystems erforderlich sind. Um Lichtjahrentfernungen zu überbrücken, muss die dreidimensionale Daseinsform verlassen werden, das heißt, die materielle Körpergebundenheit gelöst und in einen Zustand überführt werden, den man mit ‚Dematerialisation' bezeichnen kann. Eine Erklärung dieses Phänomens ist auf der Grundlage unseres wissenschaftlichen Kenntnisstandes nicht möglich. Näherungsweise könnte man von einer Aufhebung der Bindekräfte innerhalb der Atome und Moleküle sprechen. Dies klingt zwar nach Freisetzung von atomarer Energie, steht aber im Gegensatz dazu. Ein Beispiel möge dies verdeutlichen. Man kann ein Stück Eis so lange zertrümmern und unter Druck setzen, bis daraus Wasser geworden ist. Man kann aber auch dem Eisstück Wärme zuführen, bis es zu Wasser schmilzt. Die erste Methode entspricht unserer Zerstörungstechnik, die zweite der Anwendung eines natürlichen Verfahrens ohne Gewaltanwendung. Auch bei der Dematerialisierung geschieht nichts anderes als eine Frequenzerhöhung, ähnlich der Wärmezufuhr in obigem Beispiel, wodurch die atomare Struktur der Materie in eine andere Zustandsform überwechselt. Durch eine weitere Frequenzerhöhung folgt die Materie den Gesetzen der Energietransportation mit der Möglichkeit, sie durch Gedanken zu lenken, ja sie selbst zu Gedanken zu formen. In diesem Zustand können die Gesetze der vierten Dimension angewandt werden, das heißt, es genügt ein Willensimpuls zur Überbrückung von Raum und Zeit. Entfernungen in unserem Sinne spielen dann keine Rolle mehr.

Die Dematerialisierung eines Raumschiffes ist ein technischer Vorgang, der mit unseren Worten nicht mehr zu beschreiben ist. Nur so viel sei noch erwähnt: Zur Erhöhung der Frequenzen und zur Rematerialisation wird die Energie des Weltenäthers benützt, der gleichzeitig auch als Medium zur Teleportation (Versetzen eines Gegenstandes an einen anderen Ort ohne Berührung; Anm. d. Autors) dient. Es ist die Tragik einer dem Materialismus hörigen Wissenschaft, dass es ihr nicht gelungen ist, die Idee eines ‚Weltenäthers', die schon im 19. Jahrhundert von tiefer denkenden Physikern ernsthaft diskutiert wurde, in ihr Lehrgebäude einzufügen. Infolgedessen wurde die Äthertheorie zu einer Fata Morgana abqualifiziert, und selbst Albert Einstein wagte es nicht, an diesem Dogma zu rütteln, obwohl er während der Arbeit an seiner Allgemeinen Relativitätstheorie die Existenz eines Weltenäthers fast zwingend annehmen musste. Um aber seinen wissenschaftlichen Ruf nicht aufs Spiel zu setzen, verzichtete er lieber auf diesen passenden Mosaikstein und erfand stattdessen die Zeitdilatation, oder Zeitdehnung, die auch sogleich Anklang fand, weil sie nämlich etwas weit in die Zukunft weisendes in sich barg. Albert Einstein hatte am Ende seines Lebens in einem Brief sozusagen als Geständnis niedergelegt, dass er mit allen seinen Gedanken und Überlegungen an Grenzen gestoßen sei, die er nicht überwinden könne, wenn er nicht die Existenz eines Weltenäthers annehme. Inzwischen hat jedoch seine Allgemeine Relativitätstheorie so große Anerkennung gefunden, dass man bis heute diesen Brief der wissenschaftlichen Öffentlichkeit vorenthält. Er ist jedoch unter dem

Nachlass Einsteins zu finden, der in der Princeton-Universität, an der er lehrte, unter Verwahrung genommen wurde. Inzwischen ist man allerdings wieder eher geneigt, eine solche Energieart im All als eine Tatsache zu akzeptieren, weil sie nämlich die einzig vernünftige Möglichkeit bietet, auf viele Fragen der Raumphysik eine Antwort zu finden. Denken wir nur an die bis heute unbeantwortet gebliebene Frage nach der Ursache der unfassbaren Präzision der Sternbewegungen bis zu den Systemen, die wir nur noch als Nebelgebilde wahrnehmen können.

Lässt sich nun der Weltenäther in einem physikalischen Gesetz nachweisen? Wie bei jeder neu entdeckten Energie, wird man auch in diesem Falle zunächst der Frage nach ihrem Ursprung und nach ihren Eigenschaften nachgehen. Diese Frage können wir nicht mit den herkömmlichen Mitteln der Experimentalphysik oder der theoretischen Physik lösen, denn sowohl Ursprung als auch Eigenschaften dieser Energieart liegen weit über dem Erkenntnisbereich unserer Schulwissenschaft. Zu ihrer Bestimmung sind also andere Methoden notwendig, die einer Metaphysik zuzurechnen sind.

Gedankenkraft

Experimente auf diesem Gebiet, die unter strengen Kontrollbedingungen durchgeführt wurden, haben gezeigt, dass es möglich ist, allein durch die Kraft der Gedanken kleine Gegenstände in ihrer Lage zu verändern. Dies ist die so genannte Telekinese. Wenn es demnach schon einem Menschen gelingt, nur durch Aussendung eines Gedankens den Ruhezustand eines kleinen physischen Gegenstandes in Bewegung umzuändern, wie viel mehr muss es doch dem Architekten des ganzen Universums möglich sein, die aus seinen Ideen entstandenen Himmelskörper mit der gleichen Kraft, aus der sie geboren wurden, in einer geordneten Bewegung zu erhalten. Damit ist der erste Teil der Frage beantwortet. Zum zweiten Teil ist zu sagen, dass man auch zum Verständnis der Eigenschaften dieser kosmischen Energie auf ein metaphysisches Experiment zurückgreifen kann. Wir wissen, dass Pflanzen und Tiere, ja sogar der feinfühlige Mensch auf die Qualität unserer Gedanken reagieren. Geben wir den ersteren zum Beispiel bei der täglichen Pflege gute Gedanken, dann lohnen sie unsere Freundlichkeit mit kräftigem Wuchs. Auch die Tierseele nimmt unsere Gedanken auf und reagiert entsprechend mit Freude oder Trauer. Und der sensible Mensch ist in der Lage, die Gedanken anderer Menschen sogar über weite Entfernungen aufzunehmen und wie gesprochene Worte zu verstehen. Diese Beispiele sollen deutlich machen, dass alles Leben durch die Gedankenkraft miteinander verbunden ist, und dass es vor allem auf die Eigenschaft dieser Gedanken ankommt, wie sich die Beziehung zu den Mitgeschöpfen gestaltet.

Der Architekt des Universums ist auch der Schöpfer allen Lebens. Wem würde es nicht einleuchten, dass dieser Schöpfer alles mit seiner Liebe umgibt, was aus ihm selbst entstanden ist und was infolgedessen eins mit ihm ist?

Nun mag vielleicht ein Vertreter der Naturwissenschaften einwenden, dass der Begriff ‚Liebe' nicht als Eigenschaft einer Energieart angesehen werden könne, da sie doch eher den Lehrgebieten von Religion und Philosophie zuzuordnen und in der exakten Wissenschaft fehl am Platz sei. Demgegenüber wäre zu bemerken, dass die Kosmologie und Astrophysik wie kaum ein anderer Wissenschaftszweig auf Theorien und Vermutungen angewiesen ist, die gelegentlich wieder verworfen und durch neuere ersetzt werden. Die Urknalltheorie zur Erklärung der Entstehung des Universums ist ein typisches Beispiel dafür. Obwohl man noch keine Grenzen des Universums entdeckt hat und deshalb auch keinen Mittelpunkt lokalisieren kann, legt man sich eine Theorie zurecht, die beides voraussetzt!

Wo ist nun eine solche Theorie einzuordnen, in die exakte Wissenschaft oder eher in die Philosophie? Und wäre es nicht begreifbarer, als Entstehungsgrund eines unermesslichen Universums, dessen wunderbare Welten wir noch nicht einmal zu ahnen vermögen, eine höchste Intelligenz und eine unerschöpfliche Liebe anzunehmen, beides vereint in einem Allbewusstsein, an dem auch wir teilhaben als Kinder eines unendlichen und ewigen Schöpfergeistes? Gott?

Dass diese Darstellung der kosmischen Wahrheit entspricht, wird in vielen Botschaften von unseren Sternenbrüdern bestätigt. Sie sagen uns, dass es ihnen nur durch Kontaktnahme mit dem Schöpfer gelungen sei, die technischen Voraussetzungen für die Erkundung eines Teils des Universums zu schaffen. Auf diesen Raumreisen ist ihnen eine unfassbare Variation von Lebensformen begegnet. Aber überall wurden sie mit Freude empfangen und, soweit es möglich war, durften sie Kultur und Zivilisation dieser fremden Rassen studieren. Nirgendwo herrschte Unfriede und nirgendwo trafen sie auf solche disharmonische Zustände, wie sie zum Alltag der irdischen Menschheit gehören. Der Planet Erde ist in dieser Hinsicht wirklich ein Ausnahmefall, das ‚enfant terrible' des Universums!

Viele Botschaften aus den geistigen Sphären stimmen darin überein, dass die Erde und ihre Menschheit an einem Wendepunkt angelangt ist, der einem geistigen Erwachen gleichkommen wird. So wie alles Leben in bestimmten Rhythmen abläuft, um zu höheren Ausdrucksformen bis zur Stufe ihres Vollkommenheitsgrades zu gelangen, so gilt auch für die großen Wachstumsprozesse ganzer Planetenmenschheiten das gleiche Prinzip. Nachdem nun ein Entwicklungszyklus für die Erde abgeschlossen ist, der als der ‚dunkle' bezeichnet werden kann, tritt sie in eine neue Phase ihrer Entwicklung ein, die wir als ‚das goldene Zeitalter' bezeichnen können, denn Gold hat den Symbolwert von ‚Reinheit'.

Was bedeutet das für die nahe Zukunft? Ebenso, wie wir es für selbstverständlich finden, dass wir eine Wohnung erst dann beziehen, wenn sie vorher gründlich gereinigt wurde, so ist auch zu erwarten, dass bei dem bevorstehenden ‚Wohnungswechsel', der eine ganze Menschheit betrifft, erst recht eine Totalreinigung vorausgehen wird. Die Verschmutzung hat einen solchen Grad erreicht, dass es nicht mehr genügen würde, nur einzelne Teile der Wohnung zu säubern. Das zukünftige Leben wäre dem Leben der Santiner ähnlich, wie es im vorderen Teil des Buches geschildert wurde.

Ein bisschen Raumphysik

Ist für die Raumüberbrückung im dematerialisierten Zustand die genaue ‚Kursprogrammierung' notwendig? Diese Frage zu beantworten ist sehr schwierig, denn dazu fehlen die begrifflichen Voraussetzungen. Trotzdem soll versucht werden, im Rahmen des Möglichen eine Antwort zu geben. Für einen Raumflug im dematerialisierten Zustand ist ebenso eine genaue Flugroutenbestimmung erforderlich, wie für einen Flug im materiellen Zustand. Folgende Überlegung möge zur Klärung dienen: Wenn die Besatzung eines Raumschiffes ein mehrere Lichtjahre entferntes Ziel erreichen möchte, dann wird diese Raumreise stets in dematerialisierter Form durchgeführt. Denn selbst bei einem Flug mit mehrfacher Lichtgeschwindigkeit könnte das Ziel nie erreicht werden, weil ein materieller Flugkörper den verschiedenen Strömungen des Alls ausgesetzt wäre, die ihn zum Spielball unbeherrschbarer Kräfte machen würde, ganz abgesehen von der Zeitschranke, die ein Überbrücken interstellarer Räume im materiellen Zustand als aussichtslos erscheinen lässt. Wir müssen davon ausgehen, dass die Beschaffenheit der Energiefelder, die das Raumschiff in seiner Energieform zu passieren hat, keineswegs einheitlich ist, vielmehr ist es die Regel, dass der Weltraum, dem Entwicklungsgrad seiner Gestirne entsprechend, erfüllt ist von Energiefeldern verschiedenartiger Eigenschaften. Dies wiederum hat zur Folge, dass das Raumschiff sich jeweils der ‚kosmischen Wetterlage' anpassen muss, um nicht Gefahr zu laufen, in einem Energiewirbel manövrierunfähig zu bleiben und schließlich von diesem Wirbel aufgesogen zu werden. Eine Rematerialisierung wäre dann nicht mehr möglich und die Besatzung würde sich dann plötzlich auf der jenseitigen Lebensebene wieder finden. Dies war in den Anfängen der intergalaktischen Raumfahrt keine Seltenheit. Um diesen Überraschungen aus dem Wege zu gehen, haben die Santiner und andere raumfahrende Menschheiten schon seit langer Zeit auf häufig benützten Flugrouten selbst stabilisierende Sonden stationiert, die automatisch jede Änderung der ‚Energiewirbellagen' durch entsprechende Signale auf gedanklicher Frequenzstufe dem Raumschiff übermitteln. Elektromagnetische Wellen als Datenübermittler wie wir sie als höchste technische Errungenschaft kennen, würden in diesem Falle einem reitenden Boten aus dem Mittelalter gleichkommen. Auf diese Weise kann der Raumflug genauestens vorprogrammiert werden und ohne menschlichen Eingriff ablaufen. Das Raumschiff wird sein Ziel sicher erreichen. Diese Raumflugtechnik ist nur möglich, wenn man sich der göttlichen Gesetze in positivem Sinne bedient, denn jeder Gedanke an eine Gewaltanwendung würde wegen seiner niederen Schwingung solche Raumreisen misslingen lassen.

Eine in diesem Zusammenhang gelegentlich gestellte Frage lautet: Handelt es sich bei der Raumüberbrückung im dematerialisierten Zustand nicht um eine Gedankenprojektion dergestalt, dass das Raumschiff durch Gedankenkraft an den Zielort übertragen wird? Wenn wir von dieser Vorstellung ausgehen wollten, dann würde das bedeuten, dass am Zielort mittels Fernübertragung von Gedankenmodellen praktisch ein neues Raumschiff erschaffen werden müsste. Dies ist aber selbst den Santinern noch nicht möglich. Die Raumüberbrückung spielt sich vielmehr so ab, dass bereits vor Ingangsetzen der Dematerialisierung das Steuerinstrument auf das Zielgebiet nach Richtung und Länge des befördernden Energiestrahls eingestellt wird und gleichzeitig mit Erreichen des Energiezustandes die Bewegung erfolgt. Dies ist ein rein technischer Vorgang, der sich im Bereich sehr hoher Frequenzen vollzieht. Sie sind physikalisch nicht mehr erfassbar. Man könnte nun meinen, dass für diesen Bewegungsvorgang eben doch Zeit benötigt wird. Diese Vorstellung aus unserer dreidimensionalen Welt reicht in diesem Falle nicht mehr aus, um uns ein Bild von dieser Wirklichkeit machen zu können. Es gibt keine absolute Zeit, wie etwa einen absoluten Temperatur-Nullpunkt, sondern nur das Empfinden einer Abhängigkeit, die wir selbst nicht beeinflussen können. Diese Abhängigkeit besteht darin, dass wir unseren Lebensrhythmus der Drehung der Erde um sich selbst und ihrer Bahnbewegung um die Sonne anpassen müssen.

Darüber hinaus gibt es noch ein weiteres Abhängigkeitsverhältnis, dessen wir uns normalerweise nicht bewusst werden; es ist das so genannte Siderische Jahr, mit dem wir einen Umlauf unseres Sonnensystems um eine höhere Zentralsonne bezeichnen. Wie wir wissen, dauert ein solcher Umlauf rund 26.000 Erdenjahre. Es ist schwer, wenn nicht gar unmöglich, sich in solche Zeiträume hineinzudenken, die weit außerhalb unseres Zeitempfindens liegen und einen für uns unvorstellbaren Lebensrhythmus bedeuten. Diese Betrachtung lässt uns bereits erkennen, welchen Orientierungsschwierigkeiten ein Raumfahrer ausgesetzt ist, wenn er den Bereich seines gewohnten Lebensrhythmuses verlässt und sich in unbekannte Tiefen des Alls begibt, die von einer unfassbaren Dynamik erfüllt sind. Dadurch relativiert sich jede Zeitvorstellung von selbst. Der Kosmonaut, der interstellare Räume überbrückt, muss also damit rechnen, dass er gänzlich andere Zeitverhältnisse und Lebensformen antrifft. Dies bedeutet nun nicht, dass sich dadurch ein Verlust des Zeitgefühls einstellt, vielmehr behält der Organismus seinen gewohnten Lebensrhythmus bei, bis er sich bei einem längeren Aufenthalt in einem anderen Planetensystem den neuen Verhältnissen anpasst. Bei unbegrenzten Raumreisen wird allerdings ein von planetaren Systemen unabhängiger Zeitrhythmus eingeführt, der den Gegebenheiten an Bord der Raumschiffe entspricht.

Um die Frage einer ‚Nullzeit' bei Raumreisen im dematerialisierten Zustand weiterzuführen, möchte ich eine Fiktion zu Hilfe nehmen. Stellen wir uns einmal vor, es wäre uns möglich, den Vorgang der Bewegung quasi als Außenstehender überblicken zu können, dann könnten wir beobachten, dass der Äther eine leuchtende Linie zeigt, die sich durch Energieüberlagerung bildet. Weiter würde uns auffallen, dass zwischen Anfang und Ende dieser Linie kein Zeitunterschied besteht. Und trotzdem hat eine Veränderung innerhalb des Energiefeldes stattgefunden, das in sich ein geschlossenes Ganzes bildet und deshalb nur in sich auch die Veränderung registrieren kann. Die Frage, ob dabei von Zeit gesprochen werden kann, lässt sich aus der Sicht unserer Dreidimensionalität nicht beantworten, wohl aber ist daraus zu schließen, dass sich dieses Geschehen in der vierten Dimension abgespielt haben muss, in der die Begriffe Raum und Zeit nicht mehr existieren.

Wir sehen, dass die Raumphysik viele Geheimnisse birgt, die sich nur demjenigen offenbaren, dem es gelingt, seine geistigen Selbstbegrenzungen zu durchbrechen und das Geschenk der All-Freiheit seines göttlichen Geistes anzunehmen. Nun wird vielleicht mancher einwerfen wollen, dass es wohl kaum mit dem Ablegen einer geistigen Selbstbegrenzung getan sein kann, denn der Gedanke allein bedinge ja noch nicht die tatsächliche Möglichkeit. Diesen Zweiflern wäre zu sagen, dass jeder Gedanke bereits eine geistige Wirklichkeit ist und deshalb die seiner Eigenschaft entsprechende Unterstützung findet. Dies gilt im positiven als auch im negativen Sinne. So wurde bei den Santinern die Voraussetzung für eine entsprechende Inspiration geschaffen, um diesen Erkenntnisgedanken in die Tat umsetzen zu können. Dieses Wissen um die All-Freiheit besaßen die Santiner bereits zu dem Zeitpunkt, als sie ihre ersten Versuche unternahmen, die Welten außerhalb ihres Sonnensystems mit Hilfe der Dematerialisationstechnik kennen zu lernen. Nach einer Reihe von gelungenen Entdeckungsreisen in den Nahbereich ihrer galaktischen Umwelt, kamen sie auf den Gedanken, einmal bis an die Grenzen des Alls vorzustoßen, um die Unendlichkeit zu erleben. Dieses Experiment führte jedoch nicht zum gewünschten Erfolg, weil die Raumschiffbesatzung die Orientierung verlor und die Heimreise nicht mehr antreten konnte. Es ist unmöglich, uns in eine solche Situation zu versetzen, weil wir noch nicht einmal gelernt haben, mit den Gedankenkräften zu arbeiten und sie zur Beherrschung der Materie einzusetzen, wobei dieser Begriff in diesem Zusammenhang wesentlich erweitert werden müsste.

Zu dem Vorkommnis selbst durfte ich auf dem Wege der Mentaltelepathie charakteristische Einzelheiten erfahren, die ich nachstehend zusammenfasse. Es handelt sich bei diesem Versuch um die erstmalige Anwendung einer gedanklich gesteuerten Teleportation eines Raumschiffes ohne dass ein genau fixierter Zielpunkt vorher bestimmt wurde, also etwa ein Planet eines benachbarten Sonnensystems. Man wollte bei diesem Experiment erforschen, welcher ‚Aktionsradius' sich einstellen würde, wenn mit Gedankenkraft quasi das Ziel ‚unendlich' gesetzt wird. Man erhoffte sich eine erreichbare Raumtiefe von etwa 100 Millionen Lichtjahren, die ausgereicht hätten, um unsere Milchstraße weit hinter sich zu lassen. Die Rechnung erwies sich jedoch als falsch, da, wie es sich erst später bei vorsichtigeren Experimenten herausstellte, ein Gedankenimpuls unumkehrbar ist. Wenn demnach ein Gedanke als konzentrierte geistige Energie auf ein bekanntes oder unbekanntes Ziel gerichtet wird, dann ist die Möglichkeit, seine Wirkung wieder aufzuheben, gleich null. Der Grund ist darin zu

suchen, dass unsere Gedankenkraft, um es nochmals zu wiederholen, mit der Energie zu vergleichen ist, die das ganze Universum erfüllt und mit der göttlichen Schöpferkraft eins ist.
Was geschah aber mit unserer Raumschiffbesatzung? Da ein Gedanke eine unmessbare Fortpflanzungsgeschwindigkeit hat, das heißt, dass er praktisch ohne Zeitverlust ‚reisen' kann, befand sich das Raumschiff unversehens in der Unendlichkeit des Alls, so wie das Ziel vorher gedanklich anvisiert wurde. Und da auch ein solches Ziel einer bestimmten Vorstellung bedarf (sonst wäre es kein Gedanke), sahen sich die Kosmonauten – die Bezeichnung ist hier wirklich am Platze – am Ende des materiellen Universums, also dort, wo die Unendlichkeit nach unserem Begriffsvermögen beginnt. Denn soweit wir uns noch im messbaren Bereich des Alls befinden und unsere Astronomen eine immer noch in Gang befindliche Ausdehnung dieses Alls durch die Botschaft der Fixsterne feststellen, haben wir es noch mit der Endlichkeit der Lebenswelten zu tun. Ich meine, dass unter diesen Umständen die Orientierungslosigkeit dieser Raumfahrtpioniere eher verständlich geworden ist. Weil ihnen also eine Rückkehr auf dem gleichen Wege nicht mehr möglich war – auf welche Gedankenrichtung hätten sie sich festlegen sollen – halfen ihnen ihre geistigen Begleiter aus den jenseitigen Sphären und erlösten sie aus ihrem ungewollten Zustand, indem sie heimfinden durften, allerdings nicht mehr auf ihren Heimatplaneten, sondern in ihre geistige Heimat, die ihnen auch nicht unbekannt war.

Obwohl den Santinern die Raumfahrt im dematerialisierten Zustand und mit Hilfe von Geistenergie schon vor Jahrtausenden geglückt war, wurde sie bis zur Perfektion weiterentwickelt. Schon in den Anfängen der Raumerforschung trafen die Santiner auf kosmische Störfelder, die, wie beschrieben, für ein dematerialisiertes Raumschiff verhängnisvoll werden können. Um diese Gefahr gänzlich zu beseitigen, haben sie ein verbessertes System von Raumsonden geschaffen, welche die Störfelder auflösen können und so den risikofreien Verlauf einer Raumreise garantieren. Es versteht sich von selbst, dass dieses Sicherheitssystem nur für die ‚Hauptflugrouten' innerhalb der Galaxis eingerichtet werden konnte, während die Erforschung des Alls noch mit einem Risiko verbunden ist, das aber durch ein Fernerkundungssystem auf ein Minimum reduziert werden konnte. Die Dematerialisation eines Raumschiffes wirkt sich auf die Körper der Besatzungsmitglieder, die ja ebenfalls eine Umwandlung in den Energiezustand erfahren, nicht nachteilig aus, denn die Organe des menschlichen Körpers sind bei harmonischer Abstimmung zwischen Körper und Seele durchaus in der Lage, sich höheren Schwingungen anzupassen, ja sie werden sogar durch die höhere Energie leistungskräftiger und kommen dem körperfreien Zustand gleich. Aus diesem Grunde ist es den Santinern möglich, die jenseitigen Sphären zu betreten, indem sie ihren Körper, der ja ohnehin feinstofflicher ist als der unsere, durch Energieerhöhung oder ein ‚Energiebad' in einem künstlich erzeugten Feld in die körperfreie Daseinsform versetzen. Dies hält zwar nicht lange an, aber für einen kurzen Besuch reicht es aus.

Somit kann auch die Hilfsvorstellung der Zeit als vierte Dimension nicht aufrechterhalten werden. Das gleiche gilt für den relativistischen Begriff eines ‚gekrümmten Raumes', der auf die Vorstellung zurückgeht, dass die Massenanziehung eine Eigenschaft der Geometrie des Raumes sei, und dass deshalb Massenverteilung und Raumkrümmung in einem bestimmten Verhältnis zueinander stehen müssten. Diese Ausdehnung ist ebenso wie die Zeitdehnung zu einer Verlegenheitstheorie erhoben worden, um der Lösung bestimmter raumphysikalischer Fragen wenigstens näher zu kommen. Solange man jedoch hierzu Hilfsmittel aus einer geometrischen Vorstellungswelt entlehnt, schlagen alle Versuche zur Erklärung der kosmischen Wirklichkeit fehl. Statt sich des Baumeisters zu erinnern, der unzählige Wohnstätten geschaffen hat, stellt man Hypothesen über seine Baupläne auf, ohne nach deren Sinn und Zweck zu fragen, um daraus erst den Entwurf abzuleiten, so wie es jeder Schüler der Architektur tut, bevor er mit der Planung eines Bauwerkes beginnt.

Alles menschliche Denken endet in einer Sackgasse, wenn nicht diese selbstverständliche Regel beachtet wird, und so nimmt es nicht wunder, wenn kuriose Vorstellungen vom Weltraum und seinen Eigenschaften entwickelt werden. Fast ist man geneigt, dieses relativistische Produkt mit der mittelalterlichen Vorstellung eines blauen Himmelsgewölbes über einer scheibenförmigen Erde zu vergleichen. Während jedoch die damaligen Gelehrten noch eine Himmelswelt über dem Gewölbe annahmen, wobei sie die funkelnde Pracht der Sterne als himmlische Lichter deuteten, begnügen sich die heutigen Kosmologen mit einer geometrischen Deutung des Weltalls. Wer eine solche Idee als wissenschaftlich bezeichnet, der muss sich fragen lassen, worin eigentlich die Aufgabe des menschlichen Forschens besteht. Es kann doch nicht darum gehen, immer neue Ideen und mathematische Formeln über den Bau des Universums zu entwerfen, vielmehr besteht die Aufgabe des Forschens darin, die Menschen zur Erkenntnis eines Schöpfergeistes zu führen, aus dessen unendlicher Liebe alles geboren wurde, was sich uns als eine Welt des Grenzenlosen und Ewigen darbietet. Der Glaube daran wird die Wissenschaft der Zukunft bestimmen und sie zur Quelle alles Wissens geleiten.

Zum Abschluss dieses Kapitels sei noch eine ‚Zeitidee' zur Erklärung des Ufo-Rätsels kurz gestreift. Es gibt so genannte Zeittheoretiker, die behaupten, dass die Ufos nicht von fernen Planeten, sondern aus unserer eigenen Zukunft zu uns kommen. Dementsprechend nennen sie die Menschen, die die Ufos steuern, Zeitreisende. Diese Theorie wird begründet mit der Überlegung, dass der Werdegang des gesamten Universums schon vorgegeben sei und somit Vergangenes, Gegenwärtiges und Zukünftiges gleichzeitig miteinander existiere. Dazu sei gesagt, dass diese Theoretiker sich um eine Dimension vertan haben, denn der Raum-Zeit-Begriff, welcher der dritten Dimension zu eigen ist, hat im gesamten materiellen Universum Gültigkeit, und deshalb kann es auch nicht sein, dass aus einer noch gar nicht existierenden Raum-Zeit-Welt, nämlich unserer eigenen Zukunft, Besucher zu uns kommen können. Ein solcher Gedanke ist absurd, so dass er keinen Anspruch auf eine wissenschaftliche Theorie erheben kann.

Anders verhält es sich, wenn man die dritte Dimension verlässt und sich im körperfreien Zustand bewegt. Hier gelten andere Gesetze. Zwar wird man auch hier den Zeitbegriff nicht ganz ablegen können, doch ist er stark eingeschränkt, denn das Zeitempfinden richtet sich nach der eigenen Tätigkeit. Ein Mensch, in den geistigen Daseinssphären, dessen Bestreben nur darin besteht, die ‚ewige Ruhe' zu genießen, wird das Empfinden haben, dass keine Zeit verstreicht, während für eine Seele, die sich aktiv um die Erlangung höherer Erkenntnisstufen bemüht, die Zeit wie im Fluge vergehen wird. Das sind jedoch nur subjektive Empfindungen, die als ein Überbleibsel aus der irdischen Raum-Zeit-Bindung zu sehen sind. Denn allmählich, wenn die Seele sich von allen Krusten der materiellen Daseinsreiche befreit hat, tritt sie in einen Zustand ein, den wir mit dem Sanskritausdruck ‚Nirwana' bezeichnen können, das heißt die Seele ist eingegangen in den unpersönlichen Zustand des All-Lebens. Und allein in diesem Seinszustand ist sie fähig, die Urgründe der Schöpfung zu erfassen in ihren Aspekten der Grenzenlosigkeit und Ewigkeit. Erst in diesem Vollendungszustand kann man davon sprechen, dass Vergangenheit und Zukunft ineinander übergehen und das Zeitempfinden einem Allempfinden weicht. Dies ist mit unseren Worten nicht näher zu beschreiben, wohl aber hat uns Christus auf diese Vollendungsstufe hingewiesen indem er sagte: „Ihr seid Götter" (Johannes, Kap. 10, Vers 34).

Dass solche Gedankengänge nicht gerade einer seriösen Wissenschaftlichkeit nach heutigem Zuschnitt entsprechen, braucht niemand zu verwundern, sind doch nur wenige ihrer Vertreter dazu bereit, neue Horizonte des Wissens zu akzeptieren und die eingewurzelten Grundsätze auf ihre Gültigkeit vor dem hereinbrechenden Licht anderer Welten zu überprüfen. Dem Lichtsucher aber wird sich eine Kraft zu erkennen geben, die bereits den höheren Lebensrhythmus des kommenden Weltzeitalters in sich trägt. Bald wird sie den ganzen Planeten erfassen und ihn in neuem Gewande wie einen verlorenen Sohn in der Großfamilie seiner planetaren Geschwister willkommen heißen.

Fragen und Antworten

Beobachtungen weit entfernter Sternsysteme haben die Astronomen zu der Annahme bewogen, dass das Phänomen einer Lichtstrahlablenkung durch ‚Gravitationslinsen' verursacht werde.

Existieren tatsächlich 'Gravitationslinsen' im Universum, die das Licht aus fernen Galaxien beugen?
Mit dem Ausdruck ‚Gravitationslinsen' soll ein Effekt erklärt werden, auf den die Astronomie erst in neuerer Zeit aufmerksam wurde. Durch vergleichende Beobachtung einer bestimmten Galaxis in größeren zeitlichen Abständen wurde festgestellt, dass ihr eingemessener Standort wechselte. Daraus hat man den Schluss gezogen, dass es sich dabei um eine Lichtbrechung handeln muss, so wie ein Lichtstrahl durch eine Linse oder durch ein Prisma abgelenkt wird. Dadurch war das Licht als verlässlicher Partner im astronomischen Forschungssektor in Frage gestellt. Da es so genannte Gravitationslinsen gar nicht geben kann, weil Gravitation erst durch zwei aufeinander einwirkende Schwerkraftfelder entsteht, muss also diesem Effekt eine andere Ursache zugrunde liegen. In Wirklichkeit ist es so, dass der von der Erde aus zu beobachtende Sternenhimmel nicht demjenigen Bild entspricht, das etwa ein Raumfahrer außerhalb unseres Sonnensystems zu Gesicht bekommt. Demnach muss die beobachtete Verschiebung der Sternenbilder auf eine Täuschung zurückzuführen sein. Wer bedenkt, dass das Licht, das von den weit entfernten Sternen zu uns dringt, vielleicht schon Jahrmillionen durch den Raum eilt und dass es nicht etwa beziehungslos zu den auf seinem Wege zu passierenden Schwerkraftfelder vieler Sonnensysteme dahineilt, dem muss klar sein, dass seine Energie mit der Weite der Reise abnehmen muss und dass demnach der Lichtstrahl, den wir mit unseren Teleskopen noch einfangen, bereits ein ermüdeter Bote ist, der dem Schwerkraftfeld der

Sonne nicht mehr viel Widerstand entgegensetzen kann. Und deshalb kann sich das Firmament dem irdischen Beobachter nur in einer scheinbaren Wirklichkeit darbieten. Viel versprechender wäre es, die Ätherstrahlung eines Sternes orten zu können, die keiner Schwerefeldeinwirkung unterliegt. Die Ätherstrahlung ist das unverwechselbare Kennzeichen eines Sternes. Diese Methode verlangt jedoch Registrierinstrumente, über die die Observatorien dieser Erde noch nicht verfügen, wohl aber eure Sternenbrüder, die das Licht schon längst nicht mehr als Orientierungshilfe benützen, sondern sich die Ätherenergie des Universums zunutze machen, in dem Fixsterne und Planeten wie Störquellen wirken.

Dies zeigt, dass die Lichtgeschwindigkeit keine Naturkonstante ist mit der Bedeutung einer universellen Maßeinheit, sondern nur innerhalb eines Sonnensystems Konstanz besitzt. Die Größe der Lichtgeschwindigkeit ist abhängig von der Größe des Sterns und seines Helligkeitsgrades. So ist die euch bekannte Lichtgeschwindigkeit nur eine spezifische Eigenschaft eurer Sonne. Der hellste Stern an eurem südlichen Himmel, Sirius, ist nach eurer astronomischen Maßeinheit 8,6 Lichtjahre von euch entfernt. Würde man jedoch die Geschwindigkeit seines Lichtes zugrundelegen, dann würde die gleiche Entfernung nur 5,9 Lichtjahre betragen, das heißt, dass das Licht des Sirius 437.300 Kilometer pro Sekunde zurücklegt. Diese wesentlich größere Lichtgeschwindigkeit beruht auf Dematerialisationseffekten, die beim Abstrahlungsvorgang auftreten. Der Energiepegel dieser Strahlung ist so stark, dass die Lichtquanten ihre innere Stabilität verlieren und dadurch eine Energieumformung zustande kommt. Die einzige Schöpfungskonstante, die im ganzen Universum den gleichen Wert besitzt, ist die Frequenz des All-Äthers, die in eurem Maßsystem 10^{99} Hertz beträgt. (Ein Hertz entspricht einer Schwingung in der Sekunde; Anm. d. Autors) Dieser Wert liegt zwar jenseits menschlichen Vorstellungsvermögens, doch als gleichwertige Frequenz der Gedanken noch im Bereich kosmischer Realität. Damit wird auch verständlich, was eure Sternenbrüder zur Frage der Gedankenübertragung sagten, nämlich dass die Telepathie die Sprache des Universums sei. Daraus folgt weiter, dass jeder Gedankenimpuls an jedem Ort des Universums empfangen werden kann. Die Verständigung beruht auf einer Universalsprache; dadurch erübrigt sich eine Übersetzung der verschiedenen Dialekte, wie man die einzelnen Sprachgattungen innerhalb der kosmischen Großfamilie bezeichnen könnte. Es ist zwar etwas absonderlich, diese Sprache mit Alt-Chinesisch zu vergleichen, doch sind beide Sprachen im Klangbild einander ähnlich, nicht jedoch in Grammatik und Schreibweise, die bei der Universalsprache unkompliziert sind. Alle fortgeschrittenen Menschheiten des Universums beherrschen sie und verwenden sie als Kommunikationsmittel.

Dieser Kontakt über die Brücke der Gedanken zwischen allen bewohnten Sternen ist deshalb etwas Selbstverständliches; das heißt demnach auch, dass die Erde von ‚Gehörlosen' bewohnt wird, wenn man den kosmischen Standard zugrundelegt. Das ist leider eine Tatsache, die aber wohl bald korrigiert werden wird. Die Zeichen sind bereits deutlich erkennbar, und jeder, der sich ihnen nicht verschließt, und der das Gefühl für die Zeitenwende in sich entwickelt hat, wird zu denjenigen zählen, die in der Bibel mit dem Wort ‚auserwählt' bezeichnet werden.

Suche nach außerirdischer Intelligenz

Ende Mai 1983 hat die amerikanische Raumsonde Pionier 10 unser Planetensystem verlassen und setzt nunmehr auf der Suche nach außerirdischen Intelligenzen ihren Flug fort. Sie hat bekanntlich eine Aluminiumplatte mit Nachweisen ihrer intelligenten Absender an Bord. Ich möchte hierzu einen Kommentar weitergeben, den ich am 28. Mai 1983 auf mental-telepathischem Wege empfangen habe.

Irdisch gesehen ist dieses Raumerkundungsgerät eine technische Meisterleistung. Sie wird auch von euren außerirdischen Freunden als solche gewertet, denn auch sie haben ja einstmals so begonnen, allerdings unter wesentlich anderen geistigen Vorzeichen. Sie schickten ihre ersten Raumsonden mit einer Gedankenfracht des Friedens und der Liebe über ihr Sonnensystem hinaus und erhielten als Antwort technische Inspirationen zur Entwicklung von bemannten Raumflugkörpern bis zur heutigen Perfektion. Diese Anfänge liegen lange zurück und eure Sternenbrüder waren ganz auf sich gestellt in der Entwicklung geeigneter Raumfahrzeuge, während die Menschheit dieser Erde alle Zwischenstadien überspringen wird dank der Hilfe eurer außerirdischen Betreuer, die ihr in Zukunft in Anspruch nehmen dürft. Und dann werden auch eure Gedanken denen entsprechen, die den Santinern zu ihren Höchstleistungen verholfen haben. Insofern sind die zur Erde gefunkten Erkundungsergebnisse von ‚Pionier 10' ohne Belang, und die beigegebene Informationsplatte an die Adresse ‚möglicher außerirdischer Intelligenzen' wird heute schon als Fauxpas der irdischen Wissenschaft angesehen werden müssen.

SETI-Programm

Die amerikanische Raumfahrtbehörde NASA hat eine Forschungsgruppe mit der Bezeichnung SETI (Search for Extraterrestrial Intelligence = Suche nach außerirdischer Intelligenz) eingerichtet und eine systematische Suche nach Radiosignalen intelligenter Wesen in unserem Milchstraßensystem unter Beteiligung von sieben Ländern vorbereitet. SETI-Wissenschaftler sind aufgrund der jetzt mit modernsten technischen Mitteln betriebenen Suche der Überzeugung, dass schon in den nächsten Jahren die Funksignale ferner Zivilisationen auf der Erde empfangen werden müssten.

Wird das Vorhaben von Erfolg gekrönt werden?
Alle diese Versuche auf der Basis des Empfangs von Radiosignalen aus dem Weltraum, um damit intelligentes Leben außerhalb der Erde nachzuweisen, werden scheitern, und zwar ganz einfach deshalb, weil die Zivilisationen und Kulturstufen auf anderen Wohnplaneten längst den technischen Entwicklungsstand der irdischen Menschheit hinter sich gelassen haben oder in ihn gar nicht eingetreten sind. Auf diese Weise kann also der Nachweis von außerirdischer Intelligenz nicht gelingen. Daraus darf aber nicht der ‚wissenschaftliche Schluss' gezogen werden: Intelligentes Leben außerhalb der Erde gibt es nicht. Dies wäre gleichbedeutend mit der Annahme eines Blinden, dass es kein Licht geben kann, weil es für ihn nicht wahrnehmbar ist. Im übrigen könnte man sich diesen finanziellen Aufwand sparen, wenn man den wissenschaftlichen Mut finden würde, die in den Tresoren der NASA lagernden dokumentarischen Beweise von Begegnungen mit außerirdischen Intelligenzen zu akzeptieren und daraus den einzig möglichen Schluss zu ziehen: Die Menschheit dieser Erde gleicht einem unterentwickelten Land, das außerirdische Hilfe benötigt, um zu überleben und Anschluss zu finden an den Lebensstandard seiner angrenzenden höherentwickelten Nachbarn! Das ganze Forschungsprojekt hat nur noch den einen Zweck, die Menschen wenigstens auf den Gedanken zu bringen, dass sie nicht die einzigen intelligenten Lebewesen im All sind, sondern dass mit einiger Sicherheit die Bewohntheit vieler anderer Planeten angenommen werden muss. Da diese Annahme von wissenschaftlicher Seite benannt wird, besteht die Hoffnung, dass ein bevorstehendes Erscheinen außerirdischer Botschafter am irdischen Himmel nicht mehr zu den befürchteten Panikreaktionen führen wird. Denn es darf damit gerechnet werden, dass die Wissenschaftler in dieser Demonstration eine willkommene Bestätigung ihrer Hypothese sehen und so das Anliegen eurer Sternengeschwister unterstützen werden.

Mysteriöses in der Milchstraße

Über ein weiteres Forschungsprojekt gibt ein Bericht der Deutschen Presse-Agentur vom März 1986 Kenntnis, wonach es zwei Astronauten an der Kalifornischen Universität und der Columbia Universität New York gelungen sein soll, das ‚optische Dickicht' im Zentrum unserer Milchstraße mit Radioteleskopen zu durchdringen. Dabei sollen gleich zwei überraschende Entdeckungen gemacht worden sein, eine aus dem Kerngebiet herausschießende Gasfontäne und mehrere unerklärliche, durch das Zentrum der Galaxis treibende ‚Fäden', Filamente genannt. Die Astronomen haben für ihre Beobachtungen eine neuartige, aus 23 Einzelteleskopen bestehende Gesamtanlage zur Verfügung. Ihre zusammengefasste Auffangfläche würde der Kapazität eines 130 Meter-Reflektors entsprechen. Der beobachtete herausgeschleuderte Materiestrom aus Gas und geladenen Elektronen entsteht nach Meinung der beiden Forscher durch fortgesetzte Explosionen innerhalb eines zentralen ‚Schwarzen Loches', das als Überreste eines erloschenen Sterns von sehr hoher Anziehungskraft gedeutet wird. Diese Meinung der Astronomen entbehrt jedoch einer wissenschaftlichen Beweisführung, da aus der Abwesenheit von Licht auch noch ein anderer Schluss gezogen werden kann, etwa die Geburt eines neuen Sternes in einem dunklen Gebiet des Weltraumes. In dem oben genannten Bericht wird zur Entdeckung der geheimnisvollen Fäden im Kerngebiet der Galaxis noch folgendes erläutert: Die Länge dieser Fäden beträgt über 950 Billionen Kilometer, was mehr als 100 Lichtjahren entspricht. Sie sind nur auf hochaufgelösten Radiobildern zu erkennen und erweisen sich als äußerst schmale, gleichförmige, das Milchstraßenzentrum durchziehende Strukturen. Sie schweben eher planlos durch das All und zeigen keinerlei Verbindung zu einer Quelle, etwa zum Kern des Milchstraßensystems. Die beiden Entdecker dieser Filamente bemühten sich, auch phantasievolle Erklärungen durchzuspielen und haben dabei interessante Deutungen für überlegenswert gefunden, wobei es Spuren im ‚Kielwasser' eines durch den interstellaren Raum fliegenden Objekts sein sollen, noch der Wirklichkeit am nächsten kommt. Dies zeigt, vor welchen Schwierigkeiten die Astrophysik bei der Lösung der Rätsel des Alls steht.

Existiert ein so genanntes ‚Schwarzes Loch'?
Im Mittelpunkt der Milchstraße befindet sich weder ein ‚Schwarzes Loch' noch ein anderes astrophysikalisches Gebilde mit lichtverschlingenden Eigenschaften. Der Kern unserer Galaxis besteht vielmehr aus einer Ansammlung von etwa 1000 Sonnen und dementsprechend aus einer unvorstellbaren Lichtfülle, die so stark ist, dass die Bezeichnung ‚Optisches Dickicht' für das Zentrum der Milchstraße ihre Berechtigung hat. Der Versuch, dieses ‚Dickicht' mittels Radioteleskopen zu durchdringen, kann jedoch nicht zum gewünschten Erfolg führen, da die elektromagnetischen Wellen, welche die Teleskope auffangen, gar nicht von dort kommen können. Es gibt im Zentrum der Milchstraße keine Ausstrahlungsquelle für elektromagnetische Strahlen.

Was bedeuten die Fontänen aus Gas und geladenen Elektronen, die aus dem Kerngebiet herausschießen?
Die Beobachtung von herausschießenden Gasfontänen, die den Protuberanzen, den glühenden Gasmassen unserer Sonne gleichen, ist richtig, wenn man von der Vermutung absieht, dass es sich um einen ‚herausgeschleuderten Materiestrom' handeln würde. Welche Art von Strahlung wurde also empfangen? Jede Sonnenprotuberanz erzeugt eine sehr starke kurzwellige elektromagnetische Strahlung, die im Falle unserer Sonne zu den bekannten Störungen im Funkverkehr führt. So wurde auch von den Radioteleskopen der beiden Astrophysiker eben die Strahlung aus den von ihnen beobachteten Gasfontänen empfangen. Eine weitere Bedeutung haben sie jedoch nicht.

Welche Bewandtnis hat es mit den unerklärlichen, durch das Zentrum der Galaxis treibenden Fäden?
Die langen, dünnen ‚Fäden', die in diesem Zusammenhang zum ersten Mal beobachtet werden konnten, sind, wie richtig vermutet, hinterlassene Spuren von interstellar verkehrenden Flugobjekten. Sie entstehen bei der Dematerialisation und Teleportation von Raumschiffen. Dies mag nun ebenso unglaubwürdig erscheinen, wie die übrigen drei wissenschafltlicherseits angebotenen Versuche zur Erklärung des Phänomens.
Doch gibt es eine Möglichkeit, den Beweis für die Wahrheit der obigen Behauptung zu führen. Er besteht darin, dass in einem künstlich geschaffenen Vakuum ein Energiefeld durch Elektronen erzeugt wird. Das Vakuum entspricht dem Äther des Universums. Dann wird ein weiterer Elektronenstrahl durch dieses Energiefeld hindurchgeschickt. Dieser Strahl macht sich als Leuchteffekt bemerkbar. Da die Ätherenergie eine nicht mehr messbare Frequenz besitzt und aus Teilchen besteht, die nicht mehr physischer Art sind, kann sich eine Energieerhöhung, wie sie bei der Dematerialisierung entsteht, nicht auf dieselbe Weise auswirken wie im Falle des obigen Beispiels, vielmehr entsteht dadurch eine teilweise Verdichtung des Feldes, welche die Frequenz so stark vermindert, dass sie von hochempfindlichen Radioteleskopen aufgefangen werden kann.
Die enorme Länge der Filamente von rund 100 Lichtjahren ist dadurch zu erklären, dass gleichzeitig mit der Dematerialisierung eine Teleportation verbunden ist. Was sich auf unserer Begriffsebene als eine unvorstellbare Entfernung darstellt, ist, metaphysisch betrachtet, etwas Unwirkliches, weil die Beschränkungen von Raum und Zeit keine Gültigkeit mehr haben. Mit der Kraft unserer Gedanken sind auch wir fähig, Raum und Zeit zu überbrücken und mit unserem Geistkörper weit entfernte Sonnensysteme zu besuchen, ja sogar den Zeitfaktor in Bezug auf Vergangenheit und Zukunft auszuschalten, und bis zu einem gewissen Grad, der von unserer Reifestufe abhängt, eine

zeitgleiche Überschau zu gewinnen. (Für dieserart metaphysischer Experimente bedarf es jedoch der Anleitung durch einen erfahrenen Lehrer, weil sonst die Gefahr besteht, dass während der Abwesenheit des Geistkörpers eine Besessenheit eintreten könnte. Deshalb sei vor solchen Versuchen gewarnt; Anm. d. Autors)
Die Forschungsergebnisse der beiden Astrophysiker sind, was die Filamente betrifft, noch in zweifacher Hinsicht zu korrigieren. Sie unterlagen nämlich einer Täuschung bei der Entfernungsbestimmung. Die Filamente haben mit dem Mittelpunkt der Galaxis nichts zu tun. Diese Erscheinungen sind vielmehr in einer wesentlich geringeren Entfernung aufgetreten. Dies lässt sich daraus ableiten, dass sie als dünne Linien deutlich erkennbar waren, was bei einer Entfernung von 30.000 Lichtjahren bis zum Mittelpunkt der Galaxis unmöglich gewesen wäre. Die scharfe Beobachtungsgrenze mittels Teleskopen liegt etwa bei 10.000 Lichtjahren. Desweiteren ist die Annahme zu korrigieren, dass es sich bei den Filamenten um eine astrophysikalische Entdeckung von Dauer handeln würde, während ihr Erscheinen in Wirklichkeit zeitlich beschränkt ist und entsprechend ihrer Erscheinungsursache einer häufigen Veränderung unterliegt.

Die Bedeutung dieser Botschaften für die Gegenwart ist unverkennbar für alle diejenigen, die sie zu deuten verstehen. Der reine Verstandesmensch allerdings mag wohl manches bezweifeln, doch muss auch dem Skeptiker auffallen, dass in diesen Botschaften eindringlich auf die Folgen der Gottesferne dieser heutigen Menschheit hingewiesen wird. Abgesehen von den konfessionell geprägten Stellen, ist doch in diesen Botschaften eine mahnende Liebe zu fühlen, die das alleinige Ziel hat, die Menschen aufzurütteln und sie vor einer Fehlentwicklung zu bewahren, die ihrer Kontrolle zu entgleiten droht. Dass diese Mahnungen bisher auf taube Ohren gestoßen sind, beweisen die erschreckenden Zustände auf dieser Erde. Welcher Verantwortungsträger ist aber noch in der Lage, die dramatische Zuspitzung einer globalen Lebensbedrohung zu ändern? Für eine befreiende Abhilfe scheint es zu spät zu sein. Denn noch nie in der Geschichte der Menschheit wurde jeder Bürger dieser Erde so unmittelbar von einem Netz von Dauerkonflikten bedroht, wie es heute der Fall ist. Es ist Zeit, dass die Mitternachtsstunde erkannt wird, in der sich die Menschheit befindet. Es ist Zeit, dass auch bereits der neue Tag begrüßt wird, dessen Licht von anderer Qualität ist und heller strahlen wird als alles bisher Erlebte. Alle Botschaften deuten mehr oder weniger übereinstimmend auf dieses Ereignis hin. Allen ist auch eine letzte Warnung an die Menschheit gemeinsam, von jeder Machtbesessenheit und Eigenwilligkeit abzulassen und sich auf die globale Verantwortung zu besinnen.

Solche Warnungen, die schon seit Jahrzehnten auch von außerirdischer Seite an diese Menschheit gerichtet wurden, fanden leider bei den betreffenden Staatsmännern in Ost und West keine Beachtung. Das Anbrechen des neuen Tages wird deshalb für die meisten Menschen zur Erkenntnis ihres selbst genährten Irrtums werden. Doch dann ist es zu spät. Wie für einen Bergsteiger, welcher durch Verlassen der markierten Route in äußerste Lebensgefahr geraten ist, nur noch die Bergwacht zur letzten Rettung wird, so wird auch der Menschheit von einer Rettungswacht Hilfe geleistet werden. Wer heute noch das Erscheinen außerirdischer Raumschiffe in Erdnähe als ein phantasievolles Märchen betrachtet, der ist sich des falschen Weges, den die Menschheit gegangen ist, nicht bewusst geworden. Denn unsere Sternenbrüder haben uns nicht nur einmal vor dem Absturz bewahrt, und sie werden uns auch weiterhin ihre Hilfe anbieten, wenn die Erde in ihre neue Entwicklungsphase eintreten wird.

Dies vollzieht sich nach einem kosmischen Gesetz, dem alle körpergebundenen Daseinsformen unterworfen sind und dem sich keine Planetenmenschheit entziehen kann. Wohl aber hätte die Erdenmenschheit während einer 2.000-jährigen Vorbereitungszeit die vielen Möglichkeiten nutzen können, um den erforderlichen Reifegrad für einen harmonischen Übergang in den feinstofflicheren Lebensstrom des Wassermann-Zeitalters zu erlangen. Stattdessen stehen wir vor der Tatsache, dass die Kräfte, denen wir bisher Herrschaftsgewalt eingeräumt haben, uns nicht mehr loslassen. Diese Kräfte binden uns an die Vergangenheit und versuchen mit Gewalt und Terror die Welt auch weiterhin zu beherrschen. Trotz ihrer scheinbaren Erfolge wird es ihnen nicht gelingen, dem anbrechenden Zeitalter der Einheit allen Lebens den Eintritt zu verwehren, denn gerade in dem Aufbäumen dieser höllischen Kräfte, können wir eine letzte, doch vergebliche Anstrengung ihres Behauptungswillens sehen. Die Lichtkräfte sind inzwischen so stark geworden und nehmen täglich an Stärke zu, dass jede Unternehmung, die gegen diese gerichtet ist, sich selbst zerstört. Die Beweise dafür werden sich häufen. Die Unglücksfälle im Rüstungssektor werden den himmelstürmenden Plänen der Militärs ein Ende setzen. Dann wird man begreifen, dass zur Raumfahrt noch etwas mehr gehört als Technik. Und man wird sich darauf besinnen, dass es von der Zerstörung einer Rakete bis zur Zerstörung unseres Planeten nur ein kleiner Schritt ist. Was immer auch in den Gehirnen der Rüstungsexperten ausgebrütet wird, es ist ohne Bedeutung für die Zukunft der Erde. Und deshalb dürfen wir auch beruhigt den nahenden Ereignissen entgegensehen, so wie es die folgende Botschaft aus den Sphären des Lichts bestätigt.

Habt keine Angst vor den Ereignissen, die auf euch zukommen werden. Ihr wisst, dass es sich um die Zeichen handelt, die die Weltenwende einleiten werden. Ihr wisst auch, dass dann die Hilfe von ‚oben' einsetzt und es nur an euch liegt, ob ihr den Mut findet, euch einem Rettungssystem anzuvertrauen, das absolut zuverlässig arbeitet, obwohl es noch nicht die Billigung der irdischen Wissenschaft gefunden hat. Aber vielleicht werden sogar Professoren ihre Bedenken über Bord werfen, wenn sie darin noch den letzten Ausweg sehen. Um eure Sternenbrüder ist es nur scheinbar etwas ruhiger geworden. Tatsächlich sind sie aufs Äußerste bemüht, die riesenhafte Organisation dieses Rettungswerkes bis ins Einzelne vorzubereiten. Was das bedeutet, könnt ihr euch nicht vorstellen. Da sie ihre Vorbereitungen abgeschlossen haben, herrscht bei ihnen gespannte Ruhe, denn sie wissen, dass der Zeitpunkt für ihre Bruderschaftshilfe nahe ist. Ihre starke Inanspruchnahme lässt es nicht mehr zu, längere Kontakte mit irdischen Mittlern aufrechtzuerhalten. Trotzdem sind sie darum bemüht, euch ihre gedankliche Nähe spüren zu lassen.

Eine weitere Botschaft wurde mir zuteil, und zwar von Ashtar Sheran.
Wenn ihr wüsstet, wie groß die Schar derjenigen ist, die im Auftrag des Gottessohnes handeln, ihr hättet nicht den geringsten Zweifel mehr am bevorstehenden Sieg des Lichts. Seine Strahlkraft ist bereits so stark, dass die Dunkelmächte immer nervöser werden und in Zukunft ihre aussichtslose Lage erkennen müssen. Dann aber wird es ein 'Heulen und Zähneklappern' geben, wie es die Bibel drastisch formuliert, denn es wird keine Rettungsmöglichkeit im Rahmen des Materialismus geben, und alle, die diesem Irrweg gefolgt sind, werden erkennen müssen, dass sie einem blinden Glauben aufgesessen sind, der ihnen ein irdisches Paradies vorgaukelte. Es wird sein wie zu Zeiten Noahs, als niemand auf seine Mahnworte hören wollte. Nur ein kleiner Prozentsatz der Menschen ist bereit, eine höhere Wahrheit anzuerkennen und danach zu leben. Die weitaus größere Anzahl lässt sich treiben von den Kräften des Widergeistes. Sie haben ihren Lohn dahin, wie die Bibel sagt, es sei denn, dass sie sich noch unter dem Eindruck des gewaltigen Geschehens eines Besseren besinnen und sich zu Jesus Christus bekennen, indem sie sein Hilfe annehmen, die ‚aus den Wolken kommen wird'. Auch dies ist ein Zitat aus der Bibel. Wer von den heutigen Schriftgelehrten ist in der Lage, diese Textstelle richtig zu

interpretieren? Kein einziger! Denn wollte ein Theologe auch nur andeutungsweise den Versuch machen, logische Zusammenhänge mit diesem Bibelzitat zu verknüpfen, dann würde er sich einer schweren Verfehlung aussetzen mit der Gefahr der Amtsenthebung. Deshalb ist es so wichtig, dass sich Menschen finden, die den Mut aufbringen, die Wahrheit über die Aussagen der Bibel auf anderen Wegen zu verbreiten und dazu beizutragen, dass die Unwissenheit, so weit es ihre Einflussmöglichkeit zulässt, abgelöst wird. Ihr erlebt es ja immer wieder, wie sehr euch die Menschen dankbar sind, dass sie das bestätigt erhalten, was in ihrem Innern nur verschüttet war. Es sind im Allgemeinen Seelen, die die Chance einer letzten Läuterung auf diesem Planeten wahrnehmen wollen, um dann ihren Weg, frei von alter Last, in den Gefilden des Lichts fortzusetzen.

Die Johannes-Offenbarung
Erläuterungen zum letzten Buch der Bibel

Der rätselhafteste Teil der Bibel stellt die Johannes-Offenbarung dar. Es gibt viele Versuche, die darin enthaltenen Aussagen und Beschreibungen dem heutigen Verständnis zugänglich zu machen. Die meisten dieser Versuche enden jedoch ebenso in abstrakten Begriffen und abstrusen Vorstellungen wie das Original selbst. Was steckt nun wirklich hinter dem Erlebnisbericht des Johannes? Es handelt sich ebenso um eine Begegnung mit einem Raumschiff und dessen Besatzung wie damals bei Mose, als er das israelitische Volk aus der ägyptischen Gefangenschaft führte und auf dem Berge Horeb im Sinai die Gesetzestafeln empfing. Auch dort waren die Santiner zugegen, welche die Aufgabe übernahmen, die universellen Gesetze eines friedlichen Zusammenlebens den damaligen Menschen zu überbringen. Leider hatten die Israeliten, die infolge ihrer Leidenszeit einen besonderen Willen zu einer Schicksalsgemeinschaft entwickelt hatten, die Hoffnungen, welche die außerirdische Delegation in sie gesetzt hatte, nicht erfüllt. Das Drama der Zerstreuung der Israeliten nahm damals seinen Anfang. Auch die Inkarnation des Gottessohnes in ihrem Volk brachte keine Wende mehr. Es dauerte dann ungefähr zehn Jahre bis wieder ein Versuch durch die außerirdischen Betreuer, die sich immer noch um das auserwählte Volk kümmerten, unternommen wurde. Diesmal aber auf griechischem Gebiet, denn ein nochmaliger Besuch auf dem Boden von Judäa konnte aus Sicherheitsgründen nicht mehr durchgeführt werden. Für den Empfang der Belehrungen durch eine Raumschiffbesatzung der Santiner wurde der Apostel Johannes ausersehen, der dann auch alles getreulich aufzeichnete, was er im Raumschiff zu hören und zu sehen bekam, soweit sein Verstand dazu ausreichte. In den nachfolgenden Erläuterungen der Bibeltexte werden nun die tatsächlichen

Begebenheiten und Belehrungen, wie sie Johannes gegeben wurden, geschildert und verdeutlicht.
Es werden dabei nur die wichtigsten Textstellen angeführt, soweit sie zum Verständnis dieser Offenbarung dienlich sind.

Zu Kapitel 1, Vers 7:
„Siehe, er kommt mit den Wolken, und es werden ihn sehen alle Augen und die ihn zerstochen haben; und werden heulen alle Geschlechter der Erde."
Diese Aussage des Johannes bezieht sich auf die bevorstehenden Ereignisse der Wiederkunft Christi. Diese Wiederkunft wird sich auf zwei Ebenen abspielen, einmal auf der sichtbaren und zum anderen auf der geistigen Ebene.
Das „Siehe, er wird kommen mit den Wolken" ist ein Hinweis darauf, dass sich am Himmel ein äußeres Geschehen, sichtbar für alle Augen, ereignen wird. Der dazu benützte Begriff ‚Wolken' ist die Umschreibung des Erscheinungsbildes außerirdischer Raumschiffe, die durchgängig in der Bibel mit Wolken oder mit Feuersäule bezeichnet werden. Und deshalb wurde auch in dieser Vision, die Johannes zuteil wurde, das gleiche Bild verwendet.
Mit „Es werden ihn sehen alle Augen und die ihn zerstochen haben" ist gemeint, dass ihn nicht nur diejenigen sehen werden, die sich zu ihm zählen, sondern auch diejenigen, die ihn nicht angenommen haben, die also seine göttliche Lehre und geistige Erscheinung zerstochen haben, Atheisten und Ungläubige. Dadurch wird noch einmal das äußere Geschehen der Wiederkunft Christi betont. Man kann daraus schließen, dass damals schon die Santiner sich ihrer Aufgabe als Helfer des Erlösers bewusst waren. Allerdings hatten sie sich damals ihre Aufgabe wesentlich leichter vorgestellt. Aber eins war ihnen seinerzeit schon klar, dass nämlich die Umwälzungen die meisten Menschen unvorbereitet treffen werden und daher werden ‚heulen alle Geschlechter der Erde'.

Kapitel 1, Verse 12 bis 20:
„Und als ich mich wandte, sah ich sieben goldene Leuchter und mitten unter den sieben Leuchtern einen, der war eines Menschen Sohne gleich, der war angetan mit einem langen Gewand und begürtet um die Brust mit einem goldenen Gürtel. Sein Haupt aber und sein Haar war weiß wie weiße Wolle, wie der Schnee, und seine Augen wie eine Feuerflamme, seine Füße gleichwie Messing, das im Ofen glüht und seine Stimme wie großes Wasserrauschen. Und der hatte sieben Sterne in seiner rechten Hand, und aus seinem Munde ging ein scharfes zweischneidiges Schwert, und sein Angesicht leuchtete wie die helle Sonne. Und als ich ihn sah, fiel ich zu seinen Füßen wie ein Toter; und er legte seine rechte Hand auf mich und sprach zu mir: Fürchte dich nicht! Ich bin der Erste und der Letzte und der Lebendige; ich war tot, und siehe, ich bin lebendig von Ewigkeit zu Ewigkeit und habe die Schlüssel der Hölle und des Todes. Schreibe, was du gesehen hast, und was da ist und was geschehen soll danach. Das Geheimnis der sieben Sterne, die du gesehen hast in meiner rechten Hand, und die sieben goldnen Leuchter: die sieben Sterne sind Engel der sieben Gemeinden; und die sieben Leuchter, die du gesehen hast, sind sieben Gemeinden."

Was hier Johannes beschreibt ist eine Begegnung mit der Besatzung eines außerirdischen Raumschiffes. Mit den sieben goldenen Leuchtern beschreibt er bereits das Innere des Schiffes, in das er gerufen wurde. Es waren keine Leuchter im irdischen Sinne, sondern ein Wandschmuck im Empfangsraum des Schiffes. Deshalb beschreibt er im nächsten Vers, dass „mitten unter den sieben Leuchtern einer saß, eines Menschen Sohn gleich, der war angetan mit einem langen Gewand und begürtet um die Brust mit einem goldenen Gürtel". Johannes hat dabei genau das wiedergegeben, was er gesehen hat, nämlich den Raumschiffkommandanten, sitzend unter dem Wandschmuck, angetan mit einem

langen Gewand, das in Brusthöhe mit einem breiten Band in gelber Farbe geschmückt war.
Bei der weiteren Beschreibung der Gestalt des Raumschiffkommandanten folgte Johannes seinen Eindrücken. Zwar hat die in ein Festgewand gehüllte Gestalt ihn tief beeindruckt, aber dass aus seinem Mund ein scharfes zweischneidiges Schwert ging, ist wohl der Fassungslosigkeit Johannes zuzuschreiben, der ohnehin nicht wusste, ob er alles real erlebte oder ob er wohl träumte.
Der Ausspruch des Raumschiffkommandanten „Fürchte dich nicht, ich bin der Erste und der Letzte und der Lebendige..." bedeutet lediglich eine Aufforderung an Johannes, seine Angst abzulegen, indem er den Glauben an den Auferstandenen in ihm wachrief. Alles weitere, was ihm zugesprochen wurde, und alles was äußerlich auf ihn einwirkte, hat Johannes auf die damalige Lage der ersten christlichen Gemeinden bezogen und deshalb auch die bildhafte Bezugnahme der ‚Leuchter' und der 'sieben Sterne' in der rechten Hand des Kommandanten, die nichts anderes waren als ein Armschmuck in Form einer Kette mit sieben Sternsymbolen, was bedeuten sollte, dass das Raumschiff aus einem Sonnensystem kam mit sieben Planeten. Und was die Füße des Kommandanten betrifft, die Johannes mit glühendem Messing verglich, so beschrieb er hierbei auch nur das Schuhwerk, das aus Kunststoff gefertigter Fuß- und Beinbekleidung bestand und in der Farbe tatsächlich einem weiß glühenden Messingstück glich. Da Johannes mediale Veranlagung besaß, konnte er auch die Aura des Raumschiffkommandanten erkennen, die insbesondere um sein Haupt hell leuchtete, und deshalb sagte Johannes darüber aus, dass sein Antlitz wie die Sonne leuchtete.

Kapitel 2, Vers 17:
„Wer Ohren hat, der höre, was der Geist den Gemeinden sagt: Wer überwindet, dem will ich zu essen geben von dem verborgenen Manna und will ihm geben einen weißen Stein und auf dem

Stein einen neuen Namen geschrieben, welchen niemand kennt, denn der ihn empfängt."
Damit ist gemeint, dass derjenige, der sein vordergründiges Ich überwindet und sein göttliches Selbst zur Wirkung kommen lässt, eine neue geistige Speise benötigt, da er der bisherigen Nahrung, sprich: dem äußeren Weltgetriebe, entwachsen ist. Mit dem weißen Stein ist symbolisch das neue reine Aufnahmevermögen der Seele gemeint, das nun mit einem neuen Namen beginnen soll, den nur derjenige kennt, der eben den Entschluss gefasst hat, vom äußeren Leben Abschied zu nehmen und sich dem inneren Reichtum seiner Seele zu erschließen. Und mit welcher geistigen Speise er sich zuerst befassen will, das weiß außer ihm niemand; das ist das Geheimnis des Fortschrittsbedürfnisses seiner erwachten Seele.
„Wer Ohren hat, der höre, was der Geist den Gemeinden sagt."
Mit diesen Briefen an die damaligen christlichen Gemeinden sollte erreicht werden, dass die zum Teil argen Verwirrungen und abartigen Bräuche unterbunden werden und unter Hinweis auf die Folgen solchen Tuns der Weg zur Errettung und zum Heile aufgezeigt werden. Dies musste oft mit drastischen Formulierungen getan werden, da die damaligen Menschen auf eine feinere Ausdrucksweise kaum reagiert hätten. Trotzdem konnte, wie sich später zeigte, nicht der Erfolg erzielt werden, den sich die Santiner von dieser Aktion versprachen. Selbst ein Johannes hatte nicht mehr so viel Einfluss, um den Sittenverfall und das Vermischen der Christuslehre mit anderen, zum Teil heidnischen Vorstellungen, aufhalten zu können, bis eben auch in diesem Falle die geistige Reinigung durch Trübsal und Leid herbeigeführt werden musste.

Kapitel 3, Vers 19:
„Wen ich lieb habe, den strafe und züchtige ich. So sei nun fleißig und tue Buße."

In diesem Ausspruch soll zum Ausdruck kommen, dass derjenige, der sich nach dem Gesetz von Ursache und Wirkung eine ausgleichende ‚Strafe' eingehandelt hat, die Liebe des Vaters gewinnt, weil er durch seine Schicksalslast reifer und reicher an Erfahrungen geworden ist und nunmehr in neuem Gewande seinen weiteren Weg gehen kann. Es muss also richtiger heißen: Wer seine selbstauferlegte Züchtigung erfahren hat, den empfängt der Vater erneut mit seiner allumfassenden Liebe.

Kapitel 4, Verse 1 bis 11:
„Danach sah ich, eine Tür war aufgetan im Himmel; und die erste Stimme, die ich gehört hatte mit mir reden wie eine Posaune, die sprach: Steig her, ich will dir zeigen, was nach diesem geschehen soll. Und alsobald war ich im Geist. Und siehe, ein Stuhl war gesetzt im Himmel, und auf dem Stuhl saß einer; und der da saß, war gleich anzusehen wie ein Stein Jaspis und Sarder; und ein Regenbogen war um den Stuhl, gleich anzusehen wie ein Smaragd. Und um den Stuhl waren vierundzwanzig Stühle, und auf den Stühlen saßen vierundzwanzig Älteste mit weißen Kleidern angetan, und hatten auf ihren Häuptern goldene Kronen. Und von dem Stuhl gingen Blitze, Donner und Stimmen aus; und sieben Fackeln mit Feuer brannten vor dem Stuhl, welches sind die sieben Geister Gottes. Und vor dem Stuhl war ein gläsernes Meer gleich dem Kristall, und mitten am Stuhl und um den Stuhl vier Tiere, voll Augen vorn und hinten. Und das erste Tier war gleich einem Löwen, und das andere Tier war gleich einem Kalbe, und das dritte hatte ein Antlitz wie ein Mensch, und das vierte Tier war gleich einem fliegenden Adler. Und ein jegliches der vier Tiere hatte sechs Flügel, und sie waren außenherum und inwendig voll Augen und hatten keine Ruhe Tag und Nacht und sprachen: Heilig, heilig, heilig ist Gott der Herr, der Allmächtige, der da war und der da ist und der da kommt! Und da die Tiere gaben Preis und Ehre und Dank dem, der da auf dem Stuhl saß, der da lebt von

Ewigkeit zu Ewigkeit, fielen die vierundzwanzig Ältesten nieder vor dem, der auf dem Stuhl saß, und beteten an den, der da lebt von Ewigkeit zu Ewigkeit, und warfen ihre Kronen vor den Stuhl und sprachen: Herr, du bist würdig, zu nehmen Preis und Ehre und Kraft; denn du hast alle Dinge geschaffen, und durch deinen Willen haben sie das Wesen."

In diesem Kapitel beschreibt Johannes das Innere des Raumschiffes. Insbesondere war er fasziniert von der prachtvollen Ausstattung und der künstlerischen Gestaltung des Empfangsraumes, der halbkreisförmig war und in dessen Mitte ein Sessel stand, eingefasst von einem regenbogenfarbigen Halbkreisornament. Der Fußboden bestand aus polierten Steinplatten, in welche Edelsteine eingelassen waren, die im Ganzen gesehen einen ‚gläsernen' Eindruck hervorriefen. Und deshalb spricht Johannes von einem „gläsernen Meer gleichwie Kristall". Was die von ihm erwähnten vier Tierköpfe betrifft, so handelt es sich dabei um die Ausschmückung des Raumes mit symbolhaften Darstellungen. So war zum Beispiel die hohe Sessellehne mit dem Symbol des ewig jungen göttlichen Wesens in Form eines menschlichen Kopfes mit den Ebenmaßen eines Jünglings geschmückt, und die weiteren Symbole, wie Adler, Löwe, und Kalb, bedeuten: Freier Flug der Gedanken (Adler), Kraft des Geistes (Löwe) und Güte der Seele (Kalb).

Da diese Symboldarstellungen mit besonders ausgesuchten Edelsteinen in Mosaikform gestaltet waren, entstand durch die tausendfache Lichtreflexion der Eindruck von Leben, das „außen herum und inwendig voller Augen war und hatte keine Ruhe Tag und Nacht und sprachen: Heilig, heilig, heilig ist Gott der Herr, der Allmächtige, der da war, der da ist und der da kommt." Diese ‚Sprache der Symbole' wurde Johannes telepathisch eingegeben, um ihm deren Sinndeutung in einem Wort nahe zu bringen. Die 24 Ältesten, die um den ‚Stuhl' herum saßen, war die gesamte Raumschiffbesatzung in ihren Festgewändern und mit einem goldfarbenen Metallreif um das Haupt, der gleichzei-

tig Schmuckstück und Telepathieverstärker war. Johannes bezeichnete diesen Kopfschmuck, mangels eines besseren Verständnisses eben als goldene Krone. Um Johannes gegenüber die Würde seines außerirdischen Gesprächspartners hervorzuheben, standen die ‚Ältesten' auf und verneigten sich tief vor dem, ‚der auf dem Stuhle saß'. Dabei nahmen sie ihre Kopfreifen ab als zusätzliche Geste der Verehrung, so wie wenn jemand überschwänglich seinen Hut zieht vor einer älteren verehrungswürdigen Person. Dieses Zeremoniell war notwendig, um Johannes in die richtige innere Erwartungsstimmung zu versetzen, die ihn dann umso leichter befähigte, die ernsten Worte und Ermahnungen aufzunehmen und in der Erinnerung zu behalten.

Kapitel 5 (auszugsweise):
„Und ich sah in der rechten Hand des, der auf dem Stuhle saß, ein Buch, beschrieben inwendig und auswendig, versiegelt mit sieben Siegeln. Und ich sah einen starken Engel, der rief aus mit großer Stimme: Wer ist würdig, das Buch aufzutun und seine Siegel zu brechen? Und niemand im Himmel noch auf Erden konnte das Buch auftun und hineinsehen. Und ich sah mitten zwischen dem Stuhl und den vier Tieren und zwischen den Ältesten ein Lamm stehen, wie wenn es erwürgt wäre, und hatte sieben Hörner und sieben Augen, das sind die sieben Geister Gottes, gesandt in alle Lande. Und es kam und nahm das Buch aus der rechten Hand des, der auf dem Stuhl saß. Und ich sah und hörte eine Stimme vieler Engel um den Stuhl und um die Tiere und um die Ältesten her und sie sprachen mit großer Stimme: Das Lamm, das erwürgt ist, ist würdig, zu nehmen Kraft und Reichtum und Weisheit und Stärke und Ehre und Preis und Lob."

Kapitel 6 (auszugsweise):
„Und ich sah, dass das Lamm die Siegel eines auftat und sah ein weißes Pferd. Und der darauf saß, hatten einen Bogen; und ihm

ward gegeben eine Krone, und er zog aus sieghaft. Und da es das andere Siegel auftat, ging heraus ein anders Pferd, das war rot. Und dem, der darauf saß, ward gegeben, den Frieden zu nehmen von der Erde, und dass sie sich untereinander erwürgten; und ihm ward ein großes Schwert gegeben. Und da es das dritte Siegel auftat, sah ich ein schwarzes Pferd. Und der darauf saß hatte eine Waage in der Hand. Und ich hörte eine Stimme sagen: Ein Maß Weizen um einen Groschen und drei Maß Gerste um einen Groschen; und dem Öl und Wein tu kein Leid! Und da es das vierte Siegel auftat sah ich ein fahles Pferd. Und der darauf saß, dessen Name hieß Tod, und die Hölle folgte ihm nach. Und ihnen ward Macht gegeben, zu töten das vierte Teil auf der Erde mit dem Schwert und Hunger und mit dem Tod. Und da es das fünfte Siegel auftat, sah ich unter dem Altar die Seelen derer, die erwürgt waren um des Wortes Gottes willen und um des Zeugnisses willen, das sie hatten. Und ich sah, dass es das sechste Siegel auftat, und siehe da ward ein großes Erdbeben, und die Sonne ward schwarz wie ein härener Sack, und der Mond ward wie Blut; und die Sterne des Himmels fielen auf die Erde, gleichwie ein Feigenbaum seine Feigen abwirft, wenn er von großem Wind bewegt wird. Und der Himmel entwich wie ein zusammengerolltes Buch; und alle Berge und Inseln wurden bewegt aus ihren Örtern. Denn es ist gekommen der große Tag des Zorns, und wer kann bestehen?"

Das Buch mit den sieben Siegeln ist das Schicksalsbuch der Menschheit, das versiegelt ist und nur vom Erlöser aufgeschlagen werden kann. Der Inhalt der einzelnen Siegel bedeutet das jeweilige Schicksalsereignis, wenn die Menschen nur auf den eigenen Vorteil bedacht sind und keine Rücksicht nehmen auf die Einheit allen Lebens. Die Folgen eines solchen Verhaltens sind in drastischen Bildern von Reitern dargestellt, die in symbolhaften Farben und Gerätschaften ihre Tätigkeit zum Ausdruck bringen. Schließlich wird auf das Ende dieser Zeitepoche hingewiesen mit Bildern von Endzeitereignissen, wie sie schon im Evangelium des Matthäus (Kapitel 24, Verse 29 – 31), *des Markus* (Kapitel 13, Verse 24 – 27) *und des Lukas* (Kapitel 21, Verse 25 – 28) *in einer Vision beschrieben werden. „Und die Sterne werden vom Himmel fallen" deutet auf die zur Erde gesandten kugelförmigen Kleinstraumschiffe hin. „Und der Himmel entwich wie ein zusammengerolltes Buch" ist die visionäre Schau während der Neuordnung der Erde; denn die Veränderung der Erdachse wird dem irdischen Beobachter den Eindruck eines ‚Einrollen des Himmels' vortäuschen. „Dann ist gekommen der große Tag des Zorns", das heißt der Beendigung der Herrschaft des Widergeistes und der Anbruch des beginnenden Friedensreiches. ‚Wer kann bestehen', ja, wer hat in sich die notwendige geistige Reife entwickelt, um von alten Wertvorstellungen Abschied zu nehmen?*

Kapitel 7, Vers 5 und Kapitel 14, Vers 1:
„Und ich hörte die Zahl derer, die versiegelt wurden: hundertundvierundvierzigtausend, die versiegelt waren von allen Geschlechtern der Kinder Israel."
Die Zahl 144.000 finden wir an zwei Stellen in der Johannesoffenbarung. Sie wird stets als eine besonders geheimnisvolle Zahl angesehen, die mit Erretteten und Auserwählten zu tun habe. In Wirklichkeit ist diese Zahl eine symbolische Aussage derart, dass ein Zukunftsbild der ganzen Menschheit darin verpackt ist. Im Alten Testament sind die zwölf Geschlechter Israels aufgeführt: sie werden auch in den oben genannten Kapiteln der Johannesoffenbarung nochmals aufgezählt. Da die Propheten davon überzeugt waren, dass alle Kinder des Lichts, was ja ‚Israel' bedeutet, in das neue Jerusalem einst einziehen werden, haben sie die Zahl 12, also die Anzahl der Geschlechter, mit tausend vervielfacht, weil die Zahl Tausend zu damaligen Zeit den Symbolwert von ‚alles' hatte, und da sie auch die Angehörigen der nachfolgenden Geschlechter mit einbeziehen wollten, wurde aus 12 mal 1.000 die Zahl 12 mal 1.000 mal 12, also 144.000.

Demnach könnte man diese Zahl wie folgt übersetzen: Zusammen mit allen Geschlechtern Israels werden auch alle Menschen in das neue Jerusalem einziehen, die das Licht des Christusgeistes in ihren Herzen tragen.

Kapitel 8, Vers 10 und 11:
„... und es fiel ein großer Stern vom Himmel, der brannte wie eine Fackel und fiel auf das dritte Teil der Wasserströme und über die Wasserbrunnen. Und der Name des Sterns heißt Wermut; und das dritte Teil der Wasser ward Wermut; und viele Menschen starben von den Wassern, weil sie waren so bitter geworden."

Diese beiden Verse charakterisieren die Situation, wie sie durch den Reaktorunfall in Tschernobyl entstanden ist. Der Stern, der wie eine Fackel brennt, symbolisiert die strahlende Eigenschaft und die Zerstörungskraft der Radioaktivität, die auch das Wasser in Flüssen und Brunnen ‚bitter macht', also vergiftet, so dass viele Menschen, die davon genießen, sterben werden. Dass diese Prophezeiung von frappierender Aktualität ist, ergibt sich noch aus der Tatsache, dass die Bezeichnung, die in dieser Textstelle für Bedrückung und Gefahr gewählt wurde, nämlich 'Wermut', identisch ist mit dem ukrainischen Wort ‚Tschernobyl'. Welche charismatische Verbindung und welch ein Beweis für die Treffsicherheit der Vorausschau eines Menschheitsschicksals über zwei Jahrtausende! Es besteht kein Zweifel, dass auch der übrige Teil der Apokalypse von der gleichen Zuverlässigkeit geprägt ist und das „Siehe, ich mache alles neu" zur baldigen Gewissheit werden wird.

Kapitel 10, Vers 7:
„... in den Tagen der Stimme des siebenten Engels, wenn er posaunen wird, soll vollendet werden das Geheimnis Gottes, wie er hat verkündet seinen Knechten, den Propheten."

In diesem Geheimnis wird eine von den außerirdischen Betreuern bis ins Detail vorbereitete Rettungsaktion verborgen gehalten. Eine Vorstellung dieser Aktion hätte das Fassungsvermögen des Johannes bei weitem überschritten. Und deshalb konnte ihm auch keine genaue Erklärung gegeben werden, wie ihm von der Stimme in Vers 9 bis 11 bedeutet wurde: „Nimm hin und verschling es! Es wird dich im Bauch grimmen, aber in deinem Mund wird's süß sein wie Honig..."; das heißt, er soll es zwar aufnehmen, und es wird ihm Freude bereiten, aber das geistige ‚Verdauen' wird ihm Schwierigkeiten machen. Erst wenn die Menschen den erforderlichen Reifegrad dafür erlangt haben, darf er das Geheimnis bekannt geben.

Kapitel 11, Verse 12 und 13:
„Und sie hörten eine große Stimme vom Himmel zu ihnen sagen: Steiget herauf! Und sie stiegen auf in den Himmel in einer Wolke, und es sahen sie ihre Feinde. Und zu derselben Stunde ward ein großes Erdbeben..."
Eine deutlichere Aufforderung zum Verlassen der Erde, wenn die großen Erdbeben als Ankündigung der Umwandlung des ganzen Planeten einsetzen werden, ist nur noch im Evangelium des Lukas (Kapitel 21, Verse 27 und 28) *zu finden, wo es heißt: „Und alsdann werden sie sehen des Menschen Sohn kommen in der Wolke mit großer Kraft und Herrlichkeit. Wenn aber dieses anfängt zu geschehen, so sehet auf und erhebet eure Häupter, darum dass sich eure Erlösung naht." Dass mit der Wolke eine außerirdische Hilfe gemeint ist, gehört zum Standardvokabular der Bibel.*

Kapitel 12, Vers 1:
„Und es erschien ein großes Zeichen am Himmel: ein Weib mit der Sonne bekleidet, und der Mond unter ihren Füßen und auf ihrem Haupt eine Krone von zwölf Sternen."

Das Weib stellt symbolhaft die Menschheit dar, die sich selbst als Mittelpunkt der Schöpfung sieht, ‚bekleidet mit der Sonne', die tote Materie sich untertan macht, ‚die Füße auf den Mond setzt' und ihr Haupt schmückt mit einer Krone aus zwölf Sternen, das heißt alle Wissenschaften beherrscht. Johannes sieht das Weib schwanger, und es gebiert unter großen Schmerzen ein Kind, das von einem großen roten Drachen, dem Symbol der aggressiven Dunkelmacht, aufgefressen werden soll. Bedeutung: Aus der Menschheit wird eine neue Rasse hervorgehen, die Menschen des Wassermannzeitalters, über die das Untermenschentum keine Macht mehr besitzen wird. Die Verhinderung der Geburt misslingt, weil Gott dem ‚Neugeborenen' seinen Schutz angedeihen lässt.

Kapitel 12, Verse 4 und 5:
„… sein Schwanz zog den dritten Teil der Sterne des Himmels hinweg und warf sie auf die Erde. Und der Drache trat vor das Weib, die gebären sollte, auf dass er ihr Kind fräße. Und sie gebar einen Sohn, der alle Heiden sollte weiden mit eisernem Stabe. Und ihr Kind ward entrückt zu Gott."
Darüber gerät der Drache in eine solche Wut, dass er seine Macht mit einem Schwanzschlag bis zum Himmel demonstriert und seine Drachenbrut auf die Erde wirft, wo sie nun ihre ganze Schreckenspalette entfaltet. Es ist nicht zu weit gegriffen, wenn wir die Zustände, die gegenwärtig auf der Erde herrschen, in diesem Bild erkennen und bestätigen müssen.

Kapitel 12, Vers 6:
„Und das Weib entfloh in die Wüste, wo sie einen Ort hat, bereitet von Gott, dass sie daselbst ernährt würde tausendzweihundertundsechzig Tage."
Es gibt für das Weib nur noch die Flucht in die Wüste, wo Gott einen sicheren Zufluchtsort bereitet hat, und wo es auch ernährt wird während seines dortigen Aufenthaltes über 1.260 Tage. Die

Flucht in die Wüste bedeutet: Abkehr von allem äußeren Weltgetriebe und Besinnung auf die wahre Geborgenheit in Gott. Die Zeitangabe, es sind nicht ganz dreieinhalb Jahre, bezieht sich auf die Umwandlung der Erde und den Aufenthalt in den Raumschiffen bis zur Neubesiedelung der Erde.

Die Beschreibungen der Verse 7 bis 13 beinhalten die Säuberung der Astralreiche von satanischem Gesindel und deren Wutausbrüche auf der irdischen Ebene, wie wir es seit geraumer Zeit erleben.

Kapitel 12, Vers 14:
„Und es wurden dem Weib zwei Flügel gegeben wie eines großen Adlers, dass sie in die Wüste flöge an ihren Ort, da sie ernährt wurde, eine Zeit und zwei Zeiten und eine halbe Zeit vor dem Angesicht der Schlange."
Dieser Vers hat folgende Bedeutung: Das Flügelsymbol ist immer gleichzusetzen mit dem Begriff der geistigen Freiheit, das heißt in diesem Falle: die Menschheit wird sich durch das Erstarken der Wassermann-Energien ihrer eigenen geistigen Lichtkraft bewusst, so dass sie sich ‚vor dem Angesicht der Schlange', das heißt, ohne einer weiteren Verführung zu verfallen, der Nahrung des Geistes zuwenden kann und zwar im Verlaufe einer Willensfrist, zweier Gnadenfristen und einer kurzen Entscheidungsfrist, nämlich eine Zeit und zwei Zeiten und eine halbe Zeit.

Kapitel 12, Verse 15 bis 17:
„Und die Schlange schoss nach dem Weibe aus ihrem Munde ein Wasser wie einen Strom, dass er sie ersäufte. Aber die Erde half dem Weibe und tat ihren Mund auf und verschlang den Strom, den der Drache aus seinem Munde schoss."
Diese Aussage bedeutet, dass auch Naturkatastrophen, die durch den Widergeist ausgelöst werden, dann den Menschen, die

*„Gottes Gebote halten und das Zeugnis Jesu Christi haben",
keinen Schaden mehr zufügen können.*

Kapitel 13, Vers 1 und 2:
„... und sah ein Tier aus dem Meer steigen, das hatte sieben Häupter und zehn Hörner und auf seinen Hörnern zehn Kronen und auf seinen Häuptern Namen der Lästerung. Und das Tier war gleich einem Panther und seine Füße wie Bärenfüße und sein Mund wie eines Löwen Mund. Und der Drache gab ihm seine Kraft und seinen Stuhl und große Macht."
Die außerirdischen Betreuer sahen schon damals den sittlichen Verfall der irdischen Menschheit voraus. Aus diesem Grunde haben sie Johannes ein Phantasietier als Zerrbild geistigen Abstiegs bis auf die Tierstufe gezeigt, wo Geistlosigkeit und Triebbefriedigung herrschen. Dieses mit Macht ausgestatte Tier soll gleichzeitig dokumentieren, dass ihm die Menschen Tribut zollen und seinen Herrschaftsanspruch annehmen, sei es in Form diktatorischer Gewaltausübung oder in den Ausdrucksformen der Kunst und der Technik.

Kapitel 13, Verse 3 bis 5:
„Und ich sah seiner Häupter eines, als wäre es tödlich wund; und seine tödliche Wunde ward heil. Und der ganze Erdboden verwunderte sich des Tieres, und sie beteten den Drachen an, der dem Tier die Macht gab, und beteten das Tier an und sprachen: Wer ist dem Tier gleich, und wer kann mit ihm kriegen? Und es ward ihm gegeben ein Mund zu reden große Dinge und Lästerungen, und ward ihm gegeben, dass es mit ihm währte zweiundvierzig Monate lang."
Mit dem einen verwundeten Haupt ist gemeint, dass der Versuch, gegen dieses Tier anzukämpfen, nur einen geringen Erfolg zeitigen wird, denn „seine tödliche Wunde ward wieder heil",. seine Kraft ist mit den Mitteln der Gewalt und des Zwanges nicht zu brechen. Der Drache, der ihm Macht verleiht, ist das Böse,

das im eigenwilligen Denken des Menschen seinen Ursprung hat und seine Seele als Empfindungsorgan verdirbt. Es ist wie ein Krebsgeschwür, das operativ nicht mehr zu beseitigen ist. Die Zeitangabe beruht auf derselben Quelle wie die Angabe im vorherigen Kapitel und will zum Ausdruck bringen, dass die Herrschaft des Tieres zeitlich beschränkt ist.

Kapitel 13, Verse 11 und 12:
„Und ich sah ein anderes Tier aufsteigen aus der Erde; das hatte zwei Hörner gleichwie ein Lamm und redete wie ein Drache. Und es übt alle Macht des ersten Tieres vor ihm; und es macht, dass die Erde und die darauf wohnen anbeten das erste Tier, dessen tödliche Wunde heil geworden war."
Das zweite Tier, das der Erde entsteigt, soll die fleischliche Entartung symbolisieren. Denn einer abgestumpften Seele, das erste Tier, ist auch der Körper nicht mehr heilig, und deshalb übt es die gleiche Macht aus wie das erste Tier. Wir sehen in diesem Bild die Entweihung des menschlichen Körpers einschließlich Misshandlungen von Kindern und Abtreibung von Ungeborenen.

Kapitel 13, Verse 13 und 14:
„Und tut große Zeichen, dass es auch macht Feuer vom Himmel fallen vor den Menschen und verführt die auf Erden wohnen um der Zeichen willen, die ihm gegeben sind zu tun vor dem Tier."
Diese Aussage betrifft unverkennbar das Gelingen des Menschen, die Explosionskraft des Feuers in seine Dienste zu stellen und in Form von Kriegsgeschossen und Bomben „vom Himmel fallen zu lassen".

Kapitel 13, Vers 15:
„Und es ward ihm gegeben, dass es dem Bilde des Tieres den Geist gab, dass des Tieres Bild redete und macht, dass alle, welche nicht des Tieres Bild anbeteten, getötet würden."

In diesem Vers wird nichts anderes beschrieben, als die Erfindung des bewegten Films. Beweist nicht der Siegeszug des Films mit seinen sprechenden Bildern die Wahrheit dieser Voraussage? Und dass dieses technische Mittel ebenfalls zum „Ruhme und zur Verherrlichung des Tieres" verwendet wird, erleben wir in der Gegenwart mit erschreckender Deutlichkeit. Auch der Hinweis, „dass alle, welche nicht des Tieres Bild anbeten, getötet würden", hat sich in vielen Variationen in diktatorisch regierten Staaten bereits erfüllt.

Kapitel 13, Verse 16 bis 18:
„Und das Tier macht, dass die Kleinen und Großen, die Reichen und Armen, die Freien und Knechte – allesamt sich ein Malzeichen geben an ihre rechte Hand oder an ihre Stirn, dass niemand kaufen oder verkaufen kann, er habe denn das Malzeichen, nämlich den Namen des Tieres oder die Zahl seines Namens. Hier ist die Weisheit! Wer Verstand hat, der überlege die Zahl des Tieres, denn es ist eines Menschen Zahl, und seine Zahl ist 666."
Das Malzeichen, von dem hier die Rede ist, hat die Bedeutung eines Kennzeichens der Tieranhänger. Nun ist aber die Aussage des Johannes, wonach sie ihr Malzeichen an ihrer rechten Hand oder an ihrer Stirn tragen würden, nicht wörtlich zu nehmen, vielmehr sollte damit gesagt werden, dass die dem Tier verfallenen Menschen sich an ihrem Verhalten und an ihrem Denken erkennen. Dabei spielt es keine Rolle, welchem Stand sie angehören, denn sie beten alle auf die gleiche Weise die Erscheinung des Tieres an. Es erübrigt sich, die einzelnen ‚Hörner' des Tieres zu erläutern. Wer Ohren hat, der höre und wer Augen hat, der sehe, welche Gewalt das Tier auf die Sinne der Menschen ausübt. Und nur diejenigen, die das Tier mit seinem Namen kennen, das heißt die zum Kreis der ‚Anbeter' und Gedemütigten gehören, können unter Aufsicht des Tieres kaufen und verkaufen, wie es in Diktaturen zum Alltag gehört. Der

nachfolgende Satz: „Hier ist Weisheit" wurde von Johannes missverstanden. Berichtigt lautet der Hinweis: „Hier wird mit List und Schlauheit vorgegangen." Und da nach überliefertem Wissen, Namen und sonstige wichtige Bezeichnungen auch in Zahlen ausgedrückt wurden – man nennt diese Art der Verschlüsselung ‚Kabbala' – wurde Johannes zum besseren Verständnis dieser Zukunftsvision die Bedeutung des Geschauten in einer Zahl zusammengefasst, nämlich in den drei Ziffern ‚666'.

Wer mit der Kabbalistik einigermaßen vertraut ist, der weiß, dass die Zahl ‚6' Wirrnis und Betrug bedeutet. Durch die zweimalige Wiederholung wurde Johannes auf den besonders schlimmen Zustand der künftigen Menschheit hingewiesen. Dies also ist die Erklärung des Namens des Tieres und der Zahl seines Namens. Wie hätte der Zerfall von Sitte und Moral in der Gegenwart besser charakterisiert werden können, als mit diesem Bilde eines ekel- und furchterregenden Tieres? Wollte man unsere nahe Zukunft kabbalistisch ausdrücken, dann müsste sie in folgende Zahlenreihe gefasst werden: ‚1 – 5 – 9'. Denn die ‚1' bedeutet ‚der Eine', ‚das Eine' und ‚Einheit'. Die ‚5' steht für ‚Harmonie' und ‚Bruderschaft' und schließlich sagt uns die ‚9', dass sich ‚1' und ‚5' mit ‚Kraft und Herrlichkeit' verwirklichen werden (Lukas, Kapitel 21, Vers 27; Anm. d. Autors). Man könnte nun einwenden, dass dies alles Spielereien mit Zahlen und deren angenommene Bedeutung seien, die je nach Ziel und Zweck so oder so formuliert werden. Dazu ist zu sagen, dass jede Zahl einen esoterischen Charakter hat, der allerdings in der heutigen abstrakten Mathematik gänzlich verloren gegangen ist. Es wäre jedoch gut, der Zahlenmystik auch heute noch den ihr gebührenden Wert einzuräumen. Ganzzahlige Verhältnisse spielen zum Beispiel in der Harmonielehre eine ausschlaggebende Rolle. Aber auch in der Architektur sollte auf diese Zusammenhänge geachtet werden, um eine harmonische Gesamtwirkung eines

Bauwerks zu erzielen. Sowohl die Ägypter als auch die Griechen kannten diese Harmoniegesetze und wandten sie beim Entwurf ihrer, in Form und Wirkung bis heute unübertroffenen Sakralbauwerke an. Auch den Kirchenbaumeistern des Mittelalters waren diese Zusammenhänge von Zahl und Form bekannt, so dass sie gleichbedeutende Meisterwerke der Baukunst schufen, die heute noch jedem Besucher ihre Erhabenheit und Harmonie fühlen lassen.

Die esoterische Bedeutung der Zahlenwerte geht zurück auf außerirdische Quellen, die mit der Betreuung von Erdenvölkern zu Zeiten von Atlantis vor rund 12.000 Jahren in Zusammenhang stehen. Wir können daraus schließen, dass alle auf den Menschen einwirkenden Kräfte subtiler Art mit Gesetzmäßigkeiten von universeller Bedeutung zu tun haben, und wir wären gut beraten, wenn wir uns danach richten würden, indem wir unsere Gedanken zuerst Demjenigen widmen, aus dem alles entstanden ist und in dem alles vollendet wird, was wir Schöpfung nennen. Aufgrund dieses Urwissens über die esoterische Bedeutung von Zahlenwerten ergibt sich die nachstehende Zahlensymbolik: Es bedeutet

die ‚1': Das Eine, der Eine, die Einheit;
die ‚2': Trennung und Zweifel;
die ‚3': Höhere Ordnung und Stabilität;
die ‚4': Wille und Tatkraft;
die ‚5': Harmonie und Bruderschaft;
die ‚6': Verwirrung und Unklarheit;
die ‚7': Liebe und Erlösung;
die ‚8': Allmacht und Wissen;
die ‚9': Schöpferkraft und Herrlichkeit;
die ‚10' bedeutet, so wie jeder Abschluss einer Einheit: Vollendung und Neubeginn.

Aus der Zukunftsschau der Johannesoffenbarung ist bereits vieles Wirklichkeit geworden. Uns bleibt nur das Staunen darüber, mit welcher Genauigkeit unsere Sternenbrüder vor rund 2.000 Jahren den Ablauf der Geschichte einer verirrten Menschheit vorausgesehen und mit Bildern von drastischer Eindringlichkeit dem Diener des Gottessohnes dem Apostel Johannes, übermittelt haben. Die prachtvolle Ausstattung des Raumschiffes, in das er gerufen wurde, und die mit leuchtenden Gewändern bekleidete Raumschiffbesatzung erweckte in ihm den Eindruck, dass er sich unter Engeln befinde und dass Gott selbst in deren Mitte säße und mit ihm spreche. Durch diese Zukunftsschau versuchten die Santiner über das Sprachrohr Johannes Einfluss auf einen möglichen Sinneswandel der Menschen auszuüben, was jedoch bis heute ein unerfüllter Wunsch blieb. Gemeinhin wird die Johannesoffenbarung mit dem Ausdruck 'Apokalypse' belegt, und man verbindet mit diesem Begriff ein Übermaß an Angst und Schrecken. In Wahrheit bedeutet Apokalypse 'Enthüllung', was dem eigentlichen Sinn der Johannesoffenbarung gerecht wird. Denn die Enthüllung der schicksalhaften Folgen eines gottfernen Lebens sollte den Menschen als liebevolle Warnung dienen, damit sie vor Furcht und Leid bewahrt werden. Aber wer könnte noch angesichts des selbsterzeugten Schreckenszustandes sich mit einer Änderung der Sinndeutung Gehör verschaffen?

Unterirdische Atombombenversuche

Was sagt ihr zu unterirdischen Atombombenversuchen?
Dieses unverantwortliche Vorgehen ist auch für den Himmel eine Provokation der Geduld des Schöpfers. Es wird immer deutlicher für denjenigen, der Ohren hat, zu hören und Augen, zu sehen, dass der Widergeist noch alle Möglichkeiten auszunützen versucht, um diesen Schulungsplaneten in einen Zustand zu versetzen, der dem Ziel einer Unbewohnbarkeit möglichst nahe kommt. Dass dieses Ziel nicht erreicht werden wird, dafür sorgen

eure Sternenbrüder, ohne deren schützenden Einfluss die Erde längst zu einem Spielball höllischer Mächte geworden wäre. Warum aber, so fragt der verantwortungsbewusst denkende Mensch, wird eine solche Provokation zugelassen? Dazu ist zu sagen, dass der Widersacher solange relative Freiheit genießen darf, als er noch eine Aufgabe zu erfüllen hat, nämlich die Menschen wachzurütteln aus ihrem Traum des Alles-Beherrschbaren und der Verantwortungslosigkeit. Zwar sind es erst wenige, die sich unter Einsatz ihres Lebens zur Wehr setzen, aber viele sind es, die nachdenklich werden und allmählich den falschen Weg erkennen, auf dem eine ganze Menschheit ins Elend geführt werden soll. Und auf dieses Umdenken kommt es an. Es zwingt auch zu einem weiteren Schritt, nämlich zur Besinnung auf die Quelle des Lebens, das heißt der Mensch wendet sich religiösen Fragen zu. Ihr könnt dies zum Beispiel auf Kirchentagen mit ihrer nachhaltigen Ausstrahlung spüren, wie gerade die unvoreingenommene Jugend sich nicht mehr mit hohlen Phrasen abspeisen lässt, sondern den Willen bekundet, endlich den vielen Friedensworten auch die Taten folgen zu lassen und der ständigen Lebensbedrohung ein Ende zu bereiten. Nun, diese Willensäußerungen verhallen nicht ungehört, sondern bilden mit ihrer geistigen Energie ein Potential, das den Kräften des Friedens zugute kommt. Was dies heißt, werdet ihr in Zukunft erfahren, wenn der neue Weltentag anbricht, an dem die Erde ihren Leidensweg beenden wird und sie Aufnahme findet in einer Großfamilie, die sich ‚Kosmische Bruderschaft' nennt.

Schlusswort eines Santiners

Ich möchte diese Gedanken durch Worte eines Sternenbruders abschließen, der schon vor einiger Zeit zu den Gräueltaten des Terrorismus aus außerirdischer Sicht Stellung genommen hat. Seine Ausführungen geben uns die Gewissheit, dass der satanische Anhang bald die irdische Ebene verlassen muss und in diejenigen Sphären zurückkehren wird, in denen er noch sein Heimatrecht ausüben kann, bis die unbesiegbare Macht der Liebe auch seine Erlösung herbeiführen wird.

Gott zum Gruß und Friede über alle Grenzen. Wir verfolgen aufmerksam das Geschehen auf dieser Erde und sind entsetzt über die Grausamkeiten, die sich vor unseren Augen abspielen. Ihr wisst, dass wir alles beobachten können und dass es keine Möglichkeiten gibt, unsere Anwesenheit zu verhindern. Selbst die geheimsten Verhandlungen und Besprechungen können vor uns nicht verborgen bleiben, so dass wir jederzeit und über alles informiert sind, was sich sozusagen hinter den Kulissen abspielt. Wenn ihr wüsstet, was dort gesprochen wird, ihr würdet euch schämen, zu dieser Menschenrasse zu gehören. Nicht nur, dass über Vernichtungsstrategien gesprochen wird, deren Umfang die ganze Palette eurer so genannten ABC-Waffen einnimmt, sondern auch über eine mögliche Ausweitung der Macht bis in außerirdische Räume wird bereits ernsthaft diskutiert, und zwar auf beiden Seiten des großen Ozeans. Wir sind erschüttert über diese Maßlosigkeit, die keine Grenzen mehr kennt, und wir werden alles tun, um euch vor euch selbst zu schützen. Wir haben den Auftrag, dieser Erde und ihrer Menschheit zu Hilfe zu kommen. Dies wird geschehen, aber nicht mit den Mitteln, die ihr in einem solchen Falle anwenden würdet, vielmehr ausschließlich mit den Mitteln der brüderlichen Liebe, die wir euch durch eine für euch unvorstellbare Rettungsaktion beweisen werden. Die Erde wird nicht zu einem atomaren Schlachtfeld werden, weil wir alle Atomwaffen unter Aufsicht genommen haben. Was wir aber nicht verhindern können und auch nicht dürfen, ist die Umwandlung, in dem die Erde eine neue Gestalt bekommen wird. Der Zeitpunkt dieses kosmischen Ereignisses ist bereits abzusehen. So können wir sagen, dass die Zeit sehr knapp geworden ist, die noch für ein Umdenken zur Verfügung steht. Leider muss angenommen werden, dass nur ein kleiner Teil der heutigen Menschheit bereit ist, die eingefahrenen Geleise auf den Gebieten des Materialismus zu verlassen und neue Wege zu gehen, die der künftigen Lebensstufe entsprechen. Denn nur die geistige Umstellung auf ein kosmisches Denken wird die Voraussetzungen zum Gelingen des Evolutionssprungs schaffen, vor dem diese Menschheit steht. Deshalb gebe ich euch den Rat: Lasst alle Gedanken los, die euch noch binden wollen an längst vergangene Werte und haltet eure Gedanken auf das gerichtet, was ich mit ‚universellem Bewusstsein' umschreiben will. Lasst euch nicht einschüchtern von der täglichen Aggressivität, die euch über eure Nachrichtenmedien erreicht, sondern seht in diesem Geschehen die letzten Versuche der Dunkelmacht ihr Spiel auf dieser Erde mit einem möglichst hohen Gewinn abschließen zu können. Je mehr das Licht des neuen Äons die Erde einhüllt, umso größer werden noch ihre Anstrengungen, die Herrschaft auf diesem Planeten zu behaupten. Dazu stehen viele Helfershelfer zur Verfügung, die ohne Skrupel ihren Anweisungen Folge leisten. Es ist sehr schwer für uns und für euch Wissende, dieses düstere Spiel mit ansehen zu müssen und den Verursacher gewähren zu lassen. Aber auch in dieser Düsternis müsst ihr einen höheren Sinn erkennen, den ich euch so erklären möchte: Die Menschen, die bisher gedankenlos ihren Lebensbedürfnissen nachgegangen sind, werden nun durch diese massive Bedrohung zum Nachdenken gezwungen, nicht nur, was ihre äußeren Lebensumstände betrifft, sondern auch, was die Lebenseinstellung angeht. Und viele sind dabei, die echten Werte des Lebens höher einschätzen zu lernen als alle vordergründigen Interessen. Ihr werdet erleben, wie die Kraft der Friedenswilligen in immer stärkerem Maße zunehmen wird, ja wie sie geradezu eine Sogwirkung ausüben wird, so dass die Militärstrategen in Verlegenheit kommen werden. Auch die religiösen Fragen werden neu überdacht werden, wenn die geistigen Akkorde des Wassermann-Zeitalters in den Seelen der Menschen erklingen. Dies wird die Zeit sein, da ihr die Zeichen am Himmel sehen werdet und die Umwandlung der Erde beginnen wird. Wir danken euch für eure Arbeit, die ihr dem Gottessohn zuliebe geleistet habt und die euch einmal vergütet werden wird. Freut euch auf diesen Tag, der uns mit euch vereinigen wird zur Gestaltung des neuen Weltentages. Gott zum Gruß und Friede über alle Grenzen.

Bewusstsein und Weltbild

An der Schwelle zur ‚Raumphase' der Menschheit

Die gegenwärtigen Weltkrisen, Katastrophen und Unruhen, die immer größere Ausmaße annehmen, lassen bei vielen Menschen das Gefühl aufkommen, dass die Menschheit vor einer entscheidenden Zeitenwende steht. Kein Zweifel, alles deutet darauf hin, dass wir eine globale Änderung der Lebensbedingungen auf der Erde zu erwarten haben. Ich möchte sogar sagen, dass wir einer neuen Epoche unserer Kultur und Zivilisation entgegengehen, und zwar mit zunehmender Beschleunigung. Jedermann ist heute auf diese oder jene Weise, mittelbar oder unmittelbar davon betroffen. Der Fortschritt auf allen Gebieten ist unverkennbar. Es ist nur die Frage, in welche Richtung wir fortschreiten. Und an diesem Punkt beginnen die Meinungsunterschiede. Die Einen sehen in der Hoch-Technologie ein bewundernswertes Erzeugnis der menschlichen Intelligenz mit noch kaum absehbaren Anwendungsmöglichkeiten, während die Anderen befürchten, dass der Mensch letzten Endes durch seine eigenen Schöpfungen beherrscht werden könnte. Beide Ansichten haben ihre Berechtigung, wenn auch aus verschiedenen Gründen, auf die ich aber nicht näher eingehen will, da sie schon des Öfteren sachkundig diskutiert und auch der interessierten Öffentlichkeit mitgeteilt wurden. Die Frage kann demnach nur so lauten: Ist es der gegenwärtigen Menschheit möglich, den technischen Fortschritt in solche Bahnen einmünden zu lassen, die auch die Gewähr bieten, dass das Schicksal unseres Planeten nicht mehr von der Festigkeit des berühmten seidenen Fadens abhängt, sondern von der Vernunft und dem guten Willen der Regierenden, für alle Menschen eine angemessene Entfaltungsmöglichkeit zu schaffen? Dass dies noch ein weiter Weg ist, soll nicht bestritten werden. Trotzdem besteht kein Anlass, in Hoffnungslosigkeit zu verfallen, wenn man nur genügend große Entwicklungsperioden der Betrachtung zugrundelegt. Gerade in der Gegenwart erleben wir doch die ersten Ansätze einer Politik der gemeinsamen

Verantwortung und des Abbaus von Misstrauen als Voraussetzung für ein planetares Menschheitsbewusstsein. Dieser überraschende Umschwung in den Beziehungen zweier Machtblöcke war noch vor kurzem undenkbar. Und ich glaube sagen zu können, dass wir noch weitere positive Überraschungen erwarten dürfen. Nun, ich will nicht weiter in die große Politik abschweifen, vielmehr wollte ich nur an diesem Beispiel zeigen, dass auch hier ein Beschleunigungseffekt erkennbar ist, der mit dem auf dem Gebiet der technischen Entwicklung vergleichbar ist. Es ist naheliegend, daraus den Schluss zu ziehen, dass beide Entwicklungen ihren Anstoß aus der gleichen Quelle beziehen, das heißt dass ein übergeordnetes Gesetz tätig wurde, das außerhalb menschlicher Einflussnahme existiert und von kosmischer Bedeutung ist. Nun höre ich den Einwand, dass doch das Geschehen auf der Erde nicht mit einem kosmischen Gesetz in Verbindung gebracht werden könne. Dem ist zu entgegnen, dass wir alle einem höheren Gesetz untergeordnet sind, das nichts anderes bewirkt als unsere geistige Höherentwicklung unter Wahrung unseres freien Willens. Dies ist als ein Wesensmerkmal, das uns von der niederen Kreatur unterscheidet und zugleich die These widerlegt, dass der Mensch auf dem Wege der Evolution aus der Tierstufe aufgestiegen sei. Denn der freie Wille kann einer Seele nur vom Schöpfer selbst verliehen werden, wenn sie den erforderlichen Reifegrad dafür erreicht hat. Insofern bedeutet Evolution eine vorausgehende Notwendigkeit für Schöpfung und Vollendung. Ich werde später noch darauf zurückkommen. Aber zunächst soll uns die Frage beschäftigen, wie es zu einer derartigen Zuspitzung von Hass und Gewalt zwischen den Völkern kommen konnte. Warum musste die Menschheit derartige Schicksalskatastrophen hinnehmen, die uns heute bis an den Rand der Selbstzerstörung geführt haben?
Die Gründe sind vielschichtiger Art. Sie liegen, kurz gesagt, in einer geistigen Fehlentwicklung, die Jahrtausende umfasst und die wir niemand anderem anlasten können als uns selbst. Denn

nach dem unbestechlichen Gesetz von Ursache und Wirkung müssen wir heute das ernten, was wir früher gesät haben. Die tiefere Ursache aller Menschheitskrisen liegt daher im eigenwilligen Unvermögen des Menschen, seine eigentliche Aufgabe und sein innerstes Wesen zu erkennen, das ihn mit dem Schöpfer verbindet und ihn als Stimme seines Gewissens allezeit begleitet. Durch diese immerwährende Verbindung wird er sich bewusst, dass er ein Teil einer höheren Lebenswirklichkeit ist, die sich ihm liebevoll offenbaren will, ohne seine Willensfreiheit, die Freiheit seines Individualgeistes, einzuschränken. Denn das Ziel seiner Entwicklung liegt in dem einzigartigen Auftrag des Menschen, durch die freie Entfaltung und Höherentwicklung aller ihm zugedachten Eigenschaften das große Schöpfungswerk begreifen zu lernen, es in Liebe mitzugestalten bis zur Entbehrlichkeit aller materiellen Läuterungsstufen, das heißt bis zu seiner geistigen Vollkommenheit. Vor diesem Hintergrund seiner Aufgabe, die zugleich den Beweis einer unendlichen Liebe beinhaltet, erscheint das selbstzerstörerische Versagen des Menschen über Jahrtausende schlechthin unbegreiflich. Warum engen wir unser Leben in Grenzen ein, die es nur in unserer eigenen Vorstellung gibt? Jedes Denken in Begrenzungen widerspricht unserem wahren Sein, das nicht von Zeit und Raum bestimmt wird, denn es wurde aus der Ewigkeit geboren und mit Unendlichkeit getauft. Unsere eigentliche Heimat ist demnach das grenzenlose Universum. Seiner unvorstellbaren Ausdehnung entsprechend können wir es nur mit einer ebenso grenzenlosen Energie erfahrbar machen. Es ist die Urenergie allen Seins, das Mysterium der Liebe. Denn das ganze Universum ist ein Schöpfungsgedanke der göttlichen Liebe. Alle menschliche Erkenntnis ist deshalb nur ein Wachsen im Bewusstwerden dieser Liebe. Wir würden uns daher selbst einen guten Dienst erweisen, wenn wir alles ablegen würden, was uns geistig zu binden versucht, denn die Liebe bindet nicht, sie verströmt sich stets selbst.

Die in vielen Kreisen noch vorherrschende materialistische Denkweise steht zu dieser Darstellung allerdings in einem krassen Gegensatz, der in folgendem Ausspruch eines Mitwirkenden am ersten Atombombenbau gipfelt: „Die Selbstvernichtung der Menschheit, die nunmehr kosmische Kräfte beherrscht, kann von dem sich entwickelnden Universum aus ebenso wenig als Ende angesehen werden, wie der Tod eines Menschen als Ende einer Nation." Was für eine menschenverachtende Gefühllosigkeit spricht aus solchen Worten! Die Flucht des Forschers vor seiner Verantwortung, die nunmehr neue Dimensionen erreicht hat, zeigt eine auffallende Bewusstseinsspaltung zwischen Wissen und Gewissen, wie einige Ingenieure, die in Rüstungsbetrieben tätig sind, in einem Gespräch selbst bekundet haben.

Damit muss aber das Wissenschaftsdogma von der Wertfreiheit der Forschung, insbesondere vor dem Hintergrund unwägbarer politischer Kräfte, endgültig aufgegeben werden. Denn, wie uns täglich vor Augen geführt wird, ist die Verantwortung der Wissenschaft für alle Zukunft zu einer Daseinsfrage geworden. Die Entscheidung, vor der wir stehen, lautet in aller Klarheit: „Selbstabdankung der Menschheit im Atomzeitalter und der beginnenden Gentechnologie. Selbstbesinnung als ethische Verpflichtung gegenüber allem Leben."

Es sei nicht verschwiegen, dass die Frage der Verantwortung in der Forschung durch Spezialisierung und Arbeitsteilung recht kompliziert geworden ist. Doch wenn diese Frage durch die Gefährdung unseres ganzen Planeten zu einer Überlebensfrage geworden ist, dann sollte für alle in der Forschung tätigen Wissenschaftler eine Art Berufsethik formuliert werden, ähnlich dem hippokratischen Eid des Arztes, in dem Sinne, dass kein Forscher seine wissenschaftlichen Erkenntnisse in lebensgefährdender Weise gegen den Menschen und gegen die Schöpfung insgesamt zur Verfügung stellen darf.

Nun wird man einwenden, dass dies ein frommer Wunsch sei, der mit der Wirklichkeit nichts zu tun habe. Wer aber die Grenzen seiner ethischen Verantwortung nicht in seinem Inneren zieht, der zieht sie auch nicht nach außen! Im Blickpunkt von Freiheit und Verantwortung des Forschens sollte der Mensch stehen und nicht das, was er geschaffen hat. Alles von Menschenhand Geschaffene ist vergänglich, wandelbar und in seinem Wert nicht beständig. Dem Unvergänglichen aber und dem Unwandelbaren, das wir Gott nennen, sollten wir unsere ganze Liebe und Verehrung erweisen.

Dass diese Gedanken durchaus eines Wissenschaftlers würdig sind, hat Max Planck, Nobelpreisträger für Physik, in einem 1944 in Florenz gehaltenen Vortrag mit folgenden Worten zum Ausdruck gebracht: „Als Physiker, also als Mann, der sein ganzes Leben der nüchternsten Wissenschaft, nämlich der Erforschung der Materie diente, bin ich sicher frei, für einen Schwarmgeist gehalten zu werden. Und so sage ich ihnen nach meinen Erforschungen des Atoms dieses: Es gibt keine Materie an sich! Alle Materie entsteht und besteht nur durch eine Kraft, welche die Atomteilchen in Schwingung bringt und sie zum winzigsten Sonnensystem des Atoms zusammenhält. Da es aber im ganzen Weltall weder eine intelligente, noch eine ewige Kraft gibt, so müssen wir hinter dieser Kraft einen bewussten, intelligenten Geist annehmen. Dieser Geist ist der Urgrund aller Materie! Nicht die sichtbare, aber vergängliche Materie ist das Reale, Wahre, Wirkliche, sondern der unsichtbare, unsterbliche Geist ist das Wahre! Da es aber Geist an sich allein ebenfalls nicht geben kann, sondern jeder Geist einem Wesen angehört, müssen wir zwingend Geistwesen annehmen. Da aber Geistwesen nicht aus sich selber sein können, sondern geschaffen worden sein müssen, so scheue ich mich nicht, diesen geheimnisvollen Schöpfer ebenso zu benennen, wie ihn alle Kulturvölker der Erde früherer Jahrtausende genannt haben: Gott! So sehen sie, meine verehrten Freunde, wie in unseren Tagen, in denen man nicht

mehr an den Geist als den Urgrund aller Schöpfung glaubt und darum in bitterer Gottesferne steht, gerade das Winzigste und Unsichtbare es ist, das die Wahrheit wieder aus dem Grabe materialistischen Stoffwahnes herausführt und die Welt verwandelt, und wie das Atom der Menschheit die Türe öffnet in die verlorene und vergessene Welt des Geistes."
Mit diesem erstaunlichen Bekenntnis hat Max Planck eine Brücke zwischen Naturwissenschaft und Religion hergestellt. Eine bemerkenswerte Parallele finden wir übrigens in der Bibel im 1. Korintherbrief, Kap. 2, Vers 9 und 10: „Was kein Auge gesehen, was kein Ohr gehört hat und was keinem Menschen in den Sinn gekommen ist, offenbart Gott denen, die ihn wahrhaft lieben. Uns aber hat es der Geist Gottes offenbart, denn der Geist erforscht alle Dinge, selbst die Tiefen der Gottheit."
Es sind nur wenige Wissenschaftler, welche die von Max Planck errichtete Brücke vorbehaltlos beschritten haben. Das liegt wohl an der Neigung des Menschen, den eingeschlagenen Weg erst dann zu verlassen, wenn das eigene Selbstwertgefühl auf dem Spiele steht. Ein weiterer Grund ist aber auch darin zu sehen, dass innerhalb einer Kulturepoche ein bestimmtes Gedankengut entsprechend den geistigen Impulsen, die diese Epoche prägen, zum Leitbild erhoben wird. Ein solches relatives Weltbild wird dann in starre Lehrmeinungen gefasst, deren Unantastbarkeit durch Intoleranz bis zur Anwendung von Drohung und Gewalt verteidigt wird. Aber erst wenn die Lehrmeinung offensichtlich korrekturbedürftig geworden ist, nachdem ihre Auswirkungen zum Beispiel existenzbedrohende Formen angenommen haben, wird die bisher gültige Leitlinie etwas biegsamer. Aktuelle Beispiele für diesen Vorgang erleben wir heute in der Umweltproblematik, obwohl es an frühen Warnungen nicht gefehlt hat. Man muss nun unter dem Zwang der bedrohlichen Umstände schmerzlich erkennen, dass unser Wohnplanet ein begrenzter Lebensraum ist, den man nicht uferlos ausbeuten und missbrauchen kann. Diese allmählich durchbrechende Erkenntnis führt

bereits zu einem Gefühl planetarer Verantwortung. Der Begriff ‚Ökologie' hat in diesem Zusammenhang eine lebensentscheidende Aufwertung erfahren. Es ist darunter die Lehre vom umfassenden Zusammenwirken aller natürlichen Einflüsse und Wirkungen zu verstehen, vom Wechselspiel alles Lebendigen und von den gegenseitigen Abhängigkeiten von Stein, Pflanze, Tier und Mensch. In dieses sensible Lebenssystem ist auch der Mensch einbezogen, ein Mikrokosmos mit mannigfachen, zum Teil noch unerforschten Wirkungsmöglichkeiten. Man denke nur an die psychosomatischen Wechselbeziehungen oder an das noch wenig bekannte Gebiet der Geist-Energien, zu denen auch die Telepathie zählt, in der, wie bekannt, die russischen Kosmonauten ausgebildet werden. Auch die im Aufwind begriffene Naturheilkunde, die Homöopathie und noch andere, auf die biomagnetischen Energien des Menschen abgestimmten Heilverfahren lassen seine geistig-seelische Struktur als seinen feinstofflichen Leib erkennen. Wir gehen daher nicht fehl, wenn wir von einem biologischen Energiefeld sprechen, das dem Menschen innewohnt und ihn zugleich als Aura umhüllt. Mit seinem feinstofflichen Leib befindet er sich in einem stetigen Austausch mit den bio-magnetischen Energiefeldern der Erde und aller Planeten des Sonnensystems, ja mit dem ganzen Universum. Das Universum ist im Grunde auch nichts anderes als eine ewig fließende Energiequelle, ein Energiekontinuum, aus dem wir laufend versorgt werden ohne uns dessen bewusst zu sein. Wie recht hatten doch die alten Weisheitslehrer, wenn sie im Menschen die mikrokosmische Verkörperung des Weltalls sahen, so wie es vor fast 4000 Jahren der altägyptische Gelehrte Hermes Trismegistos formulierte: „Es ist gewiss, wirklich und wahr: Was oben ist, ist wie das, was unten ist, und was unten ist, gleicht dem, was oben ist, zu offenbaren die Wunder des Einen, dessen Kraftfülle vollkommen bleibt, auch wenn sie in irdische Hüllen gekleidet ist." Hätte der Mensch diese einfache Wahrheit begriffen, dann wäre es ihm klar geworden, dass er selbst Teil

eines universellen Lebens ist, Geistfunke eines ewigen Schöpfergottes, Ideenform Seiner selbst. Dann würde uns auch der nächste Erkenntnisschritt nicht schwer fallen, nämlich die Tatsache, dass wir nur eine unter vielen Menschheiten im All sind, so verschieden die Entwicklungsstufen auch sein mögen. Auch in dieser Hinsicht dürfen wir auf ein altes Wissen zurückgreifen, das der griechische Philosoph Metrodoros von Chios, der im 4. Jahrhundert vor Christus lebte, in dem gleichnishaften Ausspruch zusammenfasst: „Es wäre gleichermaßen absurd, die Erde als die einzige bewohnte Welt im unendlichen Raum zu betrachten, wie zu behaupten, dass in einer riesigen Ebene nur ein einziges Samenkorn aufgehe." Aber auch der Ausspruch Jesu Christi: „In meines Vaters Hause gibt es viele Wohnungen" ist nicht nur im Sinne der geistigen Heimat aller Menschen, sondern auch in Bezug auf die vielen Schulungs- und Läuterungsstätten im materiellen Universum zu verstehen. Trotz der allmählichen Entwicklung eines Verständnisses für Weltraumbegriffe ist es bis heute nicht gelungen, uns von einem Mittelpunktsdenken zu lösen, sei es in religiöser oder anthropologischer Vorstellung, so, wie es uns durch die Entdeckungen von Galileo Galilei vor rund 350 Jahren nach vielen Kämpfen gelungen ist, die Erde von dem archaischen Vorstellungsbild als Schöpfungsmittelpunkt in eine bescheidenere Position zu versetzen
Schon früher blockierte eine Art Erkenntnisangst den Weg zu einem ganzheitlich orientierten Weltbild, in dem sich Naturwissenschaft und Religion die Hand reichen, ja, in dem sie sich gegenseitig ergänzen. Worauf ist diese Erkenntnisangst zurückzuführen? Im tieferen Sinne wohl auf die Tatsache einer höheren Lebensordnung, bei deren Anerkennung die menschliche Überheblichkeit klar zutage treten würde, die in gefährlichen Steigerungsraten bereits ihr Ende auf dem materialistischen Irrweg gefunden hat. Noch verhindert aber die wohl gepflegte wissenschaftliche Eitelkeit die notwendige Selbstüberwindung, um den befreienden Schritt zur Erkenntnis der wahren Größe des

Menschen und seiner Aufgabe als Verantwortungsträger in einer ihm dienenden Schöpfung zu tun. Noch erfüllt das idealisierte Pathos der Aufklärungsepoche des 19. Jahrhunderts das Bewusstsein der meisten Menschen. Die Verherrlichung der menschlichen Vernunft hat das Geschöpf zum Schöpfer erhoben. Es sei unbestritten, dass die geistesgeschichtliche Epoche der Aufklärung eine wichtige Etappe auf dem Weg zur Selbstverwirklichung des Menschen darstellt, aber ihr Doppelgesicht zeigt sich allzu deutlich in den Folgen, die heute zu einer ideologisierten Gottesferne geführt haben. Und wir wissen, dass jede Ideologie zu einer tödlichen Gefahr wird, wenn sie glaubt sich über Gott erheben zu können.

Was ist zu unternehmen? Das Bewusstsein des Menschen muss von Irrtümern befreit werden, die einer Welt des Vergänglichen angehören. Es muss sich einem neuen Erkennen öffnen, in dem der Geist als belebendes Element zu einer hellen Flamme entfacht wird. Erst dann ist der Mensch nicht mehr Opfer seines eigenen Fortschrittes, sondern sein verantwortungsbewusster Gestalter.

Wir brüsten uns mit den ersten tastenden Schritten in den Weltraum, den wir zu ‚erobern' gedenken, und sind noch nicht einmal in der Lage, unser ‚Raumschiff Erde' in einen geordneten Zustand zu versetzen. Wir sind stolz auf unsere wissenschaftlichen Leistungen, die uns immer weitere Ziele auf allen Gebieten des menschlichen Daseins verheißen. Gleichzeitig machen wir aber diese Anstrengungen wieder zunichte, indem wir unsere Intelligenz zur Zerstörung der Lebensbedingungen auf unserer Erde verwenden. Wir missbrauchen unseren Wohnstern als nukleares Experimentierfeld. Kein Mensch scheint sich darüber im Klaren zu sein, dass unser Stern nicht unser Besitz ist, sondern ein Leihgut, das uns für eine gewisse Zeit für unsere geistige Vorentwicklung, anvertraut worden ist. Wir sind deshalb alle Gäste in einem materiellen Hause Gottes. Doch anstatt uns dieser Gastfreundschaft bewusst zu sein, wird die irdische

Einrichtung rücksichtslos zerstört, werden Menschenleben dem Machtwahn und einem fragwürdigen technischen Fortschritt geopfert, und schließlich wird der Weiterbestand des ganzen Planeten aufs Spiel gesetzt. Die technisch-wissenschaftlichen Fähigkeiten des Menschen haben ein Maß erreicht, das nunmehr die Frage nach seiner Vernunft und darüber hinaus auch nach seiner schöpferischen Mitverantwortung aufwirft. Das ist die kritische Schwelle, an der wir stehen.

Unsere Weltraumreife wird sich erst in dem erwachten Bewusstsein zeigen, dass wir als planetare Menschhcit der universellen Höchstschöpfung ‚Mensch' angehören, und dass wir uns als unsterbliche Geistseelen erkennen, ausgestattet mit schöpferischen Fähigkeiten, einem freien Willen und einem ethischen Maßstab, diese Fähigkeiten so anzuwenden, dass alles, was aus dem Einen geworden ist, sich in Vollkommenheit wieder mit ihm verbindet. Das ist das Ziel jeder Hoch-Religion, wie es schon in der Bedeutung des Wortes ‚Religio', der Wiederverbindung zum Göttlichen, erkennbar ist. Religion, so verstanden, ist also niemals Aberglaube noch Rückständigkeit, und schon gar nicht ein ‚heiliges Schlachtfeld'. Religion ist eine ernste Sache, denn sie ist die eigentliche Lebensgrundlage, das göttliche Grundgesetz für jeden Menschen, ganz gleich welchen Standes er ist oder welche Hautfarbe er hat. Es gibt keine Ausnahme. Und so, wie die ‚Religio' kein starres Glaubensbekenntnis sein kann, so ist auch unser Bewusstsein einem stetigen Wandel unterworfen, entsprechend den Erfahrungswerten, die wir auf dem Schicksalswege sammeln. Und unser Weltbild ist dann nichts anderes als der nach außen in Erscheinung tretende Erfahrungsschatz unseres Bewusstseins. Nirgendwo und zu keiner Zeit gibt es deshalb etwas Endgültiges, weder in der Welt der Materie, noch in den geistigen Lebensreichen, vielmehr reift die menschliche Seele über unvorstellbare Zeiträume zu ihrer geistigen Vollkommenheit heran. Auf dieses Ziel weist auch das Christuswort

hin: „Ihr sollt vollkommen sein, wie euer Vater im Himmel vollkommen ist." (Matthäus, Kap. 5, Vers 48)
Mit dieser Aussage weist uns Christus auf unseren göttlichen Wesenskern hin. Dass dieser lange Weg der ‚Religio' niemals nur innerhalb eines einzigen Erdenlebens abgeschlossen sein kann, ist eigentlich nur eine folgerichtige Überlegung. Aus diesem Grunde sollte uns der Gedanke nicht mehr fremd sein, dass dazu eine Vielzahl von wiederholten Einkörperungen der Geistseele in die materielle Erfahrungs- und Läuterungsschule notwendig wird, und zwar so lange, bis sie diese Schule mit dem Zeugnis der Reife für höhere Lebensreiche verlassen kann, das heißt bis sie die Grundlektionen, wie sie von Jesus in der Bergpredigt gelehrt und von ihm vorgelebt wurden, sich zu eigen gemacht hat und damit dem Unterrichtsstoff des Erdendaseins entwachsen ist.
Und wie das selbst erarbeitete Wissen nach der Schule nicht verloren geht, so tritt auch ein Verlust des angeeigneten Lehrstoffes und der gemachten Erfahrungen durch das Verlassen der Körperwelt, das wir Tod nennen, nicht ein, denn der Erfahrungsschatz ist bleibendes Eigentum von Geist und Seele, die als unsterbliche Wesenheit des Menschen den materiellen Gesetzen der Umwandlung und Verwesung nicht unterworfen sind. Das gilt in gleicher Weise auch für das Bewusstsein, das nicht an das körperliche Gehirn gebunden ist, sondern mit der Seele eine Einheit bildet. Die Wiedergeburts- oder Reinkarnationslehre ist nicht etwa eine absonderliche religiöse Lehre eines bestimmten Volkes oder einer bestimmten Religion, sondern ein Wissen, das überall in der Menschheit seine Wurzeln geschlagen hat. Ebenso übrigens wie das Wissen um die Unsterblichkeit der Seele, für die schon Cicero in seinem Buch über die Unsterblichkeit, den ‚Consensus gentium', also die Übereinstimmung der Menschen, als Beweis angeführt hat. Wenn also eine Erkenntnis der Wirklichkeit entspricht, dann wird sie überall erlebt und als Tatsache empfunden.

Die griechischen Philosophen Pythagoras und Platon und noch viele andere haben die Reinkarnation gelehrt, und sie war sogar Bestandteil des alten christlichen Glaubens, bestätigt durch die Kirchenlehrer Origenes und Augustinus, die zu den größten theologischen Forschern des Altertums zählen. Origenes sprach besonders eindrucksvoll davon, dass die Erde nur eine unter unzähligen von bewohnten Welten im All sei. Er bejahte den uralten Glauben, dass nach dem Tode eines Menschen seine Seele sich auf der Erde oder auf anderen, vollkommener Welten wiederverkörpere. Das ewige Leben der Seele bestehe sogar in dieser Wanderung von Welt zu Welt, wobei sie sich im Maße ihrer Vervollkommnung zu immer höheren Himmelswelten und lichteren Lebensbereichen aufschwinge. Unsere eigentliche Heimat sei nicht die Erde, sondern das All. Origenes sah den Menschen auf einer unendlichen Stufenleiter zu immer umfassenderen Stadien der Vergeistigung und Vergöttlichung emporsteigen bis zur schließlichen Einswerdung mit dem Geist des Lebens und der Welten. Leider wurde die Lehre der Reinkarnation auf dem später einberufenen Konzil von Nicäa im Jahre 325 n. Chr. wieder verworfen. Doch war die belebende Kraft dieser Idee durch die ganze Geistesgeschichte hindurch wirksam, auch wo sie selbst nur im Verborgenen weiterlebte.

Ich erwähnte, dass es der Erfahrungsschatz unseres Bewusstseins ist, der unser Weltbild bestimmt. Hierbei spielen die unbewussten Erinnerungen der Seele an zurückliegende Leben eine bedeutungsvolle Rolle. Das in vielen Inkarnationen geübte Denken und Handeln, die Entwicklung von Wesenseigenschaften und Talenten, haben unsere Seele und unser Bewusstsein geprägt. Diese Individualeigenschaften sind stärker als die Umwelt und jede vererbbare Eigenart der Eltern. Die eingeprägten Erinnerungen werden bei jeder neuen Verkörperung zum Teil ausgeglichen, aber auch verstärkt und überlagert, je nach Schicksalslage und Willensentscheid. Man könnte auch sagen, dass sich der Mensch durch jede Erfahrung und Wissensaneignung neu ‚programmiert', um einen modernen Ausdruck zu gebrauchen. Es liegt nun auf der Hand, dass sich das Programm, der kleineren Mühe wegen, in erster Linie nach dem bereits von früheren Erfahrungen geprägten Muster ausrichtet, was zur Folge hat, dass bestimmte Gewohnheiten beibehalten werden oder nur ein solches Wissensgut als richtig anerkannt wird, das sich mit dem unbewussten Muster deckt.

Darin liegt der Grund, weshalb eine Umstellung auf andere Werte und Erkenntnisse so schwer fällt. So erklärt sich auch das Festhalten an vorgefassten Meinungen und Denkgewohnheiten, und vor allem das unwürdige Beharren auf Gewaltanwendung, Krieg, Hass und was der negativen Eigenschaften mehr sind. Wenn man jedoch einmal die Ursachen erkannt hat und durchleuchtet, dann sollte unser höheres Ich zu Worte kommen und die hemmenden Eigenschaften beiseite räumen, die unsere Entwicklung in eine, sich nur wenig ändernde Kreisbahn gezwungen haben. Wenn wir also einen zählbaren Fortschritt erreichen wollen, dann gilt es, unseren Willen und unser Denken in positivem Sinne zu schulen. Wir müssen sie neu ‚programmieren'. Wir können uns glücklich schätzen, wenn wir erkennen, dass wir stets selbst die Urheber unserer Lebensabläufe sind. Dann haben wir auch schon die Bahn betreten, die zur Einsicht und zu wahrer Lebenserkenntnis führt! Die Lebensschwierigkeiten auf das Einwirken eines unerforschlichen Schicksals abzuwälzen, ist zu einfach und eine Selbsttäuschung, um das eigene Versagen zu verschleiern! Denn es kommt immer das als Schicksal auf uns zu, was wir entweder in unserem jetzigen Leben oder in einer früheren Inkarnation als Ursache gelegt haben. Diese Einsicht gebietet es, jetzt mit der Saat für eine vollwertige Ernte zu beginnen. Mit diesem Entschluss verändert sich bereits unsere Schicksalslinie zum Besseren. Die wichtigste Periode unseres Lebens ist demnach immer die Gegenwart. Das Vergangene lässt sich nicht mehr ändern. Sorgen wir deshalb

heute durch rechtes Denken und rechtes Verhalten dafür, dass wir das Zukünftige nicht beklagen müssen.
Diese Gedanken wurden in einem Aufsatz mit der Überschrift „Vom rechten Verhalten zum rechten Halt" von Fra Tiberianus, einem neuzeitlichen Mystiker, so einprägsam vertieft, dass ich daraus zitieren möchte. Er schreibt hier unter anderem: „In der Erkenntnis der rechten Einstellung liegt die Wandlung aller Umstände und Gegebenheiten. Sich nicht zum Spielball äußerer Spannungen machen und sich nicht in negative Verhältnisse hineinzwingen zu lassen, das ist es worauf es ankommt! In dem Maße, wie ich mein inneres Verhalten ändere, ändern sich auch meine verworrenen Verhältnisse. Nur wer sein Bewusstsein auf eine höhere Denkstufe bringt, sich dem Göttlichen öffnet, hat auch Zugang zur Allheit des Lebens und hat seinen rechten Halt gefunden. Gewiss mag es auch anfangs immer noch Unsicherheiten und Schwierigkeiten geben, aber im Verbund mit dem ewigen Geist der Höheren Wirklichkeit gibt es stets einen Weg zur Klarheit, zur Weitsicht und Zieloffenbarung. Die Kraft, die der Suchende braucht, wird ihm werden, die leitende Antwort wird Gestalt gewinnen und der höhere Geist wird ihm die Lebenstür öffnen. In dem Maß, wie sein Leben sich vom rechten Verhalten zum rechten Halt umformt, in der gleichen Weise wird sein Denken an Klarheit gewinnen. Das Dasein hat eine neue Zukunft bekommen. Die positive, innere Kraft wird nun vom lebendigen Geist Christi getragen, geführt und geleitet. Noch hast du den letzten Schlüssel nicht in der Hand, aber schon spürst du das Leuchten deiner Seele, und aus dem Zentrum des Alls, aus dem alles geboren ist, reicht man dir die Hand, auf dass du nun endlich vom rechten Verhalten zum rechten Halt aufsteigen kannst."
Es mag vielleicht sein, dass diese Ausführungen für den Verstandesmenschen zu viel Mystik enthalten. Für ihn lässt sich der ganze Inhalt auch auf einen einfachen Nenner bringen: Das, was unser Bewusstsein ausfüllt, ist das, was wir in unserem Leben

erfahren. Es ist zwar nicht notwendig, dass wir an dieses Gesetz der biomagnetischen Anziehungs- und Verwirklichungskraft der Gedanken glauben, doch wäre dies ebenso töricht, wie wenn wir das Gesetz der Schwerkraft ignorieren würden. Um wie viel besser wäre es in der Welt bestellt, wenn die Menschen dieses Gesetz der geistigen Dynamik zu ihrer Lebensrichtlinie machen würden. Wie viel Leid und Elend können sie sich als Mittel zur Korrektur eines falschen Weges ersparen. Stattdessen treten die meisten ihre Schicksalsreise ins Ungewisse an. Aber welcher vernünftige Mensch begibt sich schon auf eine Reise ohne genaue Kenntnis des Ziels? Solange wir den Dämmerzustand unserer irdischen Bewusstseinsbegrenzung als unsere Existenz bezeichnen, bewegen wir uns nur am Rande unseres wahren Seins. Aber allein schon die Tatsache, dass wir fähig sind, mit von uns geschaffenen Instrumenten sowohl die Gestalt des Universums als auch den Aufbau der Atome zu erforschen, hält uns doch geradezu vor Augen, dass in uns die Allseele, das göttliche Selbst wohnt und uns zur Erkenntnis unserer ewigen und unbegrenzten Existenz führen will. Aber es ist schon merkwürdig, dass das Denken vieler Astronomen und Atomphysiker an dem Punkt versagt, der ihnen den offensichtlichen Beweis für eine höchste, unbegreifliche Intelligenz liefert, die hinter allen sichtbaren Erscheinungsformen des Makrokosmos und des Mikrokosmos existieren muss. Der Fehler liegt darin, dass wir nur von einer irdischen Perspektive aus alle Betrachtungen anstellen und lieber einem Zufall unsere eigene Existenz zuschreiben, als eine geistige Überwelt als Urgrund allen Seins anzuerkennen gewillt sind. Diese Unlogik führte die ganze Menschheit in schwere Irrtümer, aus denen eine materialistische Lebensauffassung entstanden ist, die das Bewusstsein und die Seele des Menschen als eine Funktion der Materie erklärte. Im Tod wurde deshalb das absolute Ende des Lebens gesehen, während er doch in Wahrheit nur ein Übergang in die Selbständigkeit der Seele und des Bewusstseins ist. Dieser Ablauf eines natürlichen Geschehnisses unterliegt immer noch einem fragwürdigen Tabu in der Begriffswelt der reinen Verstandesmenschen. Was ist der Grund? Man könnte von einer selbstüberheblichen Einstellung ausgehen, die sie von einer höheren Gerechtigkeit zurückschrecken lässt. Außerdem scheint es ihnen nicht bewusst zu sein, dass der Hauptteil ihrer Erkenntnisse, Erfindungen und Entdeckungen dem inspirativen Mitwirken der geistigen Welt zuzuschreiben ist. Sie möchten die Anerkennung ihrer eigenen Intelligenz auf alle Fälle gesichert wissen, indem sie das als unwissenschaftlich abtun, was ihnen aber längst zur inneren Gewissheit geworden ist. Auf eine kurze Formel gebracht, lautet die Erkenntnis: Geist ist unsterbliche Wahrheit, Materie ist sterblicher Irrtum! Dass diese Erkenntnis bereits in der neuen Physik ihren Niederschlag gefunden hat, geht aus einer bahnbrechenden Äußerung des Nobelpreisträgers für Physik Werner Heisenberg hervor, deren Kernsatz lautet: „Auf subatomarer Ebene gibt es so etwas wie exakte Wissenschaft nicht. Was wir beobachten, ist nicht die Natur selbst, sondern die Natur, die sich unserer Fragestellung darbietet. Deshalb führt uns die Quantenphysik zu dem einzigen Ort, wohin wir gehen müssen: zu uns selbst."

Diese offen geäußerte Erkenntnis eines Atomphysikers ist erstaunlich, hätte man sie doch eher von den Philosophen und Theologen erwartet. Doch klingt der gleiche Gedanke in der Dichtung „Die Lehrlinge zu Sais" von Novalis in der folgenden Szene an: „Einem gelang es – er hob den Schleier der Göttin zu Sais. Aber was sah er? Er sah – Wunder des Wunders – sich selbst." Und nun schließt sich auch der Kreis mit der Weisheit des Hermes Trismegistos, dass der Schlüssel zum Verständnis des Makrokosmos und des Mikrokosmos in uns zu finden ist. Davon ausgehend sei noch ein weiterer Schluss erlaubt: Da es ein unbegrenztes Außenall gibt, müssen wir folgerichtig auch ein Innenall, einen Innenkosmos unserer Seele annehmen, der ebenso grenzenlos ist. In dieser, dem menschlichen Verstandesdenken verschlossener Bewusstseinsdimension schwinden Zeit und Raum, Vorher und Nachher, alles ist Gegenwart, und was uns weltenfern scheint, ist uns genau so nah, wie der Ort, an dem wir uns befinden. Wir empfinden uns dann als Mittelpunkt des Universums, was übrigens auch mit der Definition der Unendlichkeit, nämlich dass überall ihr Mittelpunkt ist, übereinstimmt. Der große Physiker Albert Einstein hat einmal seine Gedanken über Ewigkeit und Unendlichkeit in folgende bemerkenswerte Worte gefasst. „Die Begriffe Vergangenheit, Gegenwart und Zukunft sind ein und dasselbe, weil sie alle in unser Bewusstsein einmünden. Zeit existiert deshalb nicht als Dimension, sondern nur als Ausdruck einer Bewusstseinsbegrenzung." Und in anderem Zusammenhang äußerte er sich zu Fragen von Wissenschaft und Religiosität wie folgt: „Thesen, die mit Hilfe reiner Logik erarbeitet wurden, entbehren jeglicher Realität ... Die kosmische Religiosität lässt sich demjenigen, der nichts von ihr besitzt, nur schwer deutlich machen. Ich behaupte, dass die kosmische Religiosität die stärkste und edelste Triebfeder wissenschaftlicher Forschung ist."

Das klare Bekenntnis eines großen Wissenschaftlers zur Einheit von Religion und Wissenschaft richtet unseren Blick bereits in eine fernere Zukunft, und das kosmische Bewusstsein, das sich darin ankündigt, wird auch unser Weltbild in kaum vorstellbarem Maße erweitern. Dann wird auch die Suche nach außerirdischen Zivilisationen, die mit einem ungeheuren technischen und finanziellen Aufwand betrieben wird, auf eine überraschende Weise zum Ziel führen. Wir werden dann mit Erstaunen feststellen müssen, dass unsere Raumflugtechnik sich wie die Fahrt in einem Heißluftballon ausnimmt im Vergleich zu einer außerirdischen raumflugtechnischen Wirklichkeit. Ich weiß, dass diese Behauptung einer „Science-Fiction-Geschichte" näher kommt als einer seriösen Aussage. Die Zeit ist jedoch gekommen, die unwissenschaftliche Betrachtungsweise, dass die Erde eine

Ausnahmestellung oder gar eine Vorzugsstellung in Bezug auf die Entwicklung höheren Lebens im Weltraum einnehme, über Bord zu werfen. Es muss zu unserem Selbstverständnis werden, dass der menschlichen Existenz als Gottesgedanke keine Grenzen gesetzt sind. Der Mensch ist eine kosmische Schöpfungsoffenbarung. Seine Existenzform ist abhängig von seiner Entwicklungsstufe. Sie reicht von grobstofflichen Daseinsebenen, zu der die Erde zählt, bis zu körperfreien Geistwesen, deren Bewegungsfreiheit unbegrenzt ist. Es ist deshalb nur eine Frage seiner geistigen Entwicklung, wann der Mensch dieser Erde fähig sein wird, seinen Planeten zu verlassen, Lichtjahrentfernungen durch Anwendung raumspezifischer Schöpfungsgesetze zu überbrücken und das Leben auf anderen Sternen kennen zu lernen. Solange wir uns aber noch mit Eroberungsabsichten und Vernichtungsgedanken befassen, wird uns das Tor zu kosmischen Kontakten verschlossen bleiben. Denn das Leben auf den unzähligen Welten des Universums ist allein auf die geistige Höherentwicklung ausgerichtet. Wir stehen erst am Anfang eines noch gar nicht überschaubaren kosmischen Entwicklungsprozesses, der einer kopernikanischen Wende gleichkommt. Es wird uns die geistige Einheit des Universums und die kraftvolle Verbundenheit allen Lebens auf allen Welten des Alls zur Gewissheit werden. Wir werden den tieferen Sinn des Lebens als eine fortschreitende Vervollkommnung erkennen, deren treibende Kraft sich als die allein wirkende göttliche Macht der Liebe offenbaren wird.

Botschaften der Santiner bis zum Jahre 2005
Empfangen wurden sie im Spirituellen Forschungskreis Bad Salzuflen e.V. (SFK)

In den letzten Jahren mehren sich die Umweltkatastrophen. Viele Menschen sind der Meinung, dass es Waldsterben oder Naturkatastrophen schon immer gegeben hat. Was sagt ihr dazu?
Das Vernichten des Regenwaldes ist eine Katastrophe. Er kann sich nicht regenerieren. Die Verseuchung der Meere kann ebenfalls nicht mehr rückgängig gemacht werden, sie können sich auch nicht mehr regenerieren.
Es gibt bei euren Wissenschaftlern einen Zeitkalender. Dieser geht weit zurück. Nach Überlieferungen der früheren Wetterbeobachter wurde alles niedergeschrieben, wann, was und wo etwas auf diesem Globus geschehen ist. Genauso wird so ein Kalender bei uns Santinern geführt. Der Wetterkalender hier zeigt die Temperaturen und Strahlungen der Sonne an, die Sternbilder und größere Vorkommnisse auf Erden.
Der Kalender der Santiner zeigt an, wann größere Katastrophen vorgefallen sind, um wie viel Prozent pro Jahr die Meere mehr verseucht werden, um wie viel einzelne Bäume mehr der Regenwald pro Tag ärmer wird, wie viel Umweltverschmutzung die Menschen belastet, wie viel Abgase durch Fortbewegungsmittel und Industrie entstehen, nicht zu vergessen die Atomkraftkatastrophen.
Die Menschen sind ein Teil Gottes. Sie beinhalten den Funken göttlicher Liebe in sich. Es liegt an jedem einzelnen, wie lange er sich dies mit ansehen kann. Es heißt nicht die Übeltäter zu vernichten. Es heißt vorbildlich zu sein, für Gott. Damit seid ihr ein Stützpunkt der Santiner, der bereit ist, ein Vorbild zu sein.

Bitte sage uns, was ‚Jahwus' bedeutet.
Jahwus ist der Grundstoff der materiellen Schöpfung. Dieser Stoff hat sich in diesem einmaligen unglaublichen Willensakt

Gottes zusammengezogen und hat die Kugel hervorgebracht, die dann in der Explosion der Beginn der materiellen Schöpfung war. Dieser Stoff ist in allem enthalten. Und dieser Stoff ist die Grundlage für das, was die Menschheit ‚Wunder' nennt, denn dieser Stoff enthält die göttlichen Gesetze. Er regelt und informiert die Zellen. Zellen, das Atom in allem was auf Informationen beruht, erhält diese Informationen durch den Stoff Jahwus. Wenn die Menschheit geistig und seelisch reif ist, so wird ihr der Schlüssel zu diesem Stoff von den Santinern gegeben werden. Und dann wird das, was ihr Wunder nennt, für euch kein Wunder mehr sein, sondern ein Arbeiten mit der göttlichen Schöpfung. Der Mensch wird das sein, was er sein sollte, ein Mitschöpfer des Göttlichen. Die Voraussetzung jedoch ist ein göttliches Denken und ein göttlich reines Leben.

Wie können wir im einzelnen der Erde helfen?
Sendet viele positive Gedanken für die Entwicklung des gesamten Planeten und für die Menschen. Entwickelt eine Form der Lebensfreude, die sich bei den anderen Menschen wiederspiegeln könnte. Das bedeutet, auch mit irdischen Problemen gut umgehen zu können. Das heißt, das Positive in sich verankern, festzuhalten und in alle Richtungen auszustrahlen. Für den Planeten, für die Menschen, für die Tiere, für das geistige Reich, für die niedere Welt, für die Gesamtheit. Die Zerstörung des Planeten geht immer weiter. Ihr könnt sie nicht aufhalten. Der Mensch ist jener, der versucht, Macht über etwas zu bekommen, was ihm nicht gehört. Der Mensch kann mit einem Geschenk nicht umgehen.

Warum meldet ihr euch im SFK?
Was wir versuchen, mit euch zu erreichen, ist, die Menschen zu einem positiveren und klareren Denken zu bringen. Dass sie lernen dem Negativen den Rücken zu kehren, und sich vor jeglichen Wutausbrüchen und negativen Worten doch ein

bisschen bemühen, dies in einer positiveren Wortwahl dann ausdrücken zu können. Ihr dürft nicht vergessen, dass allein schon durch eine gewisse Form von Gedankenhygiene von euch es passieren kann, dass ein Baum mehr Früchte tragen könnte. Versteht ihr dieses Sinnbild, was ich damit sagen möchte? Also, je positiver die Menschen lernen zu denken, umso mehr positive Energie wird für diesen Planeten freigesetzt. Die Menschen müssen lernen, ihr negatives Verhalten abzulegen.

Wichtig ist, dass die Menschen wissen, dass sie nicht diesen äußeren Gott finden sollen, sondern ihren inneren, ihren eigenen. Und ob er jetzt Gott, Allah oder Buddha heißt, das spielt keine Rolle. Die Menschen müssen lernen, nicht ins Äußere zu schauen, wo sie vielleicht in einem Tempel oder in einer Kirche oder in einem Erdloch Gott hoffen zu finden. Sondern es ist für sie wichtig, ihren eigenen, ihren bewussten Gott in sich zu finden. Jeder, der einen Seelenteil in sich trägt, hat auch automatisch einen Teil Gott und Jesus Christus in sich. Die ganzen positiven Ansätze sind vorhanden. Niemand hat einen negativen Luziferanteil in sich.
Wichtig ist in euren Gesprächen, nicht ins Außen zu schauen, nicht nach den Beweisen im Außen suchen, sondern immer in sich.
Außerdem sollte sich jeder diese Fragen stellen: „Wer bin ich in mir? Welchen Gott trage ich in mir? Welchen Anteil Jesus Christus trage ich in mir?" Die Menschen müssen nicht an Gott glauben, um an ihre eigene Seele zu glauben. Sie müssen an sich selbst glauben. Glauben sie an sich, glauben sie an Gott. Es ist ganz einfach.

Es gibt viele, die sich allein durch solche Fragen angegriffen fühlen.
Diese Menschen bekommen Angst. Sie fangen dann auch an, negativ zu schimpfen. Lernt aber zu verstehen, warum sie dies

tun. Sie tun dies aus einer Seelennot, aus einer Angst heraus. Es ist nur die nackte Angst, mit der ihr dort sprecht. Und schaut euch dann diese Angst an, sie ist schwarz und klebrig. Durch solche Fragen wird die irdische Angst, die emotionale und auch die materielle Angst immer größer. Die Existenzängste steigen in der momentanen Wirtschaftsituation noch mehr. Immer mehr verlieren ihren Arbeitsplatz, immer mehr Unternehmer müssen ihre Türen schließen. Und warum? Weil alles von einer gewissen Form der Politik aus geblockt wird. Das Geld ist da, aber es fließt nicht. Dieses Land und einige andere europäische Länder werden in der gesamten wirtschaftlichen Entwicklung blockiert.

Aber es gibt doch auch gute Nachrichten, so wird doch geschrieben, dass die Flüsse klarer sind als früher.
Die Flüsse sind viel klarer, weil sie voller Chemikalien sind. Das Wasser wird mit Chemie voll gepumpt, damit den Menschen vorgegaukelt wird, das Wasser sei in Ordnung. Bei Großfirmen wurden ein paar Filter als Alibi eingebaut. Wobei es gar nicht mal nur um die europäischen Bereiche geht, Amerika hat überhaupt keine Filter. Sie machen in dieser Richtung überhaupt nichts. Vergesst nicht, dass wir jede Nacht die Luft um euren Planeten reinigen, damit ihr überhaupt noch existieren könnt. Gott zum Gruß und Friede über alle Grenzen.

Wie lebt ihr Santiner?
Wir leben in Harmonie, in dem tiefen Urglauben des göttlichen Seins. Wir sind eurer Entwicklung 10.000 Jahre voraus. Wir kennen keine Kriege mehr. Wir haben nur die positiven Aspekte der Toleranz, der Vergebung, des Glaubens, der Demut, der Konsequenz, des Respekts. Wir ehren den anderen in seiner Art, in seinem Denken, in seinem Handeln, in seinem Fühlen. Wir treffen uns zu Gottesdiensten, es wird gemeinsam gesungen, nicht so in dieser Form, wie es hier im Irdischen gemacht wird, in der Form der hochheiligen trügerischen Liebe. Wir feiern

Gottesdienste aus der Wahrhaftigkeit heraus und wir nehmen gemeinsam unsere geistige Nahrung auf durch die telepathische Verbindung mit der geistigen Welt. Das heißt die jüngeren Santiner, die auf Metharia heranwachsen, werden zu spirituellen Lehrern ausgebildet, und die älteren Santiner können dadurch eine Vertiefung ihres Urglaubens und Urwissens vornehmen.
Wir beten für den Frieden des gesamten Universums. Wir senden Licht in kriegerische Zonen. Wir akzeptieren andere Meinungen und haben keinerlei Aggressivität in uns. Wir lachen. Wir erzählen uns humorvolle Geschichten, aber nicht die auf der Erde üblichen negativen und schmutzigen Witze. Wir haben eine Form von Fröhlichkeit ohne einen Grad von Sarkasmus dabei und fühlen uns gut. Die jungen Santiner leben tagsüber in einer Form von Internat und Schule. Die Intelligenz wird gefördert. Dort werden die Nahrungen auch zusammen aufgenommen. Und an den späten Nachmittagen kehren sie zurück zu ihren Familien.

Wie lebt ein Santiner auf Metharia?
Bescheiden. Ein Santiner hat nicht die vielen negativen Aspekte wie die Menschen hier im Irdischen. Die Geradlinigkeit und die Möglichkeiten mit seinen gesamten Seelenanteilen vereint zu sein, ist etwas ganz anderes als bei den Seelen, die hier auf der Erde auf einem Läuterungsplaneten sind. Ein Santiner lebt immer in dem göttlichen Bewusstsein, ohne für sich irgendwelche Vorteile zu erarbeiten oder andere Menschen verletzend auf der Strecke zu lassen. Ein Santiner geht respektvoll mit anderen Seelen um. Ein Santiner kennt die negative Beeinflussung nicht, ein Santiner besitzt ein großes Potential an philosophischem Grundwissen und geht konsequent in den Tag hinein, um seine anstehende Berufung, die er für sich gewählt hat, nachzugehen. In den Hauptfällen ist es so, dass ein Santiner, wenn er in der Forschung arbeitet, nach neuen Erkenntnissen und neuen Materialien forscht, diese ausprobiert und gerne experimentiert.

Ein Santiner lebt in einer Ausgeglichenheit, in einer geistig-spirituellen Freiheit. Er ist immer telepathisch mit der geistigen Welt verbunden und kann dort seine eigenen Fragen, die ihn betreffen, durch seinen höheren Geist sich beantworten lassen. Das Leben der Santiner ist geregelter, einfacher, harmonischer, disziplinierter, weiser.

Wie groß ist deine Familie, Ashtar Sheran? Was machen deine Kinder? Deine Frau?
Also mein gesamter Sippenstamm beträgt 300 Santiner. Meine Frau begleitet mich. Sie ist mit auf den 25 Etagen des Mutterschiffes bedienstet und dort für die Ordnung und die Kommunikation zuständig. Ebenfalls für die Abhörbereiche der Erde.
Meine Söhne und Töchter haben sich ebenfalls in den Bereichen der Raumfahrt ausbilden lassen und sind dabei, meine Mission mit zu übernehmen. Sie sind mehr für die kleineren Raumschiffe zuständig und besuchen im seltensten Fall hier diesen Planeten Erde. Sie sind in unseren Raumstationen auf anderen Planeten für die Einhaltung der Santiner-Rituale zuständig, sowie in dem tiefen Erlernen der Telepathie, um mit Jesus Christus in Kontakt zu kommen und dort die Anweisungen von ihm zu erhalten, um für das gesamte Universum tätig zu sein.
Wer mich ständig begleitet ist Tai Shiin. Er ist ebenfalls für diesen Planeten Erde zuständig und ist mein Stellvertreter. Tai ist sein Name, Shiin sein Titel und bedeutet ‚Stellvertretender Kommandierender'.

Verlasst ihr die Atmosphäre der Erde?
In den seltensten Fällen. Ausnahmsweise werde ich mich in den nächsten Wochen für eine gewisse Zeit aus familiären Gründen aus diesen Bereichen zurückziehen und nach Metharia fliegen. Es gibt dort mehrere Hochzeiten, an denen ich anwesend sein möchte. Hochzeiten werden bei uns immer in einem Tempel abgehalten. Aber es wird natürlich Tai Shiin mit seinen Schiffen

hier bleiben. Dadurch wird nicht unsere Mission auf der Erde unterbrochen.
Wir sind natürlich auch in weiten Gebieten dieses Planeten stationiert. Das heißt wir schauen uns Uganda im Moment an, Afghanistan, Irak, Iran und auch die spanischen Bereiche. Dort, wo mit größeren Unruhen zu rechnen ist. Wir schauen uns Kriege an, um dann im Vergleich zu sehen, wie weit die Entwicklung der Menschen angestiegen ist, wo die Hilfsbereitschaft ist, wie groß der negative Einfluss ist, der diesen Planeten immer weiter versucht zuzuschnüren. Und wir brauchen unsere Ergebnisse, um sie dann vor dem Göttlichen rechtfertigen zu können.

Wie fördert ihr eine Seele, die auf Metharia inkarniert?
Da wir ständig mit der geistigen Welt in Verbindung stehen, können wir auch mit unserem Weitblick und in unserer Kommunikation festlegen, welche Seele inkarnieren soll. Auch ich werde darüber informiert, um zu sehen, welche Entwicklung diese Seele hat. Dementsprechend wird dann auch mit dieser Seele direkt gesprochen, um alle bestmöglichen Voraussetzungen zu schaffen, sie auf Metharia willkommen zu heißen und dann natürlich auch die familiäre Entwicklung, die Schulentwicklung, die Ausbildungsentwicklung, und die berufliche Entwicklung zu fördern. Das heißt, es wird schon vor der Inkarnation das Optimum für die Seele festgelegt. Nichts ist wichtiger, als willkommen zu sein. Und mit dem Bewusstsein die göttliche Liebe empfangen zu können.

Ihr legt also gemeinsam mit der geistigen Welt fest, welche Seele wo inkarniert?
Ja. Ihr könnt dies ja nicht. Ihr könnt planen, mehr nicht.

Und eine Schwangerschaft ist genauso lang wie bei uns?
Nein. Sie ist dreimal so lang.

Wann sind Kinder und Jugendliche auf Metharia selbst verantwortlich? Müssen sie eine Reifeprüfung ablegen?
Ja, es wird eine Reifeprüfung vor dem Rat abgenommen. Sie sind ab dem 15. Lebensjahr für sich selbst verantwortlich.

Wie werden die Jugendlichen in die Fragen sozialer Aspekte mit einbezogen?
Dies geschieht in ihrer schulischen Ausbildung. Sie gehen, wenn sie geboren sind, ab dem ersten Lebensjahr in eine Kinderschule, Erziehungsschule, Leitführungsschule. Dort werden ihnen dann die Lehrer an die Seite gestellt, die ihnen dann die Feintechniken der Telepathie und alles andere beibringen. Es ist mit dem irdischen Sozialverhalten nicht zu vergleichen.

Lebt ihr auf Metharia in einem so lichtvollen Bereich, dass es für die negative Seite nicht möglich ist, euch dort zu erreichen?
Ja, so ist es.

Was gibt es für Lernaspekte auf Metharia, wenn es doch dort keine Negativität gibt?
Die Lernaspekte sind, für das Göttliche wirken zu können. Wir Santiner sind ja nicht alle nur auf Metharia sondern wir bewegen uns im gesamten Universum. Die Seelen, die auf Metharia inkarnieren, haben ja nicht ihre geistig-spirituelle Vollkommenheit.
Es gibt auch die Möglichkeit, wenn eine Seele zum Beispiel auf der Erde inkarniert hatte, eine Zeit im geistigen Reich verweilen konnte und sich dann dazu entschließt, auf Metharia zu inkarnieren, ist dies natürlich genauso ein Lernprozess. Nur er ist anders. Die Feinstofflichkeit einer Seele bleibt auf Metharia intensiver erhalten. Die Verbindung zu der Seele im geistigen Reich bleibt durch die telepathischen Voraussetzungen erhalten. Durch eine Schulung werden sie sogar stärker angeknüpft.

Ein Aufarbeiten der gesamten Informationen ist auf Metharia möglich, um sich dann irgendwann in eine Vollendung zu begeben, sich weiter zu entwickeln, sich zu formen, sich selbst mit dem Geistigen zu verbinden, um damit dem Göttlichen näher zu kommen, dem universalen Gott der Liebe. Zu lernen, sich in das Geistige einzubinden und diese Liebe auch zu empfangen und dann auch diese Liebe weiter zu geben. Diese Liebe dann auf anderen Planeten zu fühlen und weiterzugeben. An andere Verbindungen, die wir ja auch noch hegen, weiter zu geben. Aufklärungsarbeit vornehmen, selbst erkennen und dann anderen Seelen mitteilen, wie wichtig die Seele in einem Körper ist, sei es ein feinstofflicher oder ein nicht so feinstofflicher Körper. Welche Fähigkeiten und Möglichkeiten kann ich für mich entwickeln, um daraus in positiver Hinsicht, anderen Menschen, anderen Seelen zu helfen.

Gibt es eine Form von Menschsein in einer Feinstofflichkeit, die keine Inkarnation mehr notwendig macht?
Nein. Der göttliche Plan beinhaltet immer, dass es auch zu Inkarnationen kommt. Es ist für die Eigenentwicklung der Seelen wichtig, den Kreislauf des Kommens, Lernens, Gehens, Erkennens nachzufühlen und zu erleben.

Wie können wir uns mit euch in Verbindung setzen?
Wenn sich jemand mit uns in Verbindung setzen möchte, so geht dies natürlich in der Hauptsache über die Telepathie. Wenn wir eure Gedanken auffangen, senden wir entweder Gedanken oder Impulse zurück oder aber wir haben einen so intensiven Kontakt, dass wir uns dann auch in der Nähe des Wohnortes zeigen.

Du wolltest uns etwas über den Frieden mitteilen.
Um den Frieden auf diesem Planeten hier überhaupt stückweit erhalten zu können, ist der Frieden in sich selbst und in der Familie die Voraussetzung. Und wenn dieser Frieden nicht

gegeben ist, so können immer wieder noch zerstörerische Schwingungen über diesen Planeten wandern, die wieder neue Kriege entfachen. Es gibt eine Möglichkeit um den inneren Frieden zu beten, seinen eigenen inneren Frieden zu bekommen. Nicht auf die äußeren Dinge zu achten, nicht darauf zu achten, was es an materiellen Gütern noch zu erhaschen gibt. Sie helfen euch nicht in eurem inneren Leben. Sie befriedigen den materialistischen Anteil, den auch jeder Erdenmensch in sich hat, aber sie führen euch nicht weiter. Darum ist es wichtig, um den eigenen inneren Frieden in sich zu beten und zu bitten, um ihn in sich zu bekommen. In die Kommunikation mit sich Selbst zu kommen. In den Austausch mit dem eigenen Seelenempfinden. Das ist eine Form von Telepathie mit sich selbst, mit seinem inneren Ich. Geht auch einmal in die Kommunikation mit dem bewussten Ich, dem Geist, und bettet euch selbst einmal in Ruhe ein. Sagt: „Ich lebe um der Seele Willen. Ich existiere um der Seele Willen und ihrer Entwicklung." Lebt für eure Entwicklung, euer irdisches Fortkommen, euer geistiges Höhersteigens. Und wenn dieser innere Frieden gegeben ist, so können auch andere Menschen und auch die Geistwesen, die euch begleiten, euch dann Wege aufzeigen, die ihr gehen könnt. Diese Wege werden dann einen positiven Sinn und Charakter haben. Sie werden euch weiter helfen, ohne dass ihr in die Verzweiflung geht. Durch den inneren Frieden seid ihr dann an eurem Urvertrauen angekommen, was die Geistige Welt euch schon seit Jahren versucht, immer wieder ins Bewusstsein zu bringen.
Versucht über den Frieden in euch zu eurem eigenen Ich zu kommen. Die Kommunikation zwischen eurem Ich und Ich zu führen. Sie sagen euch: „Wir sind eins." So arbeiten wir Santiner und so lernen wir die Kommunikation, sprich die Telepathie nach außen. Wir brauchen nicht Energie aufzubringen, um unsere Stimmorgane groß anzustrengen, sondern wir haben es gelernt, anhand von Schwingungen und Telepathie diese Kommunikation für uns zu wählen, da sie die reine und

klare Kommunikation ist. Und durch die Klarheit der Schwingungen können wir auch spüren, wie der Frieden des anderen aussieht. Welche Belastungen hat der andere und wie fühlt er sich?
Es gibt immer Problematiken und Unsicherheiten oder Ungewissheiten, die das irdische Leben belasten. Es gibt genauso auch Problematiken bei uns auf Metharia. Keiner ist davon ausgeschlossen. Wir sind alle eine Wesenheit. Aber wichtig ist, um bei euch wieder ein Samenkorn der Vergeistigung zu pflanzen, die Kommunikation in euch. Und so können wir uns auch dann durch Gedankenkraft unterhalten. So hätte ich es einfacher, mich auf der Astralebene mit dem einen oder anderen zu unterhalten.

Ist das richtig, dass ihr zur Kommunikation dieser Art keine Sprache braucht?
Wir wenden die Sprache nur an, wenn wir den gesamten Planeten, sprich unsere weiteren kosmischen Brüder ansprechen wollen. Dann wird diese Sprache angewandt. Zum Beispiel in Zeremonien, wenn sie eine positiv unterstützende Energieform haben sollen. Ansonsten wird hauptsächlich in Gedanken kommuniziert.

Und diese Gedanken sind in Worte gebildet oder in Farben und Tönen?
Auch. Wie es bei dem anderen besser ankommt. Wie auch die Verständigung dann bei dem anderen besser funktioniert.
Olaf, sage mir, warum gibt es Kriege?

Das ist eine ziemlich umfangreiche Frage. Aber ich denke mir, Kriege hängen letztendlich mit der Unzufriedenheit der Menschen zusammen. Weil die Menschen unzufrieden sind, weil sie neidisch sind, weil sie Konflikte nicht lösen können oder den Konflikten nicht ausweichen können, deswegen fangen sie an,

sie zu bekriegen. Das wichtigste wäre den Konflikten auszuweichen, sie gar nicht erst entstehen zu lassen.
Ja, und der Glaube. Jeder Krieg, der existiert ist meistens ein Glaubenskrieg, der auch damit zusammenhängt, mit seiner eigenen Überzeugung das Richtige zu tun. Das Richtige zu haben, das Richtige zu denken und nur das einzig Richtige in sich zu fühlen. Wenn der andere nicht so denkt, dann gibt es auch einen Krieg. Die Konflikte entstehen meistens erst im Kleinen, in den Familien. Die Glaubenskriege, das sind die Kriege im Großen. Die dann auf der anderen Seite in die materielle Ebene gehen, wo der Reiche den Armen ausbeutet, so wie dies in Afrika geschieht.

Aber ist das nicht so, dass dort die Menschen den Bezug zu ihrer Seele verloren haben und gar nicht mehr den Sinn des Lebens erkennen?
Nein. Die Naturvölker haben mehr Kontakt zu ihren Seelen als die europäischen oder westlichen Seelen. Die westlichen Seelen sind mehr auf die materielle Ebene ausgerichtet und dadurch werden sie natürlich auch mehr negativ beeinflusst. Die Naturvölker haben ihren Ursprung ihrer Seele noch, ihren Urglauben, werden aber dort mehr ausgebeutet und versuchen auf der anderen Seite, ihren uralten Glauben aber zu behalten.
Das große Problem auf diesem Planeten ist, dass der Fortschritt auf der einen Seite in großen Schritten zugenommen hat und auf der anderen Seite Völker ausgebeutet werden, die mehr mit der Natur und sich leben möchten, zum Beispiel die afrikanischen Völker. Diese werden in ihrem Frieden, den sie in sich tragen, gestört. Dort gäbe es nicht diese Hungersnot, würden die Diamantminen nicht ausgeplündert werden. Denn der Reichtum gilt nicht für alle. Wer besitzt welchen Reichtum?
Der größte Reichtum ist das eigene Ich. Die eigene Erkenntnis über sich. Nicht der äußere materielle Reichtum. Der bringt euch nicht weiter. Er macht euch nur scheinbar sicher und behaglich,

und arroganter. Kriege wird es immer weiter geben, so lange wie wir mit unseren Schiffen noch nicht eingreifen dürfen. Wir nähern uns langsam dem, wie wir dann im Weiteren mit euch arbeiten möchten.

Wie sieht ein Tag bei euch aus?
Nun, wir Santiner haben einen sehr geregelten und strukturierten Tagesablauf. Wir kommunizieren meistens über Telepathie, sodass wir weniger die Bewegungen des Mundes aktivieren müssen. Da unsere medialen Fähigkeiten und Antennen in unseren Schulen ausgebildet wurden, müssen wir uns weniger über das Sprachrohr Mund unterhalten. Es ist für uns hier ein enormer Kraftaufwand und ein großer Unterschied, in einem fremden Körper zu sein und den Mund zu bewegen, die Stimmbänder zu aktivieren.

Es gibt immer wieder Unterschiede in der Strukturierung. Zum einen sind wir die Boten Gottes, die mit für die Erde und das Universum zuständig sind. Aus diesem Grund sind einige Santiner ein ganzes Jahr oder sogar mehrere Jahre nicht auf ihrem Heimatplaneten gewesen, sondern unsere interplanetaren Schiffe sind dann die Heimat dieser Santiner. Es sind aber so große Schiffe, dass es kaum auffällt, ob ich mich auf einem Planeten befinde, ob ich mich Zuhause befinde oder auf einem Schiff. Der Unterschied ist nur dann zu merken, wenn wir uns materialisieren oder dematerialisieren.

Ich möchte aber nun zunächst von den Santinern erzählen, die auf Metharia leben. Wir haben eine Morgenmeditation, mit der wir in den Tag gehen. Sie beginnt, sowie die Sonne ihr Licht erhebt. Sie findet so zwischen sechs und sieben Uhr morgens statt. In dieser Meditation sammeln wir unsere Kräfte für den Tag, formen unsere Energien und bedanken uns bei dem Göttlichen für die lichtvolle Möglichkeit des Lebens und für die gnadenvolle Arbeit im täglichen Tun. Es steht uns frei, wo wir meditieren. Wir haben große runde Meditationsräume, in denen wir uns aufhalten, entweder versammeln wir uns dort oder jeder nimmt diese Meditation für sich in seinem eigenen Haus vor. Danach wird dann der Tag bestimmt. Die kleineren, jüngeren Seelen kommen anschließend in die Bereiche der Obhut der Schule und wir gehen dann unserem täglichen Tun nach. Einige sind an den Arbeiten der Schiffe beschäftigt, einige sind in der Technologie beschäftigt, diese weiter auszubauen und auszuweiten. Einige sind dabei, den weiteren Ablauf der nächsten Flüge zu koordinieren, wann welche Planeten angeflogen werden, andere wiederum sind für die Kommunikation mit den den Planeten Erde umrundenden Schiffen zuständig und wieder andere begleiten dann die NASA um nachzuhören, wann wieder ein Shuttle-Start geplant ist. (Der nächste ist übrigens verschoben. Die Tanks sind immer noch nicht dicht. Es wird weiterhin das falsche Material benutzt.)

In der Mittagszeit, das heißt wenn wir in die Ruhephase gehen, kommen dann die Mitarbeiter, die uns ablösen. Ich persönlich bin entweder auf einem Schiff oder aber auf Metharia in einem großen Kommunikationszentrum und koordiniere die Schiffe.

In den Ruhezeiten nehmen wir Nahrung zu uns und gehen dann wiederum in eine Meditation mit unserer eigenen Seele oder sind dann in Verbindung mit unseren Partnern. Wir gehen zum Beispiel auch einmal einkaufen. Ich wurde jetzt gerade unterbrochen. Und zwar stehe ich ja noch telepathisch mit den anderen Santinern vom Schiff in Kontakt und sie meinten, ich sollte nicht ganz so streng alles abreden, sondern ich sollte auch mal sagen, dass wir auch einmal neue Gewänder brauchen.

(Gelächter)
Diese werden dann speziell für uns gefertigt und wir müssen diese dann auch auf einem ganz normalen Wege der Bewegung abholen.

An den freien Tagen, die wir auch haben, sind wir in einer geistig-spirituellen Schule, in der wir wiederum in unserer

eigenen Entwicklung weiter geschult werden. Dort unterhalten wir uns dann über unsere eigenen Erkenntnisse. Diese Schulen für die Erwachsenen sind so ähnlich zu sehen wie die Philosophenschulen im geistigen Reich. Dort gibt es Lehrer, Philosophen, wir sind dort mal der Lehrer und auch einmal der Schüler. Es kommt also jeder an die Reihe, um ein Thema zu besprechen oder mit in die Philosophie zu gehen.
Ansonsten sind wir darum bemüht, unsere eigene botanische Vielfalt in Ordnung zu halten. Wobei es uns leichter fällt, sich mit diesen Gegebenheiten auseinanderzusetzen, da die irdischen Menschen ja erst die enormen Gewichte der Körper in Bewegung bringen müssen. Wir haben eine gewisse Form der Leichtigkeit, also nicht die Form dieser irdischen Schwere. Was ich damit sagen möchte, ist nicht das Gewicht, was ein einzelner Mensch auf diesem Planeten Erde bewegt, sondern was er an geistigem Unrat in sich trägt. Dieser Müll ist sehr groß und kann im Einzelnen immer wieder zu Belastungen führen und eine Schwere hervorrufen. Und ihr habt die Belastungen der negativen Seite, wie es bei uns auf Metharia nicht der Fall ist, da wir für sie nicht erreichbar sind.
Am Abend ist es dann auch so, dass wir uns treffen und miteinander philosophieren, aber nur die, die es möchten. Die anderen bleiben in ihren Heimen und meditieren, vereinen sich im Geiste, spielen oder sprechen mit den jungen Santinerseelen, die dann auch ihre Bedürfnisse haben. Oder aber wir vereinen uns über die Meditation mit dem geistigen Reich und bekommen von dort Schulungen oder Anweisungen.
Ich habe jetzt von meinem Santinerleben auf Metharia erzählt, wobei dies wiederum im Schiff ganz anders aussieht.

Wieviel Zeit verbringst du mit deiner Frau?
Viel Zeit, da sie mich immer begleitet. Sie ist auch mit auf den Schiffen.

Also trotz aller Disziplin kommt die Partnerschaft nicht zu kurz.
Ich müsste sie erst fragen, ob die Partnerschaft zu kurz kommt, aber das kann nicht sein, sonst hätte ich von ihr schon längst eine Beschwerde erhalten.

(Gelächter).
Nein, sie kommt nicht zu kurz, da wir uns, wie gesagt, einfacher durch die Telepathie unterhalten können. Und dadurch ist es leichter, die Gedanken zu koordinieren als eine mündliche Verabredung, wie es auf diesem irdischen Planeten der Fall ist. Ihr Menschen macht es euch zu schwer. Ihr lasst euch von der Zeit und von dem Materialismus erhaschen und dadurch glaubt ihr dann auf der anderen Seite, dass ihr als Partner zu kurz kommt. Das ist dann für mich ein ganz anderes Übel. Aber es kann auch immer wieder so gesehen werden, wo ein Wille ist, dort ist auch ein Zusammentreffen.

Hat jeder von euch eine eigene Telepathiefrequenz?
Ja, sonst wäre es unerträglich wenn ich hören würde, was mein Freund nebenan gerade seiner Frau zuflüstert. Jeder hat eine eigene Frequenz, die wir immer wieder ausloten können. Wir haben auch die Helme, die zur Kommunikationsverstärkung wichtig sind, wenn wir in unseren Schiffen unterwegs sind. Ihr könnt es euch so vorstellen, wir haben Hüte mit kleinen Frequenzsensoren. Es ist vor allem für die notwendig, die in der Telepathie Probleme haben, und diesen Kraftverstärker benutzen. Oder wenn es um größere Entfernungen geht, brauchen wir diese Helme, um die Schiffe untereinander zu einem Leitstrahl koordinieren zu können, um dann alle auf einmal zu erreichen.

Wenn ihr euch auf einen Punkt konzentriert, dann wählt ihr die Frequenz.
Ja. Dies ist für jeden Menschen auch erlernbar, wenn er es denn möchte und wenn er sich nicht zu sehr unter Druck setzt, es

lernen zu wollen. Auf der anderen Seite hält ihn die zu feste Materie auf der Erde fest, um überhaupt seinen Geist und die Seele frei zu bekommen. Wobei es im Irdischen sehr viel schwieriger ist, da ihr durch die negative Beeinflussung noch mehr angreifbar seid.

Wenn wir uns auf unseren Schiffen aufhalten, dann ist der morgendliche Beginn genauso, dass wir in eine Meditation mit dem Göttlichen gehen und mit unseren Seelen ebenfalls. Dann beginnt die Wachablösung, dass wir auf der Kommandobrücke die Kommandierenden ablösen und die neuen Koordinationsdaten, die vorher in einer Besprechung erstellt wurden, eingeben. Wir sind dann auf dem Weg zu neuen Planeten. Der Hauptplanet, der uns interessiert, ist die Terra, also dieser Planet Erde. Dann werden weitere Vorbereitungen getroffen, um die Energiegürtel um diesen Planeten zu legen. Dort ist es wichtig, dass alle Schiffe anwesend sind, denn es kann nicht nur von einem bewältigt werden.
Ansonsten ist es so, dass wir unsere Freude haben, und dass wir auch das Lachen gerne ausüben, was natürlich in einer anderen Form geschieht als hier im Irdischen.
Desweiteren ist es bei uns so, dass wir auf unseren Schiffen Schüler haben, die mit der gesamten Technik vertraut gemacht werden müssen. Es werden Materialisations- und Dematerialisationsübungen vorgenommen. Wir sind für die Kornkreise zuständig. Und wir zeigen uns dann und wann an eurem Himmel, um zu sehen, wie weit die Technik fortgeschritten oder stehen geblieben ist.
Wir zeigen uns mit unseren Schiffen nicht auf Kommando, wenn dann nur mit unseren kleinen Scouts (Kleinstraumschiffe; Anm. d. Hrsg.). Und dort ist es so, dass ich in der Hauptsache zusätzlich den Flugunterricht gebe.

Es hört sich an, dass ihr sehr viel arbeitet. Schlaft ihr auch oder ruht ihr nur?
Schlafen in dem Sinne gibt es bei uns nicht, wir ruhen mehr. Wir geben schon unserer Seele die Möglichkeit, sich auszuruhen, aber für uns ist dieser Schlaf, so wie ihr ihn habt, nicht so notwendig, das heißt im Ruhen können wir uns gänzlich erholen. Dies geht bei uns auch sehr viel schneller als bei euch.

Wie sieht es bei euch mit der Sexualität aus? Es wird gemutmaßt, dass es eine Art Tanz ist?
Die ist gesund. Wir haben genauso Empfindungen und Gefühle und es ist immer wieder unterschiedlich, wie wir uns vereinigen. Es ist mal nur durch die Kraft der Telepathie, der Gedanken, so dass es gar keine körperliche Berührung sein muss, aber um die Fortpflanzung auf unserem Planeten zu sichern, ist die körperliche Liebe natürlich notwendig und sie wird dann auch in einer ruhigen harmonischen Form vorgenommen. Mit Bädern vorher, dass wir also gemeinsam Baden, und dass wir genau wissen, wann es zu einer Befruchtung kommen kann, dass wir uns allen Sinnen frei geben, mit wunderschönen harmonischen Klängen und danach kommt es dann zur Vereinigung, das heißt zur Befruchtung. Und dann natürlich zur Fortpflanzung, damit es auf Metharia auch in Zukunft Seelen gibt. Es gibt auch einige, die vorher tanzen, aber seltener.

So wie du erzählst, zeigt es, dass ihr in der Sexualität auch nah an Gott seid.
Ja. Er zeugt ja symbolisch mit.

Ist es möglich, dass nachts, wenn unsere Seelen den Körper verlassen, euch besuchen können?
Ja, indem ihr den Wunsch hegt, bevor ihr euch zum Schlafen legt, dass ihr sagt: „Ich möchte heute Nacht mit Tai Shiin kommunizieren." Und dann sehe ich mir erst an, ob es euer

Egoismus ist, der es möchte, oder ob es eure Seele ist, die es möchte. Und danach entscheide ich dann, wann wir euch über das dritte Auge den Blick öffnen und wir uns dann auf einer Ebene unterhalten können. Das bedarf aber der Geduld.

Was bringt uns die Zukunft?
Ich kann hier und heute nicht sagen, was mit dem Planeten sein wird. Die Ernsthaftigkeit um diesen Planeten, die Vernichtung darum, die Zerstörung darum hat schon so große Ausmaße angenommen, dass viele Menschen sich in Gruppen zusammentun und sich das irdische Leben nehmen in der Hoffnung wir Santiner würden kommen und ihre Seelen abholen. Traurig, nicht?
Die Weltereignisse verändern sich ständig und sind ständig in Bewegung. Mal positiver, mal negativer. Mal wird mehr gestreikt, mal wird mehr gearbeitet. Mal wird mehr die Luft verpestet, mal werden mehr Filter eingebaut. Mal gibt es viel Autos, mal gibt es weniger teures Benzin. Es ist immer in Bewegung. Das, was die Endzeit zeigt, sind die Bilder, die geschehen werden, wenn die Menschen nicht lernen mit ihrer eigenen Gegenwart und Zukunft und Vergangenheit leben zu können. Lernen, verstehen, ändern. Die Menschen müssen lernen, die Möglichkeiten einer positiven Veränderung auch zuzulassen. Dann zieht sich die Endzeit immer weiter nach hinten hinaus. Sie verzögert sich. Genauso wie wir in eure Atmosphäre kommen und diese reinigen. Wir verzögern es aus einer Aufgabe und einer Hoffnung heraus. Dies alles werden die Menschen in hundert Jahren verstehen. Es wird junge Wissenschaftler geben, die ein Durchsetzungsvermögen haben und für die Wirtschaft und den Planeten denken und handeln werden. Ich kann nur eins sagen: Die Hand Gottes ist erhoben.

Zum Schutz?
Zum Schutz und als Warnsignal für die Menschen. Geht achtsam und sorgsam mit diesem Planeten um, mit eurem eigenen Sein. Und hechtet nicht danach zu erfahren, wann die Zerstörung sein wird. Mit diesem Gedanken zieht ihr schon eine Form von Negativenergie an.

Habt ihr eine Botschaft für uns?
Wir Santiner sind von der momentanen Menschheitsentwicklung entsetzt. Die Menschen betreiben mit diesem Planeten einen großen Raubbau. Wir Santiner können sagen, dass dieser Planet mit der Natur es nicht mehr mitmachen wird. Ihr solltet versuchen, in die Anstrengung zu gehen, andere Möglichkeiten der Energiequellen herauszufinden. Geht weiter in die Forschungsbereiche von Nicola Tesla.
Lernt und richtet eure Energien und Gedanken darauf, nicht die Atome zu spalten, sondern diese zusammenzufügen, um dort auch eine Form der positiven Energie zu entwickeln. Über die geistige Entwicklung der Menschen machen wir uns ebenfalls Sorgen und Gedanken. Die Menschen haben die Art, wenn sie sich dem Spirituellen und Geistigen hinwenden, euphorisch und fanatisch zu werden und die anderen, die sich dem Materiellen zu wenden, den Raubbau an der eigenen Person und an anderen Menschen fördern und dadurch Luzifer unterstützen. Es gibt bei den Menschen hier auf diesem Planeten selten einen Weg des mittleren Weges, das heißt sich sowohl dem Göttlichen als auch dem Irdischen zu widmen.
Wir Santiner reinigen jede Nacht die Atmosphäre dieses Planeten, damit eine einigermaßen positive Energie weithin bestehen bleibt und wir können auch die Vergrößerung der Ozonlöcher nicht aufhalten. Es ist auch nicht unsere Aufgabe, dieses zu übernehmen. Man sollte möglichst die Sonneneinwirkung auf die Haut vermeiden. Die Sonnenstrahlen haben eine äußerst aggressive Wirkung, da die Schichten in den Ozonbereichen

nicht mehr schützend genug sind. Ihr verbrennt euch dadurch. Daraus resultieren und entstehen Krankheiten, die wir euch dann nicht abnehmen können. Es ist von mir ein warnender Hinweis.

Ist das denn zu jeder Jahreszeit oder ganz besonders nur zur Sommerzeit?
In der Hauptsache zur Sommerzeit, wenn die Strahlenfrequenz am höchsten ist.
Ansonsten können wir noch sagen, dass es auf diesem Planeten auch die Leidmittel des Konsums, des Nikotins, des Alkohols und des Heroins und anderer Drogen gibt. Auch dort sind die Menschen dabei, einen Raubbau an ihrem Körper zu betreiben. Wir Santiner können es nicht nachvollziehen und nicht verstehen. Ich möchte aber gleich hinzufügen, wer sich diesen Genüssen nicht hingibt, begeht auf einer anderen Art und Weise einen Raubbau mit seinem Körper. Also, keiner ist besser oder schlechter. Wir Santiner möchten euch sagen, versucht die Ernährung immer wieder auf eure Körper abzustimmen. Schaut bewusst in eure Seelen hinein, was euch gut tut. Was wirklich gut für euch ist. Was hier im Irdischen als gesund bezeichnet wird, ist noch lange nicht gesund. Wenn ihr Nahrung aufnehmt oder euch des Rauchens und des Alkoholkonsums hingeben müsst, so versucht diese Dinge trotz alledem zu segnen und zu neutralisieren, damit ein Schadstoffabzug durch die Seele aus dem Körper geschehen kann.

Wie können wir euch helfen?
Ich möchte heute darauf hinweisen und darum bitten, dass jeder sich mehr auf sich selbst und seine eigene Urkraft besinnt. Es ist wichtig, sich von materiellen Auffassungen zu distanzieren. Dieses ist möglich, es erfordert allerdings eine gewisse Art von Disziplin und natürlich den Wunsch, sich dem geistigen Gut immer mehr zu nähern, das eigene geistige Gut in Zusammenarbeit mit euren geistigen Begleitern und auch mit uns Santinern

mehr in Anspruch zu nehmen. Ich möchte euch auffordern, uns bewusst in euer Leben zu integrieren. Es wäre von unserer Seite aus wünschenswert, wenn euer Bewusstsein uns selbstverständlich mit erfasst. Wir sind nicht so weit von euch entfernt. Und auch wenn wir im Materiellen nicht oder selten sichtbar sind, sind wir sehr viel öfter an eurer Seite als ihr es vermutet. Und mit eurem Bewusstsein schafft ihr auch für uns eine bessere Ebene um euch zu erreichen, zu inspirieren und mit euch eine Art von Bewusstseinserweiterung schaffen zu können, ohne Abzuheben und den Boden unter den Füßen zu verlieren.

Was sagst du zum irdischen Wetter?
Zu der Wettersituation können wir nur sagen, wenn ihr es im europäischen Bereich anseht, ist dies kein Winter was ihr habt, sondern es ist eine unentschlossene Klimaverschiebung zwischen sibirischer Kälte und frühlingshaften, südländischen Temperaturen. Die Klimaverschiebung nimmt ihren Verlauf. Ihr werdet auch weiterhin mit Stürmen zu tun haben. Trotz alledem bitten wir euch ab und zu einen Gedanken an uns zu senden, da wir immer wieder versuchen die Atmosphäre um den Planeten zu reinigen und uns durch gute Gedanken zu unterstützen. Versucht in euren eigenen Lebensbereichen Harmonie zu leben, den Neid außen vor zu lassen, die Eifersucht nicht in die Seele zu lassen und die Gier ebenfalls gering zu halten. Diese Faktoren sind eines der größten Übel, die mit in das negative, irdische Gedankengut einfließen. Seid darauf bedacht, euch in Demut, Glauben und Vertrauen zu halten.

Kannst du mir etwas sagen, was das für ein Traurigkeitskloß ist, der mich einfach nicht zum Leuchten bringt?
In menschlichen Ebenen, in menschlichen Gefühlen, im menschlichen Denken, im menschlichen Handeln sind immer wieder Trauermomente aus der Vergangenheit, aus der Gegenwart und ein Stück aus der Zukunft verankert. Und je nachdem wie man

mit seiner eigenen seelischen Konstitution, mit den Stärken und der Kraft im Zusammenhang mit Geist, Körper und Seele arbeitet, kann man diese Trauer auflösen, aufarbeiten oder sie sollte gelebt werden. In deinem Fall spielt immer wieder die Angst aus der irdischen Kindheit und ein Teil der Begegnung der Zukunft eine Rolle. Du lebst zu unbewusst in dir. Du nimmst deine Seele nicht an. Was sie gut macht wird abgelehnt und als selbstverständlich angenommen. Und dort, was schlecht aus irdischer Sicht ist, hältst du dich dann fest und versuchst durch dieses Festhalten eine Lösung herbeizuführen, die dich nur noch trauriger macht. Lerne mit den irdischen Gegebenheiten zu leben. Lerne zu verstehen, dass jeder Mensch, auch du, Schwächen hat. Lerne, dass du bemüht darum bist, nach und nach, abzuarbeiten. Lerne zu verstehen, dass es im irdischen Dasein keine Perfektion gibt. Sie kann es nicht geben, denn die absolute Perfektion erhält man nur im geistigen Reich. Lerne deine Mitmenschen zu akzeptieren, mache in dir bewusst, dass sie Fehler besitzen und du genauso. Aber, vergiss nicht das Streben danach, diese Fehler für dich und mit der geistigen Welt aufzulösen. Lerne zu akzeptieren, dass du deine Kindheit aus deinem Bewusstsein gestrichen hast. Lerne mit deinem Bewusstsein zu akzeptieren, dass du mal auf Metharia gelebt hast. Lerne mit deinem Bewusstsein zu akzeptieren, dass du jetzt hier bist, dass deine Mission, dein Wunsch ist, hier zu leben, hier etwas zu bewerkstelligen, hier etwas zu bewegen und zu fördern. Lerne, mit der Spiegelung des geistigen Reiches, der Fröhlichkeit und der Farben Vertrauen und Offenheit in deine Seele hineinzubekommen. Akzeptiere, dass Menschen rauchen. Ich akzeptiere es auch, es muss uns nicht gefallen, wir brauchen es nicht nachzumachen. Doch das sind deren Schwächen, die sie dann leidgeprüft und leidvoll im geistigen Reich erfahren werden, was sie ihren Seelen angetan haben. Doch auch jemand der nicht raucht und nicht trinkt hat andere Schwächen womit er auch seine Seele schädigt. Wichtig ist nur, als gutes Beispiel mit voranzugehen,

für jeden ein offenes Ohr zu haben, auch für sich selbst. Ich sage dies nicht nur dir. Ich sage dies hier allen, die diese Worte lesen oder hören. Es ist ein allgemeines Ziel der Menschen einem Perfektionismus nachzukommen, die eigenen Schwächen zu überspielen und zu sehen, wie man vorwärts kommt, um in einem guten Licht dazustehen. Das ist ein Selbstbetrug. Niemand schafft es, sich irgendwo in eine Perfektion hineinzubringen, doch er darf nicht aufhören danach zu streben. Es ist wichtig, sich selber zu lieben, sein eigenes Licht zu lieben, Gott zu lieben. Und auch Gott und sich selbst um Verzeihung zu bitten, für jeden Fehler den man hat. Nur so kann man dann später für seine Seele im geistigen Reich etwas Gutes erreichen, Hindernisse aus seinen karmischen Verbindungen leichter auflösen. Wichtig ist, im Irdischen, hier in diesen Sphären, ein Licht Gottes zu sein, sich nicht in strahlende Gewänder zu stecken, sondern seine Seele strahlen lassen. Und jeden Tag „Ja" zu dem Leben sagen, egal welche Hindernisse oder Schwierigkeiten es gibt. Euch bleibt in dieser Inkarnation hier auf der Erde nichts erspart. Auch wenn man die Verbindung zum geistigen Reich oder zu uns Santinern hat, wir können euch den Lauf des Schicksals der Negativität des Planeten nicht ersparen. Ihr wolltet es lernen. Ihr wolltet hier inkarnieren, ihr wolltet diese Hindernisse selber haben, ihr wolltet selber in die Schule des Zweifels gehen, ihr wolltet selber ergründen und erforschen. Dann macht dies, aber vergesst nicht in eurem Bewusstsein, dass ihr ein Kind Gottes seid, ein Licht Gottes, ein positiver Anstrahlpunkt Gottes, der immer wieder dazu da ist, für andere Menschen, die noch tiefer, noch niedriger, noch mehr im Dunklen und im Schlamm sind, einen Haltepunkt zu finden. Denn dann können diese Menschen zu euch aufschauen und können sich wünschen, ebenso zu leuchten wie ihr.
Diese Mission habt ihr euch auferlegt, werdet nun dieser Mission auch gerecht. Forscht nicht nach dem, was in der Vergangenheit war, diese holt euch sowieso im geistigen Reich ein. Dort wisst

ihr alle eure Inkarnationen. Forscht nach dem jetzigen Sinn des Lebens, geht mit guten Aspekten voran, steht zu euren eigenen Schwächen, äußert aber auch eure Wünsche an euch selber. Dies ist nicht im Materiellen gemeint. Sprecht mit eurer Seele, mit eurem ureigensten Licht, denn dann sprecht ihr mit Gott. Geht nicht mit einem Brett vor dem Kopf durch die Welt und baut euch nicht selber Hindernisse, wo keine sind. Leben heißt leben, leben heißt bewusst leben. Leben heißt den Tag bewusst beginnen, mit der Seele, mit Gott, mit Jesus Christus. Leben heißt im Bewusstsein zu haben, dass ihr geführt, angeleitet, geschützt werdet, dass ihr Helfer habt und wenn immer dieser Planet in Not gerät, werden wir da sein. Habe ich deine Frage beantwortet?

Sehr umfassend sogar.
Du willst auf der einen Seite Schüler und Lehrer sein, doch du weißt nicht, wann bist du Lehrer und wann bist du Schüler. Es ist ganz wichtig für dich, zu lernen, mal Schüler zu sein und Dinge einfach anzunehmen, von wem auch immer sie gesprochen werden. Und auf der anderen Seite Lehrer zu sein, dann wenn man in sich eins ist und weiß, das habe ich gelernt, diese Schulung kann ich weitergeben. Ansonsten kann es nicht funktionieren. Genauso sein eigener Lehrer sein, mal eine innere Strenge hervorrufen und sich selber zur Ordnung rufen, negative Gedanken hinausschicken. Als Schüler, setzten wir dies einmal gleich mit einem Kind, mal das Kind in sich leben lassen, mal die Seele einfach auspendeln lassen, mal ein Spiel spielen. Möglichst aber keines mit negativen Anziehungspunkten. Mal einfach nur Kind sein, das ist alles erlaubt. Mal Kind, mal Schüler und mal Lehrer sein. Und das alles in einer Waage zu halten, zu lernen wie der Wind darin zu spielen, mal mehr, mal weniger. Das ist das Leben. Und natürlich darauf zu achten, sich von den negativen Gegebenheiten in diesem Umfeld nicht anstecken zu lassen, sondern immer wieder klar und rein in sich zu bleiben.

Aber nicht überheblich, sondern bescheiden in sich. Nun habe ich noch mehr gesagt, nicht?

Ja. Vielen Dank für deine Worte.
Sie galten nicht nur dir. Wir haben jetzt vielen anderen Menschen ebenfalls geholfen. Und auch das ist eine Möglichkeit, um anderen Seelen auf diesem Planeten zu helfen, sie in ihr eigenes Nachdenken zu bringen. Die Menschen hier auf diesem Planeten leben nur gehetzt von der Zeit, die Zeit läuft ihnen davon, sie hetzen sich selbst, sie hetzen ihre Füße und ihren Kopf. Und sie wissen gar nicht wie ungesund dies für ihren Körper ist. Am Tag nur wenige Minuten mal ein paar Gedanken an sich selbst verschwenden, sich zur Ruhe bringen, mit sich selbst im Arm liegen. Das wäre wichtig. Sekunden, und schon ist die innere Einstellung, die innere Uhr, der innere Sekundenzeiger anders eingestellt. Der Mensch will immer schneller laufen, weil er sich die Ziele zu hoch setzt. Ziele setzen, in geringen Abständen. Und wenn man sein Ziel dann erreicht hat, so ist das Erfolgserlebnis dann garantiert. Nächstes Ziel setzen, wieder ist ein Erfolgserlebnis garantiert. Man braucht nichts Großes, um bei den Menschen etwas zu erreichen. Im Kleinen und Bescheidenen erbaut und erreicht man mehr als ein Luftschloss mit tausend leeren Räumen. Ein Kellerraum kann dann gemütlicher sein.

Kannst du mir sagen wie die Pyramide, die ich über dem Haus in dem ich wohne manifestiert habe, aus geistiger Sicht aussieht?
Der Gedankenimpuls reicht aus, um eine Pyramide über ein Haus, einen Wald, ein Gefährt, ein Flugzeug zu setzen. Dort brauchst du ja nur deine eigene Gedankenkraft zu manifestieren und auszusprechen. Die Energie der Pyramiden ist unendlich, sie besitzt eine Verbindung zwischen dem Kosmos, der Erde und dem gesamten Planeten. Ihre Energie ist messbar, spürbar und in mancherlei Dingen sichtbar. Man kann in eurer Form mit den Pyramiden zunächst experimentieren, dass ihr, sie so ausrichtet,

dass sie die Energie des Planeten, die sie umgibt angezapft werden. D. h. wie es schon gesagt wurde, Blumen oder Essbares in eine Pyramide zu legen. Des weiteren kann man, wenn man das Vertrauen zu diesen Experimenten hat, nicht nur die Energie dann sehen, sondern auch herausziehen.

Hast du eine Botschaft an uns?
Der Kampf um die Vorherrschaft auf diesem gesamten Planeten ist seitens der USA sehr groß. Diese Weltmacht will sämtliche Ölvorkommen für sich in Anspruch nehmen. Unsere interplanetarischen Gesetze lassen es nicht zu, einzugreifen oder Waffen zu zerstören. Wir sind dafür da, den Weltraum zu reinigen und dort Killersateliten zu zerstören. Das was sich hier auf dem Planeten abspielt geschieht nicht im Sinne Gottes und nicht im Sinne Jesus Christus. Wir versuchen jedoch durch unsere Strahlengürtel, die wir um diesen Planeten legen, positive Energie aufzufüllen, um das Schlimmste für diesen Planeten zu verhindern. Was ihr Menschen für diesen Planeten, für eure Brüder und Schwestern tun könnt, ist, eine positive Einstellung zu bekommen und mit positiven Gedanken mit zu helfen. Ein Licht zu entzünden, positive Gedanken an uns zu senden, so dass wir aus dieser positiven Energie weitere Strahlengürtel um diesen Planeten Erde legen können.

Was ist ein Strahlengürtel, was ist ein Energiegürtel?
Ein Strahlengürtel gibt diesem Planeten ein festes Fundament, um die positive Energie für die Menschheit zusammenzuhalten. In diesen Strahlengürtel legen wir Energiefelder rasterförmig an, die dann über Außenstationen im All verbunden sind. Dann werden zu bestimmten Zeiten Energien in dieses Raster, in diese Energiefelder hineingelegt und über die Strahlengürtel in geradlinigen Formen um diesen Planet herum verströmt. Das Ziel ist, das Energiepotential dieses Planeten zu erhöhen.

Diese Strahlengürtel werden laut deiner Aussage immer an einem 11. eines Monats gelegt. Stimmt dies?
Ja, dies wird auch weiterhin die nächsten Jahre Bestand haben. Der Strahlengürtel wird in der Zeit von morgens 8.00 Uhr beginnend bis in die Abendstunden um 20.00 Uhr gelegt.

Was hat die 11 für eine Wichtigkeit?
Die ‚Eins' ist die höchste göttliche Zahl, die Doppeleins ist die doppelte Energie. Die 11 ist für uns das Eins, das Erste. Die 11 ist ein Symbol der Geradlinigkeit und des ersten Tun, so wie es aus unserem Auftrag des Göttlichen besteht.

Bedeutet dies neben der Reinigung auch eine Schwingungsanhebung der Erde?
Ja. Nur bis wir diese in dem spürbaren Schwingungsbereich der Menschheit eingeleitet haben, wird es noch dauern. Es ist in momentaner Zeit so, dass die Menschen, die eine höhere Sensibilität besitzen, an diesem Tag oder ein oder zwei Tage später an körperlichen Reaktionen leiden, die sich durch Unwohlsein, Kopfschmerzen, Übelkeit, Bauchschmerzen oder einfach durch eine energetische Schwere äußern.

Wie legt ihr die Strahlengürtel um die Erde?
Wir fliegen mit unseren Schiffen in einer Formation um den Planeten. Wir haben einzelne Stationen auf der Erde und diese Stationen werden vom All aus miteinander verbunden. Das heißt, dass dieser Gürtel permanent gehalten wird. In den rasterförmigen Verbindungen kommen dann einzelne Schiffe dazu, die dann in der Aufteilung der einzelnen Raster die Hauptenergie hineinlegen. Durch die Anziehungskraft der Gürtel wird aus den Rasterfeldern die Schwingung in die Strahlengürtel hineingelegt und um diesen Planeten gelegt.

Wie laufen die Strahlengürtel um die Erde?
Sie laufen sowohl horizontal als auch vertikal über die Längen und Breitengrade. Es sind insgesamt 52.

Wäre ohne diese Strahlengürtel ein Leben auf der Erde noch möglich?
Wie ihr in den vergangen Tagen in euren europäischen Bereichen gemerkt habt, ist der Einfluss der Sonne sehr extrem. Hohe Gradzahlen, und wer sich der Sonne aussetzt verbrennt. Dies wäre in früheren Zeiten, als die Reinheit der Luft noch gegeben war, nicht so schlimm gewesen. Würden wir nicht diese Strahlengürtel um diesen Planeten legen, wäre die Vegetation schon auf die Hälfte reduziert. Das Verbrennen der Vegetation beginnt, wir halten es aber auf und schaffen aus dem Klima Wolken und Regen, sodass die Natur weiter durchhält.
Meidet die Sonne, denn sie könnte schwerwiegende Hautprobleme verursachen. Wir können nur appellieren, der Mensch jedoch entscheidet selbst.
Die geistige Welt hat euch ja bereits darauf hingewiesen, dass es bei sensiblen Menschen zu körperlichen Reaktionen kommen kann. Da die Energien dieses Planeten aus den Fugen geraten, der Fanatismus beginnt Überhand zu nehmen, versuchen wir mit diesen Strahlengürteln dieses wieder einzudämmen und den Planeten der Natur, der Luft, den Seelen, wieder eine einigermaßen positive Energie zu übermitteln. Die körperlichen Reaktionen vermindern sich dann wieder im Laufe der Zeit. Wer schmerzanfällig ist wird diese Schmerzen dann auch an seinen empfindlichen Stellen spüren und es wird dann aber wieder in das seelische Gleichgewicht gebracht. Wir Santiner möchten euch mit auf den Weg geben, die Ruhe zu bewahren. Den Seelen, die ihr Leben für diesen Krieg lassen mussten, ein Licht zu entzünden und möglichst negative Gedanken vermeiden.

Warum gibt es bei uns negative Auswirkungen, statt Freude, Gelassenheit und Ruhe, wenn ihr die Gürtel legt? Es sind doch positive Energien.
Da die Schwingungsebene angehoben wird und der Körper und die Seele diese Schwingungen nicht gewohnt sind, kommt es zu seelischen Reaktionen, die sich im Körper widerspiegeln. Wenn man diese Reaktionen spürt, kann man sich ja freuen, denn es sind positive Reaktionen. Das heißt, eine gewisse Form von Sensibilität ist vorhanden. Spürt man allerdings nichts, bedeutet dies, dass die Energie durch den Körper durchfließt. Nichts ist besser, nichts ist schlechter. Es ist so wie es ist richtig.

Was bewirken die Kornkreise?
Es ist ein Zeichen für die Menschheit, dass wir sie zum Nachdenken anregen wollen, dass es uns gibt, dass wir langsam akzeptiert werden. Zum anderen sind es Schriftzeichen, für die, die in ihren Schiffen nach uns kommen. Die Kornkreise enthalten Botschaften, was wir in diesem Erdreich analytisch entdeckt haben und welche Energiefelder von wo aus weiter gesteuert werden müssen.

Worin kann man die von euch gemachten Kornkreise von gefälschten Kornkreisen unterscheiden?
Bei den nachgemachten Kornkreisen brechen die Halme des Getreides, bei uns sind sie in Ordnung. Wir würden kein Korn zerstören. Sollten die Halme gebrochen sein, sind sie nicht von uns.

Wie können wir die Pyramidenkraft nutzen?
Die Pyramiden werden von uns als Energiezentrum benutzt. Wir lassen Energie einfließen und geben diese dann weiter in die Umlaufbahn des gesamten Erdenbereichs. Somit ist die Energie der Pyramiden auf der einen Seite spürbar, messbar, fühlbar und erkennbar. Wichtig bei der Pyramidenarbeit ist die Reinheit und

die Klarheit der Gedanken. Wenn ich an diesen Pyramiden, in verkleinerter Form, in ausgerichteter Form nicht glaube und Experimente vornehme und sie mit einem dunklen Gedanken belege, so kann auch diese Energie nicht fließen. Jeder positive Strom, auch der Strom der Pyramidenenergie, muss begleitet sein durch einen positiven Gedanken. D. h., wenn ich eine Pyramide über ein Bett aufbaue und mit dem Kopf unter dieser Pyramide liege, so ist es auch dort wichtig die positive Energie umzusetzen. Jeder kleinste Gedankenimpuls ist in dem Sinn maßgebend für die richtige Energie. Für uns Santiner hat diese Form der Energie eine wichtige Form des Auftankens und der Symbolik der Dreieinigkeit zwischen Geist, Seele, Gott oder Seele, Jesus Christus, Gott. In allen Flächen und in jedem Winkel dieser Pyramide ist eine dieser Dreieinigkeit manifestiert und die Spitze symbolisiert die Energie des Kosmos und Gottes. Die Kraft und die Energie, die in diesen Pyramiden steckt, hängt, wie alles in diesen Bereichen zu sehen ist, mit Energie zusammen, fließender, göttlicher, kosmischer Energie. Glaube ich an Energie, habe ich Energie, glaube ich nicht an die eigene Energie, habe ich keine Energie. Die Pyramiden sind für den Planeten Erde notwendig und wichtig. Sie sind wie andere Tempelbauten als Station für uns Santiner notwendig. Sie sind euer Kraftquell und auch der unsere.

Wie kommt man an seine alten Weisheiten heran?
An seine alten Weisheiten kann man nur durch die Eigenentwicklung kommen, wenn alle positiven Aspekte auf einer gleich bleibenden Ebene sind und wenn die Seele die Bereitschaft dazu signalisiert, mit den alten Weisheiten umgehen zu können.

Wie können wir die Negativität auf der Erde positiv beeinflussen?
Mit euren positiven Gedankenenergien. Geht positiv in den Tag, zündet Lichter des Erkennens an, lasst die Herzen strahlen.

Somit könnt ihr gegen die Negativität ansteuern, die Machthaber beeinflussen. Wenn eine gesammelte positive Energie entsteht, so können wir einwirken. Sicher haben wir Gerätschaften, um diesem Planeten schon jetzt zu helfen. Sicher könnten wir dafür sorgen, dass alle Brände und Katastrophen eingedämmt würden. Doch wenn wir dies tun würden, würde der Mensch immer wieder von vorn beginnen. Die Hilfe wäre sinnlos. Wisst ihr, was Sinnlosigkeit bedeutet? Hilfestellung zu geben, die ihren Zweck nicht erfüllt. Wenn wir Erdbeben verhindern würden, würde der Mensch an anderen Stellen immer wieder beginnen, den Planeten und seine Mitmenschen auszubeuten. Die Erde ist ein Läuterungsplanet, wir beobachten ihn, wir haben die Aufgaben, die Atmosphäre zu reinigen. Dies machen wir tagtäglich. Seht uns als Brüder und Schwestern. Wir sind immer in eurer Nähe. Wir helfen, wo wir können.

Elias sagte einmal, dass die geistigen Sphären einen Zentimeter von uns entfernt sind. Existieren diese Sphären auch um euren Heimatplaneten?
Für uns Santiner gibt es keine Extra-Sphären. Allerdings gibt es die Negativ-Sphäre nicht. Alles andere umgibt natürlich nicht nur diesen Planeten, sondern geht ins gesamte Universum.

Wir Menschen sterben auf spezielle Art und Weise, weil wir in unserer Entwicklung einfach noch nicht weit genug sind. Wie sterben Santiner?
Santiner wissen wann sie sterben. Sie legen sich in ein gewisses Haus. Und die Häuser sind bei den Santinern rund.

Rund wie ein Iglu oder in ihren Außenmauern nur rund?
Nein, in allem rund. Runde Räume, alles ist rund. Und in diesen Räumen stehen Betten, Liegen und jeder Raum hat eine bestimmte Farbe und die Seele weiß, wo sie sich hinbegeben muss. Sie begibt sich dann in den Raum mit der für das Hinüberwechseln

bestimmten Farbe, legt sich dort hin und weiß, dass sie den Körper verlässt, weil der Geist einfach weiter entwickelt ist.

Also der Santiner stirbt am Ende eines Entwicklungsprozesses, nicht durch Krankheit.
Ja, er stirbt bewusst, nicht durch Krankheit. Denn Krankheiten gibt es in dem Sinne nicht. Es gibt Seelen, die an Energie abbauen. Wir haben natürlich auch unsere Sorgen und Belastungen, aber in einer anderen Ebene, in einer anderen Form.

Weiß der Santiner von Anfang an, wann er zu sterben hat?
Ja, wenn wir unsere 260 oder 270 oder 280 Jahre gelebt haben, spüren wir dies.

Durch abfallende Energie?
Aus einem Bewusstsein heraus, es ist dann da. Er kann sich auch von seinen vertrauten Seelen verabschieden, es wird auch bei uns Santinern gefeiert. Wir jubeln natürlich nicht oder würden nicht so wie im Irdischen dies ist, uns mit Alkohol zuschütten. Sondern wir freuen uns für diese Seelen, denn nun können sie sich im geistigen Reich weiterentwickeln.

Bitte beachten Sie auch
die folgenden Seiten

Ein Werk des Santiners Ashtar Sheran

Friede über alle Grenzen
Herausgeber: Martin Fieber u. a.   ISBN 3-935422-00-8
14 Broschüren Text, ca. 500 Seiten, plus 1 Broschüre, 8 Seiten DIN A4, gezeichnete Bilder von Santinern, Raumschiffen, Raumstationen und technischen Geräten der Santiner

Die Botschaften und Zeichnungen wurden durch mediale Handführung übermittelt im Medialen Friedenskreis Berlin.

Ashtar Sheran, die Führungspersönlichkeit der Santiner, nimmt Stellung zu den Gegebenheiten auf unserem Planeten. Ob Religion, Wissenschaft oder Politik, es wird aufgezeigt, wie hilflos wir unseren Problemen in allen Bereichen gegenüberstehen. Ashtar Sheran gibt wertvolle Hinweise zur Bewältigung unserer Schwierigkeiten. Eine konsequente Umkehr ist die Voraussetzung dafür. Die Worte machen Mut und haben die Kraft zu verändern.

„Statt einer einzigen wahren Religionsgemeinschaft gibt es auf eurer Erde mehr als zweihundert. Jede davon ist fanatisch gegen die andere und glaubt, der Wahrheit letzte Schlussfolgerung zu besitzen. Doch der Weisheit allerletzte Schlussfolgerung ist: Von Gott und seiner Schöpfung habt ihr überhaupt keine rechte Ahnung. Was euch an Wahrheit aus außerirdischer Quelle gegeben worden ist, wurde größtenteils vernichtet. Was davon übrig geblieben ist, wurde gefälscht oder arg entstellt. Kein Volk der Terra soll sich einbilden, besser zu sein als das andere. Gut und Böse sind auf alle Völker, auf alle Staaten verteilt. Keine Rasse hat Anspruch auf besondere Anerkennung."

Zwei weitere Bücher von und über die Santiner

Die Santiner
Martin Fieber (Hrsg.)
240 Seiten – ISBN 3-935422-08-3

Diese Botschaften wurden wie 'Friede über alle Grenzen' und die 'Blaue Reihe' ebenfalls im Medialen Friedenskreis Berlin (MFK) übermittelt.

Wer sind die Santiner?
Wo und wie leben sie?
Welchen Auftrag haben sie?

Hier erfahren Sie, warum die Santiner sich im Bereich unseres Planeten aufhalten, was sie uns zu sagen haben und vieles mehr. Einige eindringliche Reden ihrer Führungspersönlichkeit Ashtar Sheran bilden den Kern dieses Werkes.

Zusätzlich zu den Durchgaben des Medialen Friedenskreises Berlin enthält das Buch weitere Botschaften von Ashtar Sheran und anderen Santinern aus der Zeit bis 2003. Diese hat der Spirituelle Forschungskreis e. V. Bad Salzuflen empfangen, der die Arbeit des MFK fortführt und eng mit unserem Verlag zusammenarbeitet.

„Helft mit, dafür Sorge zu tragen, dass eure Enkelkinder und die nächstfolgenden Generationen auch noch diesen blauen Planeten erleben dürfen, die Wale singen hören und die Delphine springen sehen können."

„Die Welt verbrennt. Ist euch dies schon aufgefallen? Und die Welt ertrinkt. Ist euch dies auch aufgefallen? Wie lange, glaubt ihr, hat die Natur noch Vertrauen zum Menschen?"

Die Mission der Santiner
Hermann Ilg
ca. 240 Seiten – ISBN 3-935422-58-X
Dieses Buch umfasst folgende vier Broschüren, die einige Zeit vergriffen waren:
- In kosmischen Bahnen denken
- Wenn die Not am größten …
- Am Ende der Zeit
- Die Gedankenbrücke

„In kosmischen Bahnen denken" ist ein Vortrag, der 1979 gehalten wurde. Acht Auflagen gab es von dieser Broschüre bisher und der Inhalt ist aktueller denn je. Diverse Mitteilungen von Santinern ergänzen dieses wichtige Werk.

„Wenn die Not am größten …" enthält viele Botschaften von Santinern über die kritische Weltlage am Übergang zum Wassermannzeitalter, die an Wahrheitsgehalt auch nach zwanzig Jahren nicht ein Körnchen verloren haben. Man könnte meinen, diese Durchgaben seien speziell für unsere heutige Zeit vorgesehen gewesen.

In „Am Ende der Zeit" geht es um gesammelte Gegenwartsfragen mit Erklärungen der geistigen Welt und der Santiner.

In „Die Gedankenbrücke" beschreibt ein Freund von Hermann Ilg seine Erlebnisse nach seinem Heimgang ins geistige Reich, zu denen auch mehrere Kontakte mit Santinern gehören.

Zusätzlich enthält das Buch eine Botschaft von Hermann Ilg selbst aus dem Jahre 2004, die er uns über ein ihm schon aus irdischen Zeiten bekanntes Medium übermittelt hat.

Weitere Bücher von Hermann Ilg

Die Bauten der Außerirdischen in Ägypten (5. Auflage)
Hermann Ilg – Helmut P. Schaffer
160 Seiten mit 70 Fotografien – ISBN 3-935422-59-8
Dieses Buch enthält eine Fülle von Beweisen für die Beteiligung außerirdischer Menschen an der Errichtung der großartigsten Bauwerke dieses Planeten. Durch die inspirative Hilfe von Geistwesen und Santinern gelingt es Hermann Ilg mit überzeugend einfacher Logik und anhand von Fotografien, uns dieses spannende Thema näher zu bringen. Es wird lebhaft beschrieben, wie es seinerzeit gelingen konnte, innerhalb kürzester Zeit diese gewaltigen Steine in absoluter Perfektion aufeinander zu türmen. In leicht verständlichen Worten werden Sinn und Zweck der Pyramiden und anderer Bauten erklärt. Zusätzlich erhält der Leser Informationen über die Besiedelungsgeschichte der Erde und Erfahrungsberichte von Menschen, die sich im Innern der Pyramiden aufgehalten haben.

Strömende Stille
76 Seiten – ISBN 3-935422-55-5
Gedichte von kosmischem Charakter, ebenfalls von der geistigen Welt uns Menschen überreicht - wunderschöne Verse, die Herz und Seele berühren. Ein Büchlein, das auch als Geschenk gut geeignet ist.

Die Blaue Reihe

Diese Buchreihe dokumentiert die Ergebnisse der spirituellen Forschungsarbeit des Medialen Friedenskreises Berlin.
Herausgeber: Martin Fieber u. a.

Band 1: Jesus Christus
80 Seiten – ISBN 3-935422-01-6
War Jesus Christus die Inkarnation Gottes? Was hat er bis zu seinem 28. Lebensjahr gemacht? Ist er für die Menschheit gestorben und hat alle Sünden auf sich genommen? In diesem Buch finden Sie Wahrheiten und Antworten auf die vielen Fragen zu der größten Seele, die je auf diesem Planeten inkarnierte. Es wird deutlich, dass Jesus Christus für die geistige Welt kein Gott sondern eine Seele ist wie alle anderen Menschen auch.

Band 2: Das Sterben
160 Seiten - ISBN 3-935422-02-4
Was geschieht im Augenblick des Todes? Was geschieht bei Unfällen, Explosionen oder Selbstmord mit der Seele? Wie wirkt sich die Trauer der Hinterbliebenen auf das Befinden der ‚Verstorbenen' aus? Das Tabuthema der Menschen wird hier an der Wurzel gepackt. Die große Bedrohung wird durch dieses Buch in ein vertrautes Wissen umgewandelt. Das Weiterexistieren der Seele nach dem körperlichen Tod wird erläutert und nachgewiesen. Ein Muss für jeden, der wissen möchte, was ihn nach dem Tod erwartet.

Band 3: Die Stimme Gottes
64 Seiten – ISBN 3-935422-03-2
Ein provokanter Titel für ein Buch, in dem ein hohes Geistwesen stellvertretend für die göttlichen Sphären spricht. Es wird aufgezeigt, wie die Geschehnisse auf diesem Planeten von einer höheren Warte aus gesehen werden. Gesellschaft, Politik, Wissenschaft und Kirche werden in einer für jedermann verständlichen Weise unter die Lupe genommen, die Probleme beim Namen genannt und Lösungsvorschläge gemacht. Hier wird Klartext geredet!

Band 4: Die mediale Arbeit
176 Seiten – ISBN 3-935422-04-0
Was ist Medialität? Welche Voraussetzungen müssen für mediale Arbeit erfüllt sein? Welche Gefahren gibt es im Verkehr mit der Geisterwelt Gottes? Im Dialog mit der geistigen Welt werden die wichtigen Grundbedingungen und Gesetzmäßigkeiten genannt, die für positive mediale Arbeit unerlässlich sind. Es wird deutlich auf die Gefahren des Spiritismus hingewiesen und aufgezeigt, wie gute und schlechte Medien bzw. mediale Kontakte unterschieden werden können. Dieses Buch klärt auf und warnt vor Leichtsinnigkeit.

Band 5: Der Schöpfer - Der Widersacher
160 Seiten - ISBN 3-935422-05-9
Wer oder was ist der Schöpfer? Warum lässt Gott so viel Leid zu? Gibt es einen Widersacher? Die geistige Welt hat hier den Versuch unternommen, in uns verständlichen Worten die Existenz Gottes und seine grandiose Schöpfung zu beschreiben. Ebenso kommt die Tragik der Geschehnisse um Luzifer, den Widersacher, deutlich zum Ausdruck. In diesem Buch finden Sie Erklärungen zu einem Bereich unseres Glaubens, den die Kirche uns verschweigt.

Band 6: Die Seele - Der Schutzpatron
128 Seiten – ISBN 3-935422-06-7
Was ist die Seele? Wie funktioniert das Zusammenspiel von Seele, Geist und Körper? Hat jeder Mensch einen persönlichen Schutzpatron, und wie macht er sich bemerkbar?
Der positiven geistigen Welt gelingt es wieder einmal, uns ein Thema nahe zu bringen, das von Wissenschaft und Psychologie ebenso abgelehnt wird, wie es die kirchlichen Institutionen mit der Reinkarnation tun. Beides, Seele und Reinkarnation, gehören unmittelbar zusammen.

Band 7: Krankheit, Heilung und Gesundheit
176 Seiten - ISBN 3-935422-07-5
Welche Hauptursachen gibt es für Krebs? Worauf sollte man bei der Ernährung achten? Gibt es eine geistige Heilung und wie funktioniert sie? Welche Folgen hat der Genuss von Alkohol und Nikotin für Seele, Geist und Körper? In diesem Buch hilft uns die geistige Welt dabei, Ursachen für viele Krankheiten zu erkennen. Außerdem werden Maßnahmen zur ganzheitlichen Heilung bzw. Gesunderhaltung beschrieben. Weitere Schwerpunkte des Buches sind Gebet, Ernährung, Drogen und Karma.

Das geistige Reich
240 Seiten – ISBN 3-935422-09-1
Wie ist das geistige Reich aufgebaut?
Welche Aufgaben haben Erzengel, Lichtträger und Lichtboten?
Was ist das Sommerland?
Es werden die positiven und die negativen Sphären beschrieben, die Tätigkeiten der geistigen Helfer werden Ihnen näher gebracht und Sie erhalten Einblick in die universellen Gesetze Gottes.
Das Buch wurde mit aktuellen Durchgaben aus dem Spirituellen Forschungskreis Bad Salzuflen ergänzt.

Gedanken für den Weltfrieden
176 Seiten – ISBN 3-935422-49-0
In diesem Buch ist Gedankengut der geistigen Welt gesammelt, das jeden, der den Frieden liebt, ansprechen wird. Die einfachen, brillanten Gleichnisse und Beschreibungen sind an Aktualität nicht zu überbieten. Jede einzelne Seite enthält einen in sich geschlossenen, mehr oder weniger langen Hinweis darauf, warum die derzeitigen Machtstrukturen auf unserem Planeten nicht geeignet sind, den Weltfrieden zu realisieren. Gleichermaßen wird dem Leser verständlich, dass ein Beitrag jedes einzelnen in seinem persönlichen Bereich wichtig ist, um die Missstände zu durchbrechen.

Bücher von Martin Fieber

Machu Picchu – Die Stadt des Friedens
192 Seiten, 125 farbige Abbildungen – ISBN 3-935422-48-2
Machu Picchu ist nicht nur die beliebteste Touristenattraktion Perus sondern ganz Südamerikas. Und doch ist Machu Picchu immer noch eines der größten Geheimnisse der Welt. Das Buch ist eine spannende Reise zu diesem magischen Ort in den Wolken, in die Vergangenheit Perus, in die Geschichte unseres Planeten und zur eigenen Seele.
Wie es schon bei den ägyptischen Pyramiden war, gibt es auch bei der berühmten Inkastadt keinen Zweifel, dass die Bauweise der Fundamente der dortigen Gebäude außerirdischen Ursprungs ist.

Poster Machu Picchu
64 cm breit / 45 cm hoch – ISBN 3-935422-46-6
Dieses Poster ist ein Motiv aus dem gleichnamigen Buch. Schon allein das Anschauen des Bildes lässt Sie einen Hauch des Friedens erleben, den dieser wundervolle Ort ausstrahlt.

Steh' endlich auf!
128 Seiten – ISBN 3-935422-47-4
Dieser lehrreiche Erfahrungsbericht beschreibt die Abgründe einer spirituellen Abhängigkeit bis ins kleinste Detail: von den anfänglichen euphorischen Gefühlen, über die Hölle der seelischen Schmerzen, bis zurück in die Freiheit des normalen Lebens.
Ergänzt wird der Bericht durch einen Leitfaden, welcher hilft, den Weg zu finden durch den Jahrmarkt der heutigen Esoterik und den Dschungel der dazugehörigen Seminarangebote.
Spannend, ehrlich und wahrhaftig geschrieben. Dieses Aufklärungswerk könnte Leben retten.

Die grundlegenden Gesetzes des Schutzes

Das kleine Buch vom Schutz der Seele
Herausgeber: Martin Fieber
192 Seiten – ISBN 3-935422-44-X

Wozu sollte man sich schützen?
Warum gerade bei Vollmond?
Warum sollte man regelmäßig die Chakren schließen?
Wie schützt uns unser Seelenstein?
Und unsere Geburtsfarbe?
Was ist ein Seelenhaus?

In diesem Büchlein erklärt die geistige Welt die Hintergründe, warum die Seele geschützt werden sollte.

Die durch Abbildungen veranschaulichten einfachen Schutzübungen sollen dem Anwender helfen, in seine Mitte zu kommen und sich von Energien abzugrenzen, die der eigenen Seele nicht gut tun.

Ein wichtiger Leitfaden aus der geistigen Praxis für unsere tägliche Praxis.

Ein Buch. Ein Meilenstein.

Welcher ist der sicherste Weg zur Wahrheit?
Der sicherste Weg beginnt im eigenen Herzen.
Gott kann für diese Aufgabe keine Feiglinge gebrauchen.
Er braucht geistige Revolutionäre, die für ihn um die Wahrheit
mit dem ganzen Einsatz von Seele und Leben kämpfen.

Wie lautet die bedeutendste Kernfrage,
die von der Menschheit gestellt werden könnte?
Gibt es einen Gott oder nicht?
Gibt es ein geistiges Weiterleben oder nicht?